图书 影视

骗 局

THE PLEA

[英] 史蒂夫·卡瓦纳
—— 著

闻若婷
—— 译

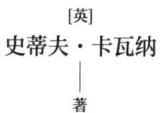

天津出版传媒集团
百花文艺出版社

在《不能赢的辩护》中,艾迪·弗林为了解救自己被绑架的女儿,不得不作为被告的辩护律师陷入一起谋杀案中。他历经千辛万苦,才得以让女儿化险为夷。

一波刚平,一波又起。可怜的弗林很快又陷入一起棘手的案件中,这一次,他依然身不由己,因为有人以他妻子的安全与自由相要挟,想让身怀绝技的弗林听其摆布,为其效劳。

一边是正义公理,一边是他深爱的妻子,弗林这次该如何抉择?
…………

CONTENTS
目录

第一部 **引子** —— 001

第一部 **布局** —— 027

第二部 **一报还一报** —— 153

第三部 **封面故事** —— 267

THE PLEA

3月17日，星期二
晚上7点58分

我以为所有人都死了。

我错了。

哈兰与辛顿律师事务所的办公室，占据着莱特纳大楼的三十七楼。这家律师事务所24小时不休息，是纽约数一数二的大公司。正常情况下，这里的灯整天都开着，不过入侵者在两分钟（或更久）之前切断了电源。我的背很痛，嘴里有血味，还掺杂着犹如在地毯上到处乱滚的空弹壳所散发的焦酸味。一轮肥大的满月照亮一缕缕幽魅的烟丝，它们似乎是从地板浮出来的，又在我刚瞥见时就消散无踪。我的左耳感觉像灌满了水，但我知道这只是枪击声所导致的暂时性失聪。我的右手握着一把公家配发的没有子弹的克拉克19，最后一发子弹埋在我脚边死去的男人的身体里，他的腿跨在身边另一具尸体的肚子上。在那奇妙的一瞬间，我发现会议室地上所有的尸体似乎都在朝彼此延伸。我没有看向任何一个人，我不忍心看到他们死去的脸。

肾上腺素威胁要挤扁我的胸腔，我的呼吸短促而粗重，每一下都必须奋力突破这股紧缩感。冷风从我后方的破窗灌进来，开始吹干我颈后的汗水。

墙上的数码时钟显示 8 点整的时候，我看见了那个杀手。

我看不清对方的脸甚至是身体；它是个影子，躲在会议室的漆黑角落里。时代广场上空炸开的烟火，将绿色、白色、金色的光以奇特的角度送进室内，在片刻间照亮了一把小手枪，它被一只貌似虚幻、戴着手套的手握住。那是一把鲁格 LCP。虽然我看不见对方的脸，这把枪却告诉了我许多事。那把鲁格枪可以装六发 9 毫米子弹。它的体积小到能塞进掌心，重量比一块上好的牛排还轻。虽然这是很有效的武器，它却缺乏一般规格手枪所具备的制止力①。所有人使用这武器的唯一理由，就是要隐瞒他们带有武器的事实。对大部分执法机关而言，这把小枪是最受欢迎的备用武器——它小到可以藏在零钱包里，也可以轻易地藏进量身定做的西装口袋，而不会破坏外套的曲线。

我的脑中蹦出三种可能。

三名枪手人选。

而我不可能说服任何一人放下手枪。

想想这两天来我在法庭上的表现，那三个人都有充分的理由杀我。我对于那人可能是谁有了猜测，不过在这当下似乎并不重要。

十四年前，我金盆洗手，不再从事诈骗。我从骗子艾迪·弗林变成了律师艾迪·弗林。我把在街头学到的技巧轻轻松松地应用在法庭内。我不再诓骗赌区经理、组头②、保险公司和药头，现在我把那些技巧施展在法官和陪审团身上。但我从未骗过委托人，直到两天以前。

鲁格枪管对准我的胸膛。

这最后一场骗局将夺走我的性命。

我闭上眼睛，感觉异常平静。事情不该如此发展的，这最后一口

---

① 即命中目标后，让目标停止活动的能力。
② 俗称募集六合彩赌徒的头儿，或与赌徒对赌的庄家。

呼吸不知怎么感觉就是不对劲。我感觉自己好像被耍了。即使如此，我的肺里还是灌饱了枪支击发后久久不散去的烟硝和金属味。

我没听到枪声，没看到枪口火光一闪，或是往后缩。我只感觉子弹钻入我的皮肉。从我接受协议的那一刻起，这致命的一枪便无可避免。我怎么会走到这一步呢？我心想。

是什么协议导致我吃子弹？

跟大多数事情一样，这件事的开端很微小。一切都从 48 小时前，一根牙签和一枚硬币开始。

00:01

3月15日，星期天
枪击前48小时

我把钥匙插入锁孔。

我僵住了。

事情不太对劲。

这栋有着桃花心木大门的四层砂岩建筑，看起来跟西46街这头的其他建筑没什么两样，整栋楼里有五间办公室，包括我的个人律师事务所。这附近有酒吧、面馆、高级餐厅、会计师事务所和私人内科诊所，越往百老汇走，办公室就越漂亮。我办公室所在的这栋建筑的木板大门大约在一个月前漆成了蓝色，门的内侧镶着手工制作的钢板——这是个小惊喜，专门留给以为可以踹破木板，从内侧把门锁打开的不速之客。

这一区的治安可想而知。

关于门锁，我没有太多经验。我不会携带开锁工具；我根本没用过，即使在我行骗的那段人生中都没有。我和那些骗子不一样，我不拿纽约的一般居民当目标，我的目光放在活该被扒口袋的那种人身上。我最爱的目标是保险公司——规模越大越好。在我看来，他们是世界上最大的诈骗集团，偶尔也要让他们的口袋被人搜刮才公平。要骗保险公司的钱，我不需要闯入虎穴，只要确保他们邀请我进去即可。我的花招不完全靠嘴上功夫，也有实质上的技法来支援。我花了多年时间钻研巧妙的手法。我父亲是个中翘楚，是专精酒吧和地铁的高手。我向他学艺，逐渐培养出灵巧的手感：我对重量、触感和细微动静非常敏感。我父亲称之为"巧手"。正是这种精细微调过的感觉告诉我，事情不对劲。

我把钥匙从锁孔抽出来。插回去。再抽出来。重复着。

这动作比我记忆中来得安静而顺畅。没那么多清脆碰撞声，也没那么大的阻力，不需要施加那么大的力气。我的钥匙几乎自己就滑了进去，像是通过鲜奶油。我查看钥匙齿；它们就像新打的钥匙一样坚硬而锐利。锁面是标准的双锁芯单闩锁，锁孔周围有许多剐痕，这让我想起楼下那个开旅行社的家伙，他喜欢在早上的咖啡里加波本酒。我有几次听到他拿钥匙乱戳一通。某天早晨我在大厅和他擦肩而过，差点没被他的口臭熏晕。换作一年前，我根本不会料想到，我会跟那个旅行社老板一样醉醺醺的。

锁面上的剐痕暂且不论，钥匙进出锁孔的触感绝对有明显的改变。要是房东换了锁，我的钥匙应该不能用才对。锁头或钥匙都没有散发明显可辨的异味，钥匙摸起来也是干的。要是有人往锁孔里喷了除锈润滑剂，我会闻得出来。那只有一种解释说得通：我早上离开办公室后，有人把锁硬撬开过。自从我习惯在办公室里睡觉以来，星期天在办公室里就成了一件不可避免的坏事。我已经负担不起既租公寓又租办公室的租金了，而在办公室后面的小房间里摆一张折叠床就解决了我所有的问题。

房东付不起装防盗系统的钱，我也一样，但我仍然想采取某种安全措施。这扇门是往内开的，我把门微微推开1厘米，看到右侧门框（门锁这一侧）挖空的地方嵌着一枚硬币，门的厚度能遮住硬币的一半，防止它掉到门阶上。晚上我出去买吃的之前，在门框和门的间隙塞了一枚硬币，把它卡在门框上被我用折叠刀挖出的圆形浅槽里。如果有人侵入这栋建筑又不希望被我发现，他会听到硬币掉落的声音，识破我的伎俩，并谨慎地把硬币放回原位。我的用意是希望侵入者把注意力都放在硬币落地制造的声响上，从而注意不到在门的另一侧，有一根牙签精准地插在第一个铰链上方25厘米的位置处。

不论这天晚上入侵的人是谁，他都只是小心翼翼地把硬币放回去，却忽略了牙签，它现在躺在门阶上。

这栋楼五间办公室里的另三间租出去了：正在经历清算之痛的旅行社，我还没在附近见过的财务顾问，以及喜欢去客人家拜访、看起来贼头贼脑的催眠师。他们大致上是朝九晚五，或者就旅行社老板和催眠师的情况而言，是朝十一晚三。他们星期天绝对不会进公司，更绝对不会费心把硬币放回去。如果是我的邻居，他们会把硬币收进口袋，然后就忘了这回事。

我扔下手中的报纸又弯腰去捡。就着半蹲的姿势，我决定重新绑绑鞋带。左边没有人；右边没有人。

我转过身绑另一边的鞋带，趁机扫视街道对面。还是没有人。街道左侧一段距离外有两三辆车，但都是老旧的进口车，挡风玻璃一片雾白；它们绝不可能是监视车辆。我右侧的对街有一对男女挽着手走进沙漏酒馆，是趁表演开始前填饱肚子的剧场迷。我搬来这里后去过那间酒馆两次，两次都吃了龙虾意大利饺，两次都成功对啤酒鸡尾酒惊喜包说不，每当吧台后方墙上的巨大沙漏翻转时，惊喜包的内容就会跟着改变。对我来说，戒酒仍然处于"戒一天是一天"的阶段。

我关上大门，拾起门阶上的报纸，竖起衣领保护我的脖子，以抵御冬天的寒风，然后开始走路。我在行骗的人生中树敌无数，当上律师后又让名单加长了一些。我想，这些日子还是小心驶得万年船。我沿着三个街区绕了一圈，用上我所知道的所有反监视技巧：随机拐进小巷，突然小跑后转过街角，之后再放慢速度，利用车窗和公交车站的亚克力广告牌查看身后，不时突然停下来或是迅速转弯再原路折返。我开始觉得有点愚蠢，根本没人在跟踪我。我猜想或许是那个催眠师交上好运，带了个客人回他办公室，也有可能是那个财务顾问终于现身，来清空他爆满的信箱，或是用碎纸机处理档案。

当我再度看向那栋建筑时，我感觉没那么愚蠢了。我的办公室在三楼。一、二楼都漆黑一片。我的窗户透出光线，而且不是我的台灯。那道光束很细，不怎么亮，斜斜的，会动。

是手电筒。

我的头皮发麻，呼出了一口长长的、雾蒙蒙的气。我脑中闪过一个念头：正常人在这时候会报警。但我家里不是这么教我的。当你靠行骗讨生活，警察就不会是你思考过程中的一个要素了。这种事我全靠自己解决，而我现在需要看看是谁在我办公室里。我的野马跑车后车厢里有撬胎棒，但回停车场去拿没有意义，因为我不想拿着它走在大街上。我没有枪；我不喜欢枪，不过我不介意使用家用防身物品。

我悄悄打开大门，在硬币掉落前接住它，然后在大厅脱掉鞋子，以免发出声响，再走到墙上的那排信箱前。

在写着"艾迪·弗林律师"标签的那个信箱里，放着我所需要的所有后援。

00:02

　　我从钥匙圈上取下一把小钥匙,将剩下的钥匙小心翼翼地放在信箱顶端,然后打开我信箱上装的新挂锁,在一沓厚厚的牛皮纸信封和垃圾信底下找到一对黄铜指虎。我十几岁的时候曾经为我的教区打拳,纽约许多穷孩子都会这么做。这么做的目的是培养纪律和运动家精神——但就我而言,我父亲坚持要我这么做,是出于完全不同的理由。他是这么想的:如果我能揍扁体形比我大一倍的家伙,等我要独立闯江湖去行骗时,他就不用太担心我犯菜鸟级别的错误。我只管在健身房努力锻炼、诈骗时放聪明一点,还有该死地确保我妈不会察觉任何蛛丝马迹。

　　大厅黑漆漆的,无声息也无动静,唯一的声响是暖气管线发出的诡异呻吟。楼梯很老旧,踩上去会疯狂的嘎吱响。我评估了一下周遭的条件,相对而言楼梯制造的噪声还是比古老的电梯来得小。我脚步放得很轻,贴着瓷砖墙壁走。我这么做不光是为了在爬楼梯的同时能留意高处的阶梯,也有助于避免老旧的木板发出刺耳的呻吟声。如果你把重量放在楼梯中央的位置,它就会大声咆哮。套在我手上的指虎冰凉刺骨,那种触感似乎为我提供了一些慰藉。我爬到接近第三段楼梯的顶端时,能够听到人声,模糊的、压低的嗓音。

　　我办公室的门大大地敞开着,有个男人站在门框内,背对着走廊。在他前方,我能看到至少有一个男人拿着手电筒,弯腰查看我档案柜最上面的一格抽屉。背对我的男人戴着单边耳机,我能看到透明的耳机线由他的耳朵蜿蜒往下进入黑色皮夹克的夹层。他穿着牛仔裤和厚底靴。他是执法人员,但绝对不是警察。耳机并不是纽约市警局的标准配备,而大部分警察并不想吐出 100 美金换取看起来很酷或是像作战人员的特权。联邦执法机构的预算确实包含给每个人配发耳机,但联邦调查局会派一个人驻守大厅,而且也不会在乎有没有把硬币放回门框。如果他们不是联邦调查局探员或警察,那会是谁?我思考着。他们有通讯系统的事实令我紧张,有通信系统表示他们是有组织的,不可能是想要快速拿到钱的两个毒虫。

我爬上最后几级阶梯,肚子贴着地面,趴伏在地上。我能听到他们压低音量交谈的声音,但一个字都听不清楚。拿着手电筒埋头在档案柜里翻找的人并没有再说话,办公室里还有我看不见的其他人,是他们在讨论。随着我的靠近,那些声音变清晰了。

"有找到什么吗?"有个声音问。

搜索者关上那格抽屉,继续拉开下一格。

"没有与目标有关的东西。"男人边说边选定一个档案夹,翻开来,开始借着手电筒的灯光阅读。

目标。

这个词像冲击波一样,使沸腾的肾上腺素在我的血管中奔窜,我的颈部肌肉也变得紧绷,呼吸渐渐急促起来。

他们没有看见我。

现在摆在我面前的有两个选择:一是悄悄溜出去,回到车上,发疯似的狂飙一整夜,然后在隔壁州打电话报警;二是离开,别管车子,跳上我看见的第一辆出租车,前往哈利·福特法官位于上东区的公寓,在他安全的沙发上打给警察。

两个选择都很牢靠,两个选择都很聪明,两个选择都能将风险降到最低。

但那不是我。

我悄无声息地站起来,转了转脖子,把右拳收到下巴底下,然后朝门冲过去。

00:03

  我迈开脚步奔跑时,刚巧站在门口的男人转过身来。一开始他被突如其来的沉重脚步声给吓了一跳,待看到我后,他张开嘴巴,狠狠地吸了一大口空气,眼睛随之瞪得大大的。他的求生本能抢在他所受过的训练之前撞上他,先是震惊,然后才有所反应。甚至在他能呼喊之前,我已看出他的心智状态——奋力挣扎要接管慌乱,而他的右手开始胡乱地探向固定在腰侧的手枪。

  太迟了。

  我并不想杀了这个人。有人曾经告诉我,在不完全知道某人的身份之前就杀死他是不专业的表现。正常来说,如果我打他的脸或头,有一半的概率会要了他的命,可能会是指虎的力道敲裂他的脑壳,造成大出血,或者是这可怜虫失去意识的身体倒下时自己撞破了脑袋。我的动量可以轻易为拳头添加额外十五六公斤的冲击力。以这样的速度,造成致命伤害的概率会变得更高,如果我以他的头部为目标,很有可能一招毙命。

  但我只需要让他无法行动。

  在最后一秒,我放低右拳,调整准头。

  我一拳打在他右手臂的肱二头肌上,力道深达骨头,他的手指立刻张开,接着整只手松弛下垂;感觉就像切断的电线——那男人的手臂会呈"死亡"状态好几小时。我的冲力带我经过他身边时,他的喉咙迸出第一声惨叫。

  他的搭档丢下正在读的档案,迅速把手电筒对准我。这个人是左撇子,我迎接他的挥击。我左拳上环绕的1公斤重的指虎接触到手电筒,就使它断成了两截。灯泡爆开,火花四溅,随后灯光便灭了。在爆炸的瞬间，男人的脸短暂地被照亮，我看到他嘴巴张开，眼睛瞪大，一脸惊愕。那应该不是惊愕，而是我的指虎打中他的手了。借着路灯透入的昏暗光线，我看见那男人跪倒在地，捧着自己骨折的手指。

"艾迪，住手！"黑暗中有个声音说。

我桌上的台灯亮了。

"斐拉、温斯坦，退后。"坐在我办公桌后头的人说。大约半年前，我第一次见到这个人。当时我们跟俄罗斯黑帮发生冲突，我救了他——联邦调查局的特别探员比尔·肯尼迪。他发话的对象是我刚攻击的那两个人，他们此刻都跪在地上。理平头的男人咬牙忍耐凄惨的手指带来的剧痛；另外那个穿皮夹克、体形较魁梧的人，正抱着手臂，手枪仍安全地插在枪套里。

我怎么也没想到会在我的办公室里见到肯尼迪。此刻他正坐在我的椅子上，两条腿交叉跷到桌子上。他看看手下，又看着我，好像我弄坏了他的东西。他的深蓝色西装裤微微往上拉，足以让我看见他的黑色丝质短袜，以及束在他左侧脚踝的备用枪——一把鲁格 LCP。

00:04

"搞什么鬼？"我质问他。

"放轻松。你刚才攻击了两名联邦探员。老天，艾迪，他们是我的部下啊。"

拿手电筒的那个探员慢慢站起身，食指以不自然的角度伸展。他龇着牙把食指扳回原位，发出"啪"的一声脆响。我并没有打断任何骨头，只是让他的手指脱臼而已。他的伙伴看起来要凄惨得多，脸色苍白、汗水淋漓。两名探员都走向隔着房间与档案柜遥相对望的沙发。

"他们没事，"我说，"最多也就是有一周左右的时间必须用另一只手擦屁股，不过他们会活下来。至于你，就不一定了，除非你告诉我，你闯进我的办公室要做什么。哦，对了，面对闯入者，捍卫自己的人身安全或财产安全，不算攻击。我还以为你在匡提科①有学到这一点呢。你有搜索令吗？"

我脱下指虎，让它们落到我桌上的一沓文件的顶端。肯尼迪把脚放下，拿起一个指虎套到手上，感觉那致命的重量抵住指节。

他脱下金属环，放到我桌上的纸页上，然后问："艾迪，指虎？"

"那是镇纸。"我回答说，然后再次问他，"你的搜索令在哪？"

他没有正面回答我的问题，而是开始挠手背。这动作已透露我需要知道的一切。肯尼迪很容易担心这个担心那个，而且他会把焦虑发泄在他的身体上。他两根拇指周围的皮肤看起来又红又肿，那是因为他会用牙齿和指甲摧残那里。他没刮胡子，看起来需要冲个澡、理个发，并好好地睡上一觉。他通常白得耀眼的衬衫现在脏成和他眼袋相同的颜色，他40岁的脸庞变得憔悴。由他衬衫领子内侧那两三厘米的空隙，我猜他的体重减轻了不少。

第一次见到肯尼迪时，我还是俄罗斯黑帮首领奥雷克·沃尔切克的律师。那场审判后来出了大乱子，沃尔切克掳走我10岁的女儿艾米，拿她当人质，威胁要杀了她。那场审判到现在已过了将近半年，我在这期间一直试图忘掉那绝望的时刻，但我做不到。我什么都记得——想到有人意图伤害她、夺走她年轻的生命，而且一切都是我的错，那

---

① 匡提科（Quantico），原称波多马克（Potomac），是美国弗吉尼亚州威廉王子县的一个镇，波多马克河流经。2010年美国人口普查当地只有480位居民，周边却有着美国海军陆战队匡提科基地、海军陆战队大学、FBI学院、FBI实验室、美国海军犯罪调查局和美国空军特别调查办公室等美国军方、政府要所。

种强烈的痛苦，光是想想我的手心就会冒汗。

那次肯尼迪差点丧命，不过我在最后关头将他送往医院。他的伤口恢复得很好，他甚至在沃尔切克案尘埃落定时帮忙摆平了一切。那两天我做了很多严重违法的事，肯尼迪让我免除了所有的责任。事实上，他所知道的尚不及我做过的一半，但我希望他永远不知道。

他的枪伤好了之后，曾邀请我和家人去他家参加新年派对。我老婆克莉丝汀说她不想去；有一阵子我们之间的状况不太好。大约十八个月前，我被赶出我们的房子，那是我罪有应得，因为我待在酒吧、夜间法庭和醉汉拘留所的时间比待在家里的更长。后来我戒了酒，克莉丝汀和我之间的状况缓和了一些，直到沃尔切克案发生。

克莉丝汀认为是我害艾米有危险——我们的女儿是因为我才会被绑架。她是对的。不过近两三周，她的愤怒开始消退了。我能够更常和艾米见面，而且上星期三我送她回家时，克莉丝汀还邀我进屋。我们一起喝了瓶酒，其间大家还有了笑声。当然，我临走前又搞砸了，因为我在门阶上想吻她。她别开脸，一手按在我胸前；太快了。我开车回办公室的途中，心想总有一天会好的，会让我的两个女孩回到我身边。我时时刻刻都在想她们。

最终，我一个人出席了肯尼迪的派对，喝胡椒博士可乐，吃猪肉和腌牛肉，提早告辞。辩护律师通常不太能融入执法人员的圈子，骗子更是如此。不过我还是挺喜欢肯尼迪的，虽然爱担心又固执，但他是个正直认真且记录优良的探员，这样的人却为了我赌上这一切。现在他坐在我办公桌的另一边，在我的椅子上，咀嚼着我的提问。我在他的眼神中看出那种铁面无私的道德感，最后我决定自己回答。

"你没有搜索令，对不对？"

"目前我只能说，这场小派对是为了你好。"

我扫视办公室，看到角落堆放着四个看起来很笨重的金属手提箱，旁边还有类似音响设备的东西。

"我打扰到你们的乐队练习了吗？"我问。

"我们是在帮你，检查你的办公室有没有窃听装置。"

"窃听装置？以后不要问都不问就帮我的忙。不过，你们有找到吗？"

"没有，你这里很干净。"他边说，边站起来伸展背部，"你总是随身携带镇纸？"

"办公用品有时候挺好用的。你为什么不先打电话说你要来？"

"时间来不及。抱歉。"

"什么叫时间来不及？我听到你那位弟兄提到'目标'两个字，所以我要知道你们来这里的真实目的。"

肯尼迪还来不及回答，我就听到了脚步声。通往办公室内室的门开了，走出一个五十来岁、个子矮小、蓄着灰白胡须、戴黑框眼镜的男人。他穿着黑色长大衣，下摆落在脚踝处；蓝衬衫、深色长裤，花白的鬓发往后梳，露出晒黑的瘦脸。

"保护。"矮小男人说，代为回答我问肯尼迪的问题。

他双手插在口袋里，自信满满，掌控全局。他态度轻松地经过肯尼迪身边，一屁股坐到我的办公桌上，然后对我露出微笑。

"弗林先生，我是雷斯特·戴尔。我不是联邦调查局的人，我隶属另一个单位。联邦调查局的人之所以在这里，是因为他们参与了我所领导的一个联合项目小组。我们有一项工作要委托你。"他点点头说。

"好极了。所以你是什么来头？缉毒局？烟酒枪炮及爆裂物管理局？第四台人员？"

"哦，我效力的机构在明面上并不会在美国本土行动，所以才由联邦调查局和财政部来调度所有人力。就国务院看来，我在这里的身份是顾问。"他说，然后微笑，胡须上方的棕色皮肤显现出很深的纹路，往眼睛方向渐渐减淡。这些纹路在他的脸上似乎并不自然，好像微笑并不是他平常会做的事。他的口音有点怪，发音极为精准而干净。

我不需要问他在哪里工作——那个笑容已说明一切。但他还是告诉我了。"在台面底下，弗林先生，这是我的任务。我看得出来，你已经猜到我在哪个单位服务了。你是对的——我为中情局工作。"

我点点头，瞥向肯尼迪。他正专注地盯着我——小心翼翼地判断我有什么反应。

"我们时间紧迫，所以请恕我说明简短又开门见山。我们是来采取预防措施的，为了确保除了我们之外没人听见这段对话。我要向你提出一项提议，我有个案子要委托给你。"他说。

"我不接政府的案子，尤其是硬闯进我办公室的那种政府单位。"

"哦？我以为你会欢迎有薪工作。我看到你屋内有沙发床、衣物、电视，浴室里有牙刷，还有一摞平装书。不过我不需要从这些来揣测什么，我对你了如指掌，所有细节。你破产了，住在办公室里。事实上，你的银行户头里有1200美金，而你的办公室户头负债3万元，而且工作来得很慢。"

我狠狠瞪了肯尼迪一眼。他手臂环胸，朝着戴尔点点头，向我表示我该仔细地听。

"弗林先生，现在的状况是这样的。我花了五年时间调查一群坏透了的恶徒，老实说，我一无所获。我什么都没查到，直到昨天，我所有的祈祷都获得了回应。那群坏家伙的一个朋友做了非常糟糕的事被逮捕了。他会被审判及定罪，那案子已经很明了了。我希望说服这男人和我谈条件，让他能在还算年轻的时候走出监狱，交换条件是帮我逮捕他的那群朋友。问题是，那个人的律师不这么想。我要你接管他的案子，当那个人的代理律师，而且我要你说服他接受交换条件。这对他来说是最有利的方案，对你来说也是。"

他看了看表，说："你有整整 48 小时，让你被新委托人雇用、迫使他认罪，而我们会跟他谈条件。如果你完成这件事，联邦政府会为你做两件事。"

他从大衣里摸出一个随身酒壶，打开，往我桌上的空咖啡杯里倒了一点。他没问我要不要，只是倒酒，然后把杯子递给我。他就着瓶口啜了一小口，继续说：

"第一，我会付你 10 万美金酬劳，现金，免税。以一个上午的工时来说还不赖。第二，这对你来说更重要：替我做这件事，我就不会把你老婆送进联邦监狱，让她在里头度过余生。"

00:05

戴尔端坐在我的办公桌上，又从随身酒壶啜了一口酒。我没理会他在我的咖啡杯里倒的不知名酒液。他再度向我展露不自然的微笑，而他的话漫过我心头。

> 替我做这件事，我就不会把你老婆送进联邦监狱，让她在里头度过余生。

我看到肯尼迪神经绷紧。他知道上一群威胁我家人的暴躁家伙有什么下场，而肯尼迪此时似乎和我一样讶异。

"戴尔，告诉他我们是好人。"肯尼迪说。

"负责发言的人是我，比尔。"戴尔说，那虚假的笑容始终对准我。肯尼迪和戴尔等着看好戏，我并没有遂了他们的心愿。我反而靠向通常是给我委托人坐的椅子椅背，两手交叠。

"戴尔，你说的事很有意思，但我老婆守法到不行，她甚至不会随意穿越马路。如果你认为你能抓到她的把柄，好啊，你就去用吧，我们法庭见。事实上，她并不需要我。克莉丝汀是比我更优秀的律师，所以她在哈兰与辛顿律师事务所工作，而我……嗯，我在这里工作。总之，多谢邀约。酬劳听起来不错，但说到威胁，我就倒胃口了。我不是被吓大的，戴尔。你们出去的时候别忘了把硬币放回去。"我说。

假笑变成了真笑。在那一刻，他看起来不一样了，很有魅力。不提他刚刚的所作所为，现在这人显露出意料之外的亲和力。他跟肯尼迪互看一眼，然后弯下腰，从身旁的手提箱里取出一个绿色资料夹。

"你认为你老婆很安全，因为她是哈兰与辛顿的律师？"戴尔问，"讽刺的是，正因为她是哈兰与辛顿的律师，才会陷入这个窘境。"

"什么？"

"我带了点东西给你看。其实你可以留着，我还有复印本，联邦检察官那里也有。有了这里头的文件，我们可以根据《反勒索及受贿组织法》对你老婆提出38项指控，求处合计一百一十五年的刑期。你自己看一下吧。"

资料夹里共有三页文件，对我来说都没有太大意义。第一页是一家我没听过的公司的股份收购合约，上头有克莉丝汀作为见证人的签名，就签在客户（也就是股份收购人）的签名旁。

"我不懂。"我说。

"我用最简单的方式说明吧。你老婆到哈兰与辛顿律师事务所上班的第一天，就签了这份文件。哈兰与辛顿的每一个律师在就职第一天都会遇到同样的事。你知道去新办公室的第一天是怎样的状况吧，有一半的时间都在努力记住大家的名字、你的座位在哪儿、你的档案在哪儿，还有设法记得别人刚给你的所有该死的计算机密码。你在哈兰与辛顿上班的第一天大约下午4点半时,资深合伙人之一会把你叫到他的办公室。他刚替一位客户完成股份转移合约,尽职调查①的步骤已经完成了,但他临时被通知要参加紧急会议,而客户又恰好到场。于是资深合伙人要你替他见证这份文件。你只需要看看客户在这张该死的纸上签名,然后把自己的名字签在旁边,就这样。这种事每天都在发生。事实上,那家公司总计223名律师,每个人上班第一天都经历了同样的事。千万别被蒙蔽了双眼,弗林先生。你老婆在这份文件上签名的同时,已经无意中参与了美国史上规模数一数二的金融诈骗案。"

"哈兰与辛顿?欺诈?老兄,你误会可大了。他们是本市招牌最老、最受敬重的律师事务所之一,绝不可能从事非法勾当。他们何必这么做?他们的钱多到都不知道该怎么处理了。"

"哦,他们是有钱没错。可那是黑钱。"

"你有证据吗?"

"有一些,例如你刚才读到的文件。我们还没有掌握所有罪证,这就是你的作用了。是这样的,哈兰事务所之前有多年财务状况起起伏伏,不过当1995年杰瑞·辛顿加入,一切都改变了。新成立的哈兰与辛顿律师事务所将客户名单缩减到50人以下,专注在证券、税务、债券、财富管理和地产投资。他们的获利一飞冲天。在辛顿入伙之前,这家公司是干干净净的——而且到现在它仍享有最优良的声誉。这对他们的小小活动而言是完美的条件。"

"什么活动?"

戴尔停顿了一下,看看我面前完全没动过的酒,转头对肯尼迪说:

---

① 尽职调查(due diligence)是在签署合约或并购公司等交易之前,先针对合约、交易人或公司进行各方面的调查,例如资产、债权、诉讼案等方面,以降低风险并作为最后决定的参考。

"比尔,拜托帮我们泡个咖啡吧。"

肯尼迪走到内室,又敲又打,试图唤醒我的旧咖啡机。

"哈兰与辛顿律师事务所只是门面。他们是会做一点法律工作,实际上他们是在进行美国本土有史以来规模最大的洗钱计划。事务所代理一些只存在于纸上的空壳公司。他们让合法的客户购买那些空壳公司的股份,而那些客户能获得20%的投资报酬率担保。那些客户不知道他们其实是双手奉上干净的钱,让黑钱从公司的虚拟账户流回来付给投资者,在转账的过程中把钱洗干净。黑钱的来源是贩毒集团、恐怖分子,你懂的。而你老婆副署①了一份强烈暗示她涉入欺诈案的文件。"

"不会吧。"

我再看看那些文件。如果戴尔所言为真,那克莉丝汀确实惹上了最糟糕的麻烦。就算她什么都不知道,也完全不重要。这是严格责任②原则下的犯罪——如果你以任何形式参与了交易,又没有执行尽职调查,你就等着吃官司吧。无论你的意图为何,只要你确实经手了交易过程,便足以将你定罪。

"你怎么知道这么多内幕?"

"因为我跟一个男人谈过了,他负责处理一部分的银行交易工作。他把整个犯罪结构都告诉我了。他要揭发整个犯罪活动。"

"那你为什么还需要我?"

"你要听实话吗?因为证人死了。你老婆的老板杰瑞·辛顿找人把他做掉了。"

---

① 意思是正式法令或文书上有关负责人在正职人员签署之后连同签署。
② 严格责任(strict liability),又称无过错责任,是指当损害发生时,主要考虑的是违规的结果是否因违规的行为造成,而不考虑违规者是否出于故意或过失。

00:06

两手都端着热咖啡的肯尼迪戛然止步。整个房间变得一片死寂。我闭上眼，按揉额头，感觉好像有一股铅流在我的太阳穴里蓄积。

克莉丝汀究竟给自己惹上了什么该死的麻烦？

她是我唯一真正爱过的女人。我们的婚礼规模很小。我父母双亡，而且除了哈利·福特法官以及我的合伙人杰克·哈洛兰之外，我所有的朋友都是骗子、娼妓或帮派分子，但他们仍然是我的朋友。那天，位于费里曼大道上的教堂聚集了一批不寻常的会众。她那一半的教堂充满上流阶层的纽约客、曼哈顿的精英：报社老板、名厨、房地产富豪、律师、模特以及社交名流——不管那是什么玩意儿。我这一半有一位法官，也就是我的导师哈利·福特；一位狡诈的律师，当时是我的合伙人杰克·哈洛兰；一位180厘米高的前妓女小布；四个帮派正式成员及他们的娇妻，与他们的老大吉米·"帽子"·费里尼；两个行骗老伙伴；还有我以前的房东瓦乔斯基太太，我并不是特别喜欢她，但她能平衡其他人的凶恶气质。所有人都很安分守己，只有瓦乔斯基太太因为喝了太多螺丝起子调酒，结果掉进马桶，让我颇失面子。克莉丝汀的妈妈还得把她拽出来。

我不在乎，我眼里只有克莉丝汀。我们很快乐。

好景不长。

在我疯狂泡在法庭内、柏克莱案，以及酗酒的过程中，不知何时，克莉丝汀不再爱我了。我从她的眼神看得出来，她已经感到厌倦，对我感到厌倦。虽然我迷失了方向，但我从未丧失对我妻子的爱。上星期三晚上，我提及瓦乔斯基太太掉进马桶的往事，她还从鼻孔喷出一口酒。尽管在门口时她拒绝了我的吻，但我知道仍有小小的机会，我们有朝一日还能复合。她按在我胸前的手力道放得很轻；那动作带着温柔，让我心中燃起希望。

肯尼迪吹开咖啡杯冒出的热气，上前把其中一杯递给我。他站在戴尔身旁，等着我喝一口。太烫了。我把杯子放在办公桌上，拿起一支笔，让它流畅地在我指间舞动，这有助于我思考现状。

"告密者是谁？"我问。

戴尔想摆苦瓜脸又忍住了，他溜下我的桌子，绕过去，重重坐进我的椅子并叹口气。肯尼迪把另外一杯咖啡递给他。

"谢谢你，比尔。"戴尔说，然后往热腾腾的杯子里加了一点他随身酒壶里的液体。

"自从911事件后，中情局就把目标锁定在全球恐怖主义的核心——金融上。这十五年来，我一直盯着大开曼岛，它就像是黑钱界的巴拿马运河。我们的观察名单上有个家伙——法鲁克。他直接听命于杰瑞·辛顿。我们发现法鲁克除了是贪腐的银行业者和洗钱者之外，还在线交易儿童色情照片。去年4月，他被一支洲际警方项目小组逮捕。他们通过恋童癖的网站追查到法鲁克，当地警察逮捕他时，在他的计算机里找到了非法照片。在大开曼岛，这代表很长的刑期，不过他更可能一踏进监牢就被干掉。事务所倚仗法鲁克这样的中间人来移动钱，如果他转为告密者，他可以把他们全都拖下水。

"所以我决定去乔治城警局跟他谈一谈，把他转为线人。在那之前两三个星期，事务所已经跟他划清界限，因为辛顿有了全新的方法来移动钱和洗钱；此外法鲁克也怕被连累。他承诺会提供给我们这起史上最大规模洗钱活动的一些相关证据，有些是像你已经看过的那种股份合约文件，有些是旧的银行对账单，这是给我们尝的一点甜头；若是我们给他新的身份以及在另一个地方的新生活，他能给我们整个哈兰与辛顿。"

咖啡喝起来很苦——机器老旧,又没有滤纸。我试着把所有注意力都专注在眼前的男人身上,留意他的任何"破绽"。他看起来很放松,与我眼神交会及转移的时候都很自然,手势流畅不紧绷,也没有强调特定字词或是用手指遮住嘴巴。

"我们准备好谈条件,所以我们以车队护送他离开当地警局总部。然而法鲁克没能抵达大使馆。我不知道是谁执行攻击的,但不管是谁,都运用了军事技巧——用火箭推进榴弹消灭领头车,堵住后头的路。我的首席分析员也在这次事件中丧命,当时她在其中的一辆车上。我仍记得她在烈火中的尖叫声,可当时我无法赶到她身边。法鲁克被活捉,事务所需要知道他对警方说了什么。"

他的目光移向桌面,然后盯住一个位置说:"他什么都告诉他们了,他不可能隐瞒得住。我们发现了他的尸体——就挂在大使馆的围墙上。他全身——从头到脚——都被强酸灼伤。他身上没有致命伤,没有严重外伤的痕迹。我们认为他的死因是强酸烧灼带来的疼痛所引发的心脏病或痉挛。你能想象吗——痛到你的身体就这么死了。

"法鲁克死了,案子也跟着无疾而终。所有书面证据都回溯到见证合约的律师,两名合伙人撇得一干二净。杰瑞·辛顿解决掉其余的中间人,事务所开始用别的方式洗钱,而我们什么都没有了。

"现在,我们有一个机会逮到哈兰与辛顿,就在昨天,这个机会就这么掉进我们怀里。我们认为我们找到新的线人了。也就是你的新委托人。"

"你还没告诉我那家伙是谁,他为什么愿意谈条件?"

"他会谈条件的。他只是个小鬼,吓坏了的小鬼。是啊,他很强,在他自己的领域很强。但他承受不了终身监禁的未来。他握有事务所的相关信息——关键信息。你只需要知道这些就够了,暂时如此。说服他加入我们这一边,我会安排一切。"

"那小鬼做了什么？"

"他在一天前枪杀了他的女朋友。我们有枪，有证人证明他在犯罪现场，还有鉴识证据。罪证确凿。你要做的是说服他解雇他现在的律师，雇用你当他的辩护律师，并且迫使他跟我谈条件。"

"我会被取消律师资格的，我有强烈的利益冲突。我不能说服委托人接受对我老婆有利的协议。"

他像是没听到我说的话。"我们要他在预审听证会之前提出有罪答辩。依规定，他被捕后24小时内必须被传讯。他今天早上因为谋杀遭到逮捕。他接受了面谈、被控告，等一下会前往中央拘留所。他在明天中午之前必须被传讯；这是你的时间——你有15个小时可以挤掉事务所、抢走他们的委托人。如果你成功被雇用，法官很可能安排在隔天举行预审听证会。我要他在预审听证会之前提出有罪答辩，因为这时候他压力很大，而且地方检察官愿意谈条件；这个男人在这个时间点最脆弱。另外，我们只从这家伙手上拿到给那两个合伙人定罪的证据还不行，我们还要拿到事务所的钱。以伯纳德·麦道夫为例——那是史上破获的规模最大的金融欺诈案，但是对执法机关来说却很失败，因为他们没把钱找回来。我们要那两个合伙人，也要钱。鱼与熊掌要兼得，我们就得动作快，抢在钱消失之前下手。你做这件事，我们就确保克莉丝汀能够全身而退。"

我摇摇头。

"我老实跟你说好了，艾迪。这就是中情局的作风。我们取得线人，控制住他，然后尽情利用。你的新委托人就是那个线人，我们必须掌控他，才能利用他。你会获得丰厚的补偿。经过钱伯斯街事件，我们知道你能应付这种压力。必要的话，我们可以触动你的开关，艾迪阿弗。"

帮派分子都叫我艾迪阿弗，尤其是我的老友"帽子"吉米。我们年纪还小的时候，会在练完拳后玩棍球。我的打击比不上吉米——他是全垒打王——但我的手很快，一个球都不漏接。吉米给我取了艾迪阿弗（与"飞快"同义）这个雅号，在我进入诈骗界之后，这昵称也一直跟着我。

我想着克莉丝汀和艾米。律师誓词什么的姑且不论，我不能让任何事危害到我的家人。而且从戴尔告诉我的信息来看，这个委托人是有罪的。让有罪之人认罪并且谈条件，借此拯救我的妻子，至少听起来还不坏。

"我得告诉克莉丝汀，她有权知道。"

戴尔摇摇头，"你一个字都不能告诉她。她知道得越少越好。万一她一慌，在其中一个合伙人面前说漏嘴怎么办？那她就死定了，而且整个计划也会泡汤。什么都别告诉她。你会替她拿到一张脱身的车票，这就行了。"

我能理解他的逻辑。我完全无法想象克莉丝汀会作何反应，她甚至不会相信我。我望着戴尔。

"委托人是谁？"

"他是你的目标。你把他弄到手，让他成为你的委托人，让他承认自己犯下谋杀罪，用来和我们交换条件。他获得减刑，事务所垮台，我们拿到钱，你则得到克莉丝汀。"

戴尔瞥向肯尼迪。

"我得伸伸腿。"戴尔说。他起身站直，我注意到他有轻微的跛脚。他借由走动来恢复，还按揉着大腿。

"弗林先生，我在攻击法鲁克的事件中并不是毫发无伤。我要那家事务所，他们夺走了我的证人、我的分析员。我一定会打倒他们。"

他朝内室走去，我听到他关上浴室的门。肯尼迪向我凑过来，以免被戴尔听到我们的对话。

"在攻击法鲁克事件中殉职的分析员,名字叫苏菲,是戴尔的徒弟,也是他的情人。我听说他们的感情很稳定,很认真。他把那视为私人恩怨。对他宽容一点吧。"肯尼迪说。

"他在威胁我老婆。"

"他只是在尽他的职责。他并不想伤害你的家人,他要给你一张免入狱卡,让克莉丝汀可以用。你也知道无论克莉丝汀是有意洗钱还是犯下无心之过,都没有差别。事实就是她在文件上签了名,而且她没有先执行尽职调查;那两个合伙人是不是骗了她根本不重要,她百口莫辩。戴尔是给她提供一条生路。"

"你们还是没告诉我委托人是谁,还有他能如何击垮事务所。"

"他是关键,艾迪。或者应该说——他握有关键。我们认为目前你最好还是不要知道太多,也就是关于这男人握有事务所的什么把柄。但他是唯一能带领我们找到钱的人。这两天会非常紧迫,有压力。我知道你很行——所以我们才会在这里——但我们不能冒险让你有可能泄露什么情报,哪怕只是不小心说漏嘴。如果委托人认为你想操控他来对付事务所,他很可能会选择闭紧嘴巴。跟他说你可以帮他谈个好条件,他只需要跟你的两个联络人谈一谈就可以了。然后我们就会接手。"

我听到戴尔绕过转角。

"好吧,我们怎么做?"

我看到肯尼迪明显松懈下来,被我打伤的两名探员也是。戴尔噘着嘴巴点点头,眼中似乎燃起某种光芒。

"明天我们可以帮你拖住他的律师,让他无法及时赶到法院,替你争取一点时间。在那之后,你就要靠自己了。"

"他现在的律师是……"

"你说呢?当然是哈兰与辛顿。"

第一部

布局

00:07

3月16日,星期一
枪击前36小时

  我父亲曾告诉我,在诈骗游戏中有两种基本的行动模式:短诈骗与长诈骗。短诈骗通常发生在街头或酒吧里,完成的时间介于5秒钟到5分钟之间,属于低风险低报酬的诈骗。长诈骗则要花很长的时间,就算花上六个月甚至一年来执行都算正常。长诈骗涉及详尽的规划、侦察、准备,要投入大量的资金,高风险则以潜在的高报酬来平衡。

  还有第三种诈骗模式:子弹诈骗。这是把长诈骗浓缩在短时间内,介于两天到一个星期之间。子弹诈骗的关键在于速度,也是目前为止风险最高的做法。你没有什么时间进行沙盘推演,无可避免地,大部分时候你只能凭感觉走。没有人会选择采取子弹诈骗,除非有天大的馅饼掉在他们怀里,好到他们舍不得放弃,好到难以抗拒,例如:有个嗜赌成性的有钱目标飞到你所在的城市,但他只会待一周;或是有一幅天价的名画为了紧急清洁,出乎意料地从原本戒备森严的存放处移出来。那一类的生意,迅速,复杂,且危险。

  我听老一辈的说,之所以称之为子弹诈骗,是因为启动的速度太快了——就像扣动扳机。不过在现实中,这名称的由来是,如果行动失败,骗子就要做好吃子弹的心理准备。

在圣派翠克节前一天的早上 8 点 15 分，我开始进行我生涯中的第一次子弹诈骗。它就和大部分高明的诈骗一样，由微小的动作开始。起初是一连串简单的动作与手势：这是骗子的工具，用来引目标上钩、使他担心、使他冒汗，然后骗子再大摇大摆地登场，手握一张金色票券，它能解决目标的所有问题。

那天早晨，我走进曼哈顿地方法院地下室的拘留室时，右手心藏着一张折起来的 20 美金钞票。我事先把钞票弄皱，好让它能紧密贴合我的手掌。我的脚步声在光滑的地板上回荡。经过的那一排铁栏杆，将我与等着出庭的被拘留者分隔开来。我用眼角余光在人堆中挑出我的目标。他坐得离其他囚犯很远，窝在角落，垂着头，手捂着脸。我直视狱警，他怀里抱着一把猎枪，握有这座围牢的钥匙，围牢里有我的目标，以及另外三十个等着被传讯的男人。

那天早上出现在牢里的男人，大部分都是因为毒品、酒、精神问题、贫穷或帮派而被关，但我的目标则不同，大大不同。他是里头个子最低的，而且差人家一大截。他看起来很健康，就是有一点瘦。橘色连身囚衣松松垮垮地挂在他的骨架上。有人拿走了他的鞋子，我能看见他的白色运动袜。狱卒会没收有鞋带的鞋子，以防某个囚犯试图用鞋带上吊或勒死别人。他们在耐克或匡威鞋被收走之后，会领到黑色橡胶运动鞋。我的目标什么鞋也没穿，显然是围牢中的某个人抢走了他被逮捕时穿的鞋子，那里面没人会想偷囚犯穿的运动鞋。他那一头蓬乱的焦糖色鬈发和金属框眼镜让他看起来有点可笑，稍微偏向科技宅不酷的那一端，不过我很怀疑有人告诉过他这一点。

如果你是亿万富翁，别人会突然对你很有礼貌。

负责管理这里的狱警名叫尼尔，他听到我的脚步声，便挪动了一下怀里的猎枪。对辩护律师来说，拘留室是打广告的好机会。那些家伙会冷眼旁观谁获得保释，谁没获得保释，谁很快就敲定审判日期，他们有没有逃过一劫。坐在那座围牢里的人有大把时间可以聊天。尼尔管理围牢的资历已有二十年了。我以前的搭档以优惠价帮尼尔打离婚官司，换来尼尔向牢笼里的常客散播信息。

见鬼，那浑蛋怎么能获得保释？
艾迪·弗林，全靠他。

围牢里的噪声震耳欲聋，有人在骂脏话，有人在尖叫，有醉鬼在唱歌。在这司空见惯的混乱中，没人会注意到我和尼尔的对话。我在几个小时前就告诉了他，于是我们设计了这天早晨我登场的小小流程，目的是吸引目标的注意。

我走到尼尔面前停下来，对他眨眨眼睛。他用一枚子弹给12号口径的猎枪上膛。那个声音，那毋庸置疑的一卡一拉，足以让任何人停止原本在做的事。即使背对牢笼，我也能感觉到每个囚犯都在瞪着我。我的右手动作流畅地伸向前，与狱警握手，站姿微微往左偏，让我的目标能看见我在耍什么把戏。我的手指张得够开，好让那个亿万富翁看见钞票转手。尼尔面露喜色，让每个人都能清楚地看见他把钞票塞进胸前的口袋。他为我打开牢门，这是严格禁止的行为，我就这么走进鲨鱼缸。现在只剩下一件事，那就是在水中撒饵。

波波是我的毒虫委托人，现在他郁闷地点了一下头，算是跟我打招呼。波波是洛杉矶人，他在那里是专业告密者，后来弗雷斯诺市对他来说变得太危险，于是他搬到这里。以他这种状况的人来说，他看起来气色还不错。他的牛仔裤有一边扯破了，背心上有各种食物污渍。他散发着陈年老屎和香烟的味道，消瘦的躯干上覆着一层厚厚的汗水，那汗水表明他正因为停止吸食海洛因而受到初期的折磨。波波穿着廉价的懒人运动鞋，这样他被逮捕时就能保有自己的鞋子，而被逮捕对他来说是家常便饭。他的本名叫代尔·巴恩斯,他总是对警方报上这个名字——但他太常向警方告密了,别人便给他取了"波波"这个外号,意思是"波丽士大人"。这个简称的起源已不可考,不过似乎是从加州开始的;那些并肩骑着自行车巡逻的警察,T恤背后就印着"波(PO)"的大写字母,代表"警察"。从他们背后看过去,就是"波波"两个字。对一个告密者来说,这种外号可不利于他做生意。

波波张开皲裂渗血的嘴唇说话:"律师男,你跑哪儿去了?"

听起来他对我有点不爽,正如我们事先讲好的一样。

"买早餐给你。"我说,并递给他一个藏在资料夹底下的布袋。我在波波左侧的长椅上坐下来。波波是离目标最近的囚犯,那人坐在波波右侧一两米外,在长椅的末端。这天稍早之前我跟尼尔谈过后,他让我跟波波通电话,我要我的委托人跟那个科技宅模样的白人打好关系。他用颤抖的手指打开布袋,开始狼吞虎咽地吃汉堡。我让他吃。他拿出另一个汉堡请坐他右手边的男人吃,不过被拒绝了。这时候我就在想,他们是多么古怪的对照组,都是22岁,都在同一座城市出生,现在都住在同一座城市,都让同一张监狱长椅把他们的屁股变冷,然而他们就像是两个不同星球的人。一个来自富星球,另一个来自穷星球。

我的目标叫大卫·柴尔德,他拥有史上成长得最快的社交网站——瑞乐。自从三年前这个网站上线,它使大卫·柴尔德的身家超过10亿,脸书(Facebook)相比之下就像过气的MySpace[①]。几乎每个月,瑞乐或大卫都会因某种新闻事件而登上头条。现在他把头抵在胸前,头发被汗浸湿,我几乎认不出他来。近距离观察,我并不觉得他像是会涉入卑劣行为的那种人,他看起来奉公守法。不过话说回

---

① MySpace(聚友)是一个社交网络服务网站,提供人际互动、使用者自定的朋友网络、个人档案页面、日志、群组、照片、音乐和视频的分享与存储。MySpace 也提供内部的搜寻引擎和内部的电子邮件系统。

来，很多守规矩的男人也有杀人的能耐。这小子是个天才，但我想不通他跟哈兰与辛顿会有什么瓜葛。他是那家事务所的客户，不过他们之间难道还有什么别的关系？肯尼迪说这孩子是唯一能带他们找到钱的人，我不懂，至少目前还不懂。我看着坐在同一张长椅上的大卫和波波。在某种意义上，犯罪真是让众生平等的有力工具。

"所以这次要多久，艾迪？"波波问。

我从齿缝间吸气。这可不是任何委托人会想获得的反应。

"嗯，我们这里是没有所谓的三振出局的规则，不过你已经差不多被四十三振了，我得说，大概半小时，顶多45分钟吧，到时候我应该已经说服检察官撤销告诉，你就能离开了。"

当我告诉一个毒虫惯犯，我会在1小时内把他弄出去时，牢中响起了此起彼伏的嗤笑声。大卫转过头来，直直地盯着我。我刻意避免与他对视，只是若无其事地望着我的委托人。

"我不是跟你说了嘛，艾迪最棒了。"波波转身友善地戳了一下大卫的肩膀。"你最好说到做到，艾迪，我还要去别的地方赶场呢。"波波对我说。

"我会尽力而为。我没办法制造奇迹。我应该可以在10点半以前把你弄出去，但我不保证任何事。"

他微笑。真相是，波波每隔一周的星期天晚上都会被捕。这是条件。两个月前他犯下抢劫案被逮到，面临严重的刑期，他唯一的选择是跟警方合作，而在我的协助下，他跟警方谈成了协议。如果你是领酬劳的线人，你有两种收款的选项：每周领63.6美金，或是国家付钱雇用你所挑选的律师代表，时薪最高可达150美金。相对于一般由慈善捐款或国家部分补助所聘请的公益律师，这个付款雇用私人律师的试验性计划，用意是减轻公设辩护人与其他过度法律扶助计划的负担，并且避免公设辩护人办公室间的利益冲突问题。毕竟公设辩护人同时作为告密者以及被告的律师代表，并不是罕见的情况。虽然这计划是个好主意，但大多数人还是会选择领 63.6 美金。

波波可不一样。

通常波波每隔一周的星期天会因持有毒品被逮捕，而我则开出 6 小时的账单，并在隔天把他弄出去。不知怎的，他那被毒品搞得乱七八糟的脑袋老是忘记他是警方的线人，搞得我每次都要在星期一来法院解决一切，并领取 150 美金的钟点费。你要在毒品圈里卧底，不可能不随身携带一点毒品——所以撤销他的罪名是小事一桩。尽管如此，我通常不会急着让波波被释放。在波波的协助之下，我每个月向司法部请款的金额大约是 1500 美金，50 美金是中央拘留所值班警员的回扣，500 美金分给波波，他再把钱付给本地的毒贩当保护费，以免因为当告密者被杀掉。顶着波波这种名号的人，需要各种帮助才能在街头活命。毒贩给波波提供办事不力的员工名单，让他们被警察抓走，这样就能再招募更廉价的新鲜血液。要知道，如果你没办法在纽约街头一天卖掉价值 2000 美金的毒品，你就不适合干这一行。在我看来，这是所有人都有好处可拿的好交易。大家都分到钱，犯罪数据看起来比较漂亮，公设辩护人办公室也能稍微清闲一点。没有人受伤，所有都由市政府买单。

一场完美的小小不法勾当。

"不要心急。我跟检察官谈过了，她是我朋友。她会先叫你的案子，让你能快点离开。"我说，然后一掌拍在波波汗湿的背上。

我站起身，对委托人提出几句最后的建言。

"在 10 分钟之后做好准备，什么都别说，让我来负责讲话，懂吗？"

他点点头。我满意地转身准备离开。我原本预期走到牢门那里才会听到大卫叫我，结果我才跨出第三步时他就出声了。

"不好意思，律师先生，你有空吗？"大卫说。

我停下脚步，但没有转身。

"公设辩护人晚点会进法院。我不负责法律扶助或公益服务，朋友。"我说。

"不……不……啊……你不明白。我已经有个律师了……我只是……"

我半转身，打断他的话，"那你并不需要我。"

"不，等一下，请不要走。我只是想问你一件事，拜托。"他两手手指在下巴底下交错合掌，用口形一再地说"拜托"。虽然他焦急地想和我说话，却不想站起来；他对于从长椅起身而吸引牢友注意的恐惧胜过了迫切的心情。

"放轻松，没关系的。欸，我是不是认识你？"

他似乎缩小了，整个人抱住自己的身体。他最不希望的就是被认出来。

"我不认为我们见过面。"他说。

"我能如何为你效劳？"我走向他。

"我的律师昨天晚上说今天早上会来这里，但他没有出现，我很担心。我……我并不习惯……"

"我懂了，你没被逮捕过。你的律师是谁？"

"杰瑞·辛顿。"

"哈兰与辛顿的那位？"

"是啊。你好像很惊讶。"

"这个嘛，是有一点。我太太是哈兰与辛顿旗下的律师，我以为他们是很严谨的公司。"

"杰瑞和我是老交情了，我信任他。你今天早上见过他吗？"他因为喉咙太干而破嗓，音调忽高忽低。尼尔告诉我，大卫几乎整夜都在哭，直到波波设法让他平静下来。这么做很明智，笼子里的男人隔着老远就能嗅出软弱的气味。

"不,我今天早上并没有见到杰瑞,不过我相信他很快就会到了。"

我注意到他的手小而柔软。它们因恐惧而颤抖,同样的恐惧正威胁着要彻底征服他。他的下巴像手提钻一样抖动,瞪大的眼睛隐隐发红。在我转身要走的时候,他伸手抓住了我的手腕。

"喂!不要动手动脚!"狱警尼尔暴喝。

我的目标放开手,脸皱成一团。

"请等一下。你能不能查查杰瑞到了没?我不能打给他,而他现在应该要在这里才对。我会付你钟点费。也许你可以打给你太太,问她有没有见到他?"

波波没有银行账户,除了身上的衣服之外也没有任何钱或财产。肯尼迪告诉我,大卫的资产净值高达19亿美金,他拥有一艘游艇、好几辆轿车、二栋房产,以及一支篮球队。在这当下,大卫和波波却没有什么差别。两人都迫切需要某样东西,波波需要的是海洛因,我的目标需要他的律师,他们的痛苦让两人平等,这是只有死亡或疾病才能相提并论的。

"克莉丝汀的老板是本·哈兰。我不知道她是否能经常见到杰瑞·辛顿,不过我还是打个电话给她好了。"

我拿出手机假装打给克莉丝汀,同时看了一下手表。我来法院之前,已经趁着戴尔和联邦探员不注意,试着打给她五六次了,她都没有接。老实说,我不知道如果她接了,我要对她说什么。我想我会叫她待在家里,但我不认为她会听我的,除非我向她坦白一切。后来我做了决定,戴尔可能是对的——她知道得越多就越危险。

"他大概塞在路上了,我相信他会来的。等他到了以后,他会向法庭书记官报他的姓名,登记为你的备案律师,领取案件记录,然后联络检察官。听着,我会请尼尔打给书记官,帮你确认一下。"

"谢谢你。"我的目标说,他闭上眼睛,期盼等他睁开眼睛时,我已经找到他的救星了。

我合上手机,说:"她手机关机了,大概在开会。"

我把尼尔唤到栏杆旁,要他打给书记官丹妮丝,确认一下杰瑞·辛顿到法院了没。尼尔打电话的时候,我对大卫露出安抚的微笑。尼尔大概是打给他的顶头上司了吧,他绝对没有打给丹妮丝,没这个必要。我颇为确定在这个时间点杰瑞·辛顿究竟在什么地方,而假如一切都照计划走,杰瑞·辛顿打死也不可能在短时间内赶到法院。

00:08

我走进牢房的 1 小时前,杰瑞·辛顿应该正坐在一辆 1968 年出产的劳斯莱斯银影的驾驶座上,塞在美洲大道的车阵中。戴尔告诉我,辛顿搜集的车款会逼哭杰·雷诺,而且辛顿喜欢开车。他曾像大多数顶级律师一样聘用司机,不过六个月前买下这辆劳斯莱斯后,他就解雇了司机。

此时,开在他前面的那辆老旧福特皮卡车会开始在杰瑞这一道上不断切出切入。杰瑞会看出车上的一对男女在争吵,他可能会对皮卡车按一两次喇叭,并且试图超车。皮卡车的司机亚瑟·波多斯克可不会容许他这么做。亚瑟的体重大约有 170 公斤,五十来岁,有哮喘,而且是我合作过的数一数二厉害的精准司机。那家伙可以在一秒之间把车停住。亚瑟会借变换车道来阻止杰瑞超车,然后在恰到好处的瞬间,在信号灯转为红灯的那一秒用力踩刹车。杰瑞绝对没有机会停住,他的古董车绝对会撞上老皮卡的屁股。杰瑞大概会下车对着亚瑟破口大骂，这状况不会持续太久。当皮卡车的驾驶座车门打开，亚瑟把他巨大的屁股挪到马路上时，他会佯装心脏病发作。我想象爱琳就和平常的她一样歇斯底里起来，对着杰瑞挥动她那粗壮的膀子，短短几秒内，整个局面就会完全陷入混乱。最大的风险在于杰瑞用手机打回办公室，派另一个律师去法院服务他的委托人。这部分我也考虑进去了。幸运的是，有辆纽约市警局的巡逻车会刚好经过，目睹整起事故，其中一名巡警会用对讲机呼叫急救人员，另一名巡警会把杰瑞拖下劳斯莱斯，将他脸朝下按向引擎盖，给他戴上手铐，然后把他塞进巡逻车的后座，等急救人员来了以后再处理。这一切都得抢在杰瑞拨号求援之前。

　　这绝对不是简单的布局，但我有帮手，能安排一辆巡逻车跟着杰瑞，并在他打出电话前拘留他。只要是他们认为必要的事，他们基本上都办得到。

　　所以，杰瑞今天早上能及时赶到法院的概率为零。

　　"你的这位客户对你赞誉有加。"大卫伸手指指波波。

　　"我跟他说了，我的艾迪老兄最棒了。"波波牙齿打战地说。他开始出现严重的戒断症状。

　　我直直地盯着大卫，好像我现在才真正好好看他。他的脸被眼泪弄得脏兮兮的，头发粘在额头上。

　　"嘿，我真的认得你，你是……"

　　"不要在这里讲。"他的眼神在牢笼内到处瞟，还用力抓住膝盖来抑制手的颤抖。他的脚抬了起来，在察觉我的目光后，又把脚藏到长椅底下。

　　我没有料到大卫会失去他的鞋子，有时候你只能随机应变。有些最巧妙、最有说服力的骗局之所以会成功，全是因为骗子看出他有机会自我推销，让别人相信他是个老实人。让目标信任你是最大的障碍，所以当你能巩固与目标之间关系的机会浮现时，一定要把握住。我们这一行称这种小手段为"游说"。不管成功的概率有多高，你都绝对不能放过机会。大卫失去了鞋子对我来说就是天赐良机，让我能向他证明我说话算话。

"嘿，你的鞋子怎么了？"

他垂下头，揉着后颈，脚紧张地微微颤抖，双手扭绞在一起。他看着我，然后飞快地瞥向围牢中央。我看到一个高大的黑人站在中心位置，好像他是这里的老大。以一个充满危险分子的牢笼来说，他的周围有很大的空间。这家伙位于食物链顶端。他穿着一双崭新的耐克训练鞋，是红色的懒人鞋款。它们对他来说小了好几号，他的脚跟都溢到地板上了。

我不理会大卫做出的哀求手势，以及他轻声说的"拜托，算了"，径直走向牢笼中央，朝我面前的巨人伸出手。我身高一米八，他比我还高出15厘米，体重大概比我多45公斤，而且那些额外的体重看起来都是结实的肌肉。他宽阔的胸膛上有一只展翅的黑鹰刺青，我看到他的牙龈间闪着金光。

那大家伙只是瞪着我。

"我叫艾迪·弗林。"我说，手仍然伸着。

毫无反应。

"我注意到你穿着我委托人的鞋，我想它们并不合你的脚，我想拿回来。"

大家伙的眼中燃起怒火，我看得出笼内的其他人都在用手肘轻戳彼此，准备看一场好戏。牢笼内笼罩着沉重的沉静，我能闻到那男人的汗味。我的手还伸着，目光始终没有从他的脸上移开。

巨人没有握我的手，而是迅速伸出右手臂，揪住我的领带。若他不是打算把我拉过去掐死，就是只打算威胁我。我没给他任何机会，一把抓住他的右手，将其牢牢固定在我胸前。我的左手臂迅速举向天花板，还顺便带着大家伙的手肘一起。我让他的手腕继续固定在低处，手肘则被推向十点钟方向，肩膀发出"啪"的一声脆响。我看到男人的表情由愤怒转变为讶异，再转变为火辣辣的痛苦。手臂不是生来给人这样乱折的。

"我只要把手臂再往上抬5厘米，你的肩膀就永远废了。那里面有很多软骨，会因为受到挤压而断裂。你会昏过去，等你醒来，你会宁愿你死了。你是要把鞋子脱了，大家好好相处，还是你想每个月1号去领身心障碍者补助？"

他点点头，我放手。他的手臂会麻痹两三个小时；那里头的神经和肌纤维都一下子变成了废物。我看得出他在考虑扑向我。

我露出微笑。

他脱下鞋子。

在全市最险恶的拳馆长大自有其好处，即使是在律师这一行。

我把鞋子抛给我的目标，他的嘴张得大大的。尼尔打破现场惊呆的寂静。"你知道吗，我真的该去配一副新眼镜了。"他边说边摘下眼镜，举起来对着光查看。

他继续说："该你上场了，艾迪，你的小朋友是下一个。我打给丹妮丝了，没有辛顿先生的踪影。"

"谢了，尼尔。"我说。

大卫听到杰瑞·辛顿没有抵达法院时，简直喘不过气来，只能制造出短促而嘈杂的喘息声，嘴唇向内凹进口腔，挣扎着要吸入不新鲜的空气。他的鼻尖滴下汗水，和脸上新涌出的眼泪混在一起。

"你能帮我吗？拜托？我不知道杰瑞怎么了，他应该在这里的，不过我跟你说，反正我也不可能获得保释。杰瑞说我完全没有机会。只是我……我不能一个人上场。你可以当我的代理律师吗？就这一次就好,拜托,我求你了。"

所有的计划、所有的准备、我这天早上做的一切,都是为了诱导他提出这项请求。然而,当他真的说出口时,我却什么也没说,因为我知道一旦答应了,我就没有回头路了。我的脑中再度分析起所有可能性。这十个钟头以来,我几乎没想过别的事。一切都没有改变,没有别的选择,没有别的出路。

另一个选项是我会来到一个和这里一样的牢里,只不过不是去见委托人——而是去探视我的老婆。

"好吧。"我说。

他慢吞吞地呼出一口气,笑了。我感觉有一副重担用力朝我肩膀砸下来,开始慢慢压垮我。

我朝他靠近一步,压低音量。"我们就省略所有客套话吧。你是创立瑞乐的大卫·柴尔德对吧?"

"对。"他说。

"什么是瑞乐?"波波问。

"类似推特(Twitter),或脸书。"我说。

"什么是推特?"波波又问。

我没理他,把注意力转向大卫。"如果要我当你的代理律师,我需要了解你这件案子的所有资料。一开始我觉得问这个不太礼貌,但现在我最好知道。你被控告了什么罪名?"

他抹了抹脸,然后用上衣揩拭湿漉漉的手。他回答我的时候,语气像是无法相信他说的内容,感觉说出这些话本身会使他产生新的醒悟。像是膝盖受伤的人走路,本来已忘了伤势,却被那可恨的疼痛硬生生拉回现实。他最后终于勉强把话挤了出来。

"谋杀。"他说,"罪名是一级谋杀。我向你保证,我没有杀她。"

00:09

他把脸埋进掌心。我需要知道更多,不过在这当下逼问他是没有意义的。

"好吧,放轻松。我得先处理波波的案子,大概会花 10 分钟。我会请法官等一小段时间再来处理你的案子,这样你我就能私下谈谈了。希望这能让杰瑞来得及赶过来。"

我说话的时候大卫没有看我,他一直用手捂着眼睛。

我离开牢笼,在穿过通往法院楼上的安检门前,我始终盯着他。我在等电梯时,从外套口袋拿出新手机,编辑了一条短信,点击发送。

　　我入选了。至少再拖住杰瑞·辛顿 1 小时。

电梯抵达时,我收到回应。

　　你有 40 分钟,顶多。

我的手表显示现在是 9 点 15 分。时间不够。

万幸电梯是空的。我按下按钮,门关上,电梯开始上升,慢得让人心焦。24 小时前,我的人生似乎正在回到正轨。我在三个月前开了自己的事务所,最近两周生意逐渐有了起色,感觉比较像在过正常的生活。我重整旗鼓,应付客户、最后期限和透支额度,还开着一辆二手车——跟我以前的事务所生活像是两个世界,但感觉比以前更好;感觉很真实。

一年半前,我停止了律师生涯。有一件案子出了差错,很大的差错。我害某个人受伤,不是因为诈骗任何人,或是从事任何不法勾当,而是因为我善尽职责。结果我失去了一切——我的老婆、我的女儿、我的生活。我颇为努力地用酒精慢性自杀了一段时间,后来我下定决心戒酒。我成功了,开始对未来有了新的展望,也受够了原先的一切,决定放弃律师事业:不再跟委托人周旋,不再上法庭耍花招。但那都过去了。然后,半年前,我被迫代表俄罗斯黑帮的首脑出庭。我活着回来了,并且又回到律师这一行。

现在我在这里,不只是即将卷入自O.J.辛普森以来最轰动的谋杀案,而且还要诓骗我的委托人,以挽救我的老婆,避免她被判刑。诓骗委托人来救克莉丝汀并不会太令我困扰。

我的新委托人是美国排名第四十五的富豪。

而就他们告诉我的,他罪证确凿。我的心思暂时飘到戴尔身上。他失去了某个人,正承受着心痛——这似乎是够明确的事实。这种心痛能产生两种效果:你会想拯救别人,避免他们和你受一样的苦;或是你会希望所有人都和你一样受苦。我无法弄清楚戴尔是哪一种人,还没办法判断。他把大卫被逮捕视为一个机会,我猜想有罪答辩足以满足戴尔的良心,之后他就能利用大卫对付事务所,对付他希望受苦的人——本·哈兰与杰瑞·辛顿。戴尔想要夺走这两个男人的一切——他们的生活、他们的事业、他们的名誉,还有他们的钱。

钱。

一切归根结底都是为了钱。

估计达80亿美金的非法交易金额。我今天早上出发前,肯尼迪是这么告诉我的。我得替大卫提出有罪答辩,戴尔才能和他谈条件,用减少刑期换取那对合伙人,还有钱。我要说服大卫认罪,否则他们会让克莉丝汀被终身监禁。先前在我的办公室里,我对这个布局没有疑虑,现在看到那孩子,我却开始怀疑他怎么可能朝女朋友扣下扳机。

他看起来连拉开汽水罐拉环都需要人帮忙。我的脑海深处开始有种不安在扩散。我试着忽略它。

电梯"当"一声变得更慢，然后打开门。

40分钟内要拿到目标的完整代理权。

然后有另外24个小时让他提出有罪答辩。

我走进大厅，这里满是平素惯见的三教九流，个个都等着和法官"约会"。我靠在大厅角落的一根柱子上，以最好的角度观察人群。有几个律师在等待，其中我认得的人都不是哈兰与辛顿律师事务所的律师。大厅里的律师所穿的衣服没有半点称得上昂贵的。那家事务所自夸网罗了金钱能买到的最好的律师，而他们每个月都能领到2000美金的治装费。女性律师偏好亚历山大·麦昆，男性律师则喜欢阿玛尼。我大部分的西装都在干洗店，因为我的办公室有点潮湿，必须经常把西装送洗来除异味。今天早上我身上的西装价值300美金，而且它差不多是我现在拥有的最好的西装了。

我正准备离开柱子走向法庭，这时，我看见了他。

不是杰瑞·辛顿，也不是哈兰与辛顿的律师。

他看起来像西班牙裔，穿着黑色羊毛大衣，里面是灰色毛衣、深色长裤以及黑皮鞋。他坐在中央楼梯井右侧的长椅上，离我大概有9米远。他用左手食指在智能手机的屏幕上飞快滑动。为数不少的出庭者都在做同样的事，低着头窝在墙角或是长椅上，啜饮塑胶杯里的咖啡，检查虚拟生活中的大事小事。但我看到的男人不一样。虽然他的手指在手机上动个不停，但他并没有把注意力放在屏幕上。智能手机已成为21世纪监视者用来当掩护的报纸。

这个男人密切注意着大厅里的人，目光漫不经心地扫过我。他喝了一口外带咖啡，然后望着周围。当他仰起头再喝一口咖啡时，我看到他脖子上有个刺青，但距离太远，看不出是什么图案。他绝对不是联邦调查局的人。我扫视人群,想看看能不能辨认出他的监视对象。没有人特别惹眼。

有种感觉吸引着我,让我将注意力转回那个喝咖啡的人身上,几乎就像有人拿针轻轻刮过我的后颈。

他正直直地盯着我。

我还小的时候,父亲曾带我去布朗克斯动物园搭乘野外亚洲列车。我们经过老虎谷的时候,其中一只西伯利亚虎突然停住,抬头盯着我所在的车厢。它直直地盯着我,没有低吼,或是露出牙齿。只是盯着。即使我当时只是个 10 岁小孩,也能从那双凶恶的眼睛里看出,下头那个 180 公斤重的猛兽想要把我开膛破肚。

这男人让我有了相同的感觉。

他把咖啡杯丢进垃圾桶,走楼梯离开。我猜他原本并没有在找我,但他察觉我注意到他了,这大概是他离开的原因。直到我开始走向法庭,才意识到自己呼吸得很用力。

而且我的手在颤抖。

无论那个男人是谁,我都永远不想再见到他。

00:10

5 分钟后,我在辩方席坐好,迎来第一个好运——诺克斯法官拖着脚步进入法庭,入座,咳了两声,然后立刻表明他本日的计划。

"各位先生女士,早安。在此知会辩方律师,我今天下午要打高尔夫球,所以我最晚要在 1 点半之前离开。如果届时还没有叫到你的案子,你的当事人将自动还押候审,等待下一轮。现在开始审理第一件案子。"

在约翰·诺克斯法官眼里,正义是个屁。他喜欢高尔夫、威士忌,以及漂亮的女书记官。他最喜欢的消遣是恐吓出现在他法庭内的律师。格兰菲迪威士忌、高血压和尖酸刻薄的个性,使他的脸颊和鼻子都染上淡淡的红晕。他个子很矮,有严重的矮个子症候群①。诺克斯会在法庭上坐两三个小时,快速处理案子,然后休庭,将所有人送进监狱,把保释申请当耳边风。他过去曾遭到司法惩戒,也被上诉过好几次,但他一点都不在乎。

法庭内看起来挺空的。大概有六名律师,他们所代表的当事人数量也差不多,这代表楼下的拘留室里大概还有二十个家伙在等公设辩护人。我已经安排好先叫波波的案子,再来是大卫·柴尔德的。我这天稍早打电话给书记官丹妮丝,告诉她我必须尽快把事情办完走人,就当我欠她一个人情。她答应了。我在职员间的名声还是很不错的。

狱警把波波带进法庭。他戴着手铐脚镣,拖着脚坐进我左边的座位。我能看到大约6米之外那一排囚犯,像坐着输送带一样等着叫到自己的案子。大卫·柴尔德站在队伍第一个,他环顾法庭的眼神就好像这里是刑讯室。他的眼睛瞪得老大,即使隔得这么远,我都能听到他身上的链子因为发抖而叮叮作响。

检察官茱莉·洛佩兹跟诺克斯法官身高差不多:155厘米。她面前堆着至少三十个蓝色资料夹,平均分成两沓。茱莉和她的资料夹一样,看起来总是井井有条;她的头发用笔绾成利落的发髻,薄施脂粉,身上的深色套装看起来一本正经,剪裁得非常合身。她拿取左边那沓的第一个资料夹,开启她的一天。

---

① 又称拿破仑情结,是因为个人自卑感而产生的一种心理缺憾,"患者"总喜欢在其他方面表现得强于他人。其中,比较著名的"患者"有法国的拿破仑、苏联的斯大林、西班牙的佛朗哥、意大利的墨索里尼等。

"法官大人,第一个案子是代尔·'波波'·巴恩斯。由弗林先生代表被告。检方撤销所有告诉,法官大人。"

诺克斯不常负责这个法庭,所以他对波波并不熟悉。他一开始没对检察官说什么,只是眯起眼睛,快速翻阅资料夹里的文件;他在读时,脸上漫开某种表情,毫不掩饰他对我和我的委托人怀有明显的轻蔑。

"洛佩兹小姐,我有没有听错?检方要撤销所有告诉?"

"是的,法官大人。"茱莉说。

"但他身上的毒品量足以构成散布毒品罪,更别说单纯的持有毒品罪了。"

"是的,法官大人。"

"所以为什么要撤销告诉?"

除了之前提到的各种问题之外,诺克斯法官还挺笨的。茱莉看着我,耸耸肩;我回望着她,摇摇头。有几秒时间,我们只顾着对望,把法官晾在一边。我们在商量该怎么办。在公开的法庭上宣布波波是警方的长期线人,可以豁免于检方提出的各种毒品罪指控,可这不是什么好办法。也许我以为"波波"这个名字足以透露玄机,但这对诺克斯来说似乎不管用。

大部分法官会接收到暗示,醒悟这家伙会对纽约市警局掏心掏肺,但是尽管茱莉露出尴尬的笑容,诺克斯还是不为所动。

"我漏了什么吗?"诺克斯问。

大概50分的智商吧,我想这么说,但没开口。我的脑袋反而突然快速运转起来,我看到眼前出现今早第二个创造游说的机会。

"法官大人,我们能不能到法官办公室与您讨论这件事?此事涉及敏感议题。此外,我也希望利用这个机会私下讨论您清单上的下一件案子。是一位柴尔德先生的案子。"我说出我的目标姓氏时,直直望向他本人，然后又将目光移回法官脸上。时间还有点早，记者们还没坐满旁听席，即使后排座位有几个犯罪线记者，他们也不会预期在法庭内看到大卫·柴尔德，所以这名字不会引起他们注意，而且除非他们坐在最前排，不然不会看到他的。此时前排并没有任何记者。

诺克斯立刻就认出了他，不过很明智地没有惊动任何正在法庭内的记者。他微微点头，我们只需要这个就够了。诺克斯起身，书记官说"全体起立"，接着茱莉和我就跟着诺克斯穿过法庭的后门，沿着一条窄窄的走廊，经过这个法庭专用的一间会议室，进入他的私人办公室，这里等于是诺克斯的小小王国。法院针对法官办公室有相关规定，不过范围不包括私人办公室，所以诺克斯好好利用了这个漏洞。他以舒适的姿势坐进椅子、整理法官袍时，我趁机打量周围。这个小办公室粉刷成奶油白，近年似乎所有办公室都时兴用这个颜色。房间四周挂满诺克斯与知名高尔夫球选手的合照。后侧墙边甚至立着一套高尔夫球杆。放眼望去没有家庭照。铺着地毯的地板似乎飘散着一股既熟悉又难以定义的气味，闻起来像蜂蜜、漂白水和麦芽威士忌。

"所以，先讲波波，然后你们两个要详细告诉我柴尔德先生的事，让我有愉快的一天。"诺克斯说，忍不住咧嘴而笑。

茱莉和我还站在诺克斯桌前两张看来很舒适的皮椅旁。在法官办公室，法官没有请你坐下，你就不能坐下。据我所知，诺克斯从未请任何人坐下过。他就是那种浑蛋。

茱莉试着把一个蓝色资料夹（关于波波的）在她面前的椅背上放稳，好让她能打开资料夹阅读她的笔记。我既没有整理出波波的资料夹，也没有做任何笔记。我手边是有几份波波的旧档案，不过我只是拿它来做做样子。通常我不会印出波波的纸本档案，因为那样有可能被某人查账，进而发现我工作的时数远不及我向纽约市警局报账的数目。没有档案，就无账可查。如果国税局问东问西，我会说档案被错放在某个地方了,而他们会姑且相信我。如果纽约市警局想看档案,我会叫他们滚蛋;这是我委托人的档案,受到律师及委托人之间的秘匿特权保护。

茱莉在看笔记时,我决定直接使出友善的奉承手段。

"法官大人,我的委托人波波是警方的线人。他必须携带和吸食毒品才能执行他的工作。地检署知道这件事,为了更重要的利益而不予追究。我的委托人提供的信息,已经协助警方逮捕了若干重要罪犯。"

诺克斯的脖子一下变成跟鼻子一样的颜色。他差点在公开法庭上犯下愚蠢的错误,让警方的线人曝光,这令他十分难为情。而我递给他一条救生索,让他看起来很聪明,能够保住面子。

"弗林先生,我只是想跟检察官确认一下,她从你的委托人那里获得的信息,是否值得她撤销所有告诉。"诺克斯说。

"我们和波波有持续性协议,他具备豁免条件。"茱莉说。

"嗯,在我们开始谈柴尔德之前,我们都同意放波波走吗?"我问。

"谁?哦,那个毒虫,当然。跟我说说我们的亿万富翁。我瞄了一下档案,他有答辩根据?"

"是的。"我说。

"检方对保释的态度如何?"诺克斯问,迅速将注意力转向茱莉。

"我们反对保释。"茱莉说。

"彻底反对?"诺克斯问。

"是的,法官大人。检方认为,即使设下最严厉的交保条件,法庭仍然无法确保柴尔德先生会回来受审。"

法官将身子往前倾,两手呈塔式手势抵在下巴处。他苍白的舌尖从嘴唇间微微露出,很快诺克斯又把舌头收回去,制造出响亮的吸吮声。这动作来得突兀,有点像爬虫类动物。他假装思考检察官刚才说的话。

"弗林先生,你的委托人能答应什么样的保释条件?"

这是想要抄捷径,省掉保释听证会的步骤。如果我告诉他能接受的条件,他会准许保释,不过条件会设定得比我所说的更严格。等我回答他之后,他会试探茱莉,弄清楚如果他想准许保释,她会提出什么条件。诺克斯可以借由这种方式,让辩方和检方都同意保释条件,那他就完全不必举行听证会了。届时辩方和检方都会不开心,但谁也不会质疑他的决定,因为我们都担心会失去自己取得的小小优势。诺克斯的理解速度或许稍慢,但他学会了一两招审判的伎俩。

"恐怕我得向委托人询问保释条件的事。"

"很好,"诺克斯说,"给你10分钟。"

我看看表,估计我还有14分钟左右的时间,然后杰瑞·辛顿就会冲进法庭,到时候一切还没开始就已经结束了。

00:11

我已经知道故事的来龙去脉了,大约9小时前,戴尔对我详细说明过。尽管如此,我还是想听听委托人自己是怎么说的。每个故事都有好几种版本,我们各自是个小小的星球,因此我们都只能从自己的角度看事情,那包括我们的偏见、我们的劣根性、我们的天资,以及我们受限的观点。没有两个人会看见同样的事情。如果再加上一个条件,那就是任何一个人都会对同一件事做出不同的叙述,这取决于他们叙述的对象是谁,你就能体会事件的版本有可能扑朔迷离到什么地步了。一个人讲述同一个故事时,会因为聆听者是男是女、大学教授或出租车司机、警察或律师,而呈现不同的样貌。我们会无意识地修饰我们说的话及肢体语言，来博取聆听者的同情与理解。所以你需要所有的信息才能针对事实真相作出客观判断，这还不考虑对你说故事的人究竟诚不诚实。

有一些简单的技巧是专门设计来取得原始资料，而不是润饰过的说辞的。

我运用这类技巧中最简单的一种来诱使大卫·柴尔德开口。我们坐在一间狭小的灰色调会谈室里，一张深色桃花心木桌将我们隔在两边。那张桌子伤痕累累，源自回形针、小刀和圆珠笔的刻蚀，过往的重罪犯用这类工具在桌面凿出他们的名字。

我坐下，没告诉柴尔德我刚才跟诺克斯法官谈话的任何内容。

"所以，发生了什么事？"我问。

"法官怎么说？"

我靠向椅背，不发一语。我的手搁在大腿上。我不能手臂环胸，必须保持开放的姿势，这样才能将潜意识维持在"接收"的状态。

"他说什么？"

我的头往右偏。

"弗林先生？"

在静默中，几秒钟过去了。柴尔德望着地板。当有人耐心地等着你开始说话时，要保持沉默就变得挺困难的。他猛然抬起头，以哀恳的目光迎向我的视线。我挑起一边的眉毛。

"大卫，发生了什么事？"我重复。

他点了两三下头，然后举手投降。

我没有问柴尔德他为什么被逮捕，或是他为什么被控告谋杀，或是警察掌握了哪些对他不利的证据。我问的问题尽可能开放而广泛，这样我能得到更多信息。

"天哪！"柴尔德说，两手抚过头皮，"我爱克莱拉，我从未认识过像她这样的人。她很完美,太完美了。我永远不会知道她怎么会和我这样的废物在一起。现在我真希望我没有认识过她,那她就还会活得好好的。"

他哭了起来,泪水泉涌而出。从他眼周的肿胀判断,这几个小时他时常在哭。他弯下腰,大口吸气时背部颤动,再把空气硬吐出来,同时伴随着低喊。虽然据说他富可敌国,可此时满脸鼻涕和泪水的他,看起来只是个悲伤的少年。

我什么也没说。

我没有伸出手臂搂着他,没有说些安慰的话,只是保持放松与沉默。

如果我同情他,那就不是帮他,而是在害他。我会把我剩下的 8 分钟用来看他哭、看他擤鼻涕。让某个人停止哭泣、开始说话最快的方法,就是保持沉默。一般人会觉得难为情,不该在陌生人面前如此宣泄情绪。

柴尔德用他的连体服袖子抹了抹脸。

"对不起,对不起。"他说。

我不说话。

剩 7 分钟了。

"大卫,发生了什么事?"

他转了转脖子,呼了几口气来稳住呼吸,然后回答我的问题。

"她因为我而死。"他说。

他说话的时候没有看我,目光一直低垂,望着桌面。他说话的语气是那种就事论事的,好像他刚才告诉我的是他的住址或出生日期。这不是衷心的自白,而是单纯的陈述。

律师通常不会质疑委托人是否说了实话,那条路通往疯狂。你要做你该做的事,并且信任司法系统。所以,有罪之人认罪,清白之人辩护，让陪审团来决定。如果这个过程带来真相浮出这个副产品，那就这样吧，但真相不是这过程的目的，裁决才是。审判中没有真相的容身之地，因为没人在乎查出的真相，尤其是律师或法官。

然而，在我过往的职业生涯中，在我成为律师之前，真相一直是我的目标。身为骗子，你向目标展示绝对的真相，能决定你是生是死。当然，不是真正的真相。不，是适合那场骗局的某个版本的真相，但那个故事、那句台词，不管是什么，都必须成为目标眼中的真相，感觉起来、尝起来都是真实的。

凭我的经验，通常我隔着老远就能识破谎言。我原本预期柴尔德是个高明的骗子，我得先研究他一番，才能够看穿他的破绽。我低估他了。他简直是紧张、震惊、愧疚的综合体，这使他该死地几乎无法被解读。所以我只能仰赖我的直觉。

我的第一印象——这男人不是杀人犯。但我曾经看走眼过。

还剩 6 分钟。

00:12

会谈室内回荡着"当"的声音，那是隔壁走廊的铁栅栏门关上的声音。即使这个房间沉重的门牢牢紧关，仍不足以把那些声响隔绝在外。哭声、歌声……

柴尔德抹了把脸，吸了吸鼻子，坐直身体。

"在我离开公寓之前，我就知道有坏事要发生了。我用手机检查了电子信箱，收到 17 封新邮件。是奇数。我不喜欢奇数，所以我知道会发生坏事，而那会是我的错。我知道这很疯狂，但我一直都有这个……

嗯。医生诊断出……"

"大卫，我们时间不多，我们可以之后再探讨细节。只要告诉我你女朋友出了什么事的基本信息就好。"

"我把克莱拉留在我的公寓里——那天她才搬进来。我在去公司的路上——我在离我住的地方两个街区外停下车等红灯。每个星期六晚上 8 点半，我们瑞乐都会开会；我们会检视该周的统计数据，调整营销计划，还有脑力风暴。变绿灯了，我的车越过白线。我通过十字路口后前进了大约 6 米，有个浑蛋撞上了我。他闯红灯，撞上我的布加迪超跑。他一下车，我就闻到他浑身酒臭，然后他威胁我。警察来了，他……他问我发生什么事。我对他说了，然后那个警察告诉我，对方司机看到我车内脚踏垫上有枪。我跟他说这是误会，但那个警察走向我的车子。我向你发誓，弗林先生，我从来没见过那把枪。我没有枪。他要我出示持枪许可，我根本没有。我告诉他那枪不是我的，他就逮捕了我。我以为我会被罚钱什么的，我们只在警察局待了两三个钟头。他们拿走了我的衣服，用棉花棒刷过我的脸、手臂、手，然后采了我的指纹。我以为这都是例行公事。我打给杰瑞，他赶到警局。当天深夜，他们告诉我克莱拉死了，她被枪杀了。她死在我的公寓里……我……我……"

惊慌哽住他的喉咙，我看到他的眼泪开始积蓄。

"我大约是 8 点钟离开的，留她一人在公寓里，我与她吻别。我出门的时候她还活着，我发誓。"

"所以你被审问，杰瑞陪着你。你跟警方说的内容和你告诉我的一样？"

"是啊，我告诉他们实话。我没有任何需要隐瞒的。"

如果他在撒谎，那他就是天底下最厉害的骗子。

"你刚才为什么说她是因为你而死？"

"那该死的奇数,我知道是这样。一定有人闯入我的公寓要找我,要抢我的钱——结果他们……他们找到了她。我没有杀她,我没有枪。不是我做的……我……不……不是我……我不可能啊。"

他的胸腔开始剧烈起伏,眼神变得呆滞。他的手激烈地颤抖,脸变得死白,然后他吐在桌面上。接着他的头猛然垂下。我赶在他摔下椅子前接住他,让他侧躺在地,踢开会谈室的门大声呼救。

他断断续续地呼吸,还挣扎着把话硬挤出口:

"杰瑞……杰瑞……告诉……我……不能保释……不能保释……不要让媒体……保释不了……可能要逃走。"

"冷静一点,别说话,呼吸。"

一名警卫冲进来,跪在柴尔德旁边,望着我。大卫快要休克了。

警卫很年轻,有一双和善的大眼睛,他离开后很快又带着呼吸罩和小型移动式氧气瓶回来。我们合力让大卫坐起来,背靠着墙壁。他就着吸入器奋力吸了两口氧气,然后警卫把氧气面罩戴在大卫脸上。我们陪他坐了几分钟,让他自行恢复。过了一会儿,他的呼吸变得比较深也比较缓。

他把面罩拉下来挂在胸前,说:"杰瑞说我没有保释的机会。"

我的机会来了。我站起身,打开档案,把一份四页的文件放到档案顶端,然后整个放在大卫的膝盖上。

"这是什么?"

"委任契约书。你在这上头签名,我就成为你的律师了。我会让你保释,也会防止消息见报。你只需要签名就成了。"我说,并且把笔递给他。

"可是杰瑞说我申请不到保释。我有四架私人飞机,我有逃走的可能。而且如果有人申请保释,媒体……他们会……会大肆报道。"他说,恐惧似乎使他的胸腔有罢工的危险。

"签就对了。你在监狱里撑不过一天的。我可以把你弄出来,但我需要用合法的方式。签了这份文件,我就会照顾你,大卫。"

他用颤抖的笔匆匆签下名字。我拿起文件和笔,交给他身旁的警卫。

"因为他状况有点不稳定,请你替我见证这份文件。"

警卫看着那张纸的眼神就好像它是炭疽病毒,他抬起一只手。

"听着,这是为了保护我。"我说。

"你就签吧。"尼尔站在门口说。他是来确认我一切安好的。

我看看警卫的名牌——达瑞·怀特。我让达瑞在文件上签全名、姓名缩写以及日期。

"医生在吗?"我问。

"他在看一个惯犯。"尼尔说。

"你可以让他尽快来看一下这个孩子吗?也许给他一点蓝色药丸让他平静一点?"

"当然好。来吧,孩子,现在有人照料你了。"尼尔说。

我们合力拉着大卫站起来。达瑞个子比我小,不过连他都能一手提起那小子。大卫的体重大概只有50公斤,手肘的骨头感觉很尖锐,几乎没有肌肉组织,他就像是用肌腱和胶水固定成形的。

大卫坐在医务室里,头往后仰,眼睛瞪大,仿佛想利用它们把空气吸进肺部。他说话了,轻声细语。我没听清楚。

"放轻松。医生马上就来了。"我说。

大卫从氧气机用力吸了一口气,制造出嘈杂的声音,然后他把面罩推到一旁,说:"我可以叫你艾迪吗?"

"当然可以。"我说。

"好。我签了你的契约书,那代表你是我的律师了,对吧?"

我点点头。

"拜托，艾迪，帮帮我。我没有杀克莱拉。帮帮我，我求你了。"

这就是了，他在恳求。一个吓坏了的孩子在呼救。

我的手机在震动。

戴尔发来另一条短信。

杰瑞·辛顿刚走进12号法庭。

00:13

在12号法庭内，公设辩护人办公室的一位女律师正趁着短暂休息的空当，与检察官茱莉·洛佩兹快速协商案件。两位律师在诺克斯法官面前你来我往地针对审判讨价还价，他却只是快速翻阅桌上的资料夹。

一开始，我没有看到杰瑞·辛顿，我从没见过他本人。昨天晚上戴尔给我看了照片，但不是最近拍的，而且照片完全无法传达这男人不凡的气场，有如一罐500美金的须后水的甜雾围绕在他周围一般。他那身蓝色条纹西装剪裁得无比合身，完美贴合他高挑而优雅的身段。黑色鬈发中掺杂着几丝白发，盖在一颗大而危险的头颅顶端。他的鼻尖上架着一副时尚的宽边眼镜。他晒得很黑，脸上布满岁月带来的纹路，但他看起来并不像将近60岁的人。金钱有种让老化停止的能力。他跪在书记官的椅子上对她说话，检查名单，确认他没有错过他的委托人出现在法官面前的时机。我能看见书记官告诉他，那件案子已经向法官提起过了，但法官还没有作出判决。他倾身向前，读着书记官在大卫·柴尔德的名字旁边填入的律师姓名。书记官环视法庭，看到我，对杰瑞说了什么，然后以一种书记官独有的方式指着我——弗林先生在那里，他是登记的律师，要吵去跟他吵，不要把我扯进去。

杰瑞抬起他的大头，唰地摘下眼镜，看着我的眼神好像他准备好嚼玻璃。他没有咆哮，那个男人自带一股威吓感。他把眼镜戴回脸上，朝我走来。

我交叉起手臂，把重心摆在一侧臀部，看着他逼近。他离得越近，脖子就涨得越红，等他站到我面前时，有一条肥大的血管从他笔挺的衣领中暴凸出来。他比我高了将近40厘米，而且站得离我很近，简直像是控球后卫完全挡住篮筐。他从饱经风霜的真皮公文包里取出一份厚厚的文件夹在手臂下。他尾戒上那颗硕大的黑色宝石折射出头顶的灯光，让我在刹那间瞎了眼睛。我猜那枚戒指比我第一栋房子还贵。

他再度取下眼镜。这时候我才又能看见。

要杀死某个人并不容易。大部分谋杀案都发生在行凶者喝醉酒、吸毒吸昏了头，又或两者兼具的状态下。也可能是争执失控，或有人情绪太过激动。多数人甚至无法策划谋杀。但是有些人就是对那些防止我们杀人的心理障碍免疫，他们没有同理心。我不需要知道杰瑞·辛顿的过去就能看出他是个杀手。有时候你就是知道。我面前的这个人无法为另一个生命体产生任何感情，他眼中只有自己，别的什么都没有。

"你是艾迪·弗林？"他低沉的嗓音中藏着一丝南巴尔的摩的口音。

"对。"我说。

"我们就不讲废话了。多少？"

"你说什么？"

他抓住我的手肘，带着我走到法庭角落。

他讲话低沉而缓慢。"所以你的某个好兄弟向你通风报信，说有个名人被逮捕了。你到底下去，试图为你自己偷一条大鱼。我懂。但这是我的鱼，你不能抢走他。我没时间搞这个。你要多少才肯闪一边去，1万，1万5千，2万怎么样？"

"不用了，谢谢。"

他的表情没有改变，冰冷的憎恨藏在死人般的面孔后头。我想象他下令杀了线人法鲁克时，也摆出了同样的表情。

"你违法怂恿了我的委托人，我可以让你停职、失去律师资格，或者你可以选择带着2万元离开。"

我坚守阵地。

他冷静下来打量我，怒气渐渐消退。他看见的大概是一名三流律师，急匆匆地浏览罪犯名单，试着筹出房租。

"收下这笔钱，然后走开。这案子你吃不下来。"

"我看陷入麻烦难以脱身的人是你吧，朋友。这里不是会议室，这里是刑事法庭，你在我的地盘。如果我是你，我会将你那双红宝石鞋鞋跟相碰，在心里默念'上东区'[①]。"我说。

他没有明显的反应，只有嗓音中微微的颤抖泄露出他不快的迹象。

"我有这个案子牢靠的委任契约书，弗林。你知道大公司是怎么办事的。他是我的委托人。"

"我手上有最新的委任契约书，大卫·柴尔德今天上午刚签的。"

他凑上前，不习惯和我这种微不足道的律师争执。

"我的2万元提案只在60秒内有效。"

我耸耸肩。

"你应该接受这笔钱。如果你不接受，会有坏事发生。"

[①] 典出《绿野仙踪》电影，女主角桃乐丝穿上坏女巫的红宝石鞋后，无意中发现只要将鞋跟相碰三次，并且念诵"没有比家更好的地方"，她就能回到家。

我感觉双手握成拳头，我的嗓音提高了。"退后，你吓不倒我。"

"你不知道你在跟谁斗……"

法官的声音让辛顿赶紧立正站好。

"喂，这里是法庭。如果你们两个有问题，到外头解决去。我在看东西。"诺克斯说。

"法官大人，"辛顿说，"弗林先生有不法行为，他违法接近我的委托人。我想要到法官办公室讨论这件事。"

"先生，你是哪位？我从没在这个法庭内见过你。"诺克斯法官说。

"我叫杰瑞·辛顿，法官大人。我是柴尔德先生的代理律师。这位弗林先生试图——"

"杰瑞·辛顿？哈兰与辛顿的合伙人？"

"是的，法官大人。我想要——"

但是诺克斯法官直接打断他。"我认识老哈兰先生——我是说在我执业的年代。要是他能看到事务所现在的荣景，一定会很自豪。"诺克斯难得展露微笑，"这样吧，我快要判刑完毕了，不会花太久时间。你跟弗林先生先到后头去，我5分钟内去办公室找你们。书记官会带路。"

辛顿在跟着书记官走之前，先转头得意地看我一眼。他深信事务所的老朋友诺克斯法官会跟他一个鼻孔出气。我不能让那种事发生。我要是被踢出这个案子，克莉丝汀就完蛋了。

我沿着通道走向通往诺克斯办公室的出口，我大口吸气，憋住，再慢慢吐气。除非我在5分钟内想出好办法，否则哈兰与辛顿严明的委任契约书将判我永久出局。

00:14

书记官带着杰瑞·辛顿走进那一条毫无特色的走廊,来到诺克斯的办公室。她开门让我们进去后便离开了。杰瑞发出一声烦躁而疲惫的叹息,坐进面向办公桌的一张高级皮椅。现在室内只有我们两人,他一句话也不说,只是坐在那里,当我不存在。他从没跟诺克斯打过交道,不知道未经许可坐在那张椅子上,可能会害诺克斯长动脉瘤。

我看到我的第一个机会,决定闭紧嘴巴。

5分钟后,我听到诺克斯法官一边碎碎念,一边沿着走廊走来。我从饮水机装了一杯水,待在房间后侧。门打开时,杰瑞站起来,然后随着诺克斯坐下。我看到法官的表情,他眉毛挑起来,用牙齿咬住下嘴唇。

"二位,我不喜欢律师在我的法庭内争吵,很没礼貌。如果你们想唇枪舌剑,可以等我叫到你们的案子时再做。好了,所以到底有什么问题?我的备忘录上,柴尔德登记的备案律师是弗林先生。辛顿先生,你有什么意见?"

杰瑞从公文包里拿出厚厚一沓契约书,恭敬地放在法官面前。辛顿在椅子上坐直了一些,把西装外套扣起来。他对法官说话时语气变得不一样,比较轻,比较和善。

"法官大人,这是柴尔德先生在2013年签的委任契约书。它授权我的事务所在所有法律事务上作为他唯一的代表。如果柴尔德先生想换律师,他必须提前三十天通知我们。如果他选择不通知我们,这份契约书让我们拥有合作关系中所产生的任何档案及文件的留置权。基本上,这项条款使我们有柴尔德先生的独家代表权。在客户签署这份契约书之前,我们特别向他读出这项条款,也特别针对它所代表的意义向他提供法律建议。柴尔德先生今天签的任何委任契约书都没有法律效力。弗林先生侵犯了原本既有的律师及客户关系；他违法招揽我的客户，我有意在今天下午召开临时州律师委员会，让弗林先生在获得惩戒之前先停职。"

辛顿向后靠，跷起他又长又粗的腿，把手优雅地放在大腿上。他发表言论时流畅利落，低沉的嗓音听起来像一颗颗小石子落入铺着丝绒衬里的帽子里；他讲话的语气圆润而纯粹，却潜藏着微微的尖刻。现在那个冷酷的刽子手已没有留下一丝踪迹。诺克斯法官快速浏览相关段落，然后把文件放在桌子上，摩挲下巴，看着在房间后侧靠在书架上的我。就在他向我发话的前一刻，我站直身体。

"弗林先生，你怎么说？你读过这份文件吗？"

"没有。"我说。

诺克斯等着我继续说，我却不发一语。

"你想读一读吗？辛顿先生提出颇为严重的指控呢。"

我喝光塑胶杯里的水，把杯子丢进垃圾桶。

"庭上叫到柴尔德先生的案子时，辛顿先生并不在这里，而我在。我跟柴尔德先生谈的时候，他可说是求我帮他。他签了我的委任契约书，其中一位狱警作了见证。如果在辛顿先生不在场的情况下，柴尔德先生遭到传讯，会发生什么状况？在我看来，这是代理律师的失职。你要出席才能代表当事人。"

法官目光锐利地瞥向辛顿。他痛恨他的法庭上有人迟到。你迟到，你就输了，就这么简单。

"如果辛顿先生仍坚持己见，我可以说服我的委托人向律师标准委员会针对辛顿先生的迟到提出申诉。我的委任契约书针对的是刑事诉讼，因此相关性更高，而且它今天刚获得签署与见证。我猜辛顿先生只是无法面对他被炒鱿鱼的事实。"说话间我把双手放在辛顿旁边那把椅子的椅背上。

"法官大人。"辛顿一边从椅子上倾起身,一边摇头。

"你的屁股,辛顿先生。"诺克斯法官说。

"抱歉,您说什么?"辛顿的态度稍显讶异与不悦,这对他不太有利。

"我听不见,辛顿先生。"法官说。

"我说……"杰瑞大声地开口。

"我指的不是你的音量,而是你的屁股。这间办公室是我法庭的延伸,辛顿先生。从来没有一个律师不是站着对我说话的,你是第一个靠在我的椅子上对我说话的律师。对了,是谁准许你坐的?没有人能够不经过我的许可就坐下,如果你来过这间法庭,你就会知道。"

辛顿额头上的皮肤绷紧了。他知道是我让他坐下的,他知道是我让他惹毛法官的。诺克斯法官也知道,因为我能看到他那两条蚯蚓般的嘴唇周围隐约带着笑意。

杰瑞带着僵硬的笑容站起来,扣好西装外套,然后拉直领带。和蔼可亲的假象消失了——鲨鱼回到房间里。

"法官大人,被告在法律上是我的客户。他在警局接受问话时,是我陪着他的。我先接下这起案子。如果您认同弗林先生的主张,就等于认同违法招揽客户的行为。"

这是杰瑞的大绝招,估计他原本希望不必用上,希望法官会直接帮他的忙。诺克斯可不是热心助人的类型,而威胁对他也不管用。对付他要用巧劲。诺克斯转向我。

"法官大人,辛顿先生主张的是法律层面,我想他说得对,这是法律解读的问题。无论您如何决定,您大概都会被上诉。我言尽于此,就交由您决断吧。"

诺克斯法官摩擦双手,把手肘搁在桌面上,眼神发直地盯着虚空处。虽然诺克斯头脑还算清楚,而且以刑事法官而言勉强可以归类在严谨的一边,但他在任何法律问题上都很差劲。在他别无选择、只能根据法律决定的少数情况下,他都被上诉法院的法官批得满头包。众所周知,他鄙视来到他法庭上的刑事被告,他不在乎因为太过刻薄——或是忽视被告权利——而被高等法院批评,但他难以承受有个上诉法院的法官告诉他,他弄错法律规定。诺克斯不想发生那种事,他尽量避免那种状况。只要不必作决定,怎样都好。

所以,我给他一个脱身之道。

"法官大人,在您决定之前,我想先为之前在您的法庭上造成的骚动道歉。辛顿先生觉得需要让您来处理这件事,真是令人遗憾。我们应该自己解决才对。"

我几乎看到诺克斯脑袋里的电灯泡亮起来。

"弗林先生,我得说我对事态的发展非常不满意。两位经验丰富的律师为了争抢客户互不相让,传出去对你们的形象都会有影响。所以,我给你们一个自行解决的机会。二位,我有权力指定公设辩护人作为辩护律师,我想那可能是我们的解决之道。所以,你们二位都到外头去。2分钟内,若非你们达成共识后再一起进来,否则柴尔德先生就得去公设辩护人办公室报到,你们两个可以到另一个该死的法庭上互告。"

"法官大——"杰瑞开口。

"别再说了,辛顿先生。去外面好好谈。"

说完这句话,诺克斯法官抹抹双手,自顾自地露出微笑。

00:15

走廊回荡着我们来回踱步的脚步声,以及杰瑞·辛顿用他的尾戒轻敲墙壁的声音。

"他一直都是这样吗?"他问。

"可以这么说。听着,他不想做出让我们有机会上诉的决定。公设辩护人不能拒接案子,我们也不能针对那个决定提出上诉。他不想判给我们任何一方。你何不就交给我呢?柴尔德会受到良好的照料,我经验很丰富,我可以提供给他最好的法律服务。"

杰瑞交叉起手臂。"你有什么样的资源?我有两百个律师和一组专家,他们 24 小时听我调度。你有多少后援人力?"

"你面前站着的就是后援人力兼打字员兼清洁工。"

"这是个错误,弗林。"

"我不这么认为。我认识很多法官,知道怎么应付他们。你或许有一打律师在打这场官司,但那无碍于地方检察官让你屁股开花,因为你根本不知道你在做什么。不过,在谋杀案审判中,人力总是很好用的……"

"你不知道你面对的是什么。拿钱闪人吧。"

我想起辛顿和我一样需要这起案子。如果大卫·柴尔德能够如戴尔所期望的那样重创哈兰与辛顿,那么那家事务所必须不惜一切代价担任他的代理律师——这样他们才能监视他,并且确保他不会把他的律师出卖给联邦调查局,以换取减刑。

"我不要钱,我要这起案子。这会是媒体趋之若鹜的大审判,这可以成为我的代表作。这是我的案子,我不会放手的。反正我也没有损失。既然我们无法同时担任他的代理律师,不如就去叫诺克斯打给公设辩护人好了。"

我跨出三步,把手放在诺克斯办公室的门把上。辛顿伸手阻止我。

"等一下,等一下。这很有意思。你说我们无法同时担任他的代理律师,但有何不可?我有资源,你有经验。你可以担任特别指导或是顾问,随便你爱怎么称呼。我们会处理这案子的前线工作。"

"想得美。"我说,并转动门把。

"等一下!你可以当次席律师,那——"

"很高兴认识你。"我将诺克斯法官办公室的门打开一条缝。

"等等,"辛顿咬牙切齿地说,"好吧,首席律师。但我们是一个团队。"

"随便啦。"我跨入诺克斯的办公室。

诺克斯在用手机玩《愤怒的小鸟》,面前摆着的那杯新泡的咖啡正在慢慢变冷。

"法官大人,我们谈出了折中方案。哈兰与辛顿律师事务所将在这起案子中担任我的共同律师。"

法官点点头,但目光没有从手机上移开。

"很好,二位。5分钟后举行保释听证会。先去外头等检察官吧。"

杰瑞·辛顿咬下鱼饵了。都是因为杰瑞·辛顿和本·哈兰,克莉丝汀才会卷进麻烦。我想,待在这些家伙身边也许可以查出什么线索,既让戴尔满意,又足以让克莉丝汀全身而退,还能让我不必游说大卫·柴尔德接受判刑。现在我有机会了。我相当确定这是正确的做法,我不能就这样强迫柴尔德去坐牢,至少得先试试有没有其他方法能让克莉丝汀脱身。

杰瑞·辛顿靠在浅色的走廊墙壁上,慢慢地吸气吐气。他的客户失而复得了。

而我,为克莉丝汀争取到一个机会。

而且大概也签下了我自己的死刑执行令。

00:16

检察官茱莉·洛佩兹沿着走廊走来,看看我们,然后敲响了诺克斯法官的门。我们跟着她回到房间里。

"'柴尔德公诉案'的案卷要修改,几分钟前,辩方团队的规模增加了,洛佩兹小姐。我想你应该不反对吧?"诺克斯法官说。

"不反对。"洛佩兹边说边打量杰瑞·辛顿。

"还有,弗林先生,请你公开表明,你的当事人是否在不到庭的前提下,同意这场听证会的结果?"诺克斯法官问。

"是的,法官大人。我认为没有必要让他在公开法庭上出现在媒体面前。我们很乐意就在这里私下进行。"

"嗯,律师,双方同意的保释条件是什么?"

"我们要求被告限制居住,在——"洛佩兹的话被辛顿打断。

"等一下,法官大人。我们没有申请保释。我的当事人并不想在这个时间点申请保释。这件案子在媒体方面很敏感,而我的当事人——"

"法官大人,我才是首席律师,请不要理会我的共同律师。法庭已经记录了我们提出的申请,而且我们是根据柴尔德先生的指示这么做的,他希望申请保释。我们同意限制居住条件。还有别的吗?"我问。

"除了出庭日之外,他每天都要在下午1点之前到最近的警局报到。他必须交出护照;不可饮酒;不可服用处方药之外的药物;被告必须接受周期性的酒精和药物随机检查。"洛佩兹说。

"法官大人,被告——"

"同意。"我抢在辛顿能造成更大混乱之前说。

"保释金总额为 1000 万美金。预审听证会将于明天……"

"法官大人,我们已准备好在今天下午进行预审听证会。"洛佩兹说。

"文件送出了吗?"法官问。

洛佩兹把一个牛皮纸大信封交给我。

"现在送出了。"她说。

诺克斯法官摩挲着下巴,想着他的高尔夫球局要取消了。

"你们对预审的看法是什么?如果这案子吸引了媒体关注,我假设,你们会放弃预审听证会吗?"法官问。

大部分重罪案件,例如谋杀案,是没有预审的,所谓的预审听证会,用意在于决定检方是否有足够的证据提起告诉,并且把案子交由大陪审团调查。检方不需要在这个阶段证明被告有罪,只需要证明他们有合理根据来成立可辩论的案子。通常,既然证据足以逮捕并起诉被告,就表示检方有充足的证据能轻松通过预审听证会的考验。

"你们的决定是?"诺克斯法官问。

我对检方档案中有什么内容已经猜得八九不离十了。昨天晚上,戴尔把警方握有的证据都摊给我看了。预审是浪费时间,那些证据足够给大卫·柴尔德定罪两次。

"我们不放弃预审。"我说。

如果我不管证据,只听大卫讲的话,我是相信他的。他快要崩溃了,而我并不打算任由他崩溃,目前还不打算。我需要亲自看到证据,再跟他谈一谈。我想要保有各种选项。

诺克斯法官桌上的电话响了起来。

"好吧,案子延至下午 4 点审理。"他说完便拿起听筒。

我们还没走到门口,法官又叫住我。

"等一下，弗林先生。"

洛佩兹、辛顿和我都转头看向诺克斯法官。他看起来备受打击，脸色变得苍白，我看到他的上嘴唇冒出汗水。他继续听电话，眼珠快速转动——他在消化听到的信息。最后他摇摇头。

"他在我这里，我会告诉他。我们要进行完整的调查，这太过分了。你要随时向我报告进度，威尔森。"诺克斯说。"该死。"他咒骂一声，重重放下听筒，"两位先生，你们最好立刻赶到拘留室，你们的委托人被刺伤了。"

00:17

不停捶打电梯里的按钮，并不能使它移动得快一点。辛顿站在角落，手捂着嘴巴——低头沉思。自诺克斯通知我们这个消息后，他还没说半个字。

"快啊！"我再度猛按通往地下室的按钮。

我闭上眼睛，将额头靠在电梯控制面板上方冰冷的铝板上。我默默祈祷大卫还活着。在这一刻，我发现我已经开始关心他了。他看起来那么无助，他的世界和心智正在崩塌。为了什么？他并不是个杀手，不是那种可以在清醒状态下对着心爱的人扣下扳机的人，这是很容易辨别的。反社会倾向就和自恋一样明显，他们残酷、社交疏离，而且有使用暴力的前科。

柴尔德不具备那种卑劣的气质，或是缺乏同理心，即使他身边的世界快要化成灰了，他也并不愤怒——而是害怕。

那孩子不可能杀了他的女朋友。

我用力闭紧眼睛，试着回想我对大卫所知的一切。要达到他那样的富有程度，过程中不可能没把别人踩下去。而大卫这种地位的人不会弄脏手，如果他希望弄死某个人，他可以雇人代劳。

我真希望能在牢房以外的地方看看他——观察脱下橘色连体囚服、不再处于冰冷慌乱中的他。那我就能确定了。此时此刻，我只能根据直觉判断他是无辜的。

而现在有人刺伤了他。

电梯放慢速度，门叮的一声打开。在我们抵达最底下的楼层前，我已经听到牢房内的暴动。被拘留的人都疯了，空气里弥漫着血腥味。警卫们朝囚犯吼叫，对方的回应则是摇晃铁栏杆、吐口水和怪叫。一根根手指控诉般指着警卫，众人开始齐喊——"杀手，杀手，杀手。"一名警卫解下后侧墙上盘绕的水管，准备好朝整个围牢喷水，狱医则在办公室里对我挥手。我跑过牢房外侧，进入通往急救室的小走廊，辛顿跟在我后头小跑。

我放慢脚步，结果滑了一下，脚在地上舞动，试着抓牢地面，直到我终于扶着墙壁才稳住身体。头顶的灯光明显倒映在湿漉漉的地板上。这里、那里、门上、墙上，都还看得到新鲜的血迹。我扭回头看，发现刚拖过地的痕迹一路延伸回牢房里。急救室忙成一团，爆满的垃圾桶里露出吸饱血的绷带和纱布。就连狱医的衬衫肩膀处都有血渍。角落里的诊疗床也染上血红，虽然已经有人擦拭过，但还没能彻底清洁。

"发生了什么事？"杰瑞问。

"这个人是谁？"狱医问。

"没关系，他跟我一起的。我们的人怎么样了？他能活命吗？"我问。

"急救人员接手的时候他还活着。他的生命迹象不太乐观，大量失血。"

"天哪!究竟怎么回事?"我问。

"我不知道。警铃响了,我看到两个警卫把他从笼子里拖出来。那孩子全身都是血,他的两条手臂被严重割伤,腹部也有一处很大的刀伤。血就一直往外喷。有人把刺进他身体里的刀刃往上扯,想给他开膛破肚,之后还狠狠划伤他的脸。"

"急救人员带他去了哪里?"辛顿问。

"下城医院急诊室。"狱医说。

"先别急着走。"我说,但辛顿已经奔向门口。他想独占大卫——好把我炒鱿鱼。我很想追在辛顿身后,但我必须先搞清楚发生了什么事。反正我还有时间。大卫很可能被直接送进手术室,辛顿得等很久才能见到他的客户。我祈祷这事不是我的错,不是之前抢走大卫鞋子的大块头决定报复。

噪声减弱了,只剩少数几个被拘留者还在跟警卫争吵。我查看了一下休息室,他们还没有拖地,我能看到一串血脚印通往一张桌子。当天早晨帮我接近大卫的警卫尼尔坐在那儿,双手抱头,脸离热气蒸腾的咖啡杯只有几厘米。他的袖口沾着血。一名警察坐在他旁边,手里握着笔,笔记本摊放在桌上。

"尼尔,你还好吧?"我问。

他迅速抬起头,试着挤出笑容,但失败了。他咳了两声,擦擦嘴,靠向椅背。"你不应该在没有人陪的情况下四处乱晃。"

"我不需要人陪,我对这些牢房跟你一样熟悉。狱医说是你把那孩子拉出来的,我得知道发生了什么事。"我说。

"这家伙是律师?"警察用笔指着我问道。

"没关系,他叫艾迪·弗林,是那个人的律师。坐下吧,艾迪。"尼尔说。"听着,我没什么可说的。柴尔德的恐慌症发作减退以后,狱医判定他可以回到牢房中。他进去后才过了大概两三分钟,我听到一声微微的叫嚷,这不算什么异常。然后我就看到那个墨西哥人,那个不肯穿上衣的刺青男,他走到柴尔德那里对他说了什么。他正准备动手时,你的委托人挡在柴尔德面前,承接了所有的攻击。我花了十几秒赶进去,把那家伙制伏,但为时已晚。那个墨西哥人一定把小刀藏在屁眼里了,只有这样它才没被搜出来。我们把波波隔离,清出一块地方进行抢救。我们没办法稳定住他的状况,所以把他挪到急救室里了。他在那里头真是做了一件好事,救了柴尔德。"

"我不懂……"

"波波!你听不懂吗?那个墨西哥人想要找柴尔德麻烦,然后一眨眼工夫,他手里已经多了把小刀,就要往柴尔德身上刺。波波在最后一秒挺身而出,代替他挨刀。勇敢的小子。也许挺笨的,但真勇敢。"

"老天,波波。要不是我叫他照顾大卫,他绝对不会这么做。"

"他会撑下来的,波波很强悍。而且我们很快就帮他急救了。"

更多重量压在我身上,头晕、想吐。我为自己害波波身陷险境感到羞愧。

"柴尔德在哪儿?"我问。

"他恐慌症又发作了,我们把他安置在楼上的安全牢房里,派了一个狱警守着门,但他总不能整天待在那里。我需要那个警卫。"

我想高举双手感谢上帝,因为克莉丝汀获得自由的门票还在呼吸,但我做不出来。波波这个毒虫、告密者、小偷,全市最不像英雄的人,却挺身而出救了亿万富翁的命。我的眼皮感觉很沉重,我用手指抹过眼角的皮肤,然后按揉太阳穴。波波一定是为了我而做的,他看到攻击者动手,便(可能)因对我误怀的忠诚而插手,进而阻止了谋杀。又或许是我把波波污名化了,他确实是个毒虫兼罪犯,但波波不止如此,他可能只是纯粹做了正确的事。

"如果你听到任何关于波波的消息,立刻告诉我。"

我转身走向出口。由于这起事件,警卫人手不足,个个神经紧张,现在不开放探访了。优先事务是重建笼内的平静,把一个个当事人提领出来去法庭,然后再去保释办公室或是回到这底下的牢房。一切都会慢下来。这让我争取到一些时间。我好奇杰瑞·辛顿要花多久才会发现这个乌龙——在急诊室的是波波,而不是柴尔德。我估计顶多半小时。

"谢了,尼尔。你今天大概救了波波一命。"

"那孩子体内没被毒品吃掉的部分也没剩多少了。他进来时状态就不怎么好,不过他是个斗士。"

我脑中突然冒出一个想法,而且迫不及待。

"那个墨西哥人进笼子以后多久才动手行凶的?"

"啊,应该半小时吧,或许再久一点。你刚把大卫带去会谈室,他就进来了。"

我点点头,留下尼尔去跟警察做笔录。我按了电梯,等候时看到安检柜台后头的警卫在擦掉白板上的字。白板顶端的印刷字写着"没有重大事件的天数",而警卫把"87"擦掉,拔掉记号笔笔盖,在白板上画了个大大的"0"。

是时候跟戴尔联络了。

是时候告诉他我把客户牢牢弄到手了。

还有我们的交易取消了。

00:18

我走到出口、穿越马路到法院对面时，并没有注意到有任何监视者。有一辆黑色 SUV 车停在名叫"杰克干洗"的 24 小时干洗店外头等待。我在书报摊老板的手里放了两块钱，然后拿起一份《纽约时报》和一份《华尔街日报》。我再度察看街道。没人跟踪。

后座车门打开。

"情况如何？"戴尔问。我坐到他旁边，把资料夹丢在皮椅上，上面叠着我的报纸，然后我关上车门。

"有人想取大卫的性命。有个墨西哥人试着在笼子里拿刀刺他，而我的委托人插手。波波也许撑不过来了，不过柴尔德倒是没事。就长远来看，这事可能对我们有利，相信我，我们会需要寻求帮助。杰瑞·辛顿设法让自己担任共同律师了。"

戴尔用左手比了个绕圈的动作，SUV 车便融入车流。他一直将注意力放在我们后方的车辆和行人上，确认没有人在跟踪我们。司机剃着平头，我能看见他左手的手指用透气胶带捆在一起。当我们停下来等红灯时，他特地转过头来对我摆臭脸。

"你已经见过温斯坦探员了。"戴尔说。

"你的手指还好吧？"我问。

那个瘦削的男人对我微笑，用右手对我比中指，然后转回去。他的上司继续注意我们的后方，又过了半个街区才将视线转向我。

"共同律师？你怎么能容许这种情况出现？"戴尔问。我感觉他的语气有点愠怒。

"你的部下应该把他困在车祸现场的，他提早到那里了。"

"事务所的安保小组在盯着辛顿。哈兰与辛顿雇了一支六人小组，全是退役的海军陆战队队员。他们负责看顾那些律师和文件，不过我们认为他们其实算是打手和保护钱的看门狗。小组长名叫吉尔，他当过海军陆战队队员，也在纽约市警局当过差——既聪明又心狠手辣。总之事务所的安保小组出面干预。我猜其中一人打给吉尔，而他可能找了几个熟人帮忙，因为拘留辛顿的警察收到对讲机呼叫，接着杰瑞就立刻被释放了。现场的警察告诉我，他的小队长命令他放人，要是他继续扣留辛顿，有人就会猜到警方别有居心了。辛顿目前在哪里？"

"我和他都以为是柴尔德被刺伤，所以他赶去急诊室了。我想在他发现柴尔德仍然在法院之前，我们有半小时可以利用。"

"你确定那个墨西哥人的目标是柴尔德？"

"我听说是这样。看起来事务所想除掉他了。"

戴尔从他腿上的牛皮纸资料夹里取出一张黑白照片。他很小心地没把资料夹掀得太开，以免我看到内容物，不过我看到的部分足以让我知道，那资料夹里有厚厚一沓关于哈兰与辛顿的文件。那张照片是一个年龄与我相仿的男人近照，大概比我更接近40岁，体格肌肉健壮，有一头浅浅的沙色头发，下巴看起来能咬裂棒球棍。这并不是在12号法庭外大厅盯着我看的黑大衣、灰毛衣男子。

"这是吉尔，你要留意他，他很危险。事务所会为了保护他们的不法活动而杀人，吉尔就是执行的杀手。我敢说拘留室里的刺杀事件就是他安排的。我们需要你把辛顿排除在外，有辛顿踩在你喉咙上，你要怎么向柴尔德施压？你要怎么摆脱他？"

"目前先让他留下，我会需要他的。老实说，戴尔，我并不认为柴尔德有罪。一定还有别的方法，我只是还没想到。"

"哦，他是清白的，是吗？你怎么知道？"

"我就是知道。那孩子没有杀人的本性，我看得出来。"

"你何不等你老婆因为洗钱和诈骗被判刑八十五年后，再慢慢向她解释？不要被那个'孩子'给唬住了。他让自己成为亿万富翁，他可没有手下留情，你要记住。"

"等一等。你要的只是情报，对吧？账户、银行、合约，可以给本·哈兰与杰瑞·辛顿定罪的所有证据。我完全知道你要成功起诉他们需要哪些条件，但你从柴尔德那里半点都拿不到。这男人不需要从洗钱过程中捞油水。他没有涉案，他不是那种人。他什么都不知道，戴尔。他是个目标，仅此而已。他就和其他把钱倒进哈兰与辛顿的有钱蠢蛋一样，都是受害者。我可以帮你弄到你需要的证据，但要用我的方式。"

"这家伙真的把你唬得一愣一愣的，艾迪。我以为你头脑很清楚，我以为我们都谈好了。证据、钱和证词，交换你老婆的自由，这要求不过分。"

"那是我见柴尔德之前的事。他那么年轻，他快崩溃了。我爱我老婆，但我不会为了她牺牲一个人的人生，只要还有别的选择。我会确保你们得到需要的东西，而你们也别想动克莉丝汀一根汗毛。但我需要知道柴尔德跟事务所的关联是什么，还有他握有他们什么把柄。你必须告诉我。"

我把照片交还给他，他小心翼翼地夹回资料夹，然后整个丢在我们之间的座位上。他叹口气，身体往前倾，用双手抹脸，先是嘟囔了一句什么，才清楚地对我说：

"我们谈好条件了，我们有一个计划，我不喜欢别人出尔反尔，艾迪。我也不喜欢下流的前骗子对我指手画脚，一点都不喜欢。"

戴尔把头靠回座椅上，手指伸进眼镜底下揉眼睛。他的动作缓慢而从容，像是在抵抗从 24 小时前柴尔德被逮捕以来，就一直被剥夺的睡眠。我看到他左眼抽搐了一下，闻到他额头上的汗味。现在他眼角的纹路变得很深。

"我们维持原定计划。对柴尔德不利的证据要让他因谋杀女友而定罪是绰绰有余。你知道为什么吗？因为他杀了她，艾迪。你告诉他你有个退路，告诉他你能救他一命，告诉他你可以帮他谈条件。我们需要他把事务所的事情和盘托出。五年刑期是小菜一碟，这对一级谋杀罪来说是很划算的交易。如果他拒绝，就等着吃一辈子牢饭吧。"

"不，要不我退出，要不你告诉我大卫握有事务所什么把柄。"

"太冒险了，我们得用我的方式来办事。柴尔德面临难题，而你能提供解决方案。除此之外，他是不会透露我们要的情报的。"

"我可以弄到。"我说。

戴尔仔细打量我，衡量他的选项，研判我能不能说到做到。我看了一下后视镜，离SUV车最近的车在9米外，而我估计我们的车速大概是每小时30公里。我知道戴尔的答案会是什么，也已经知道我下一步要怎么做。

"不。"戴尔说。

"那一切都结束了。"我边说边朝前座中间伸出手，拉起手刹。车轮锁死，整辆车往前一颠。司机被安全带固定住，头冲向胸膛。

我早已把右肩抵在前座椅背上，准备好迎接这股冲力。戴尔的脸撞向驾驶座椅背，档案滑到地上。我们后方的车子猛按喇叭，勉强在撞上我们的车尾前把车刹住。

我收拾我的档案和报纸，打开车门，说："我退出，你们靠自己吧。"

温斯坦已经在破口大骂——说我疯了。

一只手搭上我肩膀。我预期它会很强硬地把我扳回车内，结果不是。那只手传达出屈服，以及最后的求助。

"好吧。"戴尔说。

我关上门，直直盯着前方，档案摆在腿上。我在等着戴尔分享信息，而且不直视他的眼睛。SUV 车慢慢开动，我们后方的喇叭声停了。

"不要再乱来。"温斯坦说。

戴尔叹了口气，娓娓道来。

"大卫·柴尔德掌握的证据并不是非法的，事实上，它完全合法。洗钱最大的风险就在于整个工作链里的人员。嗯，柴尔德为事务所提供了解法，能够去掉这种风险。现在那些钱不会经过很多双手，而是一键敲下，直接经过一个个账户。"

"什么意思？"

"他为事务所设计了一套数码安全系统。这家事务所的客户账户间有大笔金钱在流动，所以它需要滴水不漏的安全系统来防范黑客攻击，因此大卫设计了一套算法，操作模式与瑞乐相同：结合随机以及特定的序列。基本上，大卫在哈兰与辛顿安装了一套信息科技安全系统——这是完全合法的，但如果换个方式使用，它便成为有史以来最安全、最优良的洗钱工具。"

"但它原本不是用来洗钱的？"

"你说对了。假设大卫安装的系统侦测到黑客威胁，如果情况够严重，程序会把事务所的公款以及客户账户里的钱全都丢到网络里，存放在事务所几百个客户账户里的几百万美金便开始移动。算法把那些钱切割为小笔金额，每一笔不高于 1 万美金，让它们进行随机的数码旅行，穿梭在几百个账户之间——借此保护它们不被黑客染指。钱一旦启程便无法追查下落，不过三天后，那些钱会回到某一个高度安全的账户。当然，等钱进入那个账户时，已经变得干干净净了。事务所可以随他们高兴地经常'测试'这套系统——以确保它运作正常。由于那些钱会分割成 1 万美金以下的金额，不会触动《银行保密法》的规定，没有人会针对这笔钱进行尽职调查或反洗钱检查。洗钱的重点就在这里，就像帮每一美金都买一本护照。洗钱有三个基本阶段——

导入、分层、整合。那些假的股份交易把钱导入系统,当哈兰与辛顿启动算法,钱从合法账户移动到合法账户,为它们添加一层层不同的来源,最后,脏的钱、合法的钱,全都在同一个账户里安顿下来。"

我不得不赞叹这个系统,真是太美妙了。事务所只要按下一键就能处理几百万美金——假借测试安全系统的名义,启动大卫的算法,而那些钱就会随机进入清洗循环。真是完美。

"由于这个安全系统是合法的,你不能申请搜查令,而钱在流通的时候,你也追查不到。我猜算法把钱送到两名合伙人手中?"

戴尔摇头,强忍着笑意。

"没错,我们相信两名合伙人就是这样拿到他们的酬劳——当钱落入那个高度安全的账户时,他们便捞一些油水。搜集所有钱的最终账户总是放在本·哈兰的名下,这一点我们确定。但我们不知道是哪家银行的哪个账号。事务所在一堆银行中开了几千个静止户,每一次算法的循环结束时,都会把钱送到不同的账户。哪怕只是找到其中一小部分,都要派出一整支信息专家大军,而且我们还必须准确地知道钱进入账户的时间。我们甚至不知道钱会送到哪一家银行。算法在跑的时候,会寄一封电子邮件给两名合伙人,通知他们新账户的信息。等到那时候,钱已经变干净了,合伙人会先捞走他们的分红,再把钱付给投资者。我们猜测他们每两三个月会洗一次钱——而我们做出的最佳判断是,每次两名合伙人会把500万左右的钱收进自己口袋。不过这件事的关键是把钱拿回来。你想想看——近几年每一次破获大规模的金融欺诈案,都有一个共同点——钱始终没有拿回来。有了这个算法,我们可以拿到钱,也能逮到合伙人。"

我把戴尔对我说的所有事仔细想了一遍。

"昨天你告诉我,法鲁克说事务所为了要摆脱他们的中间人,所以现在整个活动都改成数字化了?"

"可以这么说。这样更安全。我们猜想既然他们不需要中间人了，大概就是走数字化。事务所跟他们的钱骡划清界限的同一段时间，柴尔德成为他们的客户，并且替他们设计安全系统，所以我们开始往那个方向追查。我们的信息专家没过多久就搞懂了它的运作方式，但那个系统该死的复杂，没办法追踪钱流。所以我们才需要柴尔德。我们中情局总部兰利的信息小组可以监控大约一百个账户，但总共有几千个账户。我们查出钱会从那些账户消失，并且在一定时间内回来。我们的监视行动不完全合法——我们需要可以送上证人席的人，我们需要柴尔德。我们的信息专家认为杰瑞昨天启动了算法，现在那些钱正在满天飞。"

"所以你才希望柴尔德赶快答应谈条件。你需要进入系统循着黑钱追查到合伙人身上，但你也需要在银行守株待兔，在钱洗完之后把它抓住。"

"你说对了。大卫被逮捕之后，辛顿便启动算法，这件事让我很紧张。我猜他在洗钱，而等钱停下后，辛顿和哈兰会带着干净的钱消失无踪。但他们并不想这么做。如果在大卫全盘托出演算法的相关信息之前除掉他，那他们就不必逃亡了。我们很幸运——我们得妥善利用这件事。如果能通过洗钱追踪钱流，我们可以把钱全拿到手，并且送合伙人进大牢。我要哈兰与辛顿——他们害死我的同事，艾迪。我听见她在车子里被烧的时候呼喊我的名字。我需要这个。"

"你的分析员苏菲。肯尼迪跟我说了，说你们两个是一对。很遗憾你痛失所爱。"

我是真心的。不过戴尔还是仔细打量我的脸，寻找任何虚情假意的迹象。然后他满意地说："谢谢。她太年轻了，应该是我参与那支护送车队才对。我知道我咄咄逼人，但我不是坏人。我只是想打倒那家事务所。"

"所以确切来说，你需要大卫·柴尔德提供什么帮助？"

"算法是他写的，他一定有办法追踪钱移动的方式，以及最后会送到哪里。他一定有办法在算法移动钱的时候监控它。我要知道钱的路径，从存进事务所账户的第一美金，一直到最后落入合伙人的口袋。他要告诉我钱会落在哪里，还有现金如何一点一滴流向哈兰与辛顿。那样我们就有证据控告杰瑞·辛顿和本·哈兰，也能确保我们牢牢抓住事务所的全部现金。"

我让他的话在我心里沉淀，在戴尔的叙述中寻找矛盾之处。我只找到一个。

"姑且说我相信你好了，听起来挺像那么回事。但如果你查出柴尔德可以操控算法，也愿意向他提出交换条件，又哪里需要我？你为什么不亲自去找他谈条件？干吗把我扯进来？"

"我们一收到大卫的信息科技系统报告，就打算那么做。结果我们联邦调查局的朋友给我们看大卫的心理评估报告。那小子过去有根深蒂固的权威恐惧症——他当了很多年的黑客，对政府既厌恶又不信任。他是个边缘型偏执症患者，也有某种适应障碍。如果我们直接找上他，他不会信任我们。不过那不重要，首先我们就不可能在他的律师不知情的状况下，合法地找他谈条件。再说还有他女朋友死掉的这个小问题，我们不可能不经过律师就跟他协商。我们需要柴尔德有个盟友，他能信任的人，而且必须将他和事务所隔开。合理的做法便是给他找个新律师，一个有同情心又积极的人，来说服柴尔德认罪协商。自从你老婆到事务所工作后，你就在我们的观察名单上了。我们对那些律师了如指掌，考量过所有可利用的角度，当机会浮现，我们就好好把握。你是这项任务的完美人选。"

真是标准的中情局作风，以利用别人、操弄别人的人生来满足他们的需求。我自己也玩过这样的把戏。

"我没有那么完美。我不会让柴尔德屈打成招。"

"我知道你很会看人,但你永远都无法确定,艾迪。大卫·柴尔德非常聪明——而且所有证据都证明他是凶手。你想让杀人犯逃过法网吗?我看过照片了,我知道他对那女孩做了什么。尽管我这么想打倒事务所,我都不能让那种人逍遥法外。"

一股冰冷而麻木的痛楚在我的右手炸开。是旧伤。不堪回首的记忆汹涌而来。

"戴尔,如果我认为他有罪,我会协助你给他定罪。我得相信我的直觉。我会用另一种方式拿到你要的证据。等我拿到了,你要用豁免协定让克莉丝汀无罪。"我说。

他摩擦下巴,说:"你要怎么拿到?"

"交给我来处理吧。"

我们在离法院 800 米处停车。

"你就从这里走过去吧。当心点,我告诉过你这些人很危险了,现在你知道到底有多危险。帮你自己一个忙,选简单的路走吧——弄到我要的认罪,我就确保克莉丝汀安然无恙。但你别搞错了,还以为就算你妨碍到我,我也不会控告克莉丝汀。明天晚上事务所的钱就会落入安全账号——全部的钱。我需要提早拿到信息,才能在那里等待。如果到时候我们还拿不到算法的记录,一切就太迟了。只要辛顿觉得苗头不对,他可以卷款消失。"戴尔说。

我把档案夹在手臂下,打开车门,从 SUV 车下到人行道上。戴尔打开手机,注意力转向屏幕。我把门关上,SUV 车扬长而去。

老婆或委托人?钱会在明天停下来,我还有一天的时间来洗清克莉丝汀的罪名——如果我放弃柴尔德。

昨天晚上,那似乎是个简单的决定,但我甩不开那股站错边的感觉,我觉得大卫需要有人替他辩护,而不是帮忙把他推进监狱。

不算太久之前，我曾担任代理律师，替一个我知道有罪的男人辩护。我使出浑身解数，到最后让他免受法律制裁。那之后我每一天都活在悔恨中。那件事让我失去了太多东西。

我不但不能让有罪之人自由，也不能把无辜之人送进监狱。这个体制容许被告高薪聘请大牌律师让他摆脱牢狱之灾，并让经验丰富、手握无限资源的检察官，去跟无法为当事人买一张客运车票来出庭的公设辩护人互斗。

这个体制有问题，它容许玩家为所欲为。我是个玩家，不管我做什么，不管我偷偷耍什么欺诈的手段来让我的工作能延续下去，我都不会让体制因为错的理由而崩坏。

我得设法同时洗清克莉丝汀和大卫的罪名，而在这当下，无论我在脑中朝哪个方向思考，我都知道企图同时救他们两个的后果，大概会让我至少失去其中一人。我得赢得大卫的信任，我得让他答应协议。

我的嘴角掀起微微笑意，因为我在想：我把牛皮纸资料夹里的文件替换成了《纽约时报》，不知道戴尔如果看到封面，会不会察觉异状。我只需要持有偷来的文件几分钟就够了。

我看到半个街区外，有一间联邦快递的办公室。

00:19

枪击前 33 小时

这间联邦快递办公室拥有六台最新款高科技复印机。我把档案页面平均分配放入其中三台，每台页数不超过五十页。我按下三台机器的"开始"键,然后等待它们轰隆轰隆地为我制造戴尔档案的复本。

我清点每一台机器印出来的复本,到柜台结账,然后离开。

我直接打给戴尔,打到我专用的紧急号码。

SUV车1分钟内就出现了。

这次我打开副驾车门,拿着文件伸出手。"抱歉,这个一定是跟我的档案混在一起了。"

抽搐。

戴尔不发一语地抢走文件原本,关上车门,然后快速驶入纽约的车流,朝克莱斯勒大楼开去。

我把复本夹在我今天带来的波波旧档案内页之间。我暂时没办法读那份档案,我得赶回法院协助柴尔德,等拘留室的情况缓和下来,就要进行他的保释程序及释放了。我得晚点再来读档案内容,等我有时间坐下来厘清状况的时候。

我偷拿这些文件的行为逾越了界线。即使戴尔无法确定我是不是故意拿走档案,他都会把它视为我这一方采取的行动。我在与戴尔应对时必须更谨慎一点。克莉丝汀的命运掌握在他手中,我痛恨这一点。

我得想办法让失衡的权力杠杆朝我这边倾斜,我知道要做到这件事,关键在一个22岁的男孩身上,他正在牢房里慌成一团,无法呼吸也无法思考,更别说帮任何人的忙了。

我招了辆出租车,叫司机载我回法院。在车上,我翻开洛佩兹在法官办公室交给我的起诉档案开始读。我已经知道基本情况了——被害者是大卫的女朋友,她被发现陈尸在他的公寓里,死于枪击。在我打开这份档案前所不知道的是,检方实际上要怎么打这场官司,他们掌握了哪些对柴尔德不利的证据,他们要在法官面前提出什么杀人动机。

这档案并不厚——初步鉴识报告、证人的陈述、犯罪现场照片,还有计算机记录。我读完之后,开始怀疑我对大卫·柴尔德的判断;

这些证据看起来很干净，它们证明大卫枪杀了他的女朋友克莱拉·瑞斯，绝对不会让人质疑。我回想那孩子的眼神，他的恐慌，感觉就像看着他掉下很深的洞。

我发现我很难揣测检方会往什么方向去假设杀人动机。证据明确地显示，大卫杀了他女朋友，而且凶手不可能另有其人。

我要求出租车司机在离法院一个街区外停车，我需要走走路来让脑袋清醒。

00:20

天空飘起小雨，我把衣领竖起来，将档案塞进大衣里保持干燥。人行道热闹得很，挤满通勤者、消费者、慢跑者、摊贩、街头表演者以及大声打电话的人。我没有把这些声音听进去，也没有真正看在眼里。我也没看见林立在法院前方的石柱，或是在门口排成一列的黄色出租车，那些司机上半身探出车窗，争辩谁应该排第一辆。这些都没有直接映入我的眼帘，我有注意到它们，却只在最基本的层面上。我的脑袋仍然沉浸在起诉档案中。

档案中提到两张DVD，它们尚未送达辩方，不过有几位警探看过这两张DVD，并且希望将他们的评论当作呈堂证供。根据某位警员的陈述，第一张DVD是中央公园西大道的道路监视画面，它拍到了车祸过程。一名喝醉酒的司机闯红灯，一头撞上大卫的布加迪。警方到现场处理时，在超跑副驾驶座的脚踏垫上看到手枪。柴尔德说枪不是他的。那名警员菲尔·琼斯说他闻了那把枪，有一股强烈气味，像是才击发过。柴尔德没有那把枪的执照，因此他们逮捕了他，把他关进

拘留所。后来他们发现他的住址符合有人通报发现尸体的案发地——也就是他的公寓。我从那些警察的陈述中看得出来，他们在暗示要不是柴尔德的车被那个醉鬼撞上，他可能就溜掉了，有机会处理掉犯案凶器。

结果法网恢恢，他还是被逮到了。

柴尔德成为亿万富翁的资历相对来说尚浅，但他拥有中央公园11号里的一间公寓，那是全美最昂贵的公寓大楼。其实大楼本身坐落在中央公园西大道上，但他们决定为它命名为中央公园11号。他的公寓面积比篮球场大，还有宽敞的环绕式阳台，能以最好的视野欣赏曼哈顿的公园。他的邻居是个好莱坞电影导演，名叫格什鲍姆，这位邻居的陈述一开始便说明，他拥有位于二十五楼与大卫相连的公寓，而在这个高度，也就是盖在建筑主体之上的塔楼里，每一层楼只有两户。他说他在自家公寓里看他之前拍好的电影片段时，似乎听到了枪声。起初他不确定，想着或许是街上的汽车引擎逆火，因此他打开阳台的门，把身体探出栏杆查看。就在这时，他看到隔壁公寓的窗户爆开，吓得他差点翻出栏杆摔下去。他从家里的紧急避难室打给大楼安保人员，然后等待。安保人员在4分钟后来到他家门外。格什鲍姆告诉警卫他所见到的情况，并带他查看隔壁阳台上的玻璃。第一个进入公寓的警卫在厨房发现克莱拉的尸体。

我不需要回想警卫对场景的描述，一张现场的尸体照已经牢牢烙印在我的脑海中。她有一头金发，剪成短短的鲍伯头。照片上的她，头发不再是金色，而是化作一团血淋淋的组织。她穿着简单的白T恤配深蓝色牛仔裤，光着脚。尸体面朝下倒在厨房，头微微转向右侧。两条手臂都贴在身侧。一般人鲜少以面朝下的姿势遭到枪杀。大部分受到枪击的人不会立刻死亡，他们会反射性地伸出手，在子弹的动能推倒他们的同时试图稳住身体，克莱拉却没有伸出手臂缓和跌势。合理的解释是在她的身体撞上光洁的白瓷砖之前,她可能就已经死了。

法医表示克莱拉被多次射击——大部分都是对准头部。她的背部有两处子弹射入的伤口,两者相隔13毫米。其余的射击都是对准她的后脑勺。由尸体的姿势研判(假设她死后没有被移动过),我猜想她的头部先中弹,然后倒地。凶手对着脊椎开两枪,确保她死了,然后朝她后脑勺连续击发。法医无法确认她的头部中了几枪,因为她几乎没剩下完整的头骨。某个犯罪现场调查员的陈述证实,在克莱拉的脸底下,瓷砖四分五裂,底下的水泥里有一团扭曲变形的子弹。

杀手审视过现场状况后,决定朝她的背部开两枪,然后把弹匣里剩下的子弹都射进她的后脑勺里。

接着换上新的弹匣。

第二个弹匣里的子弹全进了她残破不堪的头骨。

愤怒式的射杀行为。这指向熟人作案的可能,我猜地检署会从这个方向下手找动机。除了犯罪现场的照片外,还有一张从克莱拉的瑞乐账号抓下来的照片。那是她跟另一名女子的合照,对方与她年龄相仿,但没有她漂亮。她们坐在吧台高凳上,展示她们相同的新刺青。她们各自在右手腕刺了一朵紫色的雏菊。两人背对着吧台,身后放着饮料。克莱拉看起来好像乐不可支。她是天生的美人坯子,皮肤光滑而透亮,眼神充满活力。

一时间,我想到几年前那个年轻女孩,因为我让攻击她的人行动自由,而害她面临悲惨的结果。

我的胃部有种越来越强烈的灼热感。我的手很沉重,有种想打人的冲动。有时候我会有这种感觉,想要伤害别人。我唯一能为克莱拉做的,就是确保杀害她的人永远无法再对别人做同样的事。我看到同样的刺青,就在犯罪现场照片中她向上翻、毫无生命力的手腕上。我忍不住觉得她有一部分的灵魂还在这里,在观看,在为被夺去的生命哭号,在批判。我再次想起大卫·柴尔德,他有这么会撒谎吗?厉害到能骗过我——能在人体模型上看出破绽的我?我不相信他有这么高明,但我越是读下去,对柴尔德不利的证据就越是令人心往下沉。

如果你是中央公园 11 号的住户,你会拿到公寓的钥匙和一个电子感应卡。感应卡能控制大楼电梯以及关掉你的警报器,那是住户的标准配备。大楼安保系统那里有柴尔德的进出记录,精确到几点几分,资料便是来自感应卡。晚上 7 点 46 分,他跟克莱拉进入他的公寓,17 分钟后,柴尔德的感应卡显示他一个人搭电梯离开大楼。他是最后一个离开公寓的人。4 分钟后,安保警卫来到格什鲍姆的公寓外,然后在大卫·柴尔德空无一人的公寓里发现克莱拉的尸体。也就是他几分钟前才离开的公寓。

一名警员调阅了大楼的监控记录,看到柴尔德进入和离开公寓。他穿着过大的绿色连帽衫、松垮垮的灰色运动裤,以及一双红色耐克鞋。我检查第一张光盘对柴尔德的描述,也就是关于车祸的监控画面。他的打扮完全一样。

初步鉴识报告揭露柴尔德的双手和衣服上都有大量的射击残迹。这不是二次转移,说明他可能接触到刚开枪的人,或是有在枪击现场走动。他看起来就像用射击残迹洗过澡,双手、衣服和脸上发现的残留物质浓度,符合他多次开枪的假设。

在警方的讯问过程中,柴尔德说在警察给他看据说是在他的布加迪脚踏垫上找到的那把枪之前,他从未见过它。他告诉他们他没有枪,这辈子也没开过枪。

在公寓里找到的弹壳将进行弹道鉴定,报告应该很快就会出炉,不过有鉴于口径相同,再加上初步的发现,看起来柴尔德车上的手枪就是作案凶器。

那是一把鲁格 LCP。

00:21

我从警报器不太灵光的消防门进入法院,沿着后侧楼梯来到安全戒护楼层。矫正署把这个区域保留给最危险或最脆弱的拘留者。进入铁栏入口后,有两名警卫看守一整排监视屏幕。我见过其中一人,告诉他我是来见柴尔德的。这个区域不在封锁范围内,他在放我进去之前先搜了我的身,还仔细地翻查我的档案,确保我没有偷偷夹带什么东西给囚犯。

走廊有个弯道,在右侧一整排的牢房后,我看到一名警卫坐在戒护室外头。以狱警来说他算是矮小的,身高不超过155厘米。他腰带上悬垂的警棍看起来都比他大。

"有人要求跟我的委托人见面吗?"

"医生来检查过他的状况,不过10分钟前就离开了。你要见他?"警卫问。

"没错。"

"你是他的律师?"

"嗯,我不是他妈。我当然是他的律师。你可以把牢门打开吗?你不是应该盯着他吗?"

"他属于'有风险'的级别,所以我每9分钟会确认一次他的状况。你要看我的记录表吗?"他问。

他大概已经把检查表的空格都打好钩了,看了也是白看。牢门开启时发出了金属的呻吟声,进去之后,我看到柴尔德躺在大概可以称之为床铺的5厘米厚的橡皮垫上。即使躺着,他仍然抱着头,也许是担心若不扶着额头,席卷他的旋风会转得更快。

"我帮你申请到保释了,不过有一些附加条件。你得——"我开口。

"他还活着吗？"柴尔德问。

我对这个人的印象分数又拉高了。当你穿着橘色连身囚服坐在那儿，头上悬着谋杀罪名，忘了别人的问题是再容易不过的事了。

"他保护了我。"大卫说，同时坐了起来。

那张床实际上是一块钢板，挂在用螺丝锁在右侧墙面上的一对托架上。一个钢制马桶占据了牢房的中心位置，左侧则有一张钢制长椅。地板是浇灌的混凝土，看起来还是湿的，我能感觉到湿气从脚底往上蹿——也能闻到。

"他为什么这么做？"他问。

"我要波波特别留意你，不过我猜原因不止如此吧。如果他对你毫不关心，是不会出面阻止攻击的。"

警卫把门关上并上锁。

"我在成长过程中没交到任何朋友，我经常被霸凌。我赚到第一桶金的时候，突然变得很受欢迎。也许……我不知道，你觉得他是想要钱吗？"

"我不认为他真的知道你是谁。"

"是啊，但我，怎么说，当过《时代》杂志的封面人物，他一定认得我。"

"嗯，我不认为波波是《时代》杂志的订户。他不识字，而我绝对没告诉他你是谁。如果你无家可归、破产、满脑子想着在哪里可以来一针，社交媒体跟你是八竿子打不着关系的。要是他知道你是亿万富翁，他绝对会跟你要钱。我猜他大概能猜到你有几个钱，因为你是白人，你很干净，还穿着那双昂贵的运动鞋，但他不会只因为你是个有钱的白人男孩就为你挡刀子。"

他按摩额头。

"现在怎么办？"

"事情有了变化。杰瑞·辛顿出现了,他来阴的,说服法官指派他为共同律师。如果你想解雇他,你得上法庭。你跟哈兰与辛顿签的委任契约书很完善,赋予他们对任何律师及委托人工作成果的留置权。你可以不管他,但事情会变得很棘手。不是对你,是对我来说。他会用禁止令绑住我的手脚,并试着让我因为招揽他的客户而被取消律师资格。我的建议是把他留在身边,至少一段时间。"

"那不打紧,我本来就觉得把他解雇有点不好意思。"

我能听到牢房门外传来警卫断断续续吹破泡泡糖的声音,所以我凑近大卫,坐在他身旁。

"在我们继续进行之前,有件事你得知道。杰瑞并不想为你申请保释。昨天晚上在警察局他就这么告诉你了,对不对?"

大卫点点头,"他说媒体会蜂拥而上,我的公司股价会狂跌,而且因为我拥有几架飞机,逃亡风险很高,根本不用想保释。他说没有必要申请保释——缺点太多了。"

不知为何,在这一刻,我突然意识到我今天早晨没刮胡子。我可以感觉长了一天的胡茬在下巴上冒刺。我清了清喉咙,迎向大卫的目光,告诉他真相。

"任何一个法律系一年级的新生都能告诉你,你可以申请到保释,而且法官有权在办公室内进行这个程序,借以保护当事人的隐私。另外,你有几架私人飞机根本不重要——向法庭交出你的护照,在桌上放下高额保释金,以你干净的记录而言,绝对能申请到保释。我知道杰瑞在刑事诉讼方面经验有限,甚至没有经验,但我不认为他有这么笨,我认为他想要你继续被羁押。"

"为什么?"

"好让你被杀掉。"

00:22

他跟我四目相对了半秒钟，然后他的脸上出现一连串的情绪变化。他先是微笑，停住，再看看我是不是在开玩笑，然后皱起眉头。他眼睛眯起，目光闪烁。他不想相信我刚才说的话。忽略我们最害怕的事，紧抓住任何可能的希望——即使只是虚假的希望，都完全合乎人性。

"你的话完全说不通。"

"当然说得通。待在拘留所里不申请保释才说不通。杰瑞没料到你会接受别的法律建议。如果我想得没错，他大概预期你现在已经死了，正躺在停尸间，心脏插着那个墨西哥人的小刀。"

"不，这不是真的。"大卫说。

"那个墨西哥人进入你的牢房时，你在医务室——因为你在会谈室恐慌症发作。你一回到笼子里，他就发难了。你不是帮派成员，你在那个笼子里谁也不是，我也不认为你做了任何对那家伙挑衅的举动。他把小刀夹带进去只有一个理由——他是去杀你的，大卫。是杰瑞·辛顿派他去的。"

他站起来，在房间里踱步，努力思考。我闭上嘴让他慢慢想。

某个念头让他停下脚步。

"听着，现在你是我的律师，对吗？如果能让你比较舒坦，我会解雇杰瑞。我觉得找你这样专业的刑事律师比较好，但请你不要提出疯狂的指控——我很害怕。"

"你是应该害怕。12个小时前，一支联邦项目小组找上我，跟我说除非我帮他们的忙，否则他们要把我太太关进大牢。他们要我接近你，并确保你雇用我为你打这场官司。然后他们要我说服你接受认罪协商：转为污点证人，揭发你自己的律师哈兰与辛顿以及他们的洗钱活动,你谋杀女友的罪名就能获得减刑。我本来已经答应这么做了。后来我见到你,发现两件事——我不认为你杀了你女朋友,而且你对哈兰与辛顿的洗钱活动一无所知。如果你确实知道他们的活动,你几乎等于握有'自由走出监狱'的王牌。如果是那样,你不会希望杰瑞·辛顿进入你周围800米内,更绝对不会希望警方向你问话时,他还坐在你旁边。"

他似乎双腿一软,半坐半跌地落在冰冷的混凝土地板上。

"如果你没有杀害你的女朋友,看起来绝对有人陷害你。而且不是事务所陷害你的。他们可不希望把你放进压力锅,以免你为了减刑而出卖他们。所以他们不希望你获得保释,他们要你继续待在牢里,在牢里随便一起暴力事件就能终结你的性命,不会牵连到他们。死人是不会作证的。"

他摇摇头,呼吸又变得急促起来。他的双手带着节奏不断抚过自己的膝盖,身体前后摇晃以抵御恐慌。

"你女朋友的死可能只是巧合,但我不信。听着,我还没有想通整件事。我知道你是清白的,我知道你太有钱也太有名,不会卷入洗钱。"

"洗钱?那可是哈兰与辛顿,他们是纽约最受敬重的事务所之一,绝对不可能……"

"等一下。我一开始也不相信,大卫,但是现在我相信那是真的。如果一切都只是胡说八道,是联邦调查局搞错了,那又怎么会有个莫名其妙的帮派分子想杀了他从未见过的50公斤重的白人小子,给自己争取到终身监禁?杀了你又不会提升他的地位。是啊,像你这样的人进了笼子可能会被揍,或是有更惨的下场,但那些家伙没有理由杀你,因为你不会构成威胁。你对他们来说不重要。我的猜测是哈兰与辛顿付钱给某人,让你变得重要。他们要你死。"

"不,这太疯狂了,疯狂到夸张。不,不可能的。我是说,我完全不知道事务所有做什么非法的事。"

"就是这样,我认为你说的是实话。如果你什么都不知道,你就不会成为联邦调查局或是事务所的目标,但你确实是目标。他们告诉我,你那个信息科技安全系统,也就是在侦测到黑客攻击时会把钱藏起来的算法,被事务所用来洗钱——几百万的钱。他们假装测试系统——实际上却在洗钱。联邦调查局想要你的算法,好循着钱流追查回合伙人身上。如果你给他们,我们就能谈条件了。"

"什么?我的算法不是设计来洗钱的,它是个安全系统。"

"这我知道,但我猜合伙人要求你在设计他们的安全系统时,符合特定的客户需求——因此当它侦测到威胁时,钱会开始跑。我说得对吗?"

他点点头。

"联邦调查局要钱也要合伙人,而你的算法是关键。如果联邦调查局有权限进入算法,就能取得完整的金钱流动路径——从一开始的交易一直到钱变干净为止。你刚被逮捕,事务所就启动了算法。我猜当那些钱进入最终账户,合伙人便会跑路。联邦调查局希望钱停下来的时候他们已经等在那里。他们要你认罪,他们要算法,然后他们会让你轻判,并且放过我太太。但我认为还有另一个办法。"

"我没有杀她,我不会认罪的。"

"我不会让你为没犯下的杀人罪而去坐牢。我们来谈新的条件。我会把算法卖给他们——高价出售——他们得让你和克莉丝汀全身而退。"

我伸出手,直到这时我才发现我在发抖。

他盯着我,跟我一样害怕。

大卫往后挪,直到头抵住墙壁。

"我不能。"他说。

"你非做不可。你想毫发无损地挺过这件事,我是你唯一的希望。"

"不,我的意思是我帮不了你。联邦调查局误会大了,那个算法安装在事务所内部的独立系统上,我没有权限进入。"

他双手十指交缠,把手高举过头,然后再落到脑袋瓜上。他用两只手箍着颈后,把手肘靠向彼此,然后开始反复开合手臂。看起来这孩子是在试着拿手臂当风箱,想从脑中逼出一个主意来。

"哦,天哪!真希望没发生这些事。"他说。

他突然静止下来——若有所思地僵住身体。当他让想法呼吸时,他的身躯恢复了活力。

"艾迪,如果我能追踪算法呢?我凭什么信任你?"

这是个好问题。我考虑编个有说服力的理由,最后还是放弃,决定告诉他实话。

"如果我是你,我不确定我会信任任何人。不幸的是,你没有选择的余地。事务所把你视为威胁,他们要你死。如果我们能给联邦调查局足够的筹码扳倒事务所,你就有希望了,我也有本钱替你跟我太太讨价还价。然后我会帮忙查出是谁杀了克莱拉。我不认为这是出了差错的盗窃案:你的公寓没有遗失任何东西。你有时间好好想想。如果你告诉我你是清白的,你一定对谁想陷害你有些概念。"

"不喜欢我的人很多。协助我创立瑞乐的人,被我解雇的人。他们都曾经是我的朋友,我不认为其中任何一人会杀人。但有一个人,我知道他可能会杀人。"

"谁?"

"伯纳德·朗希默。"

"伯纳德·朗希默是谁啊?"

"我的竞争对手。他曾说他会毁了我。我可以告诉你关于他的一切。"

"等我们把你弄出去再来详谈好了。顺带一提，我在外头可以保护你。"

"你要怎么做？"

"我有个朋友，他替我的练拳老搭档工作。这个朋友有点特别，不过他会保你活命。人称蜥蜴。嗯，精确来说，是他自称蜥蜴。"

"蜥蜴？"

"我说了——他有点特别，但我愿意把性命托付给他。还有我需要你家人的联络资料，会来这里为你准备保释金的人。"

"我没有任何家人，不算有。你可以联络荷莉，她可以处理钱的事。"

"荷莉是谁？"

"荷莉·薛佩德。她是个老朋友，也是我的私人助理。"

"她可以顺便帮你带些衣服来吗？"

"可以啊。"

他能直接背出手机号码，我注记在档案里。大卫在房里踱步，口中念念有词。我想着对他不利的证据，以及戴尔告诉我的话。有一瞬间，我好奇大卫会不会在耍我。

"你真的能追踪钱流吗？"我问。

他停下来，摩擦双掌。

"我不确定。我可以试试看。你觉得如果我交给他们，他们会放我一马吗？"

警卫用他的警棍轻敲牢门。窥孔盖被推开，我隔着门看到他呆滞的眼睛。

"我接到办公室的电话。你姓弗林对吧？"

"是啊，艾迪·弗林。"

"你太太来找你。"他说。

THE PLEA

00:23

这天早晨我从楼梯顶端俯瞰中央大厅的景象,跟别的日子没什么两样。安全人员散布各处,有的组成小队守在入口处扫描随身物品,有的作为支援力量分散在周围,随时保持警戒。地板的材质是坚硬有凸纹的黑色橡胶,能够承受大量的踩踏。好几排松木长椅用钢条锁在地上。那些长椅靠在墙边,还有两块集中的座位区面向咖啡贩卖机。从早上开始,会有接连不断的被告受到传讯而穿梭于法庭,一直到半夜1点左右法庭才休息。通常那代表川流不息的家人、女友、保释人、警察、律师、毒贩、记者、皮条客、假释官和法庭职员会进进出出。

大卫的私人助理荷莉接听了我的电话。

"荷莉,我是艾迪·弗林。我代表我的委托人大卫·柴尔德打给你。我需要你帮忙——"

"他还好吗?他们不让我见他,事务所又什么都不告诉我。杰瑞跟你在一起吗?他为什么没回我电话?大卫能保释吗?"

她说话的速度快到我来不及听。但她并不是处于慌张或亢奋的状态,她听起来像那种做事极有条理的人,而且无法理解为什么不是每个人都和她一样。很难判断,不过我猜她比大卫大不了几岁——25到29岁,顶多。

"我们一个一个来吧。我和哈兰与辛顿是共同律师的关系,我是专精于刑事辩护的律师。听起来你已经知道大卫被逮捕了,我可以告诉你,他被控犯下重罪。我需要你来保释办公室这里,安排银行汇款支付他的保释金。你可以做这件事吗?"

"我的天哪!他还好吗?大卫受不了密闭空间,他会抓狂……他的药在身上吗?"

"荷莉,他没事,我在照顾他。好了,以下是你必须做的事……"

我告诉她法院的地址、法院出纳室的银行资料、案件编号,并要她带些衣服来给大卫换。她一一写下来,说她马上办。我挂掉电话,打给蜥蜴,跟他约好等大卫交保时来接他。蜥蜴以前是海军陆战队队员,现在是替我的超级老友"帽子"吉米办事的杀手兼审讯者。蜥蜴先前帮我对付过俄罗斯黑帮,所以他绝对靠得住。

我走下楼梯时,一眼看到了克莉丝汀,她坐在靠近东墙的一张长椅上,头顶有块告示牌写着"禁止携带武器禁止摄影"。她身旁放着一只真皮皮包,看起来很新也很贵。她棕色的秀发向后扎成马尾,穿着利落的黑色套装,裙子长度刚好到膝盖上方。她跷着腿,左腿有节奏地摆动,让她的亮皮高跟鞋摇摇欲坠,看起来很焦虑。这几天天气都不错,而大厅里的暖气为了顾及站在门口的警卫而开到最强,因此室内热得很。她用纤细而修长的手指扇着喉咙,奶油白的宽领上衣露出她脖子上白皙的皮肤。

我还没走到楼梯底部,她就看到我了,她一把抓起皮包朝我大步走来。那双高跟鞋让低沉的"嗒嗒嗒"声响在墙面之间回荡着。她的脚步目标明确而快速,使得她脑后的马尾随着恶狠狠的步伐而甩来甩去。

我能看出她的表情困惑,一下一下敲击地面的鞋子证实她忧心忡忡。她在楼梯底部等待。

她那双蓝眼睛周围的皮肤紧绷,颧骨处微微泛红,显得它们好像因为单色的套装和高跟鞋希望能更出风头一点。

不论我在她身边醒来多少次,或是她在沙发上看电视时我转头看她,还是早晨我在浴室里闻到她的香味——每一次我都感觉胃里一阵骚动,还伴随着一股暖意,因为我找到了这个世界上我唯一想与之为伴的女人。最近这种感觉会马上带来汹涌的自厌——我弄丢了我所拥有的最美好的事物,一切都是我的错。我仍紧抓着残存的小小希望,但愿这分开状态不是永久的。一想到如果我搞砸这件事，她将每天在牢里待上 23 个小时，肾上腺素就在我的血管里狂飙。

我都还没走到楼梯底部，她已经开始说话。她要答案。

"因为你，杰瑞·辛顿的助理刚才把我从会议中拖出来。我还以为我要被炒鱿鱼了。她说你在破坏他们的生意，非法招揽他们最重要的客户之一。我告诉她你绝对不可能做这种事，你做不出来。他们派我来找你谈。艾迪，这到底是怎么回事？"

"放轻松，听我给你解释。你说对了，我现在确实是大卫·柴尔德的代表律师。"我说。

她眯起眼。克莉丝汀是个聪明绝顶的律师，她对诉讼了解的程度我一辈子都追不上。我们是在法学院认识的。她名列前茅，而我只是勉强及格。有一天早上，我们合搭出租车去学校，我就被她给迷住了。克莉丝汀和其他目标明确、拘泥死板的女同学不同，她内心有一丝狂野。她跟班上大部分女生一样，家里有钱有势，但她没有被污染。她没把时间花在读书和规划出路上，而是泡在酒吧里或是去游民收容所当义工。幸好凭她的脑袋，只要花一点力气甚至完全不花力气就能出类拔萃。我从未见过像她这样的人。

"你为什么这么做？你不知道这会害我很为难吗？"

"你知道我不会做任何有损你事业的事。这很难解释。"我说。

"你怎么会以为可以偷走我公司的客户？你又不是专攻公司法的律师，你连法律书和西尔斯百货的目录都分不出来。"

"听起来很疯狂，但我是为了你才这么做的。"

她翻了个白眼，把身体转开。我看到她在按摩太阳穴，慢慢摇头。

我凑到她身后，正要触摸她的肩膀，又让手停在半空中。她感觉到了。

"不需要。我知道你很在乎我的事业，所以我才不能理解这件事。

这跟我一点关系也没有。而且我很气杰瑞·辛顿的私人助理——她讲话的口气好像我是地上的泥巴。天哪,艾迪,我可能会被解雇。"她说。

我的手垂落身侧。

我们在原地站了一会儿。我一句话不说,让尴尬的沉默填满我们之间的空间。她转过头来研究我的脸。

"你跟这个客户是怎么回事?告诉我实话。"

"我们不能在这里讲。听着,这跟你我无关。我有事得告诉你,但现在不是对的时机,这里也不是对的地点。我可以晚点去找你,到时候再谈。我保证我不是在整你。我希望事情回到以前,而且比以前还要好。我可以做到,我要努力做到。相信我,我做这件事是为了你——为了我们。"

她试图在我脸上搜寻我在糊弄她的迹象。她能看穿我,我感觉她知道我说的是实话。

"艾米爱你,我知道你也爱她。有时候……有时候我觉得我们可能还有机会……"

她蓝眼睛中的温柔随着下一句话消散:"然后你就做出这种事。"

"克莉丝汀……"

"不,艾迪。你惹毛我其中一个老板了。我不知道你到底想干什么,但后果不能由我来承担。你想改善我们的关系?好啊,搞定这件事,告诉客户你弄错了,把他还给杰瑞·辛顿。"

"事情比你说的要复杂。我们去走一走吧。"我说,手比向大门。

她把手提包甩到肩上,朝大门走去。我让她走在前面,把目光焦点对准法院入口处的玻璃墙。有了头顶的灯光,我能在玻璃上看到克莉丝汀的倒影。我持续盯着玻璃墙的中间,边走边聚焦在那个中心点,然后将注意力延伸到周围。

这时候我看到了他们。

00:24

有两个人。

第一个男人刚才跟着我走下楼梯。他体格壮硕，年约四十出头，穿着格纹衬衫、绿色铺棉外套，蓄有跟发色相同的淡淡胡须。

我走到楼梯底部与克莉丝汀会合时，他在楼梯上停下脚步看手机。连我们在说话时，我都能感觉到那个大块头在我身后。他穿着黑色长裤，裤子中央熨出清楚的折痕，底下配的是工作靴——这说明了一切。拥有体面黑西装裤的任何男人，都会有一双像样的皮鞋，他绝对不会穿着工作靴来法院。

那个沙色头发、穿绿外套的男人持续缓慢靠近，耳机线连向手中的手机。

我对这个家伙并不是太担心。我不十分肯定，但他看起来很像戴尔给我看的照片里的人——吉尔，哈兰与辛顿的安保主管，虽说我还没机会仔细看他的长相。

第二个男人则完全是另一回事。他坐在我右边的长椅上，交叉着手臂，报纸摊开放在身边的椅面上。他懒洋洋地斜靠椅背，黑色长大衣敞开，双脚伸长交叉，头往后仰，眼睛闭着。他也戴着耳机，只是我看不出它连向什么装置。我察觉强烈的腐败烟臭味，随着我靠近他而越来越浓，接着我认出他是我稍早在大厅看过的人，他仍穿着同一件大衣，换掉了灰色毛衣，好稍稍改变外形。现在他穿着奶油白的衬衫，但颈部的刺青让他露馅。他绝对是我先前看到的拿着智能手机的人，那个直视我的人。现在距离较近，我看出他的右脸颊有颗痣，肤色晒得很黑，使他的黑发看起来更黑。他的嘴唇很薄，抿得很紧，几乎像是没有嘴唇，看起来更像一个开放性伤口。这想法有违我的直觉，但我猜他可能是戴尔和联邦调查局的眼线，虽说他看起来实在不像我见过的任何联邦探员。

克莉丝汀大步走向出口，手臂随着脚步摆动。

我在黑大衣男面前停下。这家伙真臭。他的食指染着尼古丁的污渍，一天势必抽至少两包烟。我把档案放在身旁的地上，单膝跪地假装绑鞋带，离黑大衣男不到1米的距离。我咳嗽，骂脏话，他没有看我。我离他的个人空间近到足以使任何人张开眼睛，抬头看看我到底在干什么。但他没有动。距离这么近，我能看清楚他脖子上的刺青，那个图像我不管看多少次，都还是觉得它既熟悉又古怪：一个男人，或是男人的鬼魂——他的身体是液态的，呈弯弧状，凸显出椭圆形的头部，双手捂住耳朵，嘴巴张开。是蒙克的《呐喊》。

他没有看我，我很庆幸。我不想再看到那双黑眼睛。光是想到我就口干舌燥。

我把鞋带松开时，看到穿绿外套的男人由后方靠近我。他经过我之前，先拔下耳机、卷起耳机线，再把它塞进外套右侧口袋，手机则放进左侧口袋。我从他的倒影看出他在看我。他接近时加快了脚步，准备直接从我旁边走过去。

我迅速起身跨向右边，直接挡住他的去路，右肩撞到他的左手臂底下。他踉跄了一下，我扶住他，稳住他的身体避免摔倒。他瞪大眼，极为惊讶与尴尬地看着我。

"哦，天哪，抱歉，老兄。都是这该死的鞋带。你没事吧？"我问。

"没关系。"他喃喃道，然后径直走出大门。就是他没错，事务所的安保主管——吉尔。

即使近在咫尺的人相撞而发出噪声，那个穿黑大衣的刺青男仍然没有抬起头。

我跟着吉尔走出大门，看到克莉丝汀靠在一根石柱上，高跟鞋轻点石头，一手横在胸前，眼睛望着车流。

吉尔由她身旁经过，半跑下石阶。

我把他的手机塞进外套口袋，过去找克莉丝汀。

00:25

"我知道这是怎么一回事了。"克莉丝汀点着头说。

她仍然不看我。一阵风吹拂起她的外套翻领，她抱着自己的身体以抵御寒意，紧绷着下巴以免牙齿打战。我想她一定是太气辛顿的私人助理了，所以连大衣都没拿就跑出办公室。她眼中泛泪，我好奇这是因为沿着曼哈顿的人造峡谷吹送的东风，还是因为我们一度拥有又失去的生活。看着她，闻着她的气息，听着她的声音，知道在当下我们不是一对——感觉就像在哀悼。

在这一刻，我有强烈的冲动想要利用大卫，借此拯救她。我忍住了，那是虚幻的希望，也是卑鄙的想法。只要我采取正确的行动，我能够救他们两个。

她的语气没有愤怒，嗓音很轻柔。"这不像你，但我想你的内心深处在嫉妒，艾迪。你认为既然现在我有事业可追求了，我可能就不想要你，或是不需要你了。你不必这么想。"

"这事与我们无关。你的事务所里有坏事发生了，我不能在这里讨论。帮我个忙：不要回去上班。去接艾米，找个地方躲两天。"

"少说蠢话了，你说的可是哈兰与辛顿啊。"

最不适合进行这场对话的地点莫过于这里了。我不知道周围有什么人在偷听，我不能冒险告诉她更多。她转身面向我，我能看出她眼神中带着逐渐加深的失望。不管我们过去几周累积了多少进展,她都认为我的愚蠢行为把那些全抵销了。

"我请求你相信我。我今晚会解释一切。"

"不,这事现在就在这里解决。把客户还给杰瑞·辛顿,我们再来谈。"她说。

"我不能。相信我,这……"我没把话说完,因为她将手探入皮包,拿出一枚戒指。是她的婚戒。我每天都戴着我的婚戒,从来不取下来。而她从很久以前就不再戴她的婚戒了。

"那天晚上你离开以后,我戴上这个,戴了几分钟。我想知道感觉怎么样。"

我什么也没说,只是努力克制自己不把她拥入怀里。

"感觉很好,你知道吗?就像我们刚结婚的时候。我不再戴它是因为它会害我想起所有不愉快的回忆。现在我可以戴上它,心想未来也许有什么——有什么好事,对我们和艾米来说都是。我把它放在包里,随身携带。我不想又被迫把它放回抽屉,艾迪。把客户还给事务所,拜托你。为了我们。"她说,将身体撑离石柱,走向街道。

我呼唤她,但她不理我,只是伸出手叫出租车。一辆出租车停下,她上车离开。

铃声响起。

我查看我的手机,但我没收到任何短信、信息、电子邮件。

我一边走一边扫视人群,转身背对街道,然后小心地检查我从吉尔身上摸来的手机。这是一个抛弃式手机,廉价诺基亚,没有全球卫星定位,无法追踪。

但有一封新收到的短信。

我按下"开启信息"。

我们在外面。

信息旁边没有姓名,只有手机号码。不过这是对话栏里的第二条短信。第一条短信是 3 分钟前传送的。

一句直述句。简单的四个字,让我的脊椎感到一阵震颤,感觉像有个冰块卡在我的脖子。我用力握紧手机,几乎把屏幕捏碎。

杀了妻子。

00:26

克莉丝汀的出租车已经消失在车阵中。穿绿外套的家伙不知去向。我转过身跑回法院里,从等待接受安检的队伍间挤过去。长椅上已经没人了,穿黑色长大衣的男人已经离开。

我用颤抖的手指拿戴尔给我的手机拨号给克莉丝汀。如果我用自己的手机,她一定不会接。

电话铃响,无人接听。我让它响。

我开始在地板上来回踱步。

响第二声。我冲向询问处隔壁走廊的那一排公用电话。

哦,天哪!克莉丝汀,快接听这该死的电话!

响第三声。血液涌向我的脸,我感觉胸腔充气,使我的衬衫绷紧,但我喘不过气。我像溺水一样拼命吸气,一拳用力捶向墙壁。

语音信箱。

我挂掉电话,重新拨号。

"克莉丝汀·怀特。"她说。她没提过她改回娘家的姓了。

"是我，不要挂断。你有危险。你在哪里？"

"什么？艾迪？"她听出我的语气很迫切，音调尖锐，在颤抖的呼吸间硬把话说出来。

"你在哪里？"

"我在出租车上，在中央街。出了什么事？是艾米吗？"

我听到她的语气初次显露恐惧的颤音。她讲话速度很快，她知道我是认真的。

"不，是你。叫出租车司机切换车道，做出像要在沃克街右转的样子。叫他看看有没有车跟着你们换车道。马上！"

"你吓到我了。如果这是某种——"

"快点！"

"好吧。"她说。我听到她向出租车司机下达指令，听不太清楚他说了什么，但她用强硬的口吻重复了一遍指令。

"你收到死亡威胁了吗？我有权利知道，而且为什么5分钟前你不告诉我？"

"克莉丝汀，不要问，现在不要。我晚点会解释。你们换车道了吗？"

"是啊，我们移到外侧车道了。所以我到底要找什——等一下。"她说。

司机咕哝了什么，克莉丝汀回答他。我听不清楚。

然后我听到司机说："蓝色轿车，在三辆车后面。"

"叫他回到原本的车道，假装你改变心意，还是要回办公室。"

她给出指示。

"现在是什么状况？"她问。

"那辆轿车跟着你们吗？"

那头传来轮胎摩擦柏油路的隆隆声,以及遥远的一声喇叭声。

又是司机:"果然,女士。我们有个跟屁虫。"

"我的天哪!这是怎么回事?你做了什么?"

"我晚点再解释。你现在有危险了,那辆车上的人要伤害你,你懂吗?现在,完全照我说的话做。"

她在哭。司机试着安抚她。

"我要报警。"她说,嗓音流露出恐惧。

"不,不要——"

通话中断了。

00:27

我重新拨号,但直接进入语音信箱。我再打。没用。

我头晕目眩。该怎么办才好?她离得太远,我来不及赶过去。我再次拨号。

"艾迪,我在另一条线路跟警方通话。我们要停在路边等巡逻车。"

"不!不要停在路边,一旦出租车停下来,你就死定了,你听到了吗?叫司机继续开。你现在在哪里?"

"在沃克街上。等一下……"我听到她跟司机说话。

"他要我等警察。"

"帮我开扩音。"

我听到广播和司机讲到一半的话。

"嘿,如果你停车,那辆轿车上的人会下车,在警察赶到前把你和我老婆都杀了。你想活命吗?照我说的话做。"

"好吧，老天，我该怎么办？"司机说。

"你叫什么名字？"

"阿赫美德。"

"好，阿赫美德，你现在应该快开到和巴士特街的交叉口了。到那里之后左转，接着全速前进。"

"快要到了。"他说。

"撑住。"我说。

我不知道克莉丝汀是不是根本没听到，她什么也没说。

"深呼吸，就快到了，你可以做到的。跟我说话，告诉我你在哪里。"

"我们正要经过超市。路上挺堵的，我们快要停下来了。"

她的衣服沙沙作响，我猜她正扭回身去查看后方。

"面向前方，亲爱的。我不希望他们一个紧张就直接在车阵里攻击你。"

"等一下……"一声闷响。"他们就在我们后面，现在还是红灯。天哪……"

"不要慌。"我说。

"他们下车了！"克莉丝汀大叫。

"趴下！"我叫道。

我听到引擎怒吼声，阿赫美德说："那些家伙有枪！"

"我们在动了。我们在动了，谢天谢地。"克莉丝汀说。

"继续趴着。阿赫美德，你准备好了吗？"

"哦，该死，等一下。巴士特街是单行道，我不能左转。"他说。

"正是因为如此你才要左转。全速前进，一路按喇叭，这是你唯一的机会。"

我听到震天响的引擎声。克莉丝汀呜咽了一声。我能做的只是听着她带有水声的沉重呼吸，并且祈祷。出租车在不断加速和刹车，低沉的引擎声伴随着轮胎摩擦声和重重按喇叭的声音。阿赫美德在迎面而来的车流间穿梭。

"他们没有跟着转弯。"阿赫美德说。

玻璃破裂，金属断折。克莉丝汀尖叫。"砰"的一声巨响。喇叭声不再一下一下地响，而是化作缓慢的一个长音。

00:28

我的手机静静地躺在我手里，沉默无声。我检查了一下，确认线路是畅通的，然后我盯着屏幕，希望它响起来。我打给她——没有人接。

我又拨号，接到她的语音信箱。挂断，再拨。没回应。再拨。

我仿佛由深水处往上浮，血液在血管里奔腾的声响被法院大厅的噪声所取代。我进入恐慌模式时，会自动把这些声音都隔绝在外。我听到行李扫描器轻柔的哔哔声，橡胶鞋底与铺着强化橡胶砖的地板摩擦的唧唧声，电梯的"叮"，大厅另一侧咖啡贩卖机启动时的电流声，证人紧张的闲聊声，以及他们律师的假笑声，全都被公共广播系统宣布事项时间歇造成的杂乱静电噪声给盖过去了。

我的手机盯着我，坚忍地保持沉默。我经过那一排公用电话，查看整个大厅，还是没看到穿黑大衣的男人或吉尔。我双腿交叉，用左肩靠住墙，再次检查我的手机。什么都没有。我把手机稍微举高，让路人认为我在查看信息，实际上我是在让余光发挥作用。没有人特别醒目，但那不表示附近没有人在监视我。

我在听见铃声之前已经先感觉到了。

"克莉丝汀?"我说。

奔跑,喘息。她几乎没办法说话,奋力奔跑。

"我没事。我没看到他们。司机没事。我要怎么办?"

"你还在巴士特街上吗?"

"对。"

"原路折返,经过车祸地点,过马路,然后跳上离你最近的出租车。不要回头看,赶快跑就对了。"

脚步咚咚响。喉咙里有轻微颤动声。

"我过马路了。我看到有辆出租车在等。"

"别继续跑,把鞋穿上,坐上车。他们会试着拦截你们,他们会开到运河街,左转,然后从喜士打街去巴士特街堵你们。但因为车祸的关系,他们没办法走巴士特街了。坐上出租车,叫司机开到曼哈顿大桥。"

没回应。

车门开了,克莉丝汀上车,对司机下指令。

"我上车了,我们在开了。"

我垂下头抵着凉凉的墙壁。感觉很好,我整个人缓和下来。我让克莉丝汀喘口气。等她缓过气来,她喊了我一声。

"你故意要司机撞车。"她说。

"对。我知道他们不会跟着你们转弯。我猜他们会想绕一圈,在喜士打街拦截你们。现在他们没办法了,因为你们的事故,巴士特街会拥堵。阿赫美德还好吧?"

"嗯,我想是。我们撞上另一辆出租车,速度不快,大家都没事,但两辆车都毁了。他们会伤害他吗?"

"不会,现在有太多目击者了。这里可是纽约,车祸现场大概已经聚集了二十个人。"

我查看从吉尔那里拿来的手机,发现它自动上锁了。它要求我输入四位数密码。我把手机放进口袋,吸气,闭上眼睛。她告诉我没看见那辆轿车,她成功了。

"我得去接艾米。"她说,然后崩溃痛哭。

"听我说。打给你姐姐,让她立刻去学校接艾米。在红钩区找一家汽车旅馆,要离高速公路近一点。"

"我得打回办公室,告诉他们我今天不会回去。"

"不,你不能。听我说,这听起来有点疯狂……"

00:29

我全都告诉她了。我告诉她有她签名的股份合约。她隐约记得代替本·哈兰见证那份合约,哈兰告诉她他家里有急事——跟他女儿有关——希望克莉丝汀见证签名。当时她完全没把这事放在心上。我告诉她戴尔和项目小组的事。我简单说明事务所、他们的历史、他们的财务状况,然后是大卫。我没告诉她有很多对大卫不利的证据,因为没有必要。我告诉她我相信他是清白的,这就够了。

我说完以后,听到她把眼泪吞下肚,喉咙发出紧张的振动声。她对着手机轻声细语,以免被出租车司机听到对话内容。

"今天在法院有个男人跟踪我,他名叫吉尔,是事务所的安保主管。我摸走了他的手机,手机上有一条短信,命令他杀了你。你的两个老板很害怕,他们不希望我担任大卫·柴尔德的律师。我猜他们认为如果把你杀了,我就没办法继续接这个案子了。用这种手段除掉竞争对手未免太极端了。"

她吐气,紧绷的肌肉使她的呼吸声带有颤抖的气音。

"他们为了让你不碰这案子,宁可杀了我?"

"这个人可以伤害他们。他们想要掌握控制大卫的能力,确保他不会跟警方谈条件,用打垮事务所来换取减刑。"我说。

"他有事务所的什么把柄?"

"其中一个帮事务所洗钱的人法鲁克,在开曼群岛被警方逮捕了。事务所最近一直在解雇帮他们洗钱的人。他们找到一种更安全的洗钱途径。事务所在线人能够作证之前把他杀了。一支联邦项目小组发现事务所在用大卫·柴尔德的防黑客安全系统来洗钱。他们只要按个钮,就有几百万的钱从客户的账户里消失,在几百家银行的几千个账户间流通,最后干干净净地落入一个安全账户。"

"这都怪我。他告诉我他们已经做过尽职调查了。"克莉丝汀说。

"我没有怪你的意思。我是说,你的老板是个杰出的传奇人物,他把一份文件摆在你面前,告诉你它没有问题——嗯,任何人都会接受的。这不是你的错,这是本·哈兰和杰瑞·辛顿的错。我们只是得面对问题。"

"我做了什么好事啊?抱歉,我会去找联邦调查局,我会作证。"

"不,让我来处理。你带着艾米避风头,让我来搞定这件事。我觉得有办法弄到戴尔要的信息。大卫说他或许能追踪移动钱的算法。我不知道。如果他不能,我得重新计划。"

"如果你相信他是清白的,你就不能让他认罪,不能为了我这么做。艾迪,答应我你不会这么做。"

"我答应你。我需要时间思考。"

"我的手机快没电了。"她说。

"听着,你不能回去上班。我知道那表示哈兰与辛顿会认定你知道什么，但那不重要了，他们已经下了格杀令。"

"那你要做什么呢？"

我头往前垂，盯着我的鞋子，好像我要从地上捞起这个想法。

"我要尽我所能帮助大卫。我要试着帮他弄到戴尔要的东西，然后我要跟联邦调查局谈判，让你跟他都无罪。"

"但那是谋杀案，如果他们认为他枪杀了他女朋友，就不能放他走。"

我摩挲着下巴说："我觉得可能还有挽回的余地，不过你是我的优先考量。"

"我不能让一个无辜的人因为我而坐牢。你的良心过得去吗？"她问。

在这当下我没有答案，但我知道最后也许会面临这个抉择。我父亲是个骗子，但他从没骗过正人君子的钱，被他骗的人都是活该，他也不会接受没有本钱输的人下注。当我父亲把一流的诈骗技巧全都传授给我时，他也教诲我绝对不可以把这些技巧用来伤害他所谓的"小虾米"。

因为啊，儿子，我们就是小虾米。

我曾经是个骗子，使用我父亲的技巧，遵循他的原则，从最恶劣的保险公司、毒贩、我能找到的最下流的垃圾身上骗取大把钱财。那时我晚上睡得像婴儿一样熟。直到我当了律师，我才开始有睡眠障碍。界线永远不明确——而我因为试着不去理会界线问题，付出了惨痛代价。我曾发誓再也不要重蹈覆辙了。如今波波和我联手诈骗市立律师基金，这有助于让我继续撑下去，并且让那个专业告密者活下去。市政府付得起这笔钱，而我们不拿这笔钱就撑不下去。

"如果事务所意图杀掉我,那他们会怎么对付你?"她问。

"我能照顾自己,你是知道的。"

"我会把艾米带到安全的地方,然后从汽车旅馆打电话给你。我得挂电话,快没电了。你要小心,艾迪。"她说完便挂掉电话。

戴尔给我的手机在振动,是他发来的短信:

柴尔德一案的证据清单已准备好,可至地检署领取。

我颇为确定对大卫不利的证据只会增加,而戴尔希望我尽快看到。他不希望我为大卫力辩,他要我相信大卫有罪。无论清单的内容是什么,都不是好消息。

00:30

柴尔德快速穿越大厅。他的金发私人助理荷莉几乎要用跑的才跟得上他,在柴尔德从容不迫迈着大步时,她的短腿在旁边像是一团模糊的影子。她穿着牛仔裤和毛衣,一手拿着手机,另一手拿着平板电脑,两部装置每隔几秒就因收到各种新信息而发出通知音效。柴尔德的右边是杰瑞·辛顿。这大块头一边走路,一边把手按在委托人的肩头。他看到我的时候简直难掩轻蔑。我挺好奇他是什么时候发现进医院的人是波波而不是大卫的,也许是他到了以后才发现的。

我站到他们面前,发现柴尔德露出几乎未加掩饰的安心表情。

"谢你再多遍也不够。"大卫对我说。

"不用客气。"辛顿说。

我皱起脸，表示"杰瑞，不会吧？"。大卫捂着嘴，把神经质的咯咯笑声憋回去，这是保释后的喜悦。不过即使柴尔德显得如释重负，我还是从他的笑容里看出隐藏的恐惧。

"所以今天下午要做什么？"大卫问。

"我们开始预审，这是我们检验检方案件的第一次尝试。"

"我以为我们说好要放弃预审听证会？这个案子必须在审判时才能打赢。即使因为某种奇迹，你在预审时证明检方没有足够的证据，检察官还是可以把案子交由大陪审团来起诉。"辛顿说。

就本质上来说，遇到重罪案件，检方是有两次优势的。如果他们在预审听证会时，没能向法官证明他们有可成立的理由提出告诉，他们还是能把同一个案子交给大陪审团：大陪审团由三十个公民组成，他们能决定是否有足够的证据起诉被告——他们只听检方的说法，不听辩方律师的说法，因此一百次中有九十九次，检方都能获得起诉的结果。

"让我来担心大陪审团吧。一次打好一场仗。现在我们要从攻击检方的案子开始。如果大卫像他说的那样是无辜的，他会想要奋战到底。"我说。

"艾迪说得没错，"柴尔德说，"媒体迟早会听到风声，而我要他们知道我在每一个可能的阶段都会奋战。"

"当然，"辛顿说，"只是，我得告诉你，柴尔德，对你不利的证据非常充分。"

"我们不要争这个了，杰瑞。合群一点。"我说。

辛顿只是对我短促地点了一下头。大卫再度微笑，和我握手。他放开我的手时，把我借机塞给他的名片握在掌心，然后把手插进裤子口袋。我在名片上写了如何与蜥蜴碰头的说明。

如果柴尔德遵守他那一方的条件，他会跟辛顿说他要去某间旅馆，但他会改变方向,在第五街下出租车,坐上蓝色厢型车——开车的是蜥蜴。晚点我会去荷莉的公寓跟他们会合。

"预审下午4点开始。我3点回来这里跟你见面。"我对大卫说,然后看着他和荷莉走出法院坐上出租车。杰瑞·辛顿也望着他。

"你没有去医院,弗林。"辛顿说。

"你走了之后我才发现弄错人了,否则我会告诉你的。抱歉,我不知道你的手机号码。"

他退后一步,上下打量我。

"我们应该是同一个团队,我们都想为大卫争取到最好的结果,不是吗?"

我点点头,好奇几分钟前他们见面时,大卫对他说了什么。不管是什么,我都仍然是共同律师。

"我不希望你出席预审。"辛顿说,"我认为你需要重新考虑这项安排。你完全不知道自己在跟谁过不去。上一个妨碍我的人被烧得很惨。"

我只能想象线人法鲁克那淋满强酸的尸体。

"也许你该打给你老婆,听听她的建议,趁你还有机会时走开。"

他的脸颊掠过微微的痉挛。当他再度开口时,他的脸上浮现颇为明显的愉悦,于是我知道杰瑞·辛顿不需要为自己的行为找理由,而且他也不是单纯不在乎违法伤人。辛顿对他的工作乐在其中,他很享受威胁我,他很享受偷走大笔金钱,他很享受干掉挡他财路的人。

"我要回办公室了。相信我们晚点不会再见面,所以请替我带个口信给你老婆,告诉她打车费不能报销。"

辛顿和大部分大块头男人一样,有很厚的下巴。在耳朵前1厘米处,是颞颌关节。朝那个甜蜜点快速挥出一拳,能够把哪怕是最厚重的下巴像玻璃一样打碎。在我想着这件事的同时,一辆黑色奔驰停在路边,把没再多说什么的辛顿载走。

消除大卫和克莉丝汀受到威胁的唯一方法,就是让检方控告大卫的案子不成立。定罪威胁对大卫造成很大的压力,而我介入他的案子使他们两人都有生命危险。如果对大卫不利的证据被排除,他就不再处于出卖事务所的压力下。大部分的处分或是认罪协议都是在预审前发生,正是因为如此,杰瑞想要跳过这个程序,消灭他进行协议的动机。

我走回安检门内,把我从吉尔身上摸来的手机放进信封,留在安检柜台。我走出大楼,发了条短信给雷斯特·戴尔,要他来领手机。法院外的街道上人潮汹涌,毕竟这是中午时分的曼哈顿。我融入快速移动的人群中。

00:31

我在一家小餐馆点了杯咖啡,然后坐到后侧靠近窗户的桌位。有鉴于我绕了好几个弯,要徒步跟着我是很困难的。即使如此,我还是每过一会儿就察看窗外,确定没有哪双眼睛在盯着我。建筑上方的天空呈现煤渣砖的颜色,看起来要下雨了。我的咖啡又烫又浓。

我用戴尔给我的手机拨号给他本人,他连声哈啰都没说。

"不到20分钟前,我看到杰瑞·辛顿送你的委托人坐上出租车。我以为我们有共识,我以为我们都讲清楚了:给我认罪、算法,还有柴尔德针对事务所的证词,我们就撤销你老婆的罪名。"

"我跟你说了,我会弄到你要的东西而不必让大卫冒险。你拿到手机了吗?"

"拿到了。你从哪儿弄来的?"

"从吉尔身上拿来的。上面有一条短信,命令他杀了我老婆。"

"天哪!她没事吧?她在哪里?"

"她很安全,暂时。那部手机可以让你接近辛顿——我猜短信是他发的。那是谋杀未遂罪名,就在那里。"

"我马上就让我的科技专家分析它。这倒有意思,事务所竟不择手段要把你踢出这个案子。我们很接近了。不过你可别误会——我并没有兴趣用谋杀未遂给辛顿定罪,那可以留给联邦调查局去办。我的职责是重创事务所的客户——毒品大亨、军火交易商、恐怖分子。要达到这目的,我需要追踪钱流。"

"我会尽我所能去做,但我要克莉丝汀和大卫作为回报。"

他叹气。

"你有没有真正失去过什么人?"他问。

我想到我的父母。他们死时还颇为年轻,绝对还不到寿命的尽头。

"那就像个洞,艾迪。你不能找回失去的东西——但你可以试着用别的东西填满它,用新的东西。你可以试着把状况修正。事务所夺走了我的苏菲,而我需要把事情修正。我可以做到。可是想想这个案子中另外那个被害者吧。他们发现克莱拉·瑞斯倒在大卫的公寓里,后脑勺有两个弹匣的子弹。如果我为了得到我想要的而让他逃过谋杀罪名,我只是在挖另一个洞。我不会走上那条路,我不能。你也不该走上那条路。你先前收到我的短信了——检察官准备了额外的证据要在预审时用。你先读了再告诉我大卫·柴尔德是清白的。"

我看穿了戴尔在玩什么把戏,这把戏我很熟悉。美国的司法系统每天都在玩这个——因为有时候,你在犯罪事件中的清白根本不重要。唯一聪明的做法是认罪协商,换取较轻的刑期。

"你要我读新的证据,然后告诉大卫,即使他是清白的,他也绝对会被定罪,而他唯一的选择就是认罪协商换取减刑。"

"是的。"戴尔说。

这种事一直在发生，我自己也做过。无辜的人经常不愿意冒打输官司、被判十五到二十年的风险，宁可认罪协商，关个两年就出来。这是数学——不是司法正义，但这就是现实。

"我会去看，但不确定能说服大卫。我需要枪击残迹专家在预审作证，那会有帮助。"

"怎么会？这个阶段，专家报告不是刚交上去吗？我是说，我不懂这怎么会有帮助。"

他说得对。在预审时，除非有该死的好理由，否则专家不必在宣誓后提供证词。他们的报告会直接放到法官面前，不用进行交互诘问。

"这是为了柴尔德，作用是进行'游说'。现在最有力的证据之一，就是他皮肤和衣服上的枪击残迹。只是将报告交上去，对柴尔德没有真正的影响。但如果专家上证人席，我又无法反驳他的证词，那么柴尔德会陷得更深，压力也会更大。"

"我懂你的意思了，我会打给检察官。这个孩子必须明白，认罪协商是他唯一的机会。你也是一样。你该吃点东西，今天会很漫长。我听说那家店的蓝莓松饼很不错。"

我还来不及回应，通话就中断了。街上没有停着车辆，人行道上也没有长得像戴尔的人。该死，他有两下子。我不得不屈服于中情局探员只在希望被人看见时才会被人看见的想法。女服务生问我还要不要点别的，我点了蓝莓松饼。

我对戴尔说服检察官找来的枪击残迹专家寄予重望。如果我连交互诘问那家伙的机会都没有，我根本别想赢得预审。但是此刻，我一个可以拿来质疑证人的问题都想不到。我会想到的。如果大卫是清白的，我需要当作证明的弹药迟早会来到我手中。

我在等待餐点的同时，打开戴尔的档案复本开始浏览。第一批文件是股份转移合约，全都由哈兰与辛顿的员工见证。我算了算，有超过 40 份合约，包括克莉丝汀的那一份。

这些文件后面是一份公司名称清单，一页有三十个名称，总共有十八页。对我来说没有一个公司名称似曾相识。清单以字母排序，我往后翻，寻找克莉丝汀见证合约上的公司名称。这是他们从法鲁克那里取得的信息。戴尔在总部的团队一定会监看这些公司的账号，所以他们才会发现新的洗钱系统。

剩下的文件就只有哈兰与辛顿安保小组的照片了。我的目光在先前看过的吉尔照片上逗留了一会儿。

那张照片后面还有四张，事务所的安保小组其他成员，以及五个男人的团体照。除吉尔外，其中两人穿黑西装、白衬衫，戴深色领带，发型符合商务人士的形象；另外两人穿着便服：普通衬衫，下摆塞进牛仔裤。

没有看到脖子上有《呐喊》刺青的黑大衣男。

我拨了个电话，终于在被转接好几回后，接通到下城医院急诊室的一位护理师。波波已经从手术室出来了——不过状况仍然很危急。当松饼送上桌时，我已经没了胃口，但我还是吃了一口。雷斯特·戴尔说对了一件事——这松饼真的好吃。

我坐了一会儿，思考来龙去脉。餐馆角落有两台计算机，荧幕闪烁着"请投币"字样。我端起咖啡挪到其中一台计算机前，在膝盖旁的投币孔投了 2 美金的零钱。荧幕画面变了，我点出 Google 首页，输入"伯纳德·朗希默"，并按下搜寻。

一开始，搜寻结果充斥着一个略有差异的姓名拼法，是另一个人的资料。我进入选项设定搜寻姓名拼法完全相同的资料，得到 6000 个结果——全是德文网页。为了缩小范围，我把"大卫·柴尔德"和"伯纳德·朗希默"连在一起搜寻，按下确认键。

最先出现的是一个科技类日志的文章，两个名字都包含在内。文章内容是关于网络公司的，尤其是为什么有些社群媒体平台一炮而红，有些则以失败告终。我本身并没有关注这类事情——我没有使用任何社群媒体——但我知道它的运作方式。文章有一小段探讨了名叫"威福"的社交媒体平台，并拿它和瑞乐作比较。根据这篇文章，威福是伯纳德·朗希默的创作结晶。它比瑞乐晚了两周上线，一年后就倒闭了。作者认为瑞乐对使用者更友善，没有威福那么复杂，而且抢得先机。这些因素最终导致了朗希默的计划失败。我往下翻动网站浏览了另外六页，但全都是用德文写的，而且跟古老家族的族谱有关。

网络上查不到任何朗希默与大卫之间有不和的事，我查到的信息也未指出朗希默可能对任何人构成威胁。我想如果大卫认为是朗希默陷害他的，他应该是想错了。这家伙看起来很普通。

我花了一点时间登录电子邮箱，没有什么紧急的事，于是我退出，收拾我的档案，买单，然后朝门口走去。

这时，我听到我的个人手机铃声响起，希望是克莉丝汀打来的。这通来电没有显示号码。

"喂。"我说。

"麻烦告诉我你在做什么。"电话另一头的声音说。男性，三十出头，带着一点中西部口音。

"你是哪位？"我说。

"伯纳德·朗希默。"

00:32

我环顾餐馆，没有人在注意我。我判定街上比较安全，所以走出餐馆往市中心前进。

"你是怎么知道这个号码的？"我问。

"所以你确实在调查我。"他咬着牙把话挤出来。

"我没这么说。"

"你有，别想耍我，弗林先生。我知道你搜寻我，我想知道为什么。"

我无法理解仅凭我在网吧里搜寻他一次，他怎么就能这么快追踪到我。然后我想起我有开启电子邮件，也许他是借着那个渠道找到我的。糊弄这个家伙没有好处，所以我没兜圈子，直接开门见山。

"我想见面。"我说。

通话背景中有个女性的嗓音，她在对朗希默大叫："挂掉，不准打电话。"

我听到麦克风传来刺耳的声音，还有模糊的男声。朗希默用手盖住电话，说了什么不想让我听到的话。也许那个声音是他女朋友，不过她的措辞很奇怪，这让我耿耿于怀。

他再度说话时，嗓音很清楚，而且仍然怒气冲冲。

"然后我们要讨论什么？你的事务所账户里还剩多少钱吗？你透支了？也许谈谈你对平装本犯罪小说的热爱，或是你总是在泰德小馆吃早餐？我可以继续说下去……"

"你动作很快，朗希默先生，真的很快。要是你发布威福的速度能快一点，你现在可能就很有钱了。可惜大卫·柴尔德比你更快。"

"原来这事跟大卫有关。我会保持联络。"他说，然后挂断电话。

我难以置信地盯着手机。伯纳德·朗希默刚刚变成了很有趣的人。

克莉丝汀的姐姐卡梅尔去学校接了艾米，然后到红钩区一家紧邻245号公路的汽车旅馆与她会合。艾米吓坏了，她不说话，而且一刻都不愿意松开克莉丝汀。约半年前，她被俄罗斯黑帮绑架，虽然她身体没有受伤,却仍然留下了后遗症。她的恢复情况稳定但缓慢,这一切对她来说都太难以承受了。克莉丝汀在电话中哭泣。我强压下想去找她们、把她们都搂在怀里的冲动。无论要付出什么代价,我都得把她们弄出纽约——去某个安全的地方,遥远的地方,没人会去找她们的地方。

"艾迪,我好害怕。"克莉丝汀说。

"我会处理的,我会确保你们都平安无事。我爱你。"

她叹气,我听出她的语气投入了更多感情。"我……别让任何人伤害你。"她说,然后挂了电话。

我走进弗利广场,朝霍根路 1 号的地检署走去。那栋大楼戒备森严,我在那里不会有立即到来的危险。

我搭电梯来到地检署的接待区。接待员是个老先生,名叫赫伯·戈德曼。赫伯在他任内已经经历过十二个地方检察官来来去去了。他一头钢灰色的头发环绕着布满老年斑的脸,看起来几乎和这栋建筑一样历史悠久。

"你是来自首的吗,艾迪?"赫伯说。

"我投降,赫伯。我承认我犯了担任辩护律师的罪。我该在这里等待眼罩和射击队吗?"

"你可以坐在那张有污渍的沙发上,等我去找管他是哪个答应和你谈话的笨蛋。你要找的是谁?"

"茱莉·洛佩兹。"

赫伯微翻了个白眼,拿起电话拨打内线。

"她来了。"他说。

他放下话筒后,要我先坐下,对方很快就能见我了。

现在将近下午 1 点半,再过两个半小时预审听证会就要开始了。

我几乎还来不及坐下,地方检察官迈克尔·瑞德就把门踢开,说了句"弗林,跟我来",然后转身踏着重重的脚步回到空旷的办公室。

赫伯咯咯笑,确认瑞德消失在门内之后,把两手合在一起,发出"呼咻"的声音,假装用光剑刺我。这位地方检察官因为姓氏跟《星球大战》的角色雷同,受了不少揶揄。不过,现在包括赫伯在内,已经没有人敢当着他的面这么做了。

外侧办公室里坐着五十个本市顶尖的助理检察官。这是个开放式空间,没有隔板,助理检察官四人一组坐在一起,面向彼此。瑞德鼓励他的下属在办公室讨论案子,互相演练开场陈词和结案陈词,并给予彼此反馈和批评,从中学习改进。瑞德规定每周有两小时的强制性辩护训练,把他预算的5%左右花在聘请讲师上。效果立竿见影,定罪率有所提升。他是真正的法庭学生,像野火一样从助理检察官一路高升。当瑞德以势如破竹的姿态赢得第一场谋杀案审判,他的同事们便不再偷放《星球大战》的玩具在他的抽屉了。

我们经过米莉安·苏利文的桌子,它位于瑞德隔壁的角落办公室里,不过她不在。我看到她的窗子上标示着"资深助理检察官"。上一回的选举她和瑞德是竞争对手,而她以些微差距败选了。通常在这种时候,落选的人会离开检察单位,但米莉安没有。我听说瑞德说服她留下,告诉她四年后自己离开时会提名她。他已经计划要竞选州长了。

我跟着他进入办公室,然后把门带上。瑞德看起来像熟龄男模。他的体脂率比大部分职业健美选手还低,而且虽然他的肌肉量比不上他们,他还是颇为线条分明。他的袖子卷起,最上面一颗扣子解开,系着浅蓝色领带,再加上充满光泽的黑发——看起来好像随时准备好为形象照摆姿势。

"坐下。"他说,然后从办公桌旁的小冰箱里拿出一瓶柳橙汁给自己倒了一杯。这间办公室可没有波本酒。他没有请我喝任何东西。

他坐下来,快速翻看面前的一份档案。办公室其中一面墙上有个大荧幕电视,他身后的书架上堆满关于法庭表现的书、辩护技巧的教学光盘,以及皮革装订的法律书。他面前有一台笔记本电脑和一台台式电脑。办公室里没有照片,瑞德的另一半是工作。

他目光不离文件,说:"所以,谁是你在司法系统的人脉?"

我不发一语。

"你一定打通不少关节,或是递交了很多牛皮纸信封,才能接到像大卫·柴尔德这样的客户。我只是好奇你是怎么跟这么高层的人士搭上线的?靠勒索?"

我叹气。

"只是好奇像你这么不入流的律师是怎么抓到柴尔德这种大鱼的。"这时他才终于愿意抬起头看着我。

"你明知道这是机密。负责这案子的助理检察官不是茱莉吗?我为什么是跟你谈?"

他的嘴角抽动了一下,就算是微笑了。他拿起杯子喝了一大口,把柳橙汁喝光,在杯壁上留下厚厚一层果粒。

"我也想请你喝点东西,不过我没有伏特加可以帮你加在柳橙汁里。"

瑞德工于心计,随时随地。法庭内外都知道我曾经中断执业一年,而且酗酒酗得很厉害。我两三个月前重返律师职位时,没有人觉得应该提起这件事。这是私事,而大部分律师,即使是检察官,并不会对我心怀忌恨。去他的,很多律师都到戒酒无名会走过一遭。不,瑞德不是因为我酗酒的历史而跟我过不去,他纯粹是因为我是个有能力的辩护律师而讨厌我。在他看来,我就是个败类。

"我现在没喝那么多了。不管怎么说,现在时间都早了点。我是来领柴尔德案的证据清单的,不是来互酸的。我没有冒犯的意思。"

"我没有受到冒犯。尊夫人还好吗?我听说她在真正的律师事务所工作，这是好事。至少家里有人在好好赚钱。哦，等一下，你们已经分居了。抱歉，我忘了。"

我加重力道握紧木头扶手，制造出微微的碎裂声。我不需要这个。即使没有瑞德对我冷嘲热讽、试着激怒我，我都已经接近崩溃边缘了。

我什么也没说，只是歪着头露出微笑。他脸上短暂地闪过一抹冷笑，又瞬间消失。

他合上面前的档案，向后靠向椅背。"你要的证据清单就在这里。今天下午还有别的东西送到我的办公室。"

"你男朋友送的花吗？"我说。

他点点头，仿佛要接受挑战。我不在乎他是不是有男朋友，但瑞德是那种恐同的老古板，这种幼稚的玩笑对他来说是莫大的羞辱。

他后面有另一张办公桌，上头文件堆积如山，其中一沓文件顶端放着一个厚厚的文件袋。他一把抓起它，打开，拿出里头的纸张，然后把文件袋随手往后一扔。

"这是大卫·柴尔德认罪协商申请书的草稿。"他把文件举在面前挥动。

我没回应。

"更精确地说，弗林，这是联邦认罪协商申请书。只要你的委托人承认冷血地枪杀他29岁的女朋友，并完全配合联邦执法单位，就能获判五年刑期。"

"我没看到什么申请书。"我说。

"我知道，"瑞德说，"你也不会看到。"

他把文件对折，然后沿着折线撕开，再对折，再撕，让碎片飘落桌面，两手放在桃花心木桌子上。

"毁损联邦文件是违法行为，你在法学院应该有学到才对，不过我猜你忙着在体育馆做仰卧起坐。"

"它要有人签名之后才会成为正式的联邦文件。我们并不打算提供协商的机会。我带你进来就是为了亲自告诉你:我不知道你认识谁,或你的委托人认识谁,但我这里受到高层很大的压力,要确保这份申请书能获得签署。我刚读完这起谋杀案的档案,我极少见到这么罪证确凿的案子。你的委托人百分之百有罪,我可不会被收买。就算赌上我的前程,我都不会容许这个案子走认罪协商的路。"

"这不是你的案子,洛佩兹是登记在案的助理检察官。"

"事情有了变化,艾迪。洛佩兹现在是次席检察官。我要亲自接这个案子。不论你的委托人多有钱,不论他想动用多少联邦调查局的人脉,我都要亲自送他进监狱,为杀死那女孩坐一辈子牢。"

"他告诉我他是清白的,其实我开始相信他了。如果你得亲自上船来坐镇,那这案子一定真的很不稳当。"

"他们都说自己是清白的。读了档案你就会知道这家伙有罪。"

"听起来是虚张声势。总是有条件可谈的。你认为五年太轻了,但如果我的委托人想用认罪换取十年,你会迫不及待地扑上去。"

"艾迪,你赢不了这个案子。如果你的委托人想服刑二十年,我还会考虑看看。在我看来,你的委托人会被定罪是天注定。"

"你在说什么啊?"

"这是神明的旨意。你想想看,你的委托人竟然在跑路时被另一辆车撞到?还有逮捕他的警官——运气可真好。"

"琼斯警官?"

"是啊。他有十五年的资历了,不过没什么丰功伟业。他绝对考不上警佐。他已经决定今年要辞职,在私人安保公司找工作,到伊拉克去替一间石油公司保护工程师。结果他在纽约市警局上班的最后一天,逮捕了你的委托人,成就了他职业生涯中最大的功劳——虽然他把你的委托人带回局里时还没有意识到。"

"我不相信命运这种事。"我说。

"我相信。"瑞德说,"今天下午我将会把你委托人的命运写死。"

"你要先传唤谁?调查警员?"

他眼神一暗。

"我要传唤枪击残迹专家作为第一个证人。我可以直接呈交他的报告,但我要法官听取这项证据,因为它是无可闪躲的。我要用一个证人就解决掉你的案子。"

他说话的时候,手指轻轻拂过下巴。

破绽。

他刚才对我撒谎。我颇为确定,不论戴尔是怎么跟地方检察官交涉的,他都成功说服他传唤枪击残迹专家,不过不是出于瑞德刚才讲给我听的理由。地方检察官在意的重点不是结果,而是你用这些结果建立的公共关系。诚然,他改善了数字,但谁都能玩数字游戏。他够聪明,知道他需要一桩引人注目的谋杀案来把他的脸放上全国新闻。柴尔德案使他的梦想成真。如果他在预审一开始,就把无可争辩的专家证据放在全世界的媒体面前,接下来的州长选举他就稳操胜券了。他不打算把报告交给法官,而是要在镁光灯前好好表演一番。

"我要痛宰你的委托人,而且我要他知道。"

有人敲门。米莉安·苏利文走进瑞德的办公室,手里拿着套有透明防尘袋的男性西装。这是刚从干洗店取回来的,专为镁光灯而准备的西装。米莉安穿着套装,把我上次见到她时留的长发剪短了。

她将西装放在电视前的椅子上,一句话都没说就离开。

"如果你不介意的话,我 20 分钟后还要开记者会。"瑞德说。

我从他那里拿走档案复本,走出去后把门带上。

我在米莉安敞开的办公室门前停下脚步。

"你现在还负责拿干洗衣服?"我问。

她摇摇头，摘下眼镜，揉了揉鼻梁顶端被压红的凹痕。米莉安是个40岁、有魅力的法庭狠角色，在处理案件时态度冷血而疏离，使她拥有比多数对手更强的优势。

"艾迪，不要。"

"我不是来幸灾乐祸的，米莉安。你应该在那间办公室里，担任地方检察官。你比他优秀。你根本不应该让他这样对你，太恶心了。"

"你没跟瑞德打过对台吧？"

"是没有。"

"提防他。他原本可以炒我鱿鱼，但他没有。他要我留下来，好因为我跟他竞争地方检察官的职位羞辱我。他报复心很强，很会算计，还会耍小手段。仔细想想，他跟你有点像。"

"我受宠若惊呢。"

"别。"她说，然后倾上前来小声说："我忍受他的欺压，是因为我在记录一切：日记、照片、视频。我在准备一起世界级的性别歧视案件。"

"你需要律师吗？"

"怎么，你认识不错的律师吗？"

她举起手机对准干洗店收据，拍照，然后眨眨眼睛。

"小心点，瑞德不会遵守游戏规则。他整个职业生涯只输了两场官司，而且都是很多年前的事了，那时候他还在摸索基本状况。我在为他玩腻小游戏的那天做准备。他想逼我主动辞职，我偏不。我在等他，当他判定炒我鱿鱼更轻松愉快时，我已经有足够证据跟他算总账，如果我不告他骚扰的话。你瞧，我想要击败瑞德唯一的方法就是让他以为他赢了。祝你好运，艾迪。今天下午一定要狠踹他的屁股。"

"我会的。"我说。

当我在接待柜台与赫伯挥手道别时，我已经后悔向米莉安撒谎了——事实上，我根本不可能打赢这场官司。

00:33

响第三声时，戴尔接起我的电话。我坐在出租车上，在城市里绕远路，确保没有人跟踪我，然后才前往荷莉的公寓。

"地方检察官不接受认罪协商，甚至不让我看一眼那份该死的申请书。在你问之前，不，我不认为他说要让柴尔德坐更久的牢是虚张声势。他何必？瑞德是个野心勃勃的王八蛋，而这案子会成为全球的头条新闻。这是瑞德飞黄腾达的入场券，他想在镁光灯前好好表演一番。"

沉默。

"你还在吗？"

"我在。不用担心瑞德，我都处理好了。你只要替我弄到认罪书就好。"

"我不能，时间不够。预审听证会再有两个钟头就开始了。一旦听证会开始，地方检察官就不会接受协商。在有媒体监督的情况下，如果地方检察官走协商，看起来会像是他宽待富豪、苛待穷人。瑞德需要拿柴尔德来树立典范。"

"你是白痴吗？我都说我处理好了。你拿到认罪书时再打给我。只要我们得到两个合伙人和钱，谋杀罪就判五年。"

他挂掉电话。

荷莉的公寓在一栋高档大楼里，位置就在中央公园11号后面，也就是柴尔德的住处及凶案地点。我翻阅瑞德给我的起诉档案，20分钟后把它合起来。我们离荷莉的公寓还有三个街区。

我读了枪击残迹专家亨利·波特博士的鉴识报告，也重读了档案中的所有文件——犯罪现场报告、证人陈述、犯罪现场照片，还有计算机资料打印。每一项证据看起来都没有瑕疵。

而且它们都毫无疑义地证明，大卫·柴尔德是杀人犯。

00:34

有一份证人陈述是来自福特车的司机约翰·伍卓，他在十字路口撞上柴尔德，并在对方副驾驶座的脚踏垫上看到枪。他退开，报警。还有一份陈述是来自犯罪现场调查员鲁迪·诺伯，以及他对凶案现场的调查。根据鲁迪的说法，被害者背部中了两枪，这两枪使她丧失行动能力。她面朝下往前摔。打破柴尔德的公寓窗户并惊动他邻居格什鲍姆的那一枪，很可能是在被害者摔倒的时候对她发射的。犯罪现场调查员猜想那一枪贯穿她的身体、打破窗户，然后子弹飞越阳台射向遥远的蓝天，始终没有被发现。有鉴于被害者头部受的重创以及底下的地板受到的损害，诺伯表示，弹匣中剩下的子弹都射进了她的脑袋，接着凶手重新填弹，再次对着她的后脑勺射光第二个弹匣的子弹。不过大部分的子弹不再击中骨头或血肉，而是直接射进地板。根据嫌犯与死者的关系以及她的死亡状况研判，鲁迪·诺伯提出一项结论：这场过度杀戮是很典型的发狂配偶或伴侣所犯下的罪。以这个案子而言，指的就是大卫·柴尔德。诺伯的报告后头附上公寓的等比例图，颤抖的线条画出一个小小的人形，代表在厨房发现的被害者尸体。

凶案组警探安迪·摩根作了好几份陈述，大部分都在阐明案发后的整个证物监管链。他从中央公园 11 号取走监控视频复本，以及从运输部取得马路监控画面。警探的主要陈述揭露了克莱拉·瑞斯陈尸处的户主大卫·柴尔德，在大楼安保人员发现尸体后几分钟，就牵涉到一起车祸事故中。

他继续说道，他下令给柴尔德及他的衣物做枪击残迹测试，测试员是独立枪击残迹专家，以确保从柴尔德的皮肤及衣物取得的样本不可能受到污染。意外的是，摩根选择的专家颇是耐人寻味。

亨利·波特博士曾受雇于政府鉴识部门，不过现在他是独立的专家。波特博士在证人席上可说是难以动摇——他是真正的狠角色。波特过去提出的证词还从来没被挑战成功过。在辩护律师的圈子里，他是很有名的铜墙铁壁式专家证人。所以当警方嗅出这是一桩引人注目的枪击案——绝对会登上头条——他们便寻求地方检察官的意见，并找来理论上应该独立作业的波特博士来为他们的案子撑腰。

波特的报告证实，在柴尔德的脸上、手上、手臂上和上半身，有大范围高浓度的枪击残留物质。当某人扣下扳机，撞针和底火相触时制造的小小爆炸，会送出一小团围绕武器和子弹的气体。这团气体内包含细微的颗粒，例如弹片，有些颗粒会因为高温而熔合在一起。这就是枪击残留物质。这物质有一部分可能附着于被害者、武器，或射击者身上。专家要找的是铅、钡和锑，或是这三种元素燃烧后的组合，这是由爆炸而来的；或是子弹的碎片，有时候甚至是枪本身的碎片。就波特看来，这么大量的枪击残留物质，符合柴尔德多次开枪的假设。报告后附了图表，显示出在每个样本中找到的物质浓度。从大卫皮肤和衣服上取得的样本看起来近似于由凶枪上采得的样本结果，但图表稍微有些不同：枪击残留物质的浓度没那么高。当你考虑到那物质脱离枪口后会大幅度扩散，就不难理解为什么会有这种结果了。然而，差异处还不仅于此。枪击残留物质的关键指标之一——铅沉淀物，在枪上有找到，但在大卫的样本中完全没发现。此外，在大卫的样本中发现的其中一些非枪击残留物质，也跟枪的结果不同。再次重申，这不算什么大事。主要的问题在于，如果大卫说的是真话，他身上根本就不该有任何枪击残留物质。

波特也提供了一项结论，说在大卫的样本中发现烧过的橡胶与尼龙的大型颗粒，可能表示他戴了手套。这个理论有某部分让我觉得不舒服。感觉像是检方叫波特把这句话写进报告，好让他们用大卫戴了手套的事实来为从大卫车上取得的枪上没有指纹一事自圆其说。

我想起摩根警探前前后后问过柴尔德不下六遍，问他是否持有枪支、开过枪，或是在别人开枪时待在附近。柴尔德说他从未持有枪，从未握过枪，也没在别人开枪时待在附近。波特的枪击残迹报告似乎证明他在说谎。

柴尔德接受讯问时的回答，再加上波特的报告，差不多已将他定罪。再把这件事搭配监控画面，也就是柴尔德在格什鲍姆听到枪声、看到窗户往外爆开之前不久，他曾经进入又离开公寓——嗯，接下来似乎没什么好说的了。

我想着波特的报告。大卫身上与凶枪上的枪击残迹测试结果有细微差异，这件事激起我的好奇。破案的关键往往就在小细节上，在最细微的不一致处。我只是必须弄个水落石出。

00:35

蜥蜴打开荷莉的公寓门，将一把贝瑞塔戳到我面前。
"老天，你如果不小心一点，哪天就会失手杀人了。"我说。

"蜥蜴活在希望中。"蜥蜴说。

他垂下持枪的手,朝我伸出另一只手。这家伙握手的力道堪比气压冲床。自我上次见过他后,他又有了新的刺青。他的素色黑T恤领口幽幽地探出一截酒瓶绿色的蛇尾,一路往上延伸到下巴。他喜欢爬虫类,而且出于某种原因,他总是用第三人称指称自己。没人知道为什么,也没人有胆问他。蜥蜴的胡子剃得干干净净,深色头发剃成平头,体脂率为零的健美身材,全身流露出"严肃"两个字。他是退伍军人,曾在阿富汗和伊拉克服役,回国后仍持续作战,只是现在"帽子"吉米会付给他优渥的酬劳。

"甩掉跟屁虫有没有遇到问题?"我问。

"没有。出租车开进小巷,他们钻出来,弯进下一条巷子,然后上了我的厢型车。出租车停着不动,挡住视线也挡住跟踪他们的车。我们干干净净地离开。"

他跨出公寓,检视走廊,我则从他身旁挤过。我一跨过门槛,就有一股强烈的化学气味迎面袭来。荷莉跪在木地板上,疯狂地刷洗一块顽垢。她头上方的料理台上摆着一瓶两加仑(约7.5升)的漂白水,还有一个拖把用的水桶放在老旧棕色皮椅旁。

她抬起头,我看到她的脸因为奋力刷洗而发红。

"他有一点洁癖。"她说,两手一摊。我猜她的新客人有点难相处。

这地方的租金大概不便宜,空间也不算大。右侧有个小厨房,左侧则是电视、沙发和皮椅。在客厅后方有一张方形的小餐桌,桌旁围绕着四张椅子。两扇门各自通往浴室和唯一的卧室。

柴尔德在餐桌边敲击笔记本电脑键盘。他甚至没有对我的出现做出任何表示。我走向他,注意到地上搁着六个购物袋,全都来自同一间体育用品店,袋子里装满新衣服。

我正准备向大卫打招呼,又停下脚步。倒退。拎起一个购物袋看着他。

他穿着一件绿色连帽运动衫，尺寸看起来能塞进两个他。灰色运动裤松松地挂在他细瘦的腿上，底下穿着红色运动鞋。袋子里装着更多相同的绿上衣、灰长裤以及两双红色耐克鞋。

我望着荷莉，她用白眼回应我。

这跟警察在陈述中形容的服装完全相同，那份陈述简要地说明了大卫公寓大楼的监控画面内容——这是大卫被酒醉司机撞上时穿的衣服。而此刻，坐在桌边的他也穿着同样的衣服。

"我可以在一秒之间作出商业决策，但我早上能耗费一个小时选择要吃哪个牌子的谷片。说到日常生活，我不喜欢做……决定。"大卫说，目光未脱离计算机屏幕，"我喜欢这套衣服，买了好几件，然后早晨就轻松多了。我不必费时选择，只要按照正确的顺序把衣服穿上就好。"

我点点头，不太能理解什么才是正确的顺序。

大卫的笔记本电脑发出通知音，又一声。音效接二连三地出现，大卫开始在触控板上又点又划。

"我设定了针对我名字发出的电子邮件通知。看起来我玩完了。"他说。

他起身，找到电视遥控器，打开电视，转到 CNN 频道。荧幕上是他的照片，在某个不知名的颁奖典礼红毯上拍的，下方的字卡写道："瑞乐的创始人兼总裁——大卫·柴尔德——被控一级谋杀。"

音量标示出现在荧幕上，随着格数增加，主播的声音也变得震耳欲聋。

"……地方检察官迈克尔·瑞德表示，大卫·艾略特·柴尔德遭到逮捕，并被控以一级谋杀罪名。官方已正式公布被害者是现年 29 岁的克莱拉·瑞斯。消息指出，克莱拉·瑞斯是现年 22 岁的大卫·柴尔德的未婚妻，柴尔德即是当红社交媒体平台瑞乐的创始人，身价超过 10

亿。目前尚未释出更多信息,我们将尽快为您追踪这则报道的后续发展。您可以在接下来的1小时关注本台财经分析师的报告,针对此消息于股市有何变化。各位观众可能预料得到,这对瑞乐来说不是好事。另一则新闻,纽约港警队在东河发现一具身份不明的男尸,该名男性年近70……"

大卫关掉电源,手臂往后拉,准备把遥控器砸向墙壁。

他阻止自己,撑着额头站了一会儿,然后把遥控器放在沙发上。他回到餐桌边的座位,试着在世界与事业都崩塌的同时,把注意力集中在屏幕上。荷莉站在他身后,一手按在他肩上。他没有畏缩,没有耸肩把它甩掉,只是点点头,于是她松开手走回厨房。我第一次见到大卫时,就被警告不要离他太近。戴尔告诉我大卫对别人的触碰严重反感。

他对荷莉倒是不排斥,我感觉他们的关系比我原本以为的更亲密。

"在牢房里,我问你谁有可能陷害你。你讲了一个名字——伯纳德·朗希默。告诉我他的事。"我说。

"他是恶魔。朗希默大概是唯一一个在科技界享誉天才盛名,圈外人却对他几乎一无所知的人。"大卫说,目光由荧幕移开望着我。

"他14岁就黑进A国国安部,给A国的每个特务都寄了一张电子圣诞卡。他从未被起诉,A国那里把整件事掩盖起来。他们不想备感羞辱地承认一个孩子在卧室里破解他们的系统。中情局、联邦调查局,甚至是特勤局都试着招募这家伙,但他拒绝所有单位,跑去华尔街工作,在城市里,在信息流通速度非常快捷的地方。朗希默可说是创造了计算机系统的革命。"

"而你是怎么认识他的呢?"

他抹去嘴边悔恨的笑容。

"在瑞乐发布后不到一个月,朗希默就推出他自己的社交媒体平台——威福。老实告诉你,它就跟瑞乐一样好,甚至更好一点——但我们是当月热销商品,威福惨败。我听说朗希默亏了一大笔钱,而且把错怪罪于我。

"威福输掉了,几个星期后,他想把瑞乐买下。一开始他藏身在一群赞助商后头,后来他公开表态。我回绝所有提案。当我不再接他电话后,朗希默出现在我的公寓。

"我让他上楼。我很好奇,想见见他。那家伙是个传奇。他三十几岁,留着时髦的络腮胡,穿着贴身的阿玛尼西装,拿着外带中国菜和一个公文包站在我家门口。我们稍微聊了一下——我们在业界共同认识的人、我们喜欢谁、我们讨厌谁。他不喜欢任何人。我没吃东西,他也一样。然后他站起来,把公文包留在桌上,说他期望在24小时内听到答复。"

"公文包里有多少钱?"我问。

"没有钱。那里头是一份合伙契约书。我把瑞乐卖给他,他就让我入伙参与他的事业。如果我签名,我将分到一大块数码世界,我会比现在更有钱。但我想要自己的公司。我不善于跟别人合作。我发飙了。朗希默以为他能收买任何人啊。所以我等他把车停在我的大楼外,从阳台丢下契约书。我记得他抬头看我。我看不见他的脸,距离太远了。那些纸张像五彩碎纸一样落在他周围,他在瑞乐上传了条信息给我,内容是:'我会毁了你。'"

我把椅子稍微推离桌子,交叉起手臂。

"你认为是这家伙陷害你的?"

"他有那个钱,也有那个势力。他做过类似的事——把非法儿童色情照传到知名博主的计算机里,因为他们发表了批评威福的文章,或是试着揭发他见不得人的一面。而且他没被抓——那些博主进了监狱。有些人在推特和瑞乐上被键盘侠攻击得太厉害,甚至自杀了。你在网络上查朗希默，只查得到他允许存在的资料。我知道我在崛起的过程中伤到了很多人——我并不得意，但他们都获得了补偿。只有朗希默一个人恨我恨到足以做出这种事。"

我告诉大卫我在网络上搜索朗希默，几分钟后就接到他的电话。

"那篇文章大概是他贴的假文章，用意是监视想查他的人。文章本身很可能植入了追踪病毒，让他能黑进你用的计算机。当你检查你的电子邮件时，他就能查出你的身份，掌握你的银行记录，一切的一切。你如果聪明的话，最好把电子信箱的密码和银行账户都换掉。"

"你觉得他会跟我见面吗？"我问。

"我不知道。我只知道你应该小心点。对了，我自己也在写一些追踪程序。我想我找到办法追踪那个算法了。"

他从笔记本电脑上拔出一个U盘，"这个程序可以追踪事务所的每一分钱，速度就像算法移动钱时一样快。它甚至能告诉我们当循环结束时，所有的钱会落入哪一个账号。只有一个问题——我们不能用。"

00:36

"我们到这里后，他就一直在搞那玩意儿。"蜥蜴说。我转头看到那个大家伙在检查窗户。

荷莉站起身，擦擦额头上的汗，问我要不要喝咖啡。

我要。

"我们为什么不能用？"我问。

大卫噘着嘴，把U盘放在桌上。他低下头，越过设计师款眼镜上缘望着我。

"你用计成为我的代理律师,是想让我认罪,好替你老婆解套,对吧?"柴尔德说。

自他出狱以后,他的思路就比较清晰了。他的嗓音不再带着惊慌,人也看起来比较平静有自信。我一直在等他投下这颗炸弹,等着辩论我为了成为他的律师使用了不够道德的手段。他没有大喊大叫、冷笑,也没有一丝愠怒。他像是问了个中性的问题,好像他只是就事论事地把话放在桌面上,就像他把U盘放在桌面上——喏,在这里。

"我一意识到你是清白的,我就和盘托出了。我不需要告诉你任何事的,大卫。事实上,我仍然不太敢相信我向你透露了任何一部分。我通常不会对人这么坦率。"

我变换双脚重心,突然感到不自在。所以我拖来一把椅子坐下。那个U盘就在我伸手可及处。

"我已经尽可能对每个人诚实了。别忘了,全是因为我和波波,你才会坐在这里,而不是躺在停尸间。"

他点点头,眼光移向U盘。他摸了一下挂在脖子上的耳机耳垫,然后摩擦指尖。笔记本电脑旁有一包抗菌湿纸巾,他抽了两张,仔细地擦拭手指。

"我不知道能不能信任你。"他说。

"也许不能,但想杀你的人不是我。"

他重重叹了口气,摇摇头。

"但你骗了我。"他说。

"的确,而且如果我没骗你,你现在不会还活着。我要为我太太洗清罪名,但她刚遭受攻击,现在我更担心她能不能活下去。他们拿她当目标,是因为不想要我当你的律师,那样他们才能掌控局势,确保你不会为了减刑而转为污点证人指控他们。"

"我的天哪！你太太她没事吧？"

"她目前很安全。"

我面前出现一个白色咖啡杯，热气从漆黑的液体中飘起。

"要加糖或奶吗？"荷莉问。

"不用，谢谢。"我说。

她看着大卫，他摇摇头。他们有足够的默契，她根本不必开口问他要什么。他们不需要言语就彼此了解。

这咖啡味道很好，很香醇，含有足以唤醒一整排海军陆战队队员的咖啡因。大卫拿起一罐能量气泡饮重新注满他的玻璃杯。那液体看起来几乎像毒药，荧光蓝的，接触到杯底的冰块时，就像科学实验一样嘶嘶作响。我隔着老远都能闻到甜味。他一口喝掉半杯，咂咂嘴唇，然后倾向前。

"我……嗯，我很挣扎。"他的嗓音背叛了他因我出现而竖起的防御墙，"我不知道能够信任谁。我需要帮助。我想说的是，我想信任你，但我做不到。我怎么知道你不是只想利用我来救你太太？"

我想了一下，叹口气。在这当下，我除了原原本本的实话之外，想不出还有什么更适合对他说的话。

"两年前我遇上一件事。"我开口。大卫交叉起手臂，歪着头。他很好奇，但也在防备着。

"我替一个男人打官司，他被控绑架一个年轻女人汉娜·塔布罗斯基未遂。我帮他胜诉了。在陪审团做出'无罪'的决定之前，我发现我的委托人确实试图绑架那女孩。在我对被害者做交互诘问时，我看到我的委托人脸上显露出憎恨与兴奋，当时我就知道那家伙有罪。听那17岁女孩哭着做证，让我的委托人感到无比愉快，看着她崩溃像是令他某部分活起来，他一直隐藏的一部分。他在我面前无所遁形。但我善尽我的职责，让他无罪释放。后来我发现同一个女孩被绑在他的床上,她被殴打,还有……嗯,你不会想知道他对她做了什么。等警察赶到时,我几乎要杀了那个男人。我打他的脸打到手骨折。"

"我对不起那女孩。我并不欠她什么,关心她也不是我的工作,我的工作是在证人席上摧毁她。"

柴尔德的手臂垂落身侧,他摇摇头。

"我向我自己承诺,绝对不会重蹈覆辙。不论如何,我会用我的方式玩司法游戏。我不可能让你为了你没做的事而坐牢,就像我不可能让那家伙再度脱逃。在我眼里,这两者同样天理不容。"

"但你无法决定案子会怎么发展。"大卫说。

我又喝了一口咖啡,把杯子放回桌上,说:"诗人罗伯特·弗罗斯特曾说,陪审团就是挑十二个人来决定哪一方的律师比较强。我相信这说法有几分真实。检方的证据很有力,我不会向你承诺我能让你获判无罪,但我可以尝试,而且我会比这座城市里任何一个律师都更锲而不舍。"

"宣判无罪的概率有多大?"

到这一刻为止,我都算是雄辩滔滔。"一旦你走进法庭,就是赌上时间了。任何事都可能发生,但我不会施展奇迹。"

"你的意思是说我要靠奇迹才能赢?"

我停顿了一下,注意到他目光中的期待。他的嘴巴张开,身体倾向前来听我的回答。

"对你不利的证据数不胜数。他们在你车上找到凶器,你身上又沾满枪击残迹。你对警方说你从未开过枪,那你要如何解释当你被逮捕时,身上满是枪击残迹的事实?还有,监控画面显示,在谋杀案那段时间,除了你之外没人进出你的公寓。我没有杀手可用,大卫。试图说服法官你的案子罪证不足,甚至达不到审判标准,机会非常渺茫。就算我们真的说服法官,地方检察官还有另一个机会,可以请求大陪审团起诉。"

他的肩膀垮了下来，目光似乎消失在空无中，仿佛失明。

我骗了他，说机会渺茫。从我看到的证据来看，根本是该死的近乎不可能。但我经历过恶劣的状况，事情总是有另一个角度，我只是得把它找出来。

"太可惜了，对我们两个来说都是。"大卫说。

"什么意思？"

他拿起 U 盘，举在眼前细看。

"我相信你说的每个字，真的相信。但整件事牵涉的风险太高了。别人看我时，只看见我对他们有什么好处。克莱拉是唯一不在乎我钱的人。不管是谁杀了她，我希望看到那人被关起来，我愿意付钱请你做这件事。但我只能告诉你，人不是我杀的，而我需要你为我辩护。"

他把 U 盘交给我。

"这个 U 盘里有软件，联邦调查局可以进入哈兰与辛顿的主机，用这个来追踪钱流。"

这小小的黑色装置大概两三厘米长。那么多信息可以储存在这么不起眼的小东西里，令我啧啧称奇。

"这 U 盘就给你了。如果联邦调查局把这 U 盘插进连接哈兰与辛顿系统的计算机，计算机会要求密码来启动追踪。只要我的罪名被撤销，我就会把密码给他们。"

"联邦调查局就是这么提议的，一个方式——"

"不，并不是。他们要我为克莱拉之死认罪，我不能那么做，我不愿那么做。你帮我洗刷罪名，我就把事务所交给你。"

00:37

这是大卫出的招。他已经在脑中演练这剧本好一会儿了。

"把它卖给联邦调查局,我要他们撤销所有告诉,还我一个清白,这是我的底线。即使我完全不用坐牢,我也不会认罪。认罪不是我的选项之一,我没杀人。如果我认罪,我会失去瑞乐。我在小小的大学宿舍里,在计算机前一坐就是四五十个钟头,梦想着有一天我可以办到。我16岁就中风了,你知道吗?为了让瑞乐上线,我连续写了73个小时的程序。前一分钟我还火力全开地敲键盘,下一分钟——我在医院醒来,感觉不到右腿的存在。急救人员把我送进医院时,我的口袋里装着全部积蓄——23美金78美分,还有我无力偿还的4万美金贷款。三天后,我在病床上发布瑞乐。又过了两周,我健健康康地走出医院,瑞乐已有90万用户,是史上成长最快的社交媒体。我赌上了一切,我的健康、我的钱、我的理智……我的付出有了回报。我……我不能失去这些。"

他摘下眼镜放在桌上,从口袋里的眼镜盒掏出一块丝布,开始擦拭镜片,快速而近乎疯狂地擦着。

"问题在于证据说你杀了克莱拉。要是有时间的话,我可以做些努力,但我太太没有那么多时间。大卫,帮帮我,我保证我也会帮你。"

"只要这案子进入审判,我就会身败名裂。我需要现在就搞定这件事。谈条件吧。"

"相信我,我跟你一样想速战速决。但万一我做不到呢?要谈条件——你知道,这座城市是不会放过杀人犯的,即使那个杀人犯帮助联邦调查局破获美国史上最大规模的洗钱活动。他们认为你有罪,而且他们有证据能证明。我不能拿让你无罪开释当条件。"

"那就在预审听证会上证明我是清白的。"

我长叹一声,揉着太阳穴。

"预审在 2 个小时后。检方只需要证明有理由成立指控你的案件就够了,而我们几乎得证明你是无辜的才有用。而且不会有陪审团,全凭一个法官决定。"

柴尔德折起丝布,小心翼翼地放回眼镜盒,再把盒盖啪地盖上。

"没有什么是不可能的。我是清白的,我们只需要展现出来。"

"事情没那么简单。"疼痛从我的眼后扩散到头部,钻进我的颈部肌肉。

"可是就是那么简单啊。"

我感觉对大卫来说,事情黑白分明,干净或肮脏,有罪或无罪,都清清楚楚。他的意识中根本没有灰色线条。他的思路非常直观,就像石头一样固定,或是像绿色连帽衫、灰色运动裤和红色耐克鞋一样固定。

"你不相信我是清白的,对不对?"

对律师来说,这永远是最好回答的问题,答案是律师相信什么并不重要——我们的工作不是相信任何人,我们只需要代表客户发言,并且说服陪审团相信客户。大卫需要的不只是这老套的回答——他需要信任我——所以我说了他想听的话。

"我不认为你是个杀手,大卫。"我说。

我的直觉告诉我他是无辜的,但我的头脑很难忽视那些证据。

他看起来很困惑。

"既然你不认为我是个杀手,就在法庭上证明。你说我们在预审开始前只有 2 小时,那你现在不是应该研究法条或什么的吗?"大卫说。我刚才说的话他半点都没听进去。即使如此,我仍佩服他,他对自己的清白抱持着强大的信念,使我保有开放的心态。

"不，我不需要进行任何法律方面的研究，我只需要重新读一遍所有资料，看看光盘，找个方法切入。"

"切入什么？"

"证明你是被陷害的方法。"我说。

00:38

荷莉把第一张光盘放进播放器。我站着，蜥蜴单膝跪坐。大卫坐在扶手椅上，他倾身向前，两手以塔式手势抵在嘴前，看着视频载入时荧幕上旋转的光盘图案。

荧幕被中央公园 11 号的大厅画面填满——这栋大楼里住的曼哈顿富豪人数超越其他任何大楼。铺着蜜桃色大理石地板的大厅里，有巨大的盆栽以及小型树木。监控一定是装在接待柜台的上方。荧幕一角写着"1 号摄像头"，不过没看见日期或时间戳记。

一名身穿绿色连帽运动衫、灰色松垮长裤和红色运动鞋的瘦削少年进入大厅，运动衫的帽子是放下的，那人是大卫。他跟一个年轻金发女子牵着手，那女人穿着蓝色牛仔裤、深蓝色短外套和白色上衣——克莱拉。我把面向电视的脸转过来瞥了大卫一眼，他前倾得太厉害，几乎没坐在椅子上。借着彩色荧幕闪烁的光线，我看到他的脸颊上有一滴泪水。这是克莱拉遇害前最后的影像。

小情侣悠闲地经过柜台，摄像头拍到的画面变了。现在我们看着电梯里的监视画面。门开了，克莱拉和大卫走进电梯。大卫从连帽衫的口袋拿出一个电子感应卡，在电梯的面板上刷了一下，接着他选了一个楼层，转身拥抱克莱拉。我瞥向荷莉——她目光移向地板，然后再回到荧幕上，当她看见视频时，她用手捂住张开的嘴。

我重新看向电视，看到克莱拉·瑞斯在电梯角落，眼睛盯着地面。大卫靠近她，她抬起一只手。他停住动作。她看起来很别扭，很不开心，甚至有一点害怕。门开了以后，她率先走出去。我注意到这段视频有日期和时间戳记：3月14日，晚上7点45分。

画面再度切换，这次我们看的是53号摄像头拍到的影像，画面中有两扇门，彼此相隔15米。克莱拉先走出电梯，大卫跟在后头，这次他的帽兜是拉起来的。他拥住她，两人一起走向他的公寓。两间公寓旁各有一面立镜、雨伞架和小桌子。他在其中一扇门上再度刷了感应卡，然后拿钥匙开门。

我按下暂停键，倒回去看。前一分钟他们还在拥抱，下一分钟她却不要他靠近。我说："大卫，那是怎么回事？克莱拉在电梯里看起来很不自在。你们吵架了吗？"

"天哪！没有。她有幽闭恐惧症。克莱拉只要跟别人一起搭电梯就会很难受，即使是跟我。她在强迫自己这么做，想要克服恐惧。"

大卫开始无法控制地捂着脸啜泣。他转身走到厨房，往脸上泼水。

地方检察官会把这段电梯影像包装成大卫和克莱拉之间的争吵，看起来绝对有可信度。检方刚刚取得他们要的动机了。

荧幕转黑，然后是模糊画面，接着同一个影像出现，这次是空荡荡的梯厅。拉上帽兜、肩上挂着运动包的大卫走出公寓，把门关上。他犹豫了一下，转身面向门。他像是忘了什么，然后他在连帽衫的肚子口袋里翻找，拿出一个多媒体播放器或是手机，上头垂下一对入耳式耳机，他将耳机塞进耳朵，去按电梯。此时距他和克莱拉进公寓过了大约十六七分钟，监控画面上的时钟显示晚上8点02分。他等了一会儿，走进电梯。光盘里没有收录下楼的过程。最后的画面是仍然戴着帽兜的大卫走出电梯，离开大楼。光盘最后出现一组警方的序号，以及物证目录的出处：RM#1-RM#5。

负责汇编视频的警察说，他看了大卫公寓外梯厅的监视画面。大卫出门后就没人再进去过，也没人出来。下一个进入公寓的活人是大楼安保警卫，他在厨房地板上发现死去的克莱拉·瑞斯，公寓里没有其他人。事情很简单——如果那位警察说得没错，大卫走后就没人靠近过他家，那么他是唯一一个可能杀害克莱拉的人。

不是个好的开始。

光盘退出来时发出嗡嗡声。我把下一张光盘递给荷莉，她开始播放。大卫仍在小厨房里，倚在料理台上。

"大卫，你得看看这个。"我说。

他的脸仍满是湿湿的泪水。他吸了吸鼻子，用湿纸巾擤鼻涕。他转向电视。

我望回荧幕，看到曼哈顿一处繁忙的十字路口，纽约运输部的交通监控上有时间戳记，晚上8点18分。在大卫离开公寓的影像与这个摄像头照到他之间，过了大约12分钟。

"再说一次你开的是什么车？"我问大卫。

"布加迪威龙。"他说。

我看到那辆要价130万美金的显眼跑车在红灯前减速。布加迪是面向摄像头的。一辆辆车经过路口开往中央公园，在荧幕上由左往右开。然后它们停下来，几名行人从大卫的车子前面过马路。等最后一名行人过完马路，又过了10秒，我才看到大卫的车起步。他的车速很快，以这辆制动马力上千的超跑来说，只要轻轻碰一下油门，车子就冲出去了。布加迪快速前进，而不知怎的，一辆与大卫方向相反的福特在最后一刻偏过去挡住布加迪的去路。撞击力道之大，我看到福特的后悬吊系统从地上弹起来，后车轮悬空，底盘都撞弯了。福特的散热器几乎是立刻就冒出蒸气。两辆车都静止不动。福特车的司机先下车。警方的陈述中说这个叫约翰·伍卓的家伙后来被控酒后驾车以及轻率驾驶。他看起来脚步不太稳，穿着一件白衬衫，下摆有一半扎进牛仔裤里。他绕过车子时，我看得出他有严重的跛脚。

不对，不是严重——而是很特殊。

他的右腿往前甩，脚晃啊晃。膝盖和脚踝的关节处看起来好像都是以线相连的。然后他猛地伸出左腿往前跨步，重复这两个动作来走路。

有两件事卡在我脑袋里。

他有可能是在车祸时右膝和脚踝受了重伤，我不能忽略这种可能性。但在我脑海深处，我知道这家伙的跛脚是旧伤了，而且我好像看过这样的跛脚方式。

他走到布加迪的副驾驶座窗边时，镜头拉近。他倾向前，仿佛要跟大卫说话，空无一物的手张开来按在车顶。当他把头从车窗收回来时，镜头几乎完全框住他的脸。一排过大的闪耀白牙因为这个特写而发光。

我当下就知道大卫是被诬陷犯下谋杀案的了。这场车祸不是意外，这辆福特皮卡车的司机是我多年前曾合作的对象，他的真名不是约翰·伍卓，而且我记得他是怎么跛脚的。

以及他怎么会有一口新的牙齿。

特写镜头过后，皮卡车司机似乎退避不迭地离开副驾驶座窗户，从口袋掏出手机，报警。两辆车都留在原处，直到警察2分钟后抵达。一名巡警靠近大卫，叫他下车，然后停下来看着布加迪车内，像是注意到什么东西。警察两手空空地绕过车头，打开副驾驶座车门探身进去。当他再度站直身体，他用指尖捏着一把鲁格枪的枪托。他与伍卓说了几句话，给我的委托人搜身以及上铐。第二辆巡逻车到场，把皮卡车司机载走。大卫被命令坐在第一辆巡逻车后座，不久之后这辆车也离开现场。

我暂停视频,倒带,看皮卡车司机和警察走向大卫的车。皮卡车司机的双手始终没有伸进布加迪过,而警察没有穿外套,他把头伸进副驾驶座时,我能看到他的两只手都是空的。一秒钟后他的双手重新出现,已经捏着凶器。

大卫抢先说出我的疑问。

"我想不通那把枪是怎么进到我车里的。"他说。

"有没有可能是某个人放的?"

"我很怀疑。我的车有最先进的安全系统,再说,我把我的包包放在副驾驶座上。如果副驾驶座的地上有把枪,我应该会注意到才对。"

我点点头。如果我是对的,那么这把枪一定是有人刻意放在大卫车上的。看起来警察跟皮卡车司机都没办法做这件事。说到底,他们是怎么把枪从大卫的公寓弄到车上的?

"这场车祸是设计好的。那个驾驶员名叫派瑞·雷克,他是个肇事司机。"我说。

"他是个什么?"大卫问。

"他专门制造车祸。"我说。

我跟派瑞合作过两三个月,那好像是上辈子的事了。派瑞以前是赛车手,是很优秀的纳斯卡赛车选手,只可惜他的古柯碱毒瘾让他丧失出赛资格,之后一次酒驾成为压垮他职业生涯的最后一根稻草。不过有派瑞这身本领的人总是能找到工作。由于他有毒瘾,他经常做一些酬劳很高的非法工作。他替一群在大西洋城外活动的帮派开了两年的车,负责带他们逃离现场;又担任某个高级皮条客的私人司机,那皮条客旗下的女郎都在上东区做生意;最后他替我当肇事司机。派瑞制造车祸,用假的个人受伤案件来诈骗保险公司。他也赚了不少钱。后来他睡错了女人——那女人有个占有欲强又有神经病的老公,他害派瑞跛腿，也让牙医有不少活可干。

"大卫，基本情况是这样：有人雇用派瑞吞下足以超过标准值的酒，然后在那一天的那一个时间点，在那个路口撞上你的车——好让警察能找到枪。"

大卫什么也没说。他呆滞地瞪着电视，嘴巴张开。

"我是这么想的，不过我觉得没什么道理。反正别人一发现克莱拉的尸体，警察就会找上你，又何必多此一举制造假车祸呢？"我说。

"你说得对，这没道理。"大卫说。

我摩挲下巴，在指间转笔。

"荷莉，我可以借用你的卧室吗？我需要独处一下思考这件事。"我说。

"当然好。"她说，"只是别花太久时间，我们只剩 1 小时就要出庭了。"

我再度打量大卫的服装，检查了一下购物袋。

"大卫，你需要一套西装。"

00:39

要设计一场车祸，需要具备高度的谨慎、技巧和计划。在我的行骗生涯中，我会为车祸花一个星期侦察路线，其中数小时用于记录信号灯变换的时间，测量路口之间的距离，观察不同时间点的车流量。我在目标日常行走的路线上找到中意的地点后，会再花两个星期跟踪目标。我喜欢在白天撞他们，通常是他们去上班的路上，那是最容易预测的路线，最不可能改变的路线，也是车祸能造成最大不便的路线。

不过有另外一种专业人士，像是派瑞·雷克和亚瑟·波多斯克——他们凭感觉行事。那种人可遇不可求。如果你想找一个专业车手制造车祸，以假乱真，候选人名单可是很短的，要在纽约找人名单就更短了，而我认识名单上的每一个人。这场车祸是刻意布的局，但我还是想不通为什么要大费周章。

何必这么麻烦？为什么要选在警方甚至还不知道大卫的女友被谋杀的那个时间点？

我女儿送我的笔，侧边刻着"爸"，它透过我的手指轻声细语，以永不休止的连续动作滑过每根手指，绕过拇指，再转回来。

这有助于我思考。

我把检方的档案整个摊放在床上：证人陈述、犯罪现场照片、波特博士的枪击残迹报告、车祸照片——派瑞全毁的福特以及大卫的布加迪，后者的前轮几乎整个被扯掉，安全气囊疲软地由控制面板垂下来，像是被戳破的卡通鬼魂。我甚至把安保警卫的记录复印件、指纹分析报告和大卫的逮捕记录都摊开来，其中指纹分析的结果显示手枪上没有指纹。每一项证据，每一个文件，都分开来，整齐地摆在床单上。

我绕着床走，手上转着笔，感觉接近了某样东西。这件事有某个部分兜不起来。它就在我眼前，我却看不见。

蜥蜴没敲门就打开卧室的门，说："如果我们要及时赶到法院，5分钟后就要出发了。"

他穿上一件短版皮夹克时，注意到那些档案——分门别类在床上整齐地排成好几排。

"有什么发现吗？"他问。

"还没有，但我很接近了。如果你让我一个人思考会更好。"

他咯咯笑，从夹克口袋取出一双开车用的皮手套，开始往手上戴。

"嗯,你把东西全都摊开来是对的,这能帮助厘清头脑。蜥蜴喜欢这样对待他的武器——把它们拆开,一块一块地摊开来放,好像解体一样。清洁它们,让它们发亮,然后重新组装……嘿,你盯着看什么呢?"

我的眼神一定有点疯狂。我在看蜥蜴的手套。这手套,还有他刚才说的话——赋予我一个灵感。

我高喊:"大卫,立刻把你的笔记本电脑拿过来!"

我要找的东西,出现在网络搜寻结果的第六页。在一份不知名的法国鉴识科学期刊上稍微提到过。不知道大卫用的是哪个搜索引擎,总之它为我提供那个网页还不错的翻译结果。那篇文章必须付费才能阅读,我在 1 分钟内下载并翻译完成。文章是在去年由国际刑警组织主办的一场鉴识会议上发表的。

真的有。真的可能。

真的太棒了。

"大卫,不管是谁陷害你,那人真是个聪明的王八蛋。要不是蜥蜴让我灵机一动,我绝对不会去找这个。"

"蜥蜴让你灵机一动?"蜥蜴不解地问。

我的目光由全毁的布加迪照片移向蜥蜴戴着手套的手。

"你很有诱发思考的潜力,但我需要你帮个小忙。我需要借一下你的手套。"

第二部

一报还一报

THE PLEA

00:40

枪击前 27 小时

蜥蜴费了很多心思做了很多计划来让我们回到法院内。我们分坐两辆车过去。我坐在一辆大一号的轿车后座,开车的人是法兰奇,他是"帽子"吉米的另一个伙伴,当蜥蜴需要后援时会找他合作。裹着皮革的方向盘根本看不见,完全被法兰奇长满老茧的大手给包住了。那双手可以把欠吉米钱的硬汉揍到吐出钞票。

我们从法院门口开过去,从人行道沿着台阶一路到大门口,满满都是人,那场面简直就像是媒体大会,甚至会让人误以为总统要来了。只要有人拿着"点三八"手枪在人群中等待,大卫肯定连第一级台阶都没机会踩上去。在人堆中我看到两个穿西装的人,而那高级的小圈子中央站着人高马大的杰瑞·辛顿,他在法院门外等着护送委托人通过全世界的媒体。

"不出所料,人挤人。"我说。

我们绕回去,在离法院两个街区处靠边停车。我一边等着蜥蜴的厢型车出现在后视镜里,一边想着人行道到法院大门之间那将近 40 米的人潮。事务所可能派了几名枪手埋伏在那些人里。先前我已把事务所安保小组的照片交给蜥蜴研究,我也仔细看过他们的脸——大卫也是。只要看见任何一人,我们就逃命。一辆蓝色的福特全顺厢型车出现在我们的后视镜里，放慢速度。法兰奇开上马路，厢型车跟在我们后面。

轿车停在路边，就在整排车顶有卫星的转播车后面。我下了车，收着档案的笔记本电脑包挂在肩上。为了以防万一，我要空出双手。

我发现杰瑞·辛顿正在挡开一小群记者，他们认出他是大卫的律师，正饥渴地包围他。他看到我，走下台阶，从电视台工作人员间挤过去。了解内情的记者们感觉到即将有新闻画面了——他们跟着辛顿走下台阶，朝着人行道而来。

他点点头跟我打招呼。

厢型车开过来停在轿车后头。辛顿走到我身旁，记者和摄影机紧跟着他。他的声音颤抖，强压下愤怒。

"大卫在哪里？他根本没去旅馆。"他说。

"我们把他弄进去以后再来谈吧。他要来了。"我回答。

法兰奇下了轿车，打开后座车门。杰瑞伸长脖子越过我的肩膀，看到一双红色耐克鞋踏上人行道，以及一个蒙着白床单的驼背人形，那人几乎可说是跌下车并跑向我们。

杰瑞抓住床单，摸索着搂住委托人，然后引导他走向现在有如爆炸般的摄影机、闪光灯和人声之海。我没管记者，而是审视着闲杂人等。没看见任何事务所安保小组的成员。有少数民众加入了记者群，他们并不真的知道这是什么状况，只是被热烈的气氛冲昏头，一心想要看一眼床单底下的被告。杰瑞像推土机一样穿过记者，他把右手伸向前，有如20世纪70年代的美式足球后卫，而我在媒体彻底包围杰瑞和他的委托人前一刻缓缓退开。

我再度扫视整个区域——没有看到潜在的枪手。我朝法兰奇点点头，他正站在车顶上远眺观望。

厢型车的后门打开，我看到一个瘦瘦的年轻人穿着不合身的西装。

他关上车门，开始快步走向法院大门。我跟他一起走，看到荷莉跟上，把车钥匙抛给法兰奇，然后迈开步子奔跑。

这个时候，我听到了枪声。

00:41

"走！"我大叫。大卫转身背对枪声来源，荷莉抓住他的手臂，两人一起冲向门口。他们的道路是畅通的。

我迅速转身，看到好几个身躯沿着台阶滚下来，那些人都手忙脚乱地想离开，想在陷入火线之前远离战场。有个穿着淡黄褐色大衣的魁梧男人一边继续对麦克风说话，一边用肩膀把我顶开，我得从两个女主播中间硬挤过去才能看清状况。

杰瑞·辛顿仰躺在混凝土地上。他用手抚摸自己的肚子、胸部、腿，确认没被流弹伤到。蜥蜴一把扯下蒙在头上的白床单，顺手把用过的爆竹一起丢掉。杰瑞还没来得及好好看他一眼，蜥蜴已经跑了。法兰奇手握拳头在头顶画圈——他要去停车，然后再回来。拥挤的记者缓过劲来，拿稳摄影机，尖叫声转为播报声。

我爬上大阶梯顶端时，看到大卫和荷莉已经安全进入法院，过了安检门。

荷莉牵着大卫的手。

我一边道歉一边穿梭于聚集在大门外的记者中。一只手抓住我的手臂，我转头看。

脖子上有《呐喊》刺青的男人抓住我。我无法动弹。困住我的不是他的手，是他的眼睛。他的瞳孔和虹膜不是深褐色的，而是黑的。全黑。他的两只眼睛各像是放在一碟牛奶中的浑圆黑玛瑙珍珠。在那张脸底下，是他脖子上尖叫的苍白男人。

他松开我，举起双手，两掌摊开。我闻到他身上的烟味。虽然他的皮肤很黑，手掌却是纯白的。我注意到他的手指和手腕上有更多液体滴下或喷溅般的白色。那些呈现白色的皮肤很光滑：他的掌心和手指都没有皱纹或线条。一切都被烫得干干净净，变得平坦而没有记号。他摸过的东西连指纹都不会留下。

这男人如此特殊，如此吸睛，我一时间没看见他的拇指和食指之间捏着一样东西。

"叫你的客户闭紧嘴巴，浑蛋。"那男人用重重的西班牙腔说。

他退后，将右手拇指与食指分开。

我听到薄玻璃的碎裂声。他从人群间推挤而过，小跑步下了阶梯。一阵嘶嘶声响起，我低头，发现一些玻璃碎片，不超过一个汤匙的量，碎片周围有一摊琥珀色液体，一边冒泡一边侵蚀混凝土地面。

他刚才拿着一小瓶强酸。我打了个冷战，扫视周围。他已经不见了。

00:42

诺克斯法官的法庭迅速地被余悸犹存的媒体记者填满。我稍微放慢脚步，确保大卫和荷莉紧跟在我身后。我已经决定不告诉大卫收到警告的事；他现在只是勉强撑着不崩溃的状态。我在辩方席的桌上把文件摊开，坐在右边的座位，大卫坐在我左边，留给杰瑞角落的位子。

在我们身后 30 米处的法庭后门打开,检方抵达了。一群助理检察官拖着装有证物的箱子以及资料夹进入法庭,瑞德走在最后面。地方检察官瑞德用拇指在他的苹果手机上打字。

他经过我的时候,弯下腰来说:"我刚在瑞乐上发了这个。"

纽约地检署的官方账号页面有一篇新发布的内容:

> 我们即将在大卫·柴尔德案的预审听证会上提出的证据将震惊全国。敬请注意我们从听证会上发布的实时消息。#为克莱拉伸张正义

"这事会搞得尽人皆知、乱七八糟。"瑞德的语气难掩兴奋。

我看到地方检察官在瑞乐上发布的内容底下有个写着"R"的方框,方框底下有个数字,那个数字每半秒就往上冲一些——257、583、1009。这是这篇新发布的内容被转贴到其他瑞乐、脸书和推特的次数。

"尽人皆知、乱七八糟。"他慢吞吞地重复。

他大步走回助理检察官身边,朝坐在旁听席前排的几个比较有影响力的电视主播挥手打招呼。

"他可以这么做吗?"大卫问。

"是可以啦。他并没有泄露任何案件的细节,只是在吸引媒体注意。你是一条大鱼——他要在公众面前将你宰杀。这种案件可以开启他的政治生涯。如果他想当市长或州长,他需要在电视上争取露脸的机会。我想他对自己利用瑞乐来摧毁你很得意吧,他可能觉得这很讽刺。你得面对现实:你是他的午餐券。这事与克莱拉无关,是他的个人秀,我觉得实在是很恶心。"

杰瑞·辛顿没说半个字就在辩方席的桌子末端坐下来。我没有听

见他过来,以一个大块头而言,他脚步很轻。用一瓶强酸作为警告,杰瑞做得出来。他是从小巷子里一路打拼上来,直到进入董事会的人,这是戴尔告诉我的。我考虑伸长手臂揪住杰瑞的丝质领带,拿他的头撞两下桃花心木桌面,最后还是作罢,因为这时候诺克斯法官进入法庭,坐上法官席,宣布开庭。

现在已经没有退路了。要上场了。在这里发生的事将拯救大卫或将他定罪,将拯救克莉丝汀或将她定罪,将改变我人生的样貌。检方有六个证人——他们全都准备好提供证词,让大卫·柴尔德斩钉截铁地被定罪。证人说谎时,要瓦解他们会容易得多。就我的判断,或许除了两个人以外,其余的检方证人说的都是实话——那些实话累积起来就等于大卫有罪。我得把他们每个人说的实话带开,以创造我自己的事实,让诺克斯看见事情的全貌。

问题在于,这时候我还不知道事情的全貌是什么。我还看不出整件事的真相。

我告诉自己它会出现的,给它一点时间。

亨利·波特博士是第一个大人物。枪击残迹专家。我看到他坐在瑞德后方四排之外。这个男人五十几岁,打扮得很清爽,灰色西装裤、白衬衫、蓝色西装外套,搭上一条浅黄色领带。出于某种原因,他跟其他同龄的武器专家一样,蓄着有点花白的小胡子,那或许是跟鉴识专家证书一起发到他们手里的。

他看到我盯着他,便用食指和拇指调整了一下眼镜,然后把注意力转向瑞德。

地方检察官站起来,准备向诺克斯法官提出开场陈词。法官正在整理他自己的档案,准备听取证据。

这时候我心想,不知道瑞德或波特对我准备好对付他们的武器有没有任何了解。我希望没有。地方检察官看向旁听席,确认他的第一个证人准备好了,他们对彼此竖起拇指。我跟自己打赌:1小时内,瑞德会把拇指戳进屁眼里坐着,苦苦思索到底是哪里出了差错。而有同样高的概率是我坐在那里,苦苦思索我怎么会搞砸得这么彻底。两种概率太接近了,难分输赢。

诺克斯法官向瑞德示意自己准备好了。地方检察官不慌不忙,先喝了一口水,快速扫视旁听席确保现场很安静,所有目光都在他身上——他的观众准备好了。

电视摄影机开始运转,这个案子将该死地在全国几乎每个新闻频道做现场直播。瑞德最后说的话在我脑中回荡。

尽人皆知、乱七八糟。

妈的,真希望我有刮胡子。

00:43

"法官大人,我是迈克尔·瑞德,代表公诉方的地方检察官。次席检察官是洛佩兹小姐。被告律师代表为弗林先生和辛顿先生。"

他绕过检方席桌子,站到法庭中央的位置。我猜他已经算计好法庭里的哪个位置能获得最佳的拍摄角度。

"法官大人,我会尽量精简我的开场陈词。"瑞德边说边扣起外套。

他知道诺克斯法官不喜欢冗长的开场陈词,他喜欢直接看证据。瑞德先声明这一点,这样诺克斯法官会给他一点上镜头的时间,不会打断他。当律师要学习的第一件事,就是找出每个法官的偏好有多么重要。有的喜欢长篇大论;有的喜欢严格依照法条来论辩,尽量减少提及事实;有的喜欢用最不复杂、最快的方式结案——不管过程是否公平。诺克斯法官属于后者，地方检察官显然有乖乖做功课。

"我们将传唤几位证人到法庭，他们能证明当被害者克莱拉·瑞斯被枪击身亡时，被告是唯一跟她一起在公寓里的人。我们有监控视频，它清楚地显示被告和被害者进入他的公寓。几分钟后，被告的邻居格什鲍姆先生听到最初几声枪响，前往阳台查看，目睹一发子弹射破被告的公寓窗户。那是从公寓内发射的子弹。接着会显示被告离开公寓。接获格什鲍姆先生通报的警卫理查·弗瑞斯特将作证，他和其他大楼警卫前往查看，在被告空无一人的公寓里发现克莱拉·瑞斯的尸体。监视画面将清楚地显示，在格什鲍姆先生通知警卫，到发现被告公寓内的尸体，这期间重要而混乱的几分钟时间，被告是离开公寓的唯一一个人。事情很简单——两个人走进空无一人的公寓，只有一个人活着走出来。我们知道屋子里没有别人，也没有别人进去过。大卫·柴尔德走出家门，几分钟后，他女朋友的尸体就被人发现了。简而言之，他是唯一可能杀害她的人。"

他停顿了一下，兀自点点头，让法官跟上他的陈述。

"法医的报告对被害者遭到谋杀的手段提出了证明。法官大人，这是此案最令人震惊的部分。"

又一次停顿，累积法庭内的紧张气氛。这家伙真厉害。

"被害者克莱拉·瑞斯的后脑勺中了 12 枪，凶器是一种极易藏匿的小型手枪——鲁格枪。12 枪。她在头部中了第一枪后便已明显死亡，但杀她的人，也就是被告，对着她的后脑勺射光了几乎一整个弹匣的子弹，退出空弹匣，重新装弹，举起武器，再对她的头开了 7 枪。

"此桩谋杀案中涉及的过度杀戮，显然表示这是出于盲目的愤怒而犯下的罪行。这不是受雇用的杀手所为，而是极为暴力、充满报复意味的谋杀——我们可以说，这显然是由被藐视而极为不满的情人所为。被害者的情人——即被告大卫·柴尔德。

"最终,他犯下这起令人发指的罪行时所施展的暴力,再加上一点坏运气,无可避免地导致凶手是被告的事实被揭露出来。被告离开公寓大楼后不久,便在距离他的公寓不到 800 米处,与另一辆车发生事故。这另一辆车的司机是约翰·伍卓先生。伍卓先生的酒精测试值超出标准好几倍,他承认是他造成了车祸,迎面撞上被告的跑车。

"当伍卓先生在意外发生后走向被告的车辆时,他注意到车内有一把手枪,毫无遮蔽地摆在那儿。他报警寻求协助,菲尔·琼斯警官赶至现场。琼斯警官在被告车内发现一把鲁格手枪。

"我们的枪击残迹鉴识专家波特博士,独立测试了这个武器。被告接受采样以检测枪击残迹,而波特博士独立的科学分析发现及证实,被告可谓浑身沾满了枪击残留物质。被告接受调查警官摩根警探的讯问时,否认曾经拥有枪支、触摸枪支、击发枪支,以及在枪支击发时待在同一个空间。根据科学证据,被告显然是在说谎。"

为了强调这说法与无可争辩的鉴识证据之间有多么明显的矛盾,瑞德举起双手,闭上眼睛,做了个鬼脸,仿佛在说:"我知道,这家伙说谎说到屁股都掉下来了。"

"所以,我总结一下:此案不仅有足够成立的理由,被告更是唯一可能犯下这桩罪行的人。再者,根据鉴识证据,被告向警方说谎。对,我们说他说谎,因为老实说——鉴识学是不可能说谎的。"

"以上是我对检方证据的简短概述。"他说。

他望向摄影机,其实他不该这么做。我猜他就是忍不住。

"弗林先生,你要简短地做个开场吗?"诺克斯法官问我。

我对诺克斯法官的观感变好了一点,他知道瑞德在为摄影机表演,而他希望至少给我个快速反击的机会。

"不用,谢谢您,法官大人。我们就开始吧。"

"很好。瑞德先生,你的第一位证人?"

"我们传唤亨利·波特博士到——"

"等一下,他不是专家证人吗?如果是的话,你不必在预审阶段传唤他,我可以直接读他的报告。"

"法官大人,就这个案子,我们觉得让所有人听听波特博士的看法是有好处的。他可以在庭上概述他的发现,而且我确定他能够回答弗林先生可能提出的任何疑问。"

又是为了作秀。法官知道瑞德传唤波特是为了让媒体可以马上掌握这项滴水不漏的证据。诺克斯法官阅读报告长达 10 分钟的视频可不是观众爱看的节目。

"如果一定要的话,你就传唤他吧。"法官说。

证人已经站起身,朝证人席走去,他的报告夹在右手臂下。他经过我时,我闻到擦枪油和廉价的须后水气味。他看起来自信满满,无所畏惧。在诉讼程序如此初期的阶段,辩方根本不可能来得及找到自己的专家来反驳检方证人的发现。那是专家证人最大的恐惧——来头更大的另一个专家说他们错了。除去这个选项,他们便没什么好怕的。而波特当证人的记录很稳当——过去他从未在任何案件中被挑战成功。

我告诉自己凡事总有第一回。

波特宣誓之后坐下来。

"波特博士,能否请你简述一下你专精的领域?"瑞德说。

"好的。我是受过训练的弹道及枪击残迹鉴识专家。我先前受雇于国家鉴识实验室,参与过数千次证据检测。我曾在 203 场审判中作证。"

他看起来很放松,很自在,毕竟他的工作就是担任专家证人。而且波特很行,真的很行。我毫不怀疑他会提起确切的出庭次数,因为那样一来他就立刻显得头脑清楚、发言精确且经验丰富。同时,我也颇为确定他提起经手过的案件数目是为了吓唬我。在那么多案件中，他一律是担任检方的证人，而且每一件案子的结果都是定罪。

"波特博士，什么是枪击残迹？"瑞德问。

"当射击者扣动装有子弹的枪支扳机时，撞针被外力推向底火，因而点燃子弹内的发射火药，接着便非常快速地制造出大量气体。这气体会以大约每秒300米的速度把子弹从枪管里发射出去。底火和发射火药后的爆炸将气体和物质碎片送入空气中，有些碎片会因高温而结合在一起。这些碎片包含撞针、发射火药、底火以及子弹的微粒。所有这些物质都会快速沉淀在它们被制造的环境里。因此通常枪击的残留物质会落在射击者的皮肤和衣物上。"

"博士，你是否针对被告的皮肤和衣物采得的样本进行检测？"

"是的。纽约市警局的警官们从被告的双手、上衣和脸上搜集了样本，接着我检测这些样本，看它们是否包含在枪击残留物质中常会发现的物质。"

"而你发现了什么？"

"我在所有样本中都找到了高浓度的钡和锑沉淀物。其中有些物质是熔合在一起的，大部分是钡。这样的物质组合已经由科学证明，并被广泛认为是枪击残留物质。"

"你所说的'高浓度的沉淀物'是什么意思？"瑞德问。

"嗯，如果射击者击发武器一次，我能在他的皮肤以及（或）衣物上找到枪击残留物质。如果击发的次数不止一次，就会有超过一次的爆炸，所发现的量和密度也会增加。"

"以本案来说，波特博士，你对在被告身上找到高浓度的枪击残留物质，会做出什么相关的结论？"

"有鉴于枪击残留物质分布范围很广，浓度又很高，我颇为确定，柴尔德先生曾经非常靠近一把击发多次的枪支，而且是在采取样本前两三小时内暴露在这种物质之下。"

"法官大人，能否请您稍等我一下，让我检查笔记？"瑞德问。

"当然。"诺克斯说。

他低头看着他的黄色横线笔记本，快速翻了两页。实际上他只是为了制造效果而停顿，好让最后一句回答渗入法官的脑袋——以及在家收看转播的观众脑袋中。

他抬起头，把注意力放回证人身上。

"法官大人，谢谢您。好了，波特博士，我的笔记说被告柴尔德告诉警方，他从未开过枪，也从未待在有人开枪的空间里。根据你的检测结果，你认为这是可能的吗？"

"不可能。"

"我们都听过一些案例，说枪击残留物质这类微物迹证有可能由一处转移到另一处，由一人转移到另一人。在这个案件中，这是可能的吗？"

"枪击残留物质的确可能遭到转移。枪击残留物质的粒子可能由一个人的衣物或皮肤转移到别的区域。在这个案子中并没有出现类似情形。我在所有样本中，包括来自被告的手上、衣物上和脸上，所发现的残留物质数量之多，排除了转移的可能性。"

"为什么呢？"

"因为若是如此，被告等于要用枪击残留物质来淋浴。以我的经验来看，在被告身上发现的枪击残留物质数量之多、浓度之高，是不可能来自二度转移的。就是不可能。本案中确凿的证据证明，他曾经很靠近一把被多次击发的枪支。"

瑞德再次停顿，让答案渗入镜头。他不会再问更多问题了。瑞德已经打出了全垒打，并且斩断最有可能被攻击的路径。我悄声对大卫说："打开你的手机，关静音。"他在桌子底下操作，以免被法官看见，而我匆匆写了张纸条递给大卫。

他满怀期待地看着我。

"先不要做,等我的信号。"我说。

"换你问证人了。"瑞德说,就像是在下战书:尽管耍阴招吧,我受得住。

波特看起来一点都不担心。就他所知,这只是例行的测试,例行的案子,得出例行的结果。他的经验够丰富,知道辩护律师一贯切入的角度——所有老套的主张。正常来说,攻击这类证据的标准方式是攻击证物监管链。波特在实验室工作,证物不是他搜集的,他不知道哪些样本是真的,哪些不是真的,哪些有被污染,哪些有被精确地保存。当辩护律师无法跟科学争辩的时候,他们就主张科学不重要,因为专家根本就是拿被污染的材料来检测。

波特交叉起手臂。那些招数他都听过了,并且听过太多遍了。他已准备好应付任何事。

可惜不包括这个。

00:44

"别跟这个家伙玩钓鱼游戏,"辛顿说,"他很危险——等我们找到专家再说。留到审判再来对付他。"

我第一次看到辛顿显得紧张。他的上唇有汗,手中的笔在颤抖。他一心只想离开这鬼地方,带着大卫一起走。事务所没办法在法院里杀他,要除掉大卫需要等他离开这栋安全的建筑,脆弱地待在街头。

我没理辛顿，空着手站起来，望着诺克斯法官。他看起来很不爽，他在等着我跟证人进行一场长而枯燥的争辩，最后不会有任何结论。

但我脑中有清楚的目的地。

"波特博士，你一开始的陈述表示，你曾在两百多个案件中作证，是吗？"

"连同这一次是 204 件。"

"感谢提醒。在这 204 次出席中，你有几次是担任被告的专家证人？"

任何号称独立的专家可能都会有点畏缩，波特却不。他只是若无其事地回答。

"一次也没有。"他说。

"一次也没有？"

"是的。"

"抱歉，也许是我不懂。只是你在证词中表示，你是'独立'的专家。"我说。

"我是。被告律师或检方都可以聘用我。我的职责是向法庭提供诚实的见解，哪一方开支票付我酬劳并不重要。"

他把门打开一条缝，恰好足以让我进去。

"所以，为了能提出诚实而专业的见解，你必须忽略支票上的签名，完全根据你发现的证据来提出意见，是吗？"

"是的。"

"纯粹举例，如果检方要求你提出的意见，并非基于事实或你自己发现的证据，你会怎么做？"

"我很怀疑任何一位检察官会要求专家证人做这种事，不过在此声明，若是没有证据支持，我是不会做出任何正式的意见陈述。"

"所以你的意见只会源自事实和证据？"

"当然。"

"所以如果与已知的事实相左,你便不能基于推测而提出意见,对吗?"

"对。"他说,叹了口气。

我能听见瑞德在对他的助理检察官们悄声说话,告诉他们我没什么突破性的问题可提出。

我拿起波特的报告,翻到最后,那里列出在大卫脸上、手上和衣服上采得的样本中,各种微粒和物质的分析。这是原始的科学资料,波特正是根据这个提出证据。

"博士,在你的测试结果中,你发现很多不同的微粒?"

"是的,爆炸发生时,因枪支击发而被送入空气的微小物质会先跟其他微粒混合,再落在皮肤上,所以有时候那些物质会夹带其他碎屑,例如灰尘微粒。"

"枪击残留物质的三个主要指标,是铅、钡和锑的微粒?"

"对。"

"钡和锑微粒很可能是因底火和发射火药点燃而喷散出来的?"

"一般来说是的。"

"铅微粒很可能来自子弹本身或金属弹壳?"

"是的。"

"你的检测结果中没有发现任何铅?"

"这并非没有前例。有些制造商的子弹就是比较坚固耐用。在科学上,高浓度的钡和锑已经是公认的枪击残留物质特征了。"

"除了高浓度的钡和锑之外,你的结果还显示有高密度的尼龙?"

"是的,射击者可能戴着这种材质的手套。落在手套上的枪击残留物质,其温度可能热到足以烧穿尼龙、接触到皮肤。"波特说,他这句话快要说完时,声音变得比较小。他对这句陈述并不是很有把握,而我已经猜到，他在汇编报告时，检方曾经逼着要他解释为什么在样本中会找到那么多尼龙和橡胶。当辩方指出枪上没有指纹时，地方检察官可以据此轻松地反驳；瑞德很容易就依赖波特提出射击者可能戴了手套的说法。

我停顿，佯装困惑地看着法官。大卫把蜥蜴的手套递给我，先前我把它藏在辩方席的桌子下面。我放下波特的报告，举起手套。

"我有点弄糊涂了。这些不是尼龙手套，但如果射击者戴着手套，像这种可以包住整只手的款式，想必你不会从手上取得的样本中找到那么多枪击残留物质。"

"我了解你的意思，不过那些物质可能在手套被脱下时又飘回空气中，再落到手上。"

"波特博士，你是骗子吗？"

盯着笔记的诺克斯法官抬起头，好让辩方律师看到他忧虑的表情。那表情告诉我，我站在薄冰上，最好能够提出有力的说法。

"我宣誓过了，弗林先生。"波特回答。

"这我知道，只是在你的直接证词中，你特别排除了那些物质经由二度转移沾到被告的衣物和手上的可能性，对吗？"

他向法官点点头，让法官知道一切都很好。

"嗯，我想严格来说，被告脱下手套时那些物质落在他的手上，是可以算二度转移，但有些人可能会说那仍然算原始证据，因为物质只是在原始来源附近移动而已。"

"主办这项调查的警探是摩根警探，波特博士，你现在是说他是骗子吗？"

"当然不是。"

"只不过摩根警探看了一连串的私人安保监控和街道摄像头画面，从柴尔德离开公寓那一刻起至他出车祸，全程跟拍他。摩根警探的陈述中并没有提到大卫·柴尔德曾丢过一副手套。他的车上、公寓里，或身上都没有发现手套，而显然他并没有把手套丢掉，因为摄像头会拍到。所以，如果你说射击者可能戴了手套，那手套到哪儿去了？"

"这我没办法回答。"

我举起波特的报告。

"在你的测试结果中，除了钡、锑和尼龙，你还找到熔解的橡胶、皮革和塑胶，对吗？"

"对。"

"事实上，采自被告皮肤和衣物的所有样本里，都有高浓度的尼龙、橡胶、皮革和塑胶，对吗？"

"对，可以这么说。"

"你曾经看过类似的结果吗？"

"不，我不能说我看过。不过武器击发时所处的环境个个不同，我不能总是预测到会发现什么物质。"

"有鉴于你是根据证据而提出发现，又考虑到警方没有找到任何手套，你觉得那么多的尼龙、橡胶、皮革和塑胶沉淀物是哪里来的？"

"恐怕我无法作出这种推测。"

"那是因为你缺乏证据证明被告可能在哪里接触到这些物质。"

他停顿了一下，考虑我说的话。他细瘦的手指抚过下巴，显然对我的问题抱有疑心。

"对的。我没有任何证据能引导我分辨这些物质究竟来自何处。"

波特疑神疑鬼是对的。在这一刻，他的整个证词都像搁在刀锋上一样不确定。

00:45

"波特博士，请看一下这些照片。"我把街道监控的截取画面递给他，照片中是大卫的布加迪和福特皮卡车相撞的画面。

"你能否确认，你有没有看过这些照片？"

他看着法官，说："法官大人，我从未看过这些照片。"

"检方和辩方一致同意，这辆布加迪是柴尔德先生的车。你在这些照片中看到它了吗？"我问。

"是的。"

"你看得出来，这辆车的前端受到严重损害，因为被迎面撞上，对吗？"

"我不是汽车专家，不过我同意。"

"所以，看到这些照片以后，你是否希望收回你稍早的证词？"

"抱歉，什么？我不懂。"波特说。地方检察官知道我在酝酿出其不意的一拳，但他不知道我准备打在哪里。我能听到瑞德在跟洛佩兹交头接耳——她也不知道我葫芦里卖什么药。就算他们想通了，也不重要。重点是在这当下，波特仍毫无防备。

"博士，你应该知道专家证人有责任提供无偏颇的专业意见。"

"我知道我的义务何在，但我不懂你现在要求我收回哪一部分证词。"

"你作证说大卫·柴尔德的枪击残迹测试结果是阳性的，因此他若非曾击发一把枪数次，就是在一把枪被击发数次时身处于近处。我容许你有最后一次机会收回那项证词，博士。"

"不，我看不出有什么理由要收回那项证词。"

我停顿，点点头，望着法官。

"请看3号照片，波特博士。"

他翻动整沓照片，直到找到3号那张。那是毁损的布加迪特写。他刚刚才看过这张照片，不过他又看了一眼，才等我提问。

"不久前你无法解释柴尔德先生手上、手臂上、衣服上和脸上为什么有尼龙、塑胶、皮革和橡胶微粒沉淀物，现在你可以解释了吗？"

他再看一眼照片。

"不能。"

我叹口气，好像必须很费力地说服波特承认，而事实上我并没有提供他足够的线索来回答问题。

"波特博士，我们已经确立了这辆车遭到重击——3号照片是对这辆车的特写。你可以由车内看见，有不下三个……"

他在椅子上稍微往下滑，闭上眼睛。我把他堵在墙角，把他的证词刻在石板上，只要他稍微偏离证词一英寸，他的证据高塔就会崩塌。他也知道，然而他别无选择。

他看出来了。

我的恍然大悟来自蜥蜴说他会把武器拆开来，零散地放置成有如解体的样子。我突然想到枪击残迹是一种爆炸解体后留下的物质，而我确定大卫那天是有经历过一场爆炸。小型爆炸，但规模比子弹击发来得大。

"安全气囊。"波特说。

我听到瑞德在我身后激动地低语。我转身看到一名助理检察官走出法庭，边走边打开手机电源。他很年轻，二十几岁，穿着灰西装、棕色皮鞋，棕发底下蓄着深色胡须。我把注意力转回波特身上。

"对，安全气囊。安全气囊在撞击时被触发，会在几毫秒的时间内从仪表板内爆出并充气，不是吗？"我问。

"是的。"波特说。

"制造这股爆炸力的是小型底火,它会留下钡和锑的残迹,对不对?"

"我不确定确切的成分……"

我已经开始朝他走去。我手里拿着一份复印件,内容是那篇法文鉴识论文,讲的是枪击残留物质与安全气囊触发后,在车辆中找到的微量物质之间的相似性。

"博士,这是去年发表的一篇科学论文,详细说明了安全气囊触发后残留物质的鉴识分析,以及它与枪击残留物质的相似性。请翻到第四页,你可以自己读一下结果。"

书记官拿了一份论文复印件给法官。我在瑞德的桌上也放了一份复印件,他没有拿起来,只是瞪着我。

波特一边读一边啃咬嘴唇。我给了他足足3分钟把整篇文章读完。当我看到诺克斯法官也在读的时候,心脏雀跃了一下。他很感兴趣。我必须保持住这状况。

"是的,我看得出鉴识结果呈现出安全气囊触发后残留微粒的标准特征。但这不表示我的结果就没有揭露枪击残迹的存在。"

波特仍抓着他的意见不放,想要反抗。正是我预期在过去203次出庭时都大获成功的专家会有的反应。

"你确定?"我说。

"我对我的结果有信心。"

"为了释放安全气囊,爆炸突破了方向盘盖和仪表板,尼龙材质的安全气囊本身,再加上仪表板的橡胶、皮革及塑胶微粒,完全可能如这项研究所发现的,在热气中熔合、释放、沉淀在皮肤上。"

"也许吧?"

"也许吧?可能性很高,不是吗?"

"是的。"他轻声说。

"这份关于安全气囊触发后残留物质的鉴识论文表示,几乎在每一次分析中都找到非常类似的物质。你接受这个说法吗?"

"我不得不接受。"

"你接受这份论文中指出的典型安全气囊沉淀物质,几乎和你在分析被告身上采得的样本时找到的物质一样吗?"

我的问题还没问完,波特已经开始摇头;他不会不战而降。

"几乎一样,而且有些沉淀物质,例如尼龙和橡胶,确实可能来自爆开的安全气囊,但那不会改变任何事。在被告身上找到的钡和锑是典型的枪击残迹。我的意见仍然是我在那些样本中发现了枪击残留物质。"

他环顾法庭,几乎松了口气。他喝了一口水,让水在嘴巴里涮了一下才吞下去。他看起来像个职业拳击手,刚接下了对手最强的一击,然后又挥着拳回到场中。但此时他还不知道,自己已经离倒在地上被读秒的结果不远了。

"波特博士,我们稍早曾确立枪击残留物质的铁三角是铅、钡和锑,你还记得吗?"

"记得。"

"你说某些制造商的子弹特别坚固,所以可能不会在枪击残留物质中留下铅的迹证。你仍然抱持此意见吗?"

"是的。"

"你测试了从被告身上取得的样本,同时你也测试了从枪上取得的样本?"

他慢慢闭上眼睛。他的进度跑得比我快好几步。他盲目地点点头。

"这是表示肯定的意思?"我问。

"是的。"他轻声说,眼睛仍闭着,这样就不会看见运货列车撞上他的那一刻。

"博士，你针对从被告车上取得的武器所做的分析，发现了钡、锑以及铅的迹证。"

他睁开眼睛，说："是的。"

"没有尼龙？"

"没有。"

"没有橡胶？"

"没有。"

"没有皮革？"

"没有。"

"你对手枪物质的检测结果，以及在被告身上找的物质，有很大的差异？"

"是的，有一些差异。"

"为了对你公平一点，波特博士，地检署并没有告知你，被告在被逮捕之前刚经历了一场车祸，并且当时安全气囊有被触发，是不是这样？"

他知道我在丢一根骨头给他，而他得用双手来接住。

"是的，弗林先生。如果我没有重要的环境事实来加入分析中，我没办法作出准确的比较测试。"

"所以，要是检方提供你这项重要信息，你的意见会有所不同吗？"

即使波特还没把瑞德丢到公交车底下，我已经能感觉到地方检察官的目光集中在我后脑勺；那股耻辱几乎是有形的。

"我的意见会非常不同。"波特说。

"一把枪在发射时留下的铅残留物，不可能只留在枪上，却一点都没有沾到射击者的手上或衣服上，对吗？"

我忍不住看向地方检察官，看到他用念力希望波特博士想出办法，变出某张了不起的科学王牌,孤注一掷地挽救自己的证词。专家沉默了一段时间,他几乎带着歉意望着瑞德。我敢发誓我看到波特耸肩。

"根据我现在知道的事,我会说那个可能性很低。"

"根据你的测试结果,以及你现在对安全气囊与你的样本结果之间普遍而重大的差异了解,很可能在枪上找到的物质是枪击残留物质,而被告身上找到的物质来自安全气囊?"

他都快溺水了,我还在他的腿上绑水泥。他抓抓头,保持沉默一会儿。

我缓慢,甚至是轻柔地说:"博士,容我提醒,你先前的回答,你对庭上表示你的意见源自摆在你面前的事实与证据。请将这句话记在心里。现在,我再问一遍,根据你现在知道的事实与证据,你在被告身上找到的物质很可能是安全气囊爆炸的残留物,而不是枪击残迹?"

"是的,现在我掌握了完整的事实,我同意这个说法。"波特说。

"博士,先前你宣誓后作出的证词表示被告曾多次发射一把枪。现在你甚至无法确定他开过一枪,对不对?"

沉默。空气中没有一丝呼吸声,所有人屏息等待答案。

波特咬牙说:"对,我现在无法确定。"

我180°转身,对柴尔德说:"发出去。"

大卫在辩方席桌子底下操作他的智能手机。法庭内唯一的声响是我的鞋跟踩在地板上制造出来的声音。然后瑞德的椅子尖锐地刮过地砖,他站起身说:"检方不进行再次直接讯问。"

"瑞德先生,今天还有别的证人吗?"诺克斯法官问。

"请等我一下,法官大人。"瑞德坐回座位翻动他的档案,他在拖时间。

大卫举起他的手机给我看屏幕。以一个被控一级谋杀的孩子来说,他看起来超级得意。我接过手机走向检方。法官正低着头在看笔记。

我不发一语,只是伸出手让瑞德能看见屏幕。

那是大卫的瑞乐账号页面。有一则新发布的内容经由瑞乐转贴到所有其他社交媒体。屏幕底下的点阅次数在即时更新——速度不停加快。当瑞德读到文章时,点阅次数已达到21 000次。这篇文章很简单,是大卫以个人名义在对粉丝发言:

> 我是清白的。地方检察官的证人刚被打爆了。检方的案子正在瓦解。
> 地方检察官糗大了。

真是搞得尽人皆知、乱七八糟。

00:46

刚才瑞德派去跑腿的助理检察官此时回到法庭,他走在中央走道上时,对他的上司比了个大拇指。

瑞德的表情恢复了几分坚定。他的下巴绷紧、眼神发亮,毫无疑问是因为助理检察官回来而准备采取的某些举措。

他忍不住扬扬得意的冲动。

"认罪换二十年?"他问。

"撤销告诉,放他自由。"

"我正希望你这么说。你对付波特有两下子,只可惜是白忙一场。"瑞德说。他下一句话是对庭上说的:

"法官大人,发生了一件事,我们希望到您的办公室里私下谈。"

"瑞德先生，我已经错过了高尔夫，约好的晚餐也快迟到了，所以你最好尽快说完。"诺克斯说，懒洋洋地坐在椅子上。

瑞德和带着文件回到法庭的助理检察官站在诺克斯桌子右边的椅子后头。辛顿和我站在左边。不用期待瑞德会嚣张地坐下来，他可是对遇上的法官都了如指掌。

瑞德从助理检察官手中接过文件，递给法官。他对诺克斯法官发言时，语气严肃而尊敬。"法官大人，我必须让您知道，我们有意提出申请，请求您回避这个案件。我们握有司法偏颇的证据，您不能继续主持这场听证会。"

乍然的愤怒使诺克斯的嘴唇扭曲了一下，将嘴巴拉成咆哮的形状，然后他又闭紧嘴巴，硬是吞下想咬掉瑞德一块肉的冲动。他读着文件，眼珠瞪得老大，血液涌向脸颊，皮肤颜色只能形容为夕阳般地恼火。

"你是怎么拿到这项信息的？"诺克斯法官问，他把文件翻过来，面朝下摆在桌子上。

瑞德先是看了看他的助理检察官，然后佯装无辜地两手一摊。

"法官大人，这是为了您好。您应该松手让另一位法官来听这场预审。并没有人说您在案子开始前就知道这项信息了。事实上，我们也是刚刚才发现。如果您现在就自愿退出，我们可能替您避免了一些尴尬的场面。"

法官摇摇头，现在嘴巴因诧异而再次张大。最后他转向我，说："弗林先生，你对此事有何想法？"

"我完全不知道现在是什么状况，我跟您一样意外，法官大人。我能否看看这份文——"

"不能。"诺克斯一手重重地按在纸上，"你不需要看，不过我会告诉你内容。这是我的投资经纪人写的声明。我在不同的投资组合中拥有股票和股份，而我太太负责跟经纪人接洽，管理这些事务。这是她的地盘,我只负责签支票。看起来我在你的委托人公司瑞乐的母公司有一小笔投资。在案件开始前我完全不知道有这笔投资,这我可以向你保证。"

混账王八蛋。

地方检察官知道波特被驳倒,让检方的案子染上污点。事实上,这等于拿他们的案子去砸砖墙,而瑞德想要抽掉这项证据。如果诺克斯法官主动回避,这起案子就得从头来过。到时候波特会为我的质问做好万全准备,更有可能的是,瑞德根本不会传唤他为证人,而会把案子建立在其余的证据上。对瑞德来说是全新的开始,接下来他不会犯错。

"嗯,法官大人,既然您对此事毫不知情,我看不出您怎么可能有所偏颇……"我说。

"哦,我看得出来。"诺克斯法官瞪了瑞德一眼,充分传达法官对地方检察官的每一分轻蔑。要是证据对检方有利,他们才不会要求法官主动回避。我怀疑早在案子开始之前,瑞德就已经知道法官投资的事,所以万一灾难发生,他还有申请回避这个备案可用,好让他把黑板擦干净,重新来过。派助理检察官离开法庭去拿诺克斯的投资名单只是在作秀,预审开始前他就掌握这项信息了。

"恕我直言,法官大人,辩方不反对您继续主持这场听证会。"

"这个嘛,那当然了。"瑞德说,"辩方不会反对,因为随着这场诉讼进行,瑞乐的股价每秒都在下跌。如果被告能有一位听审的法官,该法官驳回告诉能获得财务方面的利益,因为他可以挽救股价和自己的投资报酬率,嗯,谁会不想要这样的法官呢?事实上,法官大人,如果您继续受理这案子,媒体听到风声,预审将形同闹剧,您的职业生涯也会严重受损。"

"你好大的胆子,敢拿我的职业生涯和专业判断来对我说教。还有少用媒体来威胁我，瑞德先生，你只差一点点就要看见牢房里面长什么样子了。事实是，尽管弗林先生的反应很善解人意，我仍别无选择，只能主动回避。抱歉，各位男士。我会联络高等法院法官，明天早上把这案子转给新的法官。恐怕预审听证会必须重头来过了。"

这是正确的决定，背后有各种正确的理由，但我还是很不是滋味。我以为在波特身上拿下的分数可以给大卫一场让人同情的听证会，这是要打垮检方案子一连串的重拳中的第一击。波特和安全气囊是我目前为止唯一的重拳，现在它没了。媒体知道并不重要，新的法官完全不会把它列入考虑，除非瑞德再次传唤波特作证——而他绝不可能做这件事。

没人说话。我们鱼贯走出诺克斯的办公室，我看到瑞德在走廊上等我。

"你瞧，弗林，我是打不倒的。你没办法打倒我。我明天会把你炸得体无完肤，而你一点办法也没有。有必要的话，我会继续把每一个该死的法官踢出这个案子，直到我找到愿意给我正确结果的人选。我还有一些后援。我们明天下午要召集大陪审团，所以即使你赢了明天的预审，我还是可以去找大陪审团，而他们会起诉柴尔德。你什么都没有。你想谈条件的时候，欢迎来找我。"

我让瑞德离开，杰瑞·辛顿跟在他后面。辛顿完全不想靠近我。辛顿的大手落在瑞德肩膀上，他给了地方检察官一张名片，他们边说边走，超出了我的听力范围。杰瑞在买保险，在布线，那么假使我去找地方检察官谈条件，他会第一个知道。他很可能正在向瑞德解释，自己才是真正登记的律师，任何协商都必须通过他来进行。辛顿不想要协商，他只想从地方检察官身上获得预警，这样他才能确保在大卫决定埋了事务所来换取谋杀克莱拉之罪从轻发落时，先下手为强杀了他。我趁机混在人群中甩掉杰瑞，一把抓住大卫，走向通往牢房的法庭侧门。

　　有一件事一直在挠抓我的脑海深处。瑞德是怎么拿到诺克斯法官的把柄的？即使他在听证会之前已经拥有这项信息，那也不是容易取得的东西。有人在帮瑞德。一个人脉很广的人。

00:47

　　事实证明，要想不被人看见地离开法院，比起进去要容易多了。一名叫汤米·毕格斯的法院警卫带我们搭安全电梯到一楼，那部电梯是用来将被拘留者从牢房送到法庭的。我不嫌麻烦地尽量多认识警卫、书记官、秘书、后勤部门职员、警察和狱警，这么做有几个理由——当你无聊地踢着鞋跟、等待叫到你的委托人的案子时，跟他们变熟通常蛮有意思的。认识这些好人的额外福利是，你会发现其实司法系统是靠他们在运作。活儿都是他们干的。所谓的司法行政，只不过是从一袋浑蛋中抓出一把像样的法官，再加上大批优秀的后勤职员。

　　我们在阴暗的走廊中等待，汤米则负责确认此处安全无人。他倾过身，往钢门后偷看。我好奇他是不是通过很多扇门时都要侧着走。汤米曾经参加过全球健美比赛，他是单亲爸爸，也是我认识的最好的狱警之一。我的朋友巴瑞以前是警察，去世前几年都在旧钱伯斯街法院工作，负责把囚犯从厢型车送到牢房。就是巴瑞介绍我认识汤米的。

　　汤米招手要我们进入卸货区，这是送货来的人使用的停车场——食物、办公室用品，以及因为一些乱七八糟的理由惹到纽约市警局，结果坐在运囚车后座来到这里的市民。他走向一扇行人专用门，也就是一块活动钢板上开出的洞。汤米检查门旁一排荧幕中的监控画面，确认外面没有记者在等待。

"去吧,外面没人。"汤米说。

"谢了,汤哥。我欠你一个人情。"我说。

我经过他身边时,他拍了拍我的肩膀。我们一行人走到街上,直接钻进另一辆深色轿车,这辆车是很深的午夜蓝色;之前那辆车不能再用了,风险太高。我连车门都还没来得及关,法兰奇已经踩下油门。

我们出来了。谢天谢地,大卫和所有人都完好无损。现在我有一点时间可以思考了,但我没在脑中浏览瑞德的招数,或思考对大卫不利的证据,我的心思反而飘向了克莉丝汀。我输给瑞德的每一分,都让暗杀克莉丝汀和大卫成为更受事务所青睐的选项。他们现在应该被逼急了,会冒更大的风险来确保大卫不能乱讲话。

我好想抱着她,只是想到,我都能感觉手臂发疼。艾米不需要经历这些,她已经受过太多罪了。我得把她们送到遥远且安全的地方。

"我们该如何应付检方这一步棋?"大卫问,"我们应该可以把法官弄回来吧?"

"我不认为可以。我认为地方检察官争取到机会,在新的听证会上从零开始。而且他在召集大陪审团作为后援。这家伙是个认真的选手。"

"你能打败他吗?"大卫问。

"希望我们不必知道答案。"我说。

00:48

我们出门的时候,荷莉一定没把公寓的暖气关掉。她一开门,我就感觉自己仿佛被工业用烤漆灯给正面迎击了一般。我检查窗户，看到蜥蜴和法兰奇分头步行离开，掩饰我们刚才兜圈的路径，确保没有人跟踪我们。我老婆颤抖的嗓音在我脑海中回荡——今天稍早她在出租车上时，我跟她交谈，她的喉咙里含着恐惧。还有艾米的哭声。我对她的哭声很熟悉——跟我自己的一样。而我完全无能为力。

荷莉在我们身后把门锁上，找出另一把钥匙锁上辅助锁，再挂上两道门链。大卫过来试转了三次门把，确认门已经锁上了。他轻点门链，感到满意，接着脱下背包、拉开拉链，把他的笔记本电脑放到小小的餐桌上。

"坐下，大卫。我得弄清楚这个U盘里究竟有什么。你要我在明天的预审听证会上施展奇迹——但我并不像你一样有把握。一定有别的办法能为你和克莉丝汀解套。如果我有更多谈判的筹码，我有可能谈成一笔交易。"

"我已经告诉你了，这软件能进入事务所的系统。它能追踪及监看钱流。联邦调查局的人只需要把它连进事务所的数码网络。"

他那张光滑如蜜桃的脸庞毫不退缩，眼神自然地移动，没有刻意盯住我的眼睛；不过即使会动，也不减半分的坚定。他说的是实话。荷莉给了他一罐他最爱的冰凉能量饮料，他拉开拉环，给自己倒了一杯。荷莉倒了一杯咖啡壶里的饮料给我，现在那壶咖啡已经煮得走样，又苦又烫，正是我喜欢的状态。我向她道谢。她绷着嘴向我报以微笑，目光仍逗留在大卫身上。

"这软件是你今天下午写的吗？"

"不是，我原本就有了。在事务所的安全系统正式启用前，我们必须测试算法，确定它能用。这个软件可以追踪现金的流向，因此我们知道算法真的在运作。由于牵涉的金额太庞大了，这是最高层级的安全工作，所以一旦编码完成，我是唯一被允许进入这算法的人。"

"是杰瑞·辛顿要求你设计这个的吗？"

"对。他希望有一个备用的安全系统，万一事务所的顾客账户数据库被黑，就能由这个安全系统来接管。只要侦测到确实的威胁，我在公司安装的系统就会开始执行一系列的检查，每秒几千次的运算。如果系统判定有威胁存在，安全算法就会启动，而钱会在外面跑一段时间，最后回到某个安全的账户里。本·哈兰名下有几百个静止户——散布在曼哈顿的五家银行中。算法会随机选择其中一个账户，当作所有钱的最终目的地。"

"等那些钱找到回家的路，也已经被洗干净了。"我说。

"老实说，在我创造这个算法的时候，完全没想到这一层。"柴尔德面不改色地说。

这里该用的字眼是"建构"。奥比是个会计，曾经替我的好兄弟"帽子"吉米工作，他以前就会使出类似的手法，称之为"地下三十洗钱法"。他会把存款拆成不超过1万美金的小额——这样银行就不必遵守《银行保密法》写报告，也不用向金融安全项目小组通报有可疑活动了。

"只有你能进入这个算法？我是指在事务所以外的人。"

"是啊，事务所坚持要这么做，我也赞成。我动了一点专属于我的手脚，因此除了我之外，没人能碰触这个程序的核心内容。像这样的算法，已经不是市面上任何标准的安全科技所能比拟的，它必须受到保护，那表示只能有一个人登录。这系统当初就设计成能自行运作，不需要更新或是维护。事务所可以使用它，但只有我可以打开引擎盖，接触到让程序实际运作的程序码。不过我只能在他们的办公室登录，在他们知情的状况下。"

"事务所也知道这一切，所以你才成为暗杀目标。联邦调查局是怎么弄到这信息的？"

"我不知道。"他耸耸肩说。

"在什么条件下这个算法会启动？"

"威胁或指令。"

"所以说，事务所的某人可以按个钮就启动它？"

"对啊。这功能是必要的，否则没有人能阻止实质的抢劫事件。是这样的，在受到威胁的情况下，转移或冻结资产以避免它们被偷走是完全合法的。如果事务所把这当成洗钱的新手法，他们用的是我的系统，所以你太太做了什么并不重要，只要操作系统的人不是她，她就没做错任何事。"

"但她见证了授权股份收购的文件，而股份收购有效地掩盖了洗钱的事实。"

我的咖啡降到完美的温度，我喝了一大口，靠向椅背。大卫突然注意到他的杯子外凝结的水珠滴到桌子上了，他从口袋掏出一块手帕，把桌子擦干，然后把饮料放在手帕上。

"所以说，你可以进入算法，查出钱去了哪里？"

"不行，没办法在这里作业，一定要用他们的服务器才行。"

我们绝对不可能进入哈兰与辛顿还活着出来，这太冒险了。

我把头发往后拨，两手手指交扣抱在颈后。我的头痛每分钟都在加剧，自打我离开法院后，压力又开始累积。

"你有止痛药吗？"

"有。"荷莉说，开始在橱柜里翻找。

"我需要这个，大卫。我太太有危险，事务所今天企图杀了她，只为了让我放弃你的案子。我不希望她受到伤害，也绝对不希望她最后得去坐牢，只因为她被老板欺骗，签下了不该签的文件。"

"我很同情你太太，也不希望任何人伤害她。不过如果针对我的指控撤销了，事务所就不用担心我会跟联邦调查局谈条件，你太太受到的威胁也就消失了。"

他的眼珠快速转动,我几乎能借由他脖子上的血管看到他的脉搏敲打出电音舞曲的节奏。

他吸了吸鼻子,抽出另一条手帕来擤鼻涕。

他不该因为克莉丝汀而成为牺牲品。当然,如果可以的话,我愿意代替她坐牢。她信任她的老板,因而陷入难缠的大麻烦。如果有选择的话,瑞德绝对不会撤销对大卫的告诉,不过我在想,如果我能把完整的钱流记录举在戴尔面前摇晃,他是不是能从瑞德身上挖出点甜头,并且买到克莉丝汀的豁免权?我必须这么相信,在这当下我看不出任何别的办法。

"帮我弄到资料,大卫,我会确保罪名不成立。不是联邦调查局撤销告诉,就是我在法庭上打败他们。无论如何,我保证让你不会被判谋杀罪。"

在这当下,我很怀疑我要怎么兑现承诺。这个阶段的我甚至拟不出计划来攻击检方的证据。大卫重重地靠向椅背,看看荷莉,看看屏幕,再看看我。

"我同意,但我已经告诉你了,我没办法从这里登录系统。一定要通过事务所的服务器,而我要在他们的大楼内,并且知道他们的无线网络密码,才能使用他们的服务器。他们主机的存取点在会议室里。他们所有的计算机,包括主机在内,都是用安全的无线网络在运作。如果我能用他们的无线网络从远端黑进主机,就能拿到资料。但我们不能去他们的办公室,进去就出不来了。"

哈兰与辛顿位于曼哈顿历史最久的一栋摩天大楼内,占据八个楼层。我们一旦进去,很可能就再也没人会看见我们了。除非有什么办法能确保事务所的安保小组不会轻举妄动。

"我想我认识一个人可以帮忙。"我说。

我凭记忆拨号，然后等待。有道女声接听，那嗓音听起来就像丝绸拂过光滑的鹅卵石。

"喂？"

"是我，我有个工作机会。"

"哟，你好啊，甜心。很开心接到你的电话，但我以为你已经金盆洗手了，变成大律师什么的。你还在道上混呢？"

"我一直都在，小布。我一直都在。"小布以前是妓女，现在是很活跃的骗子，我跟她已经是老交情了。我想到一个主意，能够从事务所进去再出来。

"我说，那个以前老是把厢型车停在你公寓外头的家伙，你跟他还是处于友好关系吗？"

"我一向跟那种人保持友好关系。"

"太好了，我需要他的人、他的设备，还有他的厢型车。也需要你。"

"听起来好刺激啊。我能分到多少？"

"就算是帮我个忙吧，不过我一定会再补偿你的。我得先说，这很危险。"

她停顿了一下，呼吸快而充满期待。

"不危险老娘还不干呢。"她说。

00:49

枪击前 25 小时

荷莉开的车是一辆小型本田，散发着化妆品和口香糖的气味。蜥蝎跟在我们后面，大卫压低身体，坐在蜥蜴那辆全新的黑色福特全顺车的副驾驶座上。我们在码头边停车，等着小布出现。云层破坏了满月的完美。时间已过了 7 点，我先前在 98 街用公用电话打给杰瑞·辛顿，告诉他 7 点半的时候我会带着档案和委托人去他们办公室，开一场战略会议。

我们等候的同时，我在心里重新想了一遍对大卫不利的证据，很怀疑明天早上我到底该怎么挑战它。我借由打给克莉丝汀来把这些念头撇到一边。她说她和艾米都很好，她们叫了比萨，一步都没离开旅馆。我听得出她在胡诌。即使电视音量开得很大来掩盖，我还是听见背景中有艾米微弱的哭声。我体内逐渐升高的怒气让我不断咬牙切齿。最后，克莉丝汀松口了。

"艾迪，她当然吓坏了，我也是。"她的嗓音带着低泣，喉咙发出沙哑的声音。

"我会搞定这件事。我会确保警察不会去找你。"

"那事务所呢？"她问。

"联邦调查局会击垮他们。我可以出一份力，但我必须先确认你已经远离危险了。我需要你告诉我一件事，这会有帮助。哈兰与辛顿今天的无线网络密码是什么？"

"要干吗？"

"我需要知道。我告诉你了，我会把事情搞定，所以我需要密码。"

"你不会做什么违法的事吧，艾迪？"

"别问你不想知道答案的问题。密码。"

"是'chimera87'，但他们大概已经改掉了。"

我暗自骂了句脏话。

"柴尔德说只要他距离够近，应该可以黑进去。你们都是怎么收到密码的？电子邮件？"

"他们会发短信。听着,你不需要这么做,艾迪。是我自己捅出的娄子。我应该直接跟联邦调查局谈,然后束手就擒。"

"不,别那么做。我可以搞定……"

"有些事情你是搞不定的……"

"例如我们的婚姻吗?你想讲的就是这个,对不对?"

沉默。

"不是,对不起,我不是那个意思。艾米很想你,我……我很想你。"

一时间,我们谁也说不出话,只是听着彼此的呼吸声。

"别让你自己送命。如果我不在了……艾米至少需要一个家人。"她说。

"我不会有事的,不过如果真的有什么变化,你别去找联邦调查局,带着艾米逃跑吧。"

我们后方车辆的车头灯亮起,我看得出那是一辆厢型车,所以我下车等小布。布·强森是我认识的最强悍的女人,也是数一数二聪明的,她是天生的骗子。从我的位置看不见厢型车上的标志,光线太暗了,于是我走过去,在通往39号码头的车道中央与他们会合。

厢型车慢慢停了下来,副驾驶座车门打开,跨出一双长得吓人、白皙而健美的腿。她关上厢型车门,小心翼翼地迈开细跟鞋以免扭伤脚踝,朝我走过来。

我刚认识小布时,还在从事诈骗事业。她跟我合作了几个案子,大部分都是轻松的活儿,布置假车祸什么的。小布有种独特的姿态,好像她是电影明星,她几乎会发光。她穿着一件像消防车一样鲜艳的红上衣,下摆及腰,底下是黑色窄裙。她漂染过的金发剪得短短的,用半罐发胶维持着不自然的角度。太阳早就下山了,但小布总是戴着墨镜,在那两片椭圆形宽镜片的后面,是一双可以把神父迷得掉下神坛的眼睛。

她把腰一扭,说:"够好吗?"

一时之间,我没弄懂她在问什么,然后我看到她手里那张薄薄的卡式通行证。我接过来仔细看。不用怀疑,看起来很像真的。

"1 小时内做出来的,算不错了。是哪个艺术家?"

"皇后区的小个子,自称小乔。"小布说。

"跟他说我喜欢他的作品。以后我可能还会需要他的服务。"

蜥蜴和厢型车司机握手,那是个大块头,穿着蓝毛衣、皮夹克、破牛仔裤,戴着棒球帽,相貌英俊。她介绍说他叫罗杰,我们握手,然后他就回到厢型车上。

"罗杰和我只是朋友,暂时是。"小布带着微笑说。

"他行吗?"我问。

"绝对没问题。这对他来说跟平常的工作之夜没什么不同。我倒是比较担心糖果屋兄妹。"小布目光瞥向荷莉和大卫。

"他们就交给我吧。"我说。

他们两人看起来都紧张得要命。大卫盯着河水,一脸茫然;荷莉的脚动来动去,两手插在口袋里。当我走向他们时,两人都猛然立正站好。

"荷莉,你不需要参与这件事。"我说。

"他说得对。"大卫说。

"不,我是他的私人助理,如果我不出现,他们会起疑的。"

虽然荷莉的焦虑很明显,但她也够坚定,那不只是源于忠诚。大卫坐在计算机前或出席公司会议时很自在,但我感觉,一旦进入现实世界,他需要一个向导,而荷莉就是那个向导。他有她这个助理真是太幸运了。

"好吧，你们都知道计划。大卫，杰瑞·辛顿需要把你给埋了。事实上，只要有半点机会，他们就会把我们全都宰掉。这是一场诈骗行动，这将确保他们今晚无法在不牵连事务所的情况下对我们下手。虽然他们很想弄死我们，但动机纯粹只是保护他们自己，所以只要他们认为除掉我们会留下与他们有关的线索，就不会冒险出手。这场骗局能保护我们，但唯有我们全都这么相信，计划才会成功。你们必须演活自己的角色。如果你们看起来很紧张，如果你们看起来像要走进一栋充满想杀你们的人的建筑——你们猜会怎么样？一切都完了。大卫，我们要去你的律师办公室讨论你的辩护策略，仅此而已。"

他们点点头。

他们懂是懂，但我没有把握他们能撑住。

"只要让小布来主导就好了。不要跟安保人员说话，交给我和小布。大卫，等你拿到你要的东西，你就说你累了——说你在预审前需要睡眠。那是暗号，我们会结束话题，立刻闪人。"

"万一被他们识破呢？万一他们要杀我呢？"大卫问。

"不会的。"我说。

大卫、荷莉和我坐进她的车，小布、罗杰和蜥蜴上了罗杰的厢型车。

我们出发了。我和大卫复习了几句密语，他能借此让我知道他的进度，还有一句密语是让我知道他穿帮了。

00:50

我们开往哈兰与辛顿所在的莱特纳大楼时，恶名昭彰的曼哈顿交通已经不再那么繁忙。大卫缩着身子坐在荷莉的车后座,我试着不去想这场骗局。除了我父亲之外,小布大概是我遇见过的最高明的骗子了。我们初次相遇时,小布是高级娼妓,她本来就在寻求转行,希望能像她原本一样,施展几个小技巧就能赚到每小时500美金的高收入,而我很快就让她知道,她可以运用她的戏剧天分来发挥强大的作用。

在任何一场骗局中,你都需要一个说客。我进行过的保险诈骗多数都需要一个人来和保险调查员打交道,而不知出于什么诡异的理由,保险调查员清一色都是男人。所以,以我布置的车祸来说,我们有假的原告、假的伤势、假的医院,通常小布会坐镇假医院的柜台,拼命给调查员灌迷汤,直到他们相信她很诚实——她是终极的说客。

我的心思飘到明天早上的预审听证会。我祈祷如果今晚顺利,明天我就不用上法庭了,不过我内心隐约知道,我没办法替大卫谈成协议,必须做好最坏的打算。我从未赢过一场预审听证会,也不认识任何十年内有赢过的人。预审听证会基本上就是例行公事,只要检方能拿出哪怕是一丝对被告不利的明确证据,他们就赢了。

我若想赢得预审,必须证明大卫是无辜的。

"我在想明天的听证会,"我说,"我们需要另一个嫌犯。"

"我不知道谁可能会伤害克莱拉,她……"

我用遮阳板上的镜子察看后座,看到大卫满脸泪痕。

"抱歉,我不该提起你的伤心事,先忘了它吧,让我来操心就好。你只要专注在我们现在要做的事上。"

他拿出一包抗菌湿纸巾擦了擦脸,响亮地擤鼻涕。像克莱拉这种美女,怎么会跟小大卫在一起?然后我不再犯傻——所以,克莱拉,你一开始怎么会被亿万富翁大卫·柴尔德吸引?

"她年纪比你大,对吧?"

"是啊,不过那不重要。她超漂亮的,也很聪明。她有颗善良的心,弗林先生。她……啊，和她相识是我遇过最美好的事情。我们在一起的这六个月是我人生中最快乐的时光。"

我用眼角余光瞄到荷莉的手握紧方向盘。

"你跟克莱拉是怎么认识的？"我问。

"瑞乐。她是我的关注者之一，我们在瑞乐之约上见面。"

"我完全听不懂。"我说。

"你用瑞乐吗？"大卫问。

"没用，而且我女儿年纪还太小，不适合用社交媒体。我知道基本概念，仅此而已。"

"是这样的——你开一个账号，然后在你的瑞乐页面上张贴照片、写日志和发最新消息。瑞乐页面就像你的专属网页——而瑞乐的算法会把你的最新消息传送给它认为会对你发布的内容感兴趣的人，并且连接到你其他的社交媒体平台，例如推特和脸书。所有的内容只需用瑞乐账号发一次就够了。瑞乐最大的卖点是：它是唯一一个鼓励面对面互动的社交媒体平台——我们把这种互动称为瑞乐之约。所以如果你在酒吧里上传了一张照片，只要你想参与瑞乐之约，瑞乐就会通知你所在区域的其他用户，告诉他们你在做什么，邀请他们找你说话。所以瑞乐在大学生之间才会一炮而红——你知道瑞乐上线的第一个月，有多少人自发性参加瑞乐派对吗？8000个。瑞乐是唯一货真价实的社交媒体。"

"好吧，我懂了。所以你是怎么认识克莱拉的？"

他摩擦双手，垂下头，过了一会儿才回答。

"我不常出门，通常都是窝在家里，不然就是去朋友家参加派对。嗯，那天晚上，在'阁楼'有一场盛大的瑞乐派对。你知道阁楼吧——那是市区一家很大的夜店酒吧。酒吧里几乎所有人都在瑞乐上发内容，网络上热闹到服务器险些瘫痪。电视新闻台摄影机去那里报道，所以我和另外两个董事会的家伙就去了派对现场,让我们能在重要新闻时段露露脸。"

他回想当时,露出了亲昵的笑容,然后她已死的现实重新在他的脸上蔓延,扼杀了他的笑容。

"她跟朋友约好吃晚餐,对方却放她鸽子,所以她就去了派对,被某个新闻频道采访。她那么漂亮,似乎是他们的明显目标,而且她讲起瑞乐时充满热情,我都想见见她、当面向她道谢了。所以我们见面,聊天,一起离开去喝咖啡。我不怎么喜欢人多的地方。就这样。"

车子轧过一个井盖,感觉我们好像刚冲破一道防撞护栏。

"那跟我说说她的事吧。"我说。

"她是在弗吉尼亚州出生的,专攻语言,在国外待了一段时间做自由译者。我不记得她会说几种语言了,也许七八种。她为了工作跑遍世界各地,觉得厌倦了,就回到美国来。她父母搬去佛罗里达州了,回老家也没什么意义,所以她来纽约,想在联合国担任翻译。我认识她的时候,她才刚回国两三周。感觉就像命中注定一样,因为她之前在国外,在纽约谁也不认识她,而我想其实我也差不多。我们算是在人群中找到了彼此。"

"她在联合国找到工作了吗?"

"没有,她提出了申请。这阵子她都在当服务生。"

"她有没有什么阴魂不散的前男友,某个怀恨在心的人?"

"没有,我根本想不出任何不喜欢她的人。她认识的人并不多。"

荷莉插话。"我从八年级就认识大卫了,他不会介意我这么说,但他在学校或大学都没什么交往的经验。当瑞乐红起来的时候,大卫享受了一段愉快的时光,但没跟任何人认真。我说得对吗?"

大卫点点头并露出微笑。

"一直都是我在照顾他。我们是朋友,当我被人解雇时,他伸出援手。他也陪我走过几次分手期。我必须说,克莱拉跟大卫创办瑞乐后认识的大部分女孩都不同。她们大都看上大卫的地位和钱,而他也没有对任何一个女孩认真。克莱拉不一样,她很……我不知道……真诚吧。我指的是她对大卫的感情,以及不关心他的钱这两方面。你还记得你买了一条蒂芙尼项链送她的事吗?"

大卫的表情先是微笑,然后眯眼。我能看出来,这回忆对他来说一开始是暖心,再来又令他心痛,让他回想起曾经在他身边的人——以及她被夺走、未完成的人生。我想到戴尔,一时间我仿佛更了解他了。他因为证据而坚信大卫是凶手,他要大卫付出代价。一条生命,如此暴力而突然地消逝了,必须以命抵命。

大卫说不出话来,荷莉自己接话,但她语气很轻柔,好像她的话有杀伤力。

"他们当时交往刚满一个月,大卫给克莱拉的惊喜是10万美金的蒂芙尼项链。她叫他别做这么荒谬的事。那个星期六,他们把项链退掉,然后去逛布鲁克林区的二手商店。她挑了一条她喜欢的小项链,大卫买了下来,花了40美金。"

我们绕过另一个井盖,我的脊椎开始对荷莉选的车款表达抗议。我又想起朗希默。

"你认为是朗希默一手策划陷害你吗?他安全地躲在键盘后头时可能冷酷无情,但他有胆子扣扳机吗?"

"我不知道。"大卫说。

我回想走廊的监视画面。在大卫之后就没有人离开公寓,而警方也证实公寓里没有别人。一切都指向他。如果朗希默杀了克莱拉,或雇用别人来开枪,那凶手事后难道直接跳窗离开吗?我在想这些事的时候,我们渐渐接近莱特纳大楼。此时我想起我的好友福特法官曾经说过的话——有时候你为了找到解释,把手伸到太远的地方,反而忽略了就放在口袋里的答案。虽然我逼波特作出有关枪击残迹的证词，大卫仍然可能在射杀克莱拉时戴了手套，之后再从破掉的窗户把手套丢掉，因此手上只留有安全气囊爆炸的残留物质。波特没有想到这个可能，但我敢打赌瑞德迟早会想到的。

我想打给我的导师，但哈利法官会说我疯了——他会说不管我怎么想，或我相信什么，证据都指向一个结论。

我不想进行那场对话，也许我担心哈利会说服我他是对的。

荷莉把车停在莱特纳大楼外，我的手机响了起来，未显示号码。

"艾迪·弗林。"我说。

"弗林先生，你为什么想跟我见面？"是伯纳德·朗希默。我识得他的声音，些微的农村口音被哈佛毕业生的语气给硬压下去。我下了车，站在人行道上。

"我想谈一谈。真奇妙，我刚好想到你呢。我开始怀疑你到底会不会再打给我。"

"这就奇怪了，我还以为大卫的法律困境已经够你烦恼的，不过你似乎处理得很不错。我在新闻上看到大卫在瑞乐上发的内容了，那是你的主意？"

"我们何不见个面，你可以尽情聊瑞乐的事。"

"可是我们已经在聊了啊，你为什么非要见面？"

我想看着这王八蛋的眼睛，问他是不是他陷害大卫的。要在电话里分辨真相太难了。

"不会花多少时间。"我说。

"这对大卫有帮助吗？"

除非我认为你在撒谎，我心想。

"我很怀疑，不过也很难说。"

"既然如此，我就跟你见个面。今天晚上？"

"好极了。钱伯斯街上的泰德小馆,10点。"

"我会到的。不过你今晚小心点,莱特纳大楼里有很多鲨鱼在游泳呢。"

电话挂断了。我盯着我的手机。朗希默在追踪我的手机,他显然喜欢吓唬人,玩点小小的权力游戏。我还带着戴尔给我的手机,现在也只能凑合着用了。我把自己的手机关机,丢在人行道上,抬起鞋跟,准备把它跺烂,但在最后一刻停住,捡起来收进口袋。既然已经关机了,就无法追踪信号,也许它还能发挥更好的用处。

00:51

莱特纳大楼的自动旋转门将我们全都塞进它三格中的一格,我们慢慢绕着旋转门进入大厅。宏伟的入口由钢铁、花岗岩和大理石装潢得极具品位,6米外有一座接待柜台,它位于右侧,在我们与电梯之间。

有四个人坐镇柜台。在这个时段,一般大楼里有一个接待员就算你走运了,你绝对不需要四个。

第一个男人又高又魁梧,穿着利落的黑西装,翻领上别有写着"瑟吉"的名牌。他有一撮淡金色头发,我认出他是照片中的安保小组成员。他后方有个令人生畏的中年妇女,她的草莓金发剪成西瓜皮,正用吸管嗖嗖地吸着冰咖啡。柜台左边有两个男人,穿着黑外套,三十出头,短发,很可能有武器——也是哈兰与辛顿的安保人员,我认出他们同样被归在戴尔的档案里。事务所正处于封锁状态,我毫不怀疑这些家伙已经准备好,等我们一进电梯就杀了我们。

我率先走向接待柜台,大卫和荷莉跟在后面,小布和罗杰殿后。

蜥蜴待在厢型车上，他是后援，会通过我的手机监听实时状况。我先拨了电话给他，再把开着免提的电话锁屏，放进我的西装胸前口袋里。

"艾迪·弗林和大卫·柴尔德来找杰瑞·辛顿。"我对瑟吉说。

"这两位男士是哈兰与辛顿的安保人员，他们会陪同你们。"他说。

安保小组打量着我，下巴紧绷，两手交扣搁在身前。其中一人看起来像萨摩亚人，深色头发向后扎成很紧的辫子；另一个是白人，个子比较矮，看起来却更为凶狠。

"先等一下。"我说。

我转头看着小布，说："费德斯坦小姐，你要拍个定场镜头吗？"

"谢谢你，弗林先生。"小布说着，从大卫和我身边走过去，罗杰跟着她。罗杰从袋子里取出一台大型电视摄影机，把麦克风递给小布，并在摄影机上按了个钮，将接待柜台照个通亮。我不必回头也知道，安保小组的小脑袋瓜里齿轮正在努力运作。

小布拉平上衣，对罗杰喃喃说了什么，然后便开始对着摄影机说话。

"今晚，亿万富翁大卫·柴尔德与他的法律团队将展开商讨，为明天的听证会做准备。柴尔德的情人克莱拉·瑞斯于上周末在他的公寓里被残忍地枪杀，纽约市警局相信他们握有对柴尔德不利的充足证据。在本节目《60分钟》中，我们将带各位观众深入探讨这桩耐人寻味的案件。我们获得独家授权，能够参与大卫·柴尔德与他的专家法律团队之间的私人会谈，他们正迫切地设法建立抗辩策略，来面对这项许多人认为是罪证确凿的案件。"

她停顿了一下。罗杰先确保把安保小组都拍进去，然后才关掉光束。

"好极了，已经上传了。他们会马上开始剪辑——不需要重拍；你要变成大红人啦，拉娜。"罗杰说。小布嫣然一笑。

"这是在搞什么东西？"萨摩亚人问。

"电视，"我说，"CBS（哥伦比亚广播公司）。你有看《60分钟》吗？"

"没有。"他说，"这里禁止摄影，弗林先生。"

"是吗？好吧，那我们只好去我的办公室了。记得帮我跟杰瑞打声招呼。"

我转身，开始缓慢地朝出口移动，荷莉、柴尔德、小布和罗杰都跟着我走。

"等一下。"萨摩亚人说，拿起手机拨号。

我们停了下来。我盯着地板，大卫站在我旁边，我几乎能感觉到他身体的颤抖正通过地板的振动传到我的脚底。我伸出手臂稳住他。荷莉的眼睛瞪得很大，手指不断地沿着她的包包滑动，发出沙沙声。我清了清喉咙吸引她的注意，做了个安抚的手势。她停止躁动。

我知道那个萨摩亚人的眼光不会离开我身上，他的大嘴里有块口香糖在嚼，我隔着3米远都能听到他的呼吸声。他本来很可能已经做好心理准备，随时要开枪打死几个人，现在却得重新思考，因为那些人带了电视台的人同行。他的电话接通了，我听到他低声咕哝，对象大概是杰瑞·辛顿本人。

我听到萨摩亚人说："《60分钟》。"他听了一会儿后回复道："因为那辆该死的厢型车侧面有写。"

这是真的。罗杰是替CBS工作的资深摄影师，随时都可以把这辆厢型车开去用。他跟小布长期建立的生意关系对他有好处，因为罗杰偶尔能抢先目击热腾腾的新闻故事。不管小布还涉入哪些勾当，至少她对勒索小有研究，会拿政客希望不要曝光的那种照片来交易。对一个梦想有朝一日可以站在镜头前方的摄影师而言，小布是个强大的资源。电视台制作人让罗杰使用厢型车并且拥有一些操作空间——这么做总是会有回报。

CBS 的公司车已证明它是终极的说客。我父亲曾告诉我，诈骗的核心在人的眼睛里。

人们相信眼睛能看到的东西。只要你掌控了他们的视觉，就等于掌控了他们的心智。

"你们可以上去了。"萨摩亚人说。

大卫迅速地点点头，紧抓着笔记本电脑包跟我走。我隐隐露出的微笑似乎让他冷静了一些。

我们经过安保小组时，萨摩亚人说："你们要花多久都没关系，我们会在这里等你们。"

00:52

如果说莱特纳大楼的大厅让人眼睛一亮，哈兰与辛顿的办公室可谓更加豪华，楼下的入口相较之下像是油腻的肋排馆后门。

金光闪闪。

所有东西差不多都裹上了某种金箔。金色的灯罩，玻璃墙上的金色字母，咖啡桌上的大碗里放着免费的金笔，那碗看起来娇贵到我几乎不敢朝它呼气。事务所的接待区摆着精雕细琢的古董家具，咖啡桌看起来像是从维也纳歌剧院里搬过来的。从接待区可以一路望进会议室，隔间的玻璃墙很清澈，让人感觉眼前是一整层宽敞的开放办公空间。这地方仍然热闹得很，许多律师在办公室里穿梭，看起来正为了现金的周转率奔波。

我朝小布微微点头，于是她伸手从包包里取出手机，设下倒数 30

秒的定时器。这动作也是给罗杰的暗号：他打开摄影机，开始拍摄办公室的全景。

"大卫、弗林先生。"低沉而富有权威感的嗓音说。是杰瑞·辛顿。他从一间小办公室出来，大步迎向我们，早早就伸长手等着跟我们打招呼。三个应该是他员工的、穿西装的年轻人从他身后走出来，在他和大卫握手时留在后头。

"你应该提早说一声，让我们知道会有摄影师。"杰瑞脸上的微笑几乎掩饰不了他的嫌恶。"我相信弗林先生是为你好，但是让电视台人员出席你的机密律师会议，有点搞错方向了吧。"

"事实上，这是我的主意。"大卫说，即使我能听出他的语气有些紧张，但他还是设法扭过脖子，在说话时面向杰瑞。

"我认为这确实是个好主意，但是时间和地点……"杰瑞开口。

"我们必须在媒体上先发制人，"我说，"消息已经曝光了，还不如由我们来带风向。这样我们就能控制局势了。"

"我们是独家报道，所以我们能接受一点编辑上的建议。"小布说，并且朝辛顿伸出手。

"拉娜·费德斯坦。"她说。

"杰瑞·辛顿。叫我杰瑞就好。我好像没在《60分钟》上看过你呢，拉娜。"

"请称呼我费德斯坦小姐。"小布摘下墨镜，用那双美得不可思议的眼睛全力攻击辛顿。小布的绿色秘密武器中放射出某种电流或是光线，她似乎能用那双眼睛吸住男人，就像灯泡吸引飞蛾。他们需要它，却也知道它烫到无法触摸。

"好的，费德斯坦小姐。"他说。

他握着小布的手，时间比必要的还要久一两秒，不过他无法用同样长的时间迎视她的目光；没人办得到。

小布的手机响了。计时器归零。她切掉铃声，假装接电话，"史考特，你收到画面了吗？"她问。

"史考特·佩利——制作人。"我说，"这位罗杰可以用无线网络把视频上传到他们的剪辑软件。他们正在跟电视台的剪辑师处理大厅里拍的镜头。"

辛顿点点头，嘴唇在牙齿上动了动，像是要去掉某种怪味道。他回头看着另一个男人，那人站在通往内侧办公室的过道上。不论辛顿用眼神传达了什么，总之那人迈开步子回到会议室后方的一大堆办公室里。他们现在绝对不能轻举妄动，因为柴尔德和我所在的位置都被录成视频了，而他们无法掌控视频的流向。

"你带了完整的档案来？"他问。

我把检方的档案交给他，让他拿去影印。

他把档案交给一个同事，对方迅速离开去影印。我们跟着辛顿穿过一条镶着玻璃格板的过道。

我们暂时安全无虞，直到我们必须离开为止。不过我不想把太多筹码赌在运气上，我跟柴尔德说我们不会待在这间办公室里超过1小时。如果在时限内他黑不进算法，无论如何我们都得撤退。

00:53

杰瑞·辛顿带我们进入一间会议室，里头有张深色波纹板岩材质的长桌，桌面还点缀着零星荧光绿的点状花纹。我们拉出椅子，围坐在长桌一角，也就是离壁挂式宽荧幕电视最近的那一角。我事先已经指点过大卫座位安排的窍门了，他要等辛顿先坐下，再坐到辛顿对面，而且大卫要尽可能背对着墙壁或窗户。"

罗杰拍摄会议室全景,小布稍微介绍了一下在场的所有人士。她解释道,虽然大卫·柴尔德想要完全向观众开放,但电视台并不想做出任何可能影响审判的事,因此这场机密会议将不会录下声音。

"谢谢。"辛顿说。

大卫从他的皮革包里取出时尚的银色笔记本电脑,启动电源,又开了一罐能量饮料,隔着桌子倾向小布。她靠过来,两人窃窃私语,小布阅读着大卫计算机荧幕上的内容。

"费德斯坦小姐在帮我看明天要向媒体发布的个人声明。"大卫说道,回应辛顿询问的眼神。

"我想说你在看检方档案、跟上进度的时候,我可以把这声明修一修。"

"当然。"辛顿说。

大卫在笔记本电脑上打字,背对着一面俯瞰曼哈顿的大窗户。辛顿和他的好伙伴们坐在桌子对面。大卫可以用他的笔记本电脑做事,而不被任何一个律师看到。我在座位上扭回身去欣赏夜景。大卫后方是柯宾大楼,它是纽约其中一座古老的办公大楼,自从哈兰与辛顿买下莱特纳大楼,它就一直苦于寻找租客。柯宾大楼每一层楼都至少有一扇窗户上贴着"出租"告示。时局艰难,即使是房东也不例外。

辛顿的员工带着我的检方档案原件和五份复本回来了。他给了杰瑞和大卫各一份,其他三份则摊放于坐在辛顿旁边的其他同事之间。

"给我几分钟看一下。"辛顿说。

我也加入了阅读行列。罗杰继续拍摄会议室周围,小布和大卫继续低声交谈,荷莉偶尔打个岔。

"别人指控你犯下你没犯的罪时,还真难想出该说什么才好。"

这是暗号——克莉丝汀告诉我们的网络密码已经失效了,大卫必须设法黑进系统。

杰瑞慢条斯理，仔细浏览每一页，他的粗手指轻轻翻页，态度近乎恭敬。其他同事用快得多的速度翻页，并且在印有"哈兰与辛顿"字样的黄色便条纸上草草地记着笔记。

我不需要重读档案内容，我在出租车上第一次读的时候就已经记在脑子里了。

10分钟后，辛顿翻过最后一页，说："我们来看光盘吧？"

"好啊。"我把第一张光盘递给他。他把光盘送入电视侧边，然后拿起一个细细的遥控器。电视打开时，灯光自动转暗。

"我应该找个公关公司来帮我打草稿的。"大卫懊恼地说——这是第二个暗号。他发现要黑进他们的系统很困难，他大概需要用完预设的1小时。

荧幕被中央公园11号的大厅填满。我看着大卫和克莱拉手牵着手走进电梯，大卫刷了感应卡，选择楼层，克莱拉在电梯里露出害怕的反应，大卫说那是幽闭恐惧症。摄像头切换到通往大卫和格什鲍姆豪华公寓的梯厅。镜头上的时间戳记显示晚上7点46分时，公寓大门在大卫和克莱拉进门后关上。视频持续到晚上8点02分，大卫拿着运动包离开公寓。

视频播放时辛顿在写笔记，记下时间戳记和摄像头编号。

我翻档案，找到大卫那栋楼的安保记录。格什鲍姆的紧急求救电话是晚上8点02分打到安保那里的，他们一定是刚好错过坐电梯下楼的大卫。安保小组于晚上8点06分抵达格什鲍姆家大门，并且向控制中心汇报。

16分钟对于谋杀他的女朋友来说绰绰有余。

辛顿一边查看笔记，一边把视频回退，看大卫从公寓出来的画面。接着他又重新回退，再看一遍，这次没有对照笔记。

我看到杰瑞迅速瞥了大卫一眼，然后又盯着他的客户漠然等待电梯的画面。当然，我知道杰瑞在想什么——大部分律师在谋杀案官司中代表某人时，都会有同样的想法：是他干的吗？

也许辛顿认为大卫走出公寓时，看起来实在太冷静了。他没有慌慌张张地掏口袋，没有脚掌不安分地想要离开原地，也没有显露紧张和焦虑。辛顿在问自己，大卫有没有能耐杀了女朋友还掩饰得这么好。我不认为他有这能耐，我认为大卫是那种点一杯拿铁都战战兢兢的人，如果这孩子刚刚冷血地杀了一个人，他一定会恨不得破门而出，而假如电梯不是刚好等着他进去，他会冲下楼梯，或干脆跳窗逃跑。然而，片中的大卫戴着兜帽，出门后把门带上，停住，转身，朝门跨出一步，像是忘了带什么东西，然后又退开来，戴上耳机，才若无其事地转身，按电梯钮。这是我第二次看这段视频，我现在想知道大卫为什么迟疑，又为什么转身面向公寓，最终是什么让他改变心意去搭电梯。

大卫没在看荧幕，他的注意力集中在笔记本电脑上。

我非得问他不可。

"大卫，你离开公寓，在走廊上等电梯时，是不是听见什么声音？也许是枪声？"

"没有，是的话我会记得。"他说。

辛顿用钢笔轻点他的嘴唇——很快他又放下笔，确保它与便条纸保持平行，然后将双手指尖贴合耸起。他在评估大卫——衡量可能性。他可能杀了她吗？

不过辛顿对大卫是否有罪感到好奇，倒是让我灵光一现——事务所跟克莱拉之死没有瓜葛，或者就算有关，辛顿也不知情。这桩谋杀案，以及大卫·柴尔德被逮捕，将事务所丢进了压力锅——不，他们不会刻意让自己蒙受这样的折磨。

"我觉得我们可以来看纸本档案了。"辛顿终于说。

"好啊，"我说，"大卫，你可以吗？"

"你们先谈，让我把这个弄完，我们再全部讨论一遍。"

这是另一个暗号——他仍然进不去那系统。

00:54

"我认为除了安保监控画面把大卫定位成最后一个待在公寓里的人之外，我们最大的问题是大卫车上的枪。"辛顿说。

"我赞同。"我说。

"所以我们明天期望能达到什么目标？有了这项证据，预审听证会根本没指望。我觉得应该放弃听证会，准备好迎接审判。"

"不。"

辛顿过了一秒才意识到我在唱反调。他靠向椅背，交叉起双臂，用鼻子哼了一声。

"弗林，明天没什么可以争取的，我们不能说证据不足以羁押大卫，事实上那些证据给他定罪绰绰有余。"

"大卫希望明天就撤销告诉。"我说。

"我相信他是这么希望的，但你我都知道那是不可能的。"

大卫暂时抬起头来看着我。我点点头。

"我已经告诉大卫这概率很低了，不过他的指示就是如此，我们要奋战到底。"

辛顿笑了，摇摇头。"拜托，就算因为某种奇迹你赢了预审，地方检察官还是可以直接找大陪审团。我们这是在浪费时间，我们明明可以把握时间为审判做准备的。"

"我明天想要胜诉。"大卫说。

这句话中止了争论。辛顿摆摆手，点头说道："当然，如果你想奋战，我们就奋战，不过可以着力的点不多就是了。"

我看了下手表，发现离我们设定的1小时时限只剩下不到20分钟了。

辛顿播放车祸视频，但我不需要看第二次。我反而仔细观察起辛顿和他的同事们，因此我颇为确定他们不认识派瑞·雷克。我确信这个专业车手受雇撞上大卫，并且向警方报上假名，根据纽约市警局的资料——派瑞是约翰·伍卓。这做法很合理，派瑞有一长串的危险驾驶前科，而我猜约翰·伍卓的记录很干净。

"再等我一下，我快弄好了。"大卫说。

我用右手食指轻点左手背。他要求更多时间，而我暗示他还有5分钟。

我们沉默地坐着，感觉像有10分钟之久，不过其实只过了大概30秒。辛顿不甘心只是坐在那儿，他想要把他的权威加诸这个案件。

"大卫，我知道你是清白的，也知道这位弗林先生有满腔的热血和才华。但他也是个——请原谅我这么说——没有名气的刑事律师，看到有机会参与这种重要审判就扑了上来。我无意冒犯。"他瞟了我一眼，表示他说的每个字都是为了尽可能冒犯我。

"不会。"我说。

"我想那把枪大概就是凶器，而它是在你的车上找到的。"

"我说过了，我从没看见过它……"

"拜托，大卫，它是在你旁边被发现的。"辛顿说。

"你不相信我。"大卫说。

"这不是我相不相信你的问题，大卫，证据明摆在那里。我们必须——"

辛顿的话断在一半。我过了几秒才意识到,他并不是为了搜索安抚客户的正确用语而停顿,而是愣怔地盯着大卫。我起身绕过桌子,边走边拿起遥控器,按下"退出"键,并等着光盘出来,但其实我是想看看辛顿在盯着什么。

他的视线集中在大卫身上,大卫旁若无人地低着头,在笔记本电脑上疯狂打字。

这时我看到了。

杰瑞·辛顿不是在看大卫,而是在看大卫的后方。他正盯着大卫计算机荧幕映在窗户上的影子。

我比辛顿距离远,角度也比较偏,但是连我都能从影子里看出大卫的计算机上在搞什么名堂。

笔记本电脑用分割画面显示两个页面。一边是哈兰与辛顿的登入画面,商标底下有个白色大方框要求输入密码。

另一边是看起来像密码的东西。大卫正用极快的速度创造出鲜绿色的符号和数字,然后反白得出的序列,剪下贴到另一个视窗的密码框里。我看到哈兰与辛顿的页面跳出"登录失败"的字样,于是大卫重新打了另一串序列。

一股电流沿着我的脊椎往上蹿。

光盘退出来,掉在酒红色的厚地毯上。我已经在朝大卫移动。我猛地把笔记本电脑盖上,差点夹到他的手指。

"公关工作做得够多了。杰瑞说得对,如果我们不能洗清你的罪名,那么这些,"我的手比向小布和罗杰,"都没有半点用处。"

我突然发难,再加上笔记本电脑合上时的清脆声响,让室内陷入一片死寂,好像所有人都屏住呼吸,让回音有空间落脚。

辛顿轻敲板岩桌面,尾戒制造出重复的轻凿声。他的目光似乎落在很远的地方，越过街道直达柯宾大楼，再超越屋顶、飞过中央公园的树木。他转头，猛地用冰冷的眼神盯着我。

他的嗓音变了，原本低沉且带有侵略性的长音，现在转为冷漠而疏离的语气。

"你太太今天下午去法院找你谈话，之后就再也没有回来。"

他从外套里取出手机，打了几个字，按下送出，再度瞪着我。

"如果她生病了，应该请病假，至少也该来个电话。你不介意告诉我她在哪里吧？"

00:55

"我今天下午跟她短暂地碰过面，她说要去别的地方。我们已经不在一起了，所以我不知道她去了哪里。对了，你的合伙人呢？我还以为本·哈兰也会来。"我说。

"本在度假，我倒是比较担心你太太。也许她生病了，也许你说了什么让她沮丧的话。"他说。

"我不认为。我们一起喝了杯咖啡，一切都很好。大卫，我们两个去喝杯咖啡吧，喝完你可以顺便载我一程。"我说。这是脱逃的信号。

罗杰打开摄影机，小布把手伸进包包。我不知道她在里面装了什么，也许是枪，也许是刀。小布可以自立自强，只要是比口红大的东西，都能成为她的致命武器。

荷莉站起身，动作有点太快，不过也没差。我们已经穿帮了。

走廊传来脚步声，很迅速、很重，至少有两个人。

会议室的门打开，吉尔站在门口。他仍然穿着格纹衬衫，不过换掉了绿外套。他正在打电话。金头发的瑟吉站在他身边。

"叫布朗德和费索上楼来,他们没接我电话。"吉尔说。

我猜想吉尔是打到接待柜台,因为联络不上大厅那个萨摩亚人和他的朋友。

辛顿的员工们一脸困惑,他们完全搞不清楚局面为什么会急转直下。

"我们的视频全都上传到电视台了。"罗杰说。

吉尔和瑟吉互看一眼,态度迟疑。

"这位是吉尔先生。"辛顿说,电视荧幕的强光照亮他额上的汗水,"吉尔先生和他的属下负责事务所的安保工作,我想你不会介意他们陪你回旅馆吧,大卫。不怕一万只怕万一。"

我感觉指尖抠进掌心。我的腿张开站稳,已经准备好如果吉尔先生敢动手,我就把他的头从肩膀上扭下来。要是他们认为大卫黑进了事务所的系统,我们谁也别想活着离开这栋建筑。杰瑞·辛顿看起来像是被逼到了墙角——规则改变了。

空调发出低沉的电子嗡鸣声。

大卫把笔记本电脑像盾牌一样抱在胸前,但这动作只会让人更加容易注意到他的慌乱。大卫好像把他的胸腔充当泵,在给那该死的东西充气,他这是又濒临恐慌症发作的边缘了。

我没有动。我在等吉尔从背后掏出一把枪。

"吉尔先生,麻烦你替我拿来那台摄影机好吗?我想检查一下。"辛顿说。

吉尔朝他身旁的男人点点头,自己则不动如山。他有掌握整个空间的良好视野,而且他背对着墙,所有潜在的目标与威胁都在他前方,他不想放弃这个有利的位置。大厅那个金发男瑟吉走上前,绕过辛顿背后,朝罗杰和摄影机前进。在他抵达罗杰那里之前,必须先经过小布。

瑟吉大概有193厘米，超过110公斤的吨位把他XXXL号的西装外套撑到了极限，而他的目光定定地集中在罗杰身上。他走近，伸出右手张开手掌隔挡小布，防止她阻拦。她的体形只有他的一半，他甚至没看她一眼。

我几乎为那家伙感到难过。

小布若无其事地高高抬起右膝，然后把铅笔般的细鞋跟跺下来，像液压机一样踩在瑟吉的左脚上。至少有5厘米的鞋跟消失在他的脚掌与脚踝交会处的软肉里。他没有惨叫，他来不及惨叫。他张开嘴巴，眼睛向上翻。当他倒在地上时，人已经昏过去了。

吉尔没有上前。

他的右手臂动了，手往上抬到与腰部齐高时，我看到他的手肘伸向后方。他要拿枪。

此时，会议室的门被猛地打开，吉尔停止动作，每个人都将头转向房间后侧，看着那个手持克拉克手枪的高大黑人。

00:56

"蜥蜴有一点抱歉。"蜥蜴说。

"这是谁？"辛顿站起来问。

"这是蜥蜴，他是我朋友。他负责我的个人安全。"我回答。

"大厅那两个人不想让我上来，我们谈了一下，他们不听。警察在路上了，是你的接待员报的警，接着她又打给了急救人员。那个大个子萨摩亚人看起来不太好，他明天醒来后可能会发现自己变矮了一点。"

辛顿踉跄后退,把椅子撞倒了。吉尔伸手扶着他肩膀,目光始终盯着蜥蜴。蜥蜴的眼神也锁定了吉尔。我见过这种场面。不知怎的,任何一个空间里最凶狠的两个人似乎总是能发现彼此,他们本能地知道谁是最大的威胁,在其中一人挂掉之前,谁也不会退缩。

我不用看表也知道,我们已经在这栋楼里待了 70 分钟。我事先告诉蜥蜴,如果过了 1 小时我们还没出去,他就要来找我们。

没人动。

我听到了警笛声。那声音轻柔而遥远,但有股紧迫感。

"我们该走了,艾迪。你还有那件事要办。"蜥蜴说。

"他说得对,我还有事。我想我可以代表大卫发言:你被炒鱿鱼了。"

辛顿开口时,所有精于练习的圆滑都被愤怒给冲走了。"那刚好,反正我们也不替告密者辩护,那是多此一举,因为他们通常会害自己送命。"

"我们何不走楼梯?电梯要等很久。"蜥蜴说。

我们迅速鱼贯而出,小布和罗杰走在前面,再来是荷莉和大卫,最后是我。蜥蜴的目光在吉尔身上多停留了一秒,然后送他一个飞吻。

吉尔眨眨眼睛。

我们两阶并作一阶地连下三层楼。

"这里。"蜥蜴说。

我们跟着他穿过旋转门,进入一间阴暗办公室的接待处,这里被电梯内部的灯光打亮——一把刀卡住电梯门使它保持开启。

在电梯降至一楼的途中,没人能够说出半个字——我们都在努力缓气,让肾上腺素降下来——除了小布和蜥蜴,他们的呼吸声并不沉重,正盯着倒数楼层的数字显示面板。到了大厅,那个女接待员看到我们,在发现蜥蜴时尖叫一声,躲到柜台后头。

我们走出去时,我看到那两个安保人员紧紧靠着彼此倒在门边,他们的自动化武器被卸下,毫无作用地躺在身前。其中一个警卫面朝下动也不动;萨摩亚人坐在地上,背倚着墙。他小心翼翼地触摸自己的小腿,呼吸很浅,不规律地吸气,手越靠近脚踝呼吸就越发急促。他的脚看起来扭向错的方向了。旋转门放我们到街道上时,萨摩亚人的惨叫声盖过了仍然很远的警笛声。

我坐进荷莉车子的驾驶座,发动引擎。

"不要动,等一下。"大卫说。

我扭过头看他,看到他把笔记本电脑举在面前。

密码视窗已经消失了,现在只剩下事务所的页面。在哈兰与辛顿的商标底下,写着——

您已成功登录

00:57

"等等……现在走的话,我会失去信号。"

纽约市警局接警出动的车辆大概在五个街区外,每过一秒,它们两声调的警笛声便会更尖锐、更威猛一点。

我发动引擎,等了一下让发动机降回怠速,再轻踩油门。如果我踩得太大力,会让引擎运转得过于剧烈——我只需要它保持暖机,不要太紧绷,准备好随时起步。

"哦,天哪,他们来了。"荷莉说。

她把头靠进座位，身体往下滑，直到视线与副驾驶的车窗底部齐高。吉尔和另外两个男人在大厅里，跪在萨摩亚人身旁。

蜥蜴也没有出发，他在等着跟我的车。他把身体探出厢型车的车窗，对我用力比大拇指。罗杰坐在厢型车的驾驶座里，也在催油门。

"大卫。"我说。

手指敲打键盘的空洞塑胶音变得越发激动。

"我在下载了。30%……41%……再等一下。"

"大卫，我们得离开这里。"

没有回应。

警笛声很近了。

吉尔进入旋转门，右手伸到背后。

我朝蜥蜴点头，踩下本田的油门，开到马路上。厢型车 V8 引擎低沉粗犷的声响紧跟在后。我打方向灯，转弯，以最快的速度往市中心更深处开。

"不，我就快完成了，等一下！"

"你拿到了吗？"我看着后视镜问。

"我拿到了。"他说，从笔记本电脑上拔下 U 盘。

我们开上泽西街，以疯狂的路线在郊区乱绕。30 分钟后，我停车，等蜥蜴、小布和罗杰跟上。

"你想地方检察官会为了交换这个，让我无罪释放吗？"大卫问，手里举着 U 盘。

"我会尽力争取。你今晚冒了生命危险，我不会忘记的。联邦调查局会向瑞德施压来得到这个资料。这是我们的所有，我只希望他们该死地想得到它。"

我们一边听着咻咻喘息的引擎声，一边让这想法四处飘浮。

"你想他们能说服他吗?"大卫问。

"我不知道,但我真的希望可以。"

我说谎了,我确实知道。不论戴尔在纽约的人面有多广,都没办法说服地方检察官撤销对大卫的指控,门都没有。他们要的是完整的自白以及服刑,除此之外是无法满足瑞德的。我也许是不想告诉大卫真相,或者就是说不出口。不管是哪个,我都没再说什么。我们已经放手一搏了,这场骗局烧掉了我们和事务所之间的虚与委蛇,现在是公然开战的状态。我已经警告过蜥蜴,要留意脖子上有《呐喊》刺青的男人。当罗杰开着 CBS 厢型车出现在我的后视镜里,我让他超车,然后跟上去。

我一边在街道上穿梭,让厢型车保持在我大灯照射的范围内,一边想着克莉丝汀。现在我已经很接近把她弄出这团混乱了,她和艾米只要再坚持一下子就好。

天空暗了下来,挂着一轮满月,它明亮而微带红色。我想象当警方抵达事务所,杰瑞会息事宁人,也许告诉他们萨摩亚人是摔下了楼梯。我知道杰瑞·辛顿不会希望警方详细调查他或他的安保小组。蜥蜴痛揍他手下的事,他不会大肆抱怨。

辛顿会用他自己的方式来处理。现在他知道我们的目标是他的洗钱计划,他会竭尽全力把我们都杀了。他必须小心才行,不能让线索追溯到他或事务所上头,他有势在必行的压力。

"钱会落在哪里?"我问。

"大通银行,明天下午 4 点 05 分。我这里有账号。"

不知道钱入账时杰瑞会怎么做。我只知道如果我是他,我会怎么做。要是杰瑞够聪明,他会把钱留在那里,收拾好他之前已经拿到的现金,搭私人飞机去某个没有引渡条例的国家。

在可以拿到钱之前,戴尔需要账户资料以及所有证据来撂倒事务所。他最大的心愿就是没收那些非法资金，没收的金额代表戴尔真正的光荣。

"那里面有多少钱？"

"足以让特朗普心悸，将近八开头。"大卫说。

"800万？"荷莉问。

"不，是80亿。"大卫说。

00:58

我们事先说好了去完哈兰与辛顿后的下一个目的地。蜥蜴会去罗杰家开他的厢型车，留下小布和罗杰把CBS的厢型车藏进车库里。蜥蜴会开着他自己的车回他家，与荷莉、大卫和我会合。蜥蜴说他家是最安全的地方。结果证明，那里也不是多安全，不过原因是屋子里的野生动物，而不是事务所。

我在皇后区一栋郊区住宅外找空位停车，蜥蜴的厢型车随后停在我旁边。我们一停车，我就打给蜥蜴的伙伴法兰奇，他的手下在盯着克莉丝汀和艾米藏身的旅馆。到目前为止，她们都很安全，也没有出现可疑的人物。没看到脖子上有刺青的男人。

蜥蜴家看起来更像爬虫馆，而不是皇后区沉寂一隅的住家。

"不要去院子，连门都不要打开。"大家鱼贯进入大门时，蜥蜴缓慢地告诫所有人。我想起来，蜥蜴把他最珍视且严重违法的宝贝养在后院里，那是一对科摩多龙，他叫它们伯特与恩尼。除了私人护卫、暗杀以及偶尔运送一些敏感物品外，蜥蜴在意大利黑帮中扮演的主要角色是审讯者。如果他们需要让某人开口，就会把那人带来这里。通常只消看一眼伯特与恩尼就足够了。但大部分的人并没有醒悟到，这间屋子里最危险的动物其实是蜥蜴本人。

荷莉只吃了一点点东西，就去蜥蜴的客房睡觉了。蜥蜴站在厨房里，把一大块将近10公斤重的带骨猪五花剁成30厘米的长条。处理完后，他走到后院去，由外侧把门锁上。

喂食时间到了。

大卫完全没碰他面前的餐盘。虽然他把笔记本电脑放在厨房的桌子上，却还没有打开它。他一边啜饮一罐能量饮料，一边盯着蜥蜴放在烤面包机旁边的一缸狼蛛。我突然间又饿又想吐。蜥蜴留了个潜艇堡给我，我拆开包装纸，切成两半，然后放到两个盘子里。

"你今天晚上又救了我一命。"大卫说。

我摇摇头。

"是小布和蜥蜴救了我们所有人，我只希望这是值得的。"

他用手指在桌面上敲了三下，调整了一下蜥蜴准备的潜艇堡和酸黄瓜，把盘子转了45°。他好整以暇地摆弄盘子，确保它与他的笔记本电脑和桌子边缘都距离相等。等他满意了，他拿起一片酸黄瓜端详，然后迅速放回盘中，急慌慌地去拿抗菌湿纸巾。

"我打算信任你。"大卫把U盘递给我。"来，"他说，"去谈条件吧。我知道机会不大，但你太太没有理由面临危险。你改变不了已经发生的事，我能。我知道你会尽力而为，但明天你是赢不了的，我现在明白了。不过说实话，你太太没有必要受苦。来吧，拿去。"

他在餐巾纸上写下密码。我用那张餐巾纸把U盘包起来，伸手按在大卫肩上。他似乎有点畏缩，于是我给他空间。我没有把他的态度视为高高在上。

"谢谢你，但除非你跟克莉丝汀都能脱罪，否则我不会把这个给他们。"我说。

他点点头。"艾迪,我知道你会用尽一切努力。我今天差点死了两次,多亏有你我才能站在这里,我不会忘了这一点。"

我用戴尔给我的手机拨号。

"我拿到你要的东西了。"

"认罪书?"

"不是,但我拿到的东西几乎和它一样好。我手上有算法的追踪记录,可取得钱流和最终存入的账号信息。明天下午4点后钱会入账,而且我知道它会去哪儿。这是你要的,对吧?"

"半小时后到瑞吉酒店跟我见面。"

"不。"

沉默。

"艾迪,你想干什么?勒索吗?"

"随你怎么说。我有你迫切需要的东西,我要你拿一些东西来交换。"

"你要钱?"

"我要四样东西。先准备一架加满油的私人飞机在泰特伯勒机场待命,一名飞行员,10万美金,要不连号、没动过手脚的现钞。有了这些我就会把U盘给你。你要让地方检察官撤销对大卫·柴尔德的所有告诉,还要给我太太豁免同意书。我太太和女儿要飞离这个鬼地方,接到她们飞机安全落地的通知后,我会给你算法追踪记录的密码。"

虽然他盖住麦克风,我还是能判断他在跟房间里的另一个人说话,传达信息。

"我答应你的条件,我需要2小时。"他说。

我挂掉电话,转头看着大卫说:"谈成了。我勉强有时间先去见朗希默,再赶到机场。"

"我很意外他答应见你。"

"这绝对很有趣。也许他跟克莱拉之死毫无干系,只是想幸灾乐祸。但也可能就是他搞的鬼，而他想知道我们对他的布局摸透了几成。无论是哪种情况，等我们见了面就会知道了。"

00:59

10点03分，我开车经过泰德小馆。那家店很小，是我最爱吃早餐的地方。正面的玻璃墙显示那里很适合观察人群。有两个男人穿着反光外套，大概是来吃迟来晚餐的马路工；有个穿着假皮草的老太太，她是常客；还有个穿黑色连帽衫的年轻男子，他面前的桌上摆着打开的笔记本电脑。他是整间店最年轻的人，外貌符合大卫向我描述的，而且他坐得离门口很近。我愿意打赌：他是朗希默。

我绕着街区开，把车停在离餐馆有一段距离的同一条街上。在这个时间，街上仍然有不少人在游荡。我开启我的手机电源，锁上荷莉的车，试着招出租车。我在人行道等车的时候，用我的手机选取转接来电的服务，然后输入戴尔给我的手机的号码。餐馆离我大约有100米。我能看到店内灯光流泻到人行道上，但店里的人看不见我。一辆出租车停下来，我坐进后座。

"朋友，要去哪儿？"

"抱歉，我忘了拿钱包，我得回公寓去。"我说，下车回到街上。

司机摇摇头。我关上车门，看着黄色出租车远离餐馆，朝着河的方向开，而我的手机塞在后座。

我回到本田上等待。

到目前为止，我跟朗希默有限的交手经验都是由他主导，他握有对我的控制权以及信息。我需要逆转情势。

我一开始预估的时间是 5 分钟。我毫不怀疑，一旦我打开手机电源，就会有某种程序向朗希默示警。他现在很可能坐在泰德小馆盯着荧幕，猜不透我为什么朝着餐馆的反方向走。

过了 4 分钟，手机响了，是转接来电。我留在出租车上的手机设为静音，它把来电转给我手里的电话。我接听。

"我在等你……"朗希默说。

"抱歉，我临时有事，赶不过去了。我们可以另约时间吗？"我说。

"不行。"朗希默说完挂掉电话。

我发动引擎。朗希默走出餐馆，肩上挂着笔记本电脑包。他过马路到我这一侧，然后竖起拇指叫出租车。不久之后，他上了一辆黄色出租车。我等了几秒，然后开上马路跟着他。

没过多久，那辆出租车就把他放在第五大道。我停好车，迅速下车，当他付完车资、走向俯瞰公园的一栋公寓大楼时，我离他大约 6 米。我看着他进入大楼，没再跟过去，等了两三分钟，才继续走向前。大门口站着一个穿着全套制服的门房，他大概希望别人称呼他为"居住空间守门员"，他上下打量着我。

"嗨，我是曼哈顿出租车行的司机，我刚让朗希默先生在这里下车。是这样，我在后座发现一部手机。我在上工之前清理过车子，并没有看到任何手机，所以我想这是他的东西。能不能麻烦你让我上去，我好给他看看？"

我并没有预期会被放行，虽然我觉得我挺有说服力的。我手里拿着手机，一副疲倦厌世的模样。

"我打给他问问看，你在这里等。"门房说。

安保柜台旁那两张棕色皮沙发看起来真的很舒适，我坐进面向电梯的那一张，这个位子听不到门房与朗希默的对话。

如果他有我想的一半聪明，就会想通这是怎么回事。

"朗希默先生会直接下来找你。"门房说。

果不其然,我屁股还没坐热,电梯门就开了,我看见离开泰德小馆的那个男人。淡淡的胡髭,眼周暗沉,身材很瘦,穿了一身黑。他嘴唇周围微微的颤抖以及睁大眼睛的瞪视,在泄露紧张又愤怒的情绪。

他冲出电梯时,手已经向前伸出。我起身跟他握手,感觉他把我往大门拉。我由着他。我曾经被丢出许多间酒吧,这种感觉有种诡异的似曾相识。

"我们去外面谈。"他说。

"朗希默先生,一切都还好吗?"门房问。

"没事。"他说。

出了大楼、站在人行道上,他松开我的手。

"你不该来这里。我照你要求的在餐馆里等。你对付门房挺有一套的,我的手机没掉,你心里很清楚。我猜在出租车后座逛曼哈顿的是你的手机吧。聪明。"

"我想我让门房传的口信应该可以给你点暗示。你不太懂得待客之道啊,我还期待可以在你的公寓里欣赏夜景呢。"

"你要干什么?"

这就是我来的目的。我想在丢出那个问题前,先打乱他的阵脚。我想起他第一次打给我时,背景中有个女性嗓音叫他挂掉电话。她的用语很奇怪:"挂掉,不准打电话。"

"你确定你跟我说话之前,不用先得到女朋友的批准?"我问。

"什么?"

"你今天打到餐馆找我的时候,我听到一个女的叫你挂电话,不准打电话。很高兴知道你家是谁在当家做主。"我说。

这是一种拙劣的挑衅法:利用他的愤怒。我预期他会爆发,会失言,也许,只是也许,他会泄露在平静状态下不会泄露的信息。

朗希默没有爆发，也没有情绪失控。情况恰好相反。

他踉跄后退，边退边摇头。我从他的表情看出他很害怕。不是我期望的反应，但我决定利用这状况。

"星期六晚上 8 点左右，你人在哪里？"

他没有吐露只言片语，只是审视了我一会儿，给自己一点时间让狠劲儿重新流入他的血液。"我在谋杀大卫的女朋友。这是你要我说的话吗？"

他挑了一下右眉，双手插进口袋。

"你人在哪里？"

"我在家，一个人。现在把你的贱屁股从我眼前移开，不然我要打给我的律师了。"

他没有动，我也没有。接着他退后，眼睛仍盯着我。

"我很重视隐私，弗林先生。你走吧。"

"只可惜你不把别人的隐私放在眼里。"我说，然后我拿出手机，迅速给朗希默拍了一张照。他考虑来抢我的手机，想想决定算了，便回到大楼里。门房被吼了几句，还被用手指着。

我非常确定他有所隐瞒，至于他隐瞒的事是否与克莱拉之死，或是大卫有关，我就说不准了。不论是什么，都跟我在电话里听到的女声脱不了关系。我听到她的声音这件事把他吓坏了，而我猜不透原因。

我迅速转身，意识到我得在午夜前抵达机场。就在我转身时，眼角余光注意到什么。有人动也不动地站在马路对面的公园里。是有《呐喊》刺青的男人。我在他的瞪视下僵立不动，开始在心中计算——荷莉的车停在 15 米外，那男人离我大约 23 米、与车子相隔 15 米，而且是马路另一侧。大街上稳定的车流意味着他必须闪过移动中的车辆才能到我这里。

我判断自己可以赶到车上，发动，逃走，但时间很紧迫。如果我赶到车边时他已经离得太近，我只得打开后车厢，并期盼荷莉有准备称手的撬棒。

车钥匙在我手中丁零作响，胸腔内涌上的恐惧扼住我的呼吸，我感觉双腿发痒，急着想逃离这里。

就在我拔腿冲刺的前一秒，对街的男人露出微笑，点起一根烟，转身背向我，悠然地朝公园走去。

我趁他改变心意前用尽全力奔跑，上了车，让轮胎在柏油路上用力旋转。

00:60

泰特伯勒机场跑道上吹刮的强风，让本田小车摇摇晃晃，我沿着产业大道往北开，前往国土安全部的机库。联邦调查局和另外几个联邦机关需要搭飞机时，这里都会为他们提供服务。泰特伯勒位于曼哈顿东北约16公里处，隶属于新泽西州的博根郡。这里有一大堆私人包机公司，运送货物也运送人。我曾经在附近的穆纳奇跟女生约会，我们沿着产业大道开，然后坐在我那辆破旧的雪佛兰太浩车顶，共享一瓶啤酒，看一架架飞机轰隆隆地飞过头顶。

我在开车的时候，试着不让思绪绕着克莉丝汀打转。我在脑中重播与朗希默的对话——他对大卫毫无感情，甚至还很讨厌他，但这足以使他杀了克莱拉来陷害大卫吗？我打心底知道大卫没有杀人，但我怀疑我到底是被大卫骗了，还是我欺骗了自己，执意地相信他是清白的。

无论如何，我都得在事务所派出的刺青男把一盆强酸倒在克莉丝汀、大卫或我头上之前，阻止这一切。

本田重重地轧过一道我没看见的减速带，我的头撞上车顶，疼痛令我飙了一句脏话。

我试着放松下来，不再想大卫和朗希默，心思便直朝克莉丝汀奔去，重播着不到半小时之前我们的通话内容。

克莉丝汀并不想离开纽约，她想留下来强悍地面对一切。她是挺强悍的，不过是律师常见的那种强悍：挺身对抗渺茫的胜诉概率，勇于承担风险。现在情况不同，我告诉她这么做并不安全，如果她不带着艾米坐上那架该死的飞机，我会把她硬塞进去，并且绑在座位上。

罪恶感。

我怪罪本·哈兰与杰瑞·辛顿贪得无厌，怪罪他们懦弱地利用事务所资历浅的员工来为他们的骗局当替罪羊。

我也怪我自己。

艾米出生后，克莉丝汀希望在艾米进入青春期之前都陪在她身边。我想这跟克莉丝汀的成长过程有关。她母亲的工作时间很长，她童年大部分的时光都是与奶妈和保姆一起度过的，鲜少有什么机会与父母相处，哪怕是周末。

罪恶感。

克莉丝汀去哈兰与辛顿上班的唯一原因，是我养不起我的家庭。克莉丝汀通过律师资格考试以后，在几家顶尖的事务所上过班，这份履历为她带来许多就业机会。圣诞节前夕，克莉丝汀开始到哈兰与辛顿工作，起初是兼职，后来时数变长，到了今年1月底，她每周要上60个小时的班。她不想做这份工作，她想陪艾米，却因为我没办法赚到足够保障生活的钱，剥夺了她们两人的相处时间。

天空飘起细雨，我在细细的大灯光束中费力看着前方不远的路面。我把鼻尖贴在挡风玻璃前，注意减速带，这么开了10分钟后，我看到右前方一架小飞机的尾灯，以及位于飞机上方的机库信标灯。我拐进那块空地，朝机库的方向开。

当我逐渐接近时，我看到戴尔的车停在机库敞开的门外。

克莉丝汀、她姐姐以及艾米很快就会到了。

我把本田停好，拉起西装外套的翻领，下车跑向机库的门。踏进屋内时，我的全身都湿透了。头顶橘黄色的灯光给人一种有温度的错觉，事实上机库里冷得像肉品冷冻柜。我看到戴尔、肯尼迪和另外几个穿西装的探员站在小飞机旁，斐拉和温斯坦也在其中。温斯坦仍然捧着包扎起来的手指。

我走向他们，戴尔举起手让肯尼迪噤声。他们两个都穿着长大衣，戴手套。

"我就知道你靠得住，艾迪。"戴尔对我点点头，露出微笑。

"肯尼迪知道我使命必达。"我说。

"感谢老天。"肯尼迪的语气让我明白，他打从一开始就反对整个计划。肯尼迪不是和我称兄道弟的关系，我怀疑他是看不惯戴尔的做法。肯尼迪也有家庭。

一个科技人员翻开放在黑色卡车引擎盖上的笔记本电脑，戴尔伸出手讨要 U 盘。我看到机库更里面有另一辆黑色 SUV 车，不过我没有多想。

"我们想要确定你没有设局骗我们，艾迪。如果你不介意的话，我们想先看一看 U 盘上是哪一类资料。"戴尔说。

"你们没办法读，要有密码才行。"我将 U 盘递过去。

科技人员把 U 盘插进笔记本电脑，我听到那机器活了过来，发出呼噜声，开始读取 U 盘，检查档案并执行警报系统。

科技人员竖起拇指。

"这里面的资料很多呀。"戴尔说。

"东西在里面。让我看钱。"我说。

一名探员取出一个大运动袋，拉开拉链，一捆捆百元大钞——每一捆有25张。我把钱全都倒在混凝土浇灌的地板上，然后丢开运动袋。我一沓一沓地翻钞票，确认里面没有追踪器或追迹墨水炸弹之类的装置，同时也确认每张钞票上都印着本杰明·富兰克林的肖像。我检查完一捆就把它整齐地叠在一旁，开始盖起一座小型钱塔。它们看起来一样，摸起来一样，重量也一样。

"要是我在这些钞票上发现任何追踪墨水……"

"它们没问题。"戴尔说。

我满意地站起来。敲打在机库铝质屋顶上的雨声变大了。即使在这噪声中，我仍听见一辆车靠近，在宽厚的雨滴帘幕中反射车头灯的亮光。车子停在机库外面。是卡梅伦的雷克萨斯，克莉丝汀和艾米在车上。

"是你的乘客吗？"戴尔问。

"是她们没错。"

"那么人都到齐了。麻烦给我密码，艾迪。"

"先给我同意书。"

肯尼迪走上前，取出两个信封，一个放在卡车引擎盖上，另一个交给戴尔。

第一个信封内有一份克莉丝汀的豁免同意书——肯尼迪和地方检察官瑞德都签了名，证实不会因为克莉丝汀·弗林受雇于哈兰与辛顿而依照州法或联邦法对她提出刑事诉讼。

但是有一个条件。

总是有一个条件。

她必须在后续审判中作证指控本·哈·K兰以及杰瑞·辛顿，才能获得豁免。

我把文件塞回信封，收进外套里。戴尔学我的动作，也把第二个信封收进他的外套里。

"我需要看看大卫的同意书。"我说,伸出手。

"我们不知道你的 U 盘里究竟有什么。东西没问题,他就能得到应有的回报。"戴尔说完,朝敞开的门走去,并示意我跟上。斐拉抓起一把雨伞,跟在戴尔身边。试着打开雨伞时,他皱起了脸,把雨伞换到左手,他的右手臂一定仍因指虎而酸痛不已。

我走到机库的门口与他们会合,强风把雨水刮到我们脸上。雨似乎让我脖子热辣辣的疼痛缓和了一些。我让雨水打在脸上——把它吸进肺里。

"我们讲好了,先给我同意书。"我说。

"你要把我的飞机开去哪里?"戴尔问。

"你不需要知道。"

"她至少得告诉飞行员,他需要用对讲机通报目的地,你还不如现在就告诉我。"

"等飞机起飞,我会告诉你的。"我说。

"我想也没什么差别吧。"他回答,嗅了嗅空气,让目光停留在黑暗的天空中。"有暴风雨要来了。"他说。

00:61

飞机的舱门开着,架在舱门下方的短阶梯呼唤着我。我哪里也不去,我必须留下来完成协议,并确保到了早上大卫受到的控诉会被撤销。

我痛恨说再见。

克莉丝汀的头发散发着烟味。她在艾米出生前戒了烟,但我一直都知道,她偶尔会偷偷享受一根鸿运牌香烟配葡萄酒。我抱紧她,我们都搂着艾米,三人在雨中相拥。我松开手,温柔地捧着她的脸吻她。她的嘴唇冰凉而甜美,我在她舌头上尝到烟味。这是我们好几个月来第一次接吻。不知怎的,感觉很像我们的初吻——我兴奋又害怕,但这一次也有爱和遗憾。她退开来,看着地面,然后蹲在艾米旁边。

"甜心,我们得出发了。"她说。

艾米的牛仔外套上别了一堆胸章,展示各种我没听过的摇滚乐团标志,它们在机库灯光的辉映下闪闪发亮。我蹲下来,把我的小女儿拥入怀中。我可以感觉到她在簌簌发抖。我看着卡梅尔,她像是高一点、老一点的克莉丝汀。她一向不喜欢我。

"我爱你,小丫头。你要照顾好妈妈。你们要去很远的地方——很安全的地方。我很快就会去找你们。"

艾米亲吻我的额头,用她10岁小孩的全部力量紧抱了我一下,然后牵起妈妈的手,一起朝飞机走去。我把钱交给卡梅尔。"我会确保她们安全无虞。"她说。

克莉丝汀钻进机舱之前,再度回头看着我。她眼中流下汩汩的泪水。她把眼泪抹掉,嘴唇无声地动着:"我爱你。"在嘈杂的飞机引擎声中,我听不见她的声音,也许知道我听不见,让她更容易说出口。

我用同样的话回应。她挥挥手,上了飞机。

飞机舱门关上,我听见喷射引擎启动,然后音调改变,飞机转弯朝着跑道滑行。

"密码!"戴尔说。

我没搭腔——只是用意念希望飞机起飞,把克莉丝汀和艾米带到很远的地方,远离事务所,远离戴尔和肯尼迪。

远离我。

斐拉有点吃力地把雨伞换到左手,然后递给他老板一支对讲机。

"等着。"戴尔说,"没有我的指令,飞行员不会起飞。密码,艾迪,

否则飞机永远不会离开地面。"

"我们说好了?"我说。

戴尔点点头。

胆汁涌上我的喉咙,我把写有密码的餐巾纸交给戴尔。戴尔把它递给斐拉,斐拉收伞,将密码拿给等待的科技人员。

我没有看戴尔,抬起手阻止他继续说话,并且朝飞机的方向走去。我听到他用对讲机向飞行员喃喃说了什么。雨势转小,云层散了一些,飞机沿着跑道加速,升上风云诡谲的天空。

我在原地站了一会儿。她们安全了,没有人能动她们一根汗毛,至少暂时是。随着飞机越来越高,我肩胛处的刺痛感转为闷痛。

"目的地?"戴尔问线路另一端的飞行员。

"让我替你省点事吧。"我说,"他们现在朝着错误的方向飞。克莉丝汀暂时不会告诉飞行员降落地点。等她说出来的时候,你不会有时间做任何安排。飞机一落地,就会有人把我的家人带到安全的地方,秘密地点。你所做的只是让她们在面对事务所时提前取得优势,在你扳倒哈兰与辛顿之前,她们都不算真正脱离险境。"

他点点头,我们走回机库。科技人员动作很快,不出几秒,我就看到他脸上展露微笑。那辆福特金牛座车灿亮的引擎盖映出他的影子,影子中他的牙齿闪闪发亮。他把草莓口香糖吹出一个泡泡直到破掉,然后对戴尔悄声说了什么。

"谢谢。"戴尔说。

"大卫的同意书,我需要它。"我说。

他把信封递给我。我一接过来就知道有问题,因为重量,因为手感。肯尼迪看到我脸色变了,我肚子里的怒火以及沸腾的恐惧一定让我的脸失去血色。

"艾迪,怎么了?"肯尼迪问。

我把信封递给他。他打开来，里头什么也没有。肯尼迪把信封撕了，正准备向戴尔发难，这叛徒却先开口了。

"如果你想替大卫·柴尔德躲掉终身监禁的命运，你得先跟他谈。"戴尔说。

那辆黑色福特金牛座的后车门打开，地方检察官瑞德跨出车子。他把灰色条纹西装外套扣好，然后调整了一下领带，接着从车内拿出一只大牛皮纸信封，上头写着"证物——大卫·柴尔德"。他把信封递给我。

他开口时，很费力地不显露出胜利者的口吻。

"你知道吗，艾迪，我挺失望的。我原本以为我骗不到一个骗子。"

我扯开信封，看到里面是五页打了密密麻麻文字的纸。

这不是认罪协议申请书。我略读文件，反胃的感觉渐渐转为痉挛，从腹部往上扩散，紧紧扼住我的喉咙。

当下我就明白了两件事。

我让我对克莉丝汀的担忧伤害了大卫，我根本不该还没看到同意书就交出密码。最后一击让我知道，无论我明天——或是几个月后的最终审判——做什么，都无关紧要。瑞德给我的文件将确保大卫·柴尔德的谋杀罪名成立。

00:62

枪击前 20 小时

瑞德给我的文件是一份弹道报告。它证实在被害者身上找到的子弹,是由大卫车上查获的那把手枪发射的,绝对没有任何疑问。我早就料到会看到这样的报告,但不是这时候,不应该这么快。而我一个字都无法反驳这项证据。地方检察官等于证实了凶器就在大卫车上,因为它与公寓中大卫女友的尸体弹道吻合。这样的场景一描绘出来,就没有回头的余地了。

游戏结束。

"你利用我。"我说,手指蜷成拳头。我的腿分开站成格斗的姿势,肾上腺素渗入我的血液和肌肉,我的心跳开始加速。

"还有你太太。"戴尔说,"既然现在我们逮到那两名合伙人了,我们不再在乎她了。她可以走人,也不会面临任何指控,因为已经没有用处了。"

"不是他干的,瑞德。我们谈好条件了——U盘换豁免同意书。"

"你跟我并没有谈好条件。"瑞德说,"你试着跟戴尔探员谈条件,但针对柴尔德一案,他并没有公权力。我告诉过你了,我们不会谈让杀人犯自由的协议。在我的办公室别想。我能开出的最优渥的条件是二十年——如果他肯认罪的话。否则,我们法庭见。"

他大摇大摆地朝SUV车走去,我本想追上去,又克制住自己。如果我追上去,肯定会把他打晕,并因伤害罪而在牢笼里过夜,这样无助于我为大卫辩护。

"这是个恶作剧,对吧?"肯尼迪说。

"你是大男孩了,比尔。你该表现得成熟一点了。"戴尔说。

肯尼迪下巴一抬,大步走向戴尔。戴尔用炯炯的目光迎接他。

"小子,你想揍我吗?动手啊。我会狠踹你的屁股,再没收你的警徽。"戴尔说。

肯尼迪摇摇头,转向我,说:"艾迪,我跟你保证,这事我完全不知情。"他是真心的。他看起来比昨天还要憔悴、凌乱,头发被雨淋湿,衬衫也是，而我感觉他全靠愤怒才能站着不倒下去。肯尼迪是个很正直的人——他绝不可能知道我会被摆一道，而且这让他痛苦难耐。

戴尔走上前，激他动手。肯尼迪退开来，坐进他自己的深色轿车，然后迅速将车开走了。

戴尔和他的手下纷纷坐上车，驶出机库。弹道报告在我手里变成一个纸团。

我恰恰做了我向自己保证不会做的事。我为了我的妻子牺牲了一个无辜的人。这个人冒着生命危险来帮助克莉丝汀，还雇了一架直升机去弗吉尼亚州接刚下飞机的克莉丝汀——而我辜负了他，深深辜负了他。

我打给克莉丝汀，但她一定在起飞时把手机关机了。屋顶上的雨声有如敲打锡鼓。机库里只剩我一人，因而它成了回声室，回荡着我的呼吸声，以及鞋尖轻点混凝土地面的声响。

思考。

戴尔已经不需要我了。密码、导向合伙人的证据，以及钱，他通通拿到了。他明天就会击垮事务所——只要钱一入账。他会带一组人马在他们的办公室外守候，然后在第一分钱掉进事务所的账户时，分毫不差地冲进去。他现在无法为我提供助力。

瑞德想要万众瞩目的谋杀案，他要为自己建立名声。他希望他的名声能够承载他政治野心的重量，带他到远超过地方检察官的位子——跃升为市长或州长。

现在只剩下一件事可做。在法庭上决一死战。

我听到似乎由很远的地方传来的铃声，好像它在水底。我从口袋取出手机，那铃声在机库里的回音几乎震得我耳聋。

"艾迪，我是比尔。"肯尼迪探员说。他从未在跟我对话时用他的名字自称。"戴尔这么做是不对的，我并没有参与其中。如果我们不能光明磊落地行事，世界还有什么希望？对不起，艾迪，我希望你知道我很抱歉。我也想让你知道我现在要去哪儿。"

"我在听。"

"联邦广场。我打算检查每一份警方与检方的档案，确保你明天上阵时有充足的准备。这大概没办法帮到你的委托人什么，不过我想帮忙。"

"他是被陷害的。"

"我知道你这么认为。该死，搞不好你是对的。不过，听着，我能帮你弄到的东西——留着审判时再用。法官绝不可能因为缺乏证据而撤销此案，即使你在预审时变出某种胡迪尼戏法，我听说瑞德已经列好明天下午的大陪审团名单，他们绝对能起诉你的委托人，因为你根本无力反驳。"

"让我来操心大陪审团的事吧——也许有个办法，但我还不确定。重点是我现在要开始干活儿，而我需要你替我做另一件事，我是说如果你真心想帮我的话。"

"当然，你说吧。"

"我需要知道关于被害者的一切信息，不论你能查到什么，我来者不拒。除了在电梯里可能是也可能不是吵架的事件之外，检方还没能提出这桩谋杀案的确切动机，而我可不想明天被将一军。如果我是对的，柴尔德是被陷害的。"

"好，我可以调查她的背景，我会尽快回复你。你还需要什么吗？"

"我还想问你一件事。有人跟踪我，是个西班牙裔男人，脖子上有刺青——图案是蒙克的《呐喊》。他用一小瓶强酸警告我，要大卫闭紧嘴巴。我猜他是个打手，暗中替哈兰与辛顿办事。你知道他吗？"

"我只知道事务所的安保小组。戴尔说他已经与你分享了吉尔和他手下的信息。我没在事务所附近见过任何符合你形容的人，我会再查一查。如果你再见到他，就打给我。"

"谢了，如果我看见他，我会打给你。"

肯尼迪的嗓音转为沉重而缓慢。

"对不起，艾迪，是我把你扯进来的。我上个月才加入这个项目小组，他们毫无进展，就找我来检查一遍证据，看看他们是不是漏了什么。虽然戴尔刚才那么说，但如果无法逮到哈兰与辛顿，我们是打算控告他们旗下员工的。应该说我们已经准备好要出手了。结果上周末，天上掉下来柴尔德这个礼物。戴尔想要柴尔德认罪协商，但我们必须让他跟事务所切割，替他找个新律师。他问我有没有认识什么人，愿意为了丰厚的报酬而搞定这件事。我提议找你。他说他听过你的名字，然后抽出克莉丝汀的档案。他对每个事务所员工都做了深度的背景调查。你是这份工作的完美人选。艾迪，我很抱歉。"

"我知道你没有设局陷害我。你现在可以帮我。尽可能多拿一些档案，1小时后在我的办公室跟我会合。我需要开始计划明天在听证会上要说什么了。"

我的思绪乱了。电话两端一直沉默着。

"你知道吗，这事儿你可能搞错了。我知道你认为柴尔德不是坏人，但公寓大楼的安保监控画面拍到他是最后一个离开公寓的人，而几分钟后，就有人发现他女朋友的尸体。她死于多重枪伤，凶器就在你委托人的车上。这些事实让他成为杀手的最佳人选。你确定这件事你选对边了吗？"

"我是个辩护律师，肯尼迪。我没有选边的问题——我只有委托人。"

这是肯尼迪预料中的回答。所有执法机关的人对律师都有同样的疑问：他们怎么能在明知放了罪犯的情况下，还睡得着觉？但若你让无辜的人进监狱，就更难睡得着觉了。嗯，我受够噩梦了。

"别担心,我知道这次我是对的,我能感觉到。1 小时后在我办公室见。"

"好吧,不过让我先检查一下,确定那里是安全的。你这 1 小时要做什么?"肯尼迪问。

我仔细想了一下。回蜥蝎家没有任何用处,再说,我有个主意。

"我要毁掉瑞德的后援。"我说。

"什么?大陪审团吗?你要怎么做?"

"我要去拿我的秘密武器,就算案子走到大陪审团那里,我们也有机会搞破坏。"

"你要怎么做?"

"我要帮柴尔德再聘一位律师。"

00:63

位于 56 街的芬尼根酒馆看起来更像盲人专用的廉价旅馆,而不是酒吧。门上的标示牌写着:我们永不打烊。

我坐在酒吧外荷莉的本田驾驶座上,店内的灯光照耀着犯罪现场调查员诺伯制作的新弹道报告。他根据被害者身上发现的子弹上独特的记号和条纹,证实那些子弹只可能是由大卫车上那把枪发射的。对检方来说这就像一记灌篮。这报告只有一点让我感到困扰:诺伯检验凶器时,发现枪柄有微量泥土,有些泥土还跑进弹匣接缝空隙中,而弹匣可是卡进枪柄里的。我告诉自己晚点再来思考这件事,它可能没有任何意义,不过这类小细节仍然会令我耿耿于怀。我下了车,走向芬尼根酒馆。

酒馆的窗户由内侧贴了胶带，才进大门就有第二道门，它总是紧闭着，并且被一片绿色厚布帘遮住，那布帘散发腐败的啤酒味和烟味。感觉就像这里的客人都是吸血鬼，不管任何时刻，只要有自然光照进酒吧，所有顾客都会起火燃烧。它以粗野著称，店主派迪·乔允许三教九流的顾客上门。十年前，在酒馆一角看到一帮机车族，另一角看到58乐团的团员，血帮在打台球，第十六分局凶案组一半的警察在吧台喝地狱龙舌兰，都不是什么新鲜事。

"库奇今天晚上有来吗？"我问。

在吧台低头忙碌的派迪·乔抬起头，我一时间无法将他的脸尽收眼底，因为他的头似乎跟银背猩猩的一样大。一把钢丝刷般的胡须挂在他T恤前，胡须末端达到他的肚子，刚好与我的视线齐平。我从吧台边退后一步，这才能比较清楚地看见他英俊的蓝眼睛和一排镶过的牙齿，看过去像是漆黑洞穴般的口腔里叠放着一排金条。

"他在老位子。很高兴见到你，艾迪。你要来杯可乐什么的吗？"

我酗酒的那段日子，派迪总是确保我完好无缺地离开酒吧回到家——所以他知道我戒酒了，或该说努力在戒。

"谢了，不用。我也很高兴见到你，老兄。"

他举起巨大的拳头和我碰拳。我乖乖顺从。感觉就像棉花糖短暂地与大铁球相碰。

我转身离开吧台，经过故障的点歌机，爬上一小段阶梯，来到酒馆最左边的大包厢。库奇被三个喝醉的律师众星拱月，正在大发议论。

"就像我总是在说的，你们绝对不能让委托人上证人席，那是自杀行为。"库奇说，"就拿杰瑞·史朋斯来说好了，他是我见过最好的审判律师。史朋斯见鬼地执业五十年，从来没输过一件案子，而他只让委托人上一两次证人席。"

与库奇同桌的男律师，其中两人与他年龄相仿，第三人是个金发的年轻律师,他正聚精会神地听着库奇的每个字。我留在原地,让库奇把话说完。他有点耳背,讲话控制不了音量,嗓门大到几乎在街上都听得到。库奇有戴助听器,如果他没听到你说了什么,偶尔会戳他的助听器来示意,例如当你提醒他这一次轮到他请喝酒的时候。

"史朋斯常说,你通过交互诘问来讲述委托人的故事。攻击检方的论证,攻击、攻击、攻击。但你要仔细挑选战役……"

那两个中年律师早就听过这一套了——这是库奇最爱的话题——因此他们开始聊自己的。库奇不以为忤,把注意力转向年轻律师。

"刑法就是战争,小伙子。可是不要跟体制对抗,要跟证据对抗,就好像……他叫什么来着……欧文·卡纳雷克。他会为了掷铜板的结果争到底。小伙子,你听过他的名号吗?"

年轻人摇摇头。

"他是洛杉矶出身的辩护律师,替杀人魔查尔斯·曼森辩护,还差点让他脱身呢。但欧文玩得太过火了,他对所有话都提出反对。他不停地反对反对反对,在直接讯问时反对,在开场陈词时反对——无所不反。他绝对把法官给惹毛了。在曼森案审判期间,他因为藐视法庭而入狱两次。他就是好斗成性。有一回,检察官传唤证人,要求他陈述姓名以供记录。亲爱的欧文一下子就站起来:'反对,法官大人。这回答是传闻证据。证人对他名字的认知,仅是来自他母亲的片面之词!'"

年轻律师礼貌地笑了一下,然后盯着他的啤酒。

我走到灯光下,对库奇点点头。

"哦,小伙子,真正的高手来了。这位是艾迪·弗林。如果你在法庭上见到他,要好好看着他,跟他学习。他是下一个杰瑞·史朋斯。"库奇说。

我跟其他律师互相打招呼,他们跟库奇握手,告辞离开。年轻律师把他的美乐啤酒喝完，感谢库奇给他的建议，然后走了。换我坐下来。

"好孩子，律师资格考试拿了最高分，在法学院也是班上第一名，真正的明日之星。真可惜他对怎么当律师一窍不通，不过他会学习的。就像你一样，艾迪。"

"我在他那个年纪时，你也慷慨地给我建议。我很感激，帮助很大。"

他不以为然地挥挥手。

"我懂什么？"他说。

"那个，我需要你帮忙，库奇。"

"啥？我没听见。"他说，身体倾向我，戳了戳助听器。

我小声说："明天到法院帮我一下，我就给你1万元。"

"1万？明天？什么案子啊？"这下他倒是耳聪目明了。

"谋杀案，明天是预审。你坐次席。"

他举起双手，望着天花板上的尼古丁污渍，嘟囔了一句什么，然后把注意力转回我身上，等着听更多细节。

虽然他年事已高，但这位70岁律师的敏锐与敬业仍然不输我认识的其他任何律师。库奇对他的委托人真心感兴趣，会设法了解他们、他们的家人、他们的保释代理人、他们的孩子和宠物。他靠重复服务一大群客户糊口，这群客户大部分有亲戚关系，专长是低水平的组织犯罪和仓库抢劫。我已经将近一年没见到库奇了，他在这期间老了好多。现在他脖子周围的皮松垮地垂着，衬衫看起来大了一号，头发几乎全白了。他最后几撮染过的发丝像是褪色的记忆，在白色发根的蔓延下迅速化为乌有。

"所以？快点，你要给我讲细节啊。你不告诉我案子的信息，我要怎么准备？你要我负责一半的证人，还是怎样？讲啊，你要我做什么?"

刚才跟库奇同桌的其中一个律师,在玻璃杯里留下一指高的威士忌,融化的冰块把它稀释了。我盯着那深琥珀色的液体,盯了长长的一秒。我不该喝,我告诉自己,可我已经拿起杯子吞下那该死的东西。

"听着,你不用担心。"我说。

"拜托,艾迪,这不公平。你找我一定有原因,所以你要我明天怎么做?"

"在预审中吗?什么也不做。"

"啥?"

"我希望你在预审中什么也不做,我需要你来对付大陪审团。"我说,难以克制住微笑。

"等一下,我在大陪审团面前什么也做不了,我又不能交互诘问……你明明知道。我去了也根本是白去。你记得索尔·瓦赫特勒法官在上诉法院说过什么吗?"

这是库奇最爱的台词之一。我能背出来,但我让他讲。

"他说:'检察官能够说服大陪审团起诉火腿三明治。'你的委托人在浪费钱,我在那里帮不上忙。"

"我没有要求你对大陪审团说任何话,你只要露面就行了。"

库奇靠向假皮座椅,张开嘴巴仔细思考。

过了一会儿,他坐直身体,用粗粗的手指指着我。

"你不要我在预审时做任何事,但你需要我在场,对吧?然后你要我带着惊喜去见大陪审团?"

"你说对了。"

他摇摇头,笑了。"艾迪,你真是个变态的天才,你知道吗?"

THE PLEA

00:64

  我觉得我好像在一辆玩具车里躲避暴风雨。大雨重击车顶,再沿着挡风玻璃倾泻而下。我告诉自己不能打给柴尔德,因为在震耳欲聋的雨声中,我根本听不见他说话。他刚才有打给我,但我没接。我还无法面对这番对话,除非我有答案可以回应他——除非我找到出路。

  我再次拨打克莉丝汀的手机,还是语音信箱。我浏览我的已拨电话清单,点了医院的号码。这次我颇为迅速地就接通了波波病房的护理师。他已恢复意识,愿意配合,不过现在全身充满吗啡,所以他们不让我跟他说话,也不让警方跟他说话。我请护理师转告波波我打过电话,还有我很感谢他为大卫做的事。护理师说她会转达。我挂掉电话,把注意力转回西46街。

  街上没有半个人,大雨让行人都待在屋子里。我已经在这里停了将近20分钟,没看到任何人经过我的办公室。有几辆车快速驶过,看起来(至少对我来说)不像在侦察地形。我自己来回开了两三次,只是为了看看有没有人坐在车上,等着我回到办公室。在我看来,这条街是安全的。我不是监视专家,而我已无奈地决定要等肯尼迪。据我所知,杰瑞·辛顿可能已经让他半数的安保人员进入我的办公室,迫不及待地举着枪在黑暗中等我回来。

  我迟到了,肯尼迪却尚未出现。我正准备打给他时,看到一辆深色轿车从我旁边开过去,停在前方50米处,就在我那栋楼的门口。

  我等待着,看到比尔·肯尼迪高瘦的身影下车,右手臂下夹着一个蓝色塑胶资料夹。本田的喇叭声像是生病的驴子在叫,不过它足以令肯尼迪回头。我闪了闪大灯,下了车,用钥匙遥控锁车。等我过去找他时,已经浑身湿透,藏在外套里的档案也好不到哪里去。雨实在太大了，我们没办法停下来说话，只能跑向我那栋楼的大门口。

今天早上以后我就没回过办公室了，而以正常进出大门的人流来说，我之前在门上布置的预防措施毫无意义。现在没有硬币和牙签让我知道楼上是否有不速之客在等我了。我们进去时发出很大的噪声，而且因为太急着摆脱暴雨，我关门关得太猛，如果楼上有人，一定听到我们进门了。

我们抖了抖衣服，我抹掉脸上的雨水，把头发往后拨，它们黏在我额头上。在寒冷的大厅里，我们呼的气结成雾，脚下已经蓄了一摊雨水。我用眼神示意去我的办公室。肯尼迪点点头，把塑胶资料夹交给我，拔出配枪，小心翼翼地爬上楼梯。我隔着一段距离跟着他。

我的办公室里亮着一盏台灯。

肯尼迪手掌张开伸出来，要我待在楼梯顶端。他踮着脚优雅而安静地跳向门，双手持枪做好射击准备。我跟过去，与他各在门的一边就位。肯尼迪摇摇头，用口形说我应该待着别动。他用流畅的动作单手压下门把，然后用膝盖把门整个儿打开，冲进房间，手枪举在前面。

00:65

雨水沿着我的背往下淌，我更用力地把身体贴向墙面。

我什么也没听见。

寂静无声。

"肯尼迪？"我问。

"安全。"他说。

我呼出一口气，走进办公室把灯打开。我一定是今天早上忘了关台灯,这不像我,我一向都很谨慎。要不是戴尔捧着现金要我当柴尔德的律师,我本来打算这个月用信用卡来付电费。我们抖了抖衣服上的雨水,然后我脱下外套,坐下来读肯尼迪给我的资料夹里面的内容。

肯尼迪带来的文件并没有太多我没读过的东西。只有另外几页证据清单,以及大卫公寓比较清楚的大张平面图。

"你仍然认为你的委托人是清白的吗?"肯尼迪问。

我点点头。

"我不喜欢戴尔那边的事态发展,所以我会尽力而为,但我得知道你为什么对柴尔德这么有信心。"他说。

"我知道事情现在的状况,但我曾直视他的双眼,他不是那种人。事情表面上对大卫不利,是因为有人刻意为之。不管是谁陷害他,都要他为克莱拉之死买单。对了,你还没给我看你查到的被害者资料。"

这位联邦调查局探员把两手插进口袋,再抽出来,然后摊开空无一物的掌心。

"什么都没有?"我问。

"没有报税记录,没有社会安全码,没有在本州的医疗记录,也没有牙医记录。没有出生记录,没有用她的名字登记的手机。我手上仅有的证件是驾照、借书证和提款卡,都是大约六个月前核发给克莱拉·瑞斯的。"

"你遇到过这种情况吗?"

"没有。仔细想想,我通常至少能有一项收获,哪怕只是出生证明。她的手机是昂贵的抛弃式手机,她的皮包里有现金——没有信用卡,只有支票账户。显然警方派了一辆车去大卫提供的克莱拉住处。我知道她刚搬去和大卫同居,但她的公寓家徒四壁,没有家具,没有信件,连电视都没有。那个地方没有半张纸。哦,还有那气味,显然在谋杀案前两三天,那整个地方被用蒸气清理过,还是用化学药剂处理的。她告诉公寓管理员她要搬去和大卫住,但管理员说他并没有清理公寓。有人做了这件事,做得很彻底。警方在那公寓里连一根毛发都没找到。"

"几乎就像她整个人被抹消了似的。"我说。

肯尼迪边点头边说:"我必须承认,这让我大感不解。地方检察官把此案定性为情绪激昂下的疯狂犯罪,但我感觉不像。我倒觉得克莱拉·瑞斯在逃避什么事或什么人,而遇到你的委托人对她来说像中了头彩。这无法证明任何事,不过值得列入考量,艾迪。我只是不知道这些线索能对你有多大的帮助。"

"如果我是对的,这都是布局。"我说。

他把笑意憋回去。"嗯,如果他被设计了,那么这是我见过最高明的陷阱。你的委托人说他在晚上 8 点 02 分离开公寓,出门前还跟克莱拉吻别。根据他的说法,他走的时候她还活得好好的。然而格什鲍姆听到枪声、走到阳台,看到流弹使窗户向外爆开,于是打给安保人员——记录上他打电话的时间是晚上 8 点 02 分。监视器画面并没有拍到任何人接近公寓,直到 4 分钟后安保警卫抵达。公寓里唯一的人就是我们死去的被害者。如果凶手另有其人,嗯,他们一定是飞走了。是柴尔德杀了她,艾迪,你为什么看不透?你委托人的辩词是什么?如果不是他在说谎,就是克莱拉·瑞斯朝自己的后脑勺开了 12 枪。我不认为她办得到,也没有别人办得到,因为那里没有别人了。格什鲍姆没看到任何人逃到他的阳台上,那段时间也没人离开他的公寓——从监视器画面能看到他家前门。如果这还不够,那还有凶器,凶器就在他的车上。面对现实吧,这个男人杀了她。你得停止只看见你想看见的,该看看赤裸裸的事实了。"

肯尼迪说的某句话触动了我的心,但我不确定是哪句。感觉就像发牌员让我看了整副扑克牌一眼,而他在洗牌时,让某一张牌停留在他手上久了一微秒的时间。发牌员会让我看他想要我记住的那张牌——事实上，那是我唯一能看见的牌。其他牌只会是模糊的影子。我在脑中重复肯尼迪刚才说的话，寻找我的牌。

我找到了。

"你说我看见我'想'看见的，而我想要他是无辜的。"我说。

"我不是有意要如此直白，但你有必要听实话。"他回答。

"但你说对了，那就是关键。"

事实非常简单，它是所有诈骗的基础，那就是人们会相信自己眼睛所看见的。

肯尼迪伸了个懒腰，他膝盖上的档案因此滑到地上。我站起来活动脖子，然后绕过我的桌子，让脚的血液循环恢复正常。

"我需要你再帮一个忙，而且我要搭便车。"我说。

"去哪里？"肯尼迪问，抬手看了看表。

快要凌晨1点了。

"中央公园西大道。我得看一下犯罪现场。"

"那可能有点困难。"

"那栋大楼是24小时开放，我们可以进去。我们要搞清楚某件事。如果这事如我预想的那样，我需要你调查克莱拉之死的另一个嫌犯。一个叫伯纳德·朗希默的人。"

"没听过。"

"他在隐瞒什么事。大卫和朗希默有过节，我今天和他谈过话，而他——"我的话突然堵在喉咙里。此时我正站在窗边，隔着百叶窗俯视街道。一辆蓝色福特停在我办公室30米外，驾驶座车窗一定是开的，我能看到缕缕烟雾轻轻飘到车顶之上。

"我们有同伴了。"我说。

"谁？"肯尼迪问。

"我从这里看不见。"我说。我台灯的灯光映照在窗户上,遮蔽了我看司机的视线。

我听到肯尼迪从座位上起身,要过来查看。我回头,发现他注意到台灯映在玻璃上的反光。他朝办公桌走了两步,打算关掉台灯,好让我们能看得更清楚。

我脑海深处有个东西在扩大。不是理论,不是想法,它埋得更深。一种不安,现在正爆发成惊慌。

"不要动,等一下!"我说。

肯尼迪停止动作,手悬在办公桌上方。

"昨天戴尔说要付我钱之前,我在担心要怎么缴电费。"

他看起来一头雾水。

"你不懂吗?我相当确信我没有让台灯开着,有人来过了。"

00:66

肯尼迪慢慢拨开散落在我桌面上的文件,好把台灯的电线看清楚。他把电源线从桌上拎起来,再小心翼翼地放回去。这动作足以让我看出有人对开关动过手脚了——开关底下有条红色电线,直接通往我桌上新钻出的一个洞。

肯尼迪和我互看一眼。我们都无法呼吸,脸上渗出汗珠。

当电源线搁在桌上,开关朝着上方时,那根电线是看不见的。我桌上的洞直径只有两毫米,正好容纳电线。肯尼迪把我的办公椅推到一边,跪在地上,从口袋取出一个小手电筒。他扭转身体,背朝下滑进我桌子底下,就像修车师傅滑入车底。

"艾迪，过来看一下。老天爷，动作慢一点，别碰到任何东西。"

我小心翼翼地躺在他旁边，看向桌底，那里用胶带贴了六个两升装的塑料可乐瓶，位置很深，就算我坐在办公椅上，膝盖也不会碰到它们。红色电线穿过洞后，依次黏在每一个瓶子的瓶底。每个瓶子都装满雾状的液体，底部还贴着铝箔纸之类的东西。

"不论你做什么，千万不要碰台灯。我们要非常缓慢地站起来，拿上你的档案，然后闪人。"

我们确实这么做了。肯尼迪关上我办公室的门后，呼出一口气，把额头上的一层汗水抹到头发上。

"那是个强酸炸弹。瓶子里装的是盐酸。他在台灯开关上设了绊线，如果我们关掉台灯，电流就会流进红色电线，加热每个瓶子底部的铝箔纸。5秒到10秒后，那张桌子会跑到天花板上，而你的整个办公室都会下起强酸雨。你有看过别人把苏打粉丢进一瓶可乐里吗？它会冲到15米高的半空。这两个瓶子里的强酸会呈现过热状态，威力会更强大。"

"是那家伙，我告诉你的那个。"

"我知道。你一提到他，我就对他有怀疑，现在可以证实就是他了。我们得除掉他。"他边说边用手机拨号。

他在等对方接听时说："就官方立场而言，我不该在这里。也许我可以找斐拉和温斯坦，他们会为我冒险。车上的那个人在等你关掉台灯，他在等着听你的尖叫声。"

我们坐在我那栋楼的漆黑大厅里。肯尼迪一手拿着他的克拉克，另一手拿着手机。他在等斐拉他们就位的通知。

"脖子有刺青的人是谁？"我问。

"我查过了，没人知道他的真名，别人都叫他葛利托——西班牙语是'尖叫'的意思。他是为罗沙贩毒集团效命的审讯者及杀手，那是墨西哥规模数一数二的贩毒集团。他们在跟其他贩毒集团开战，但他们成功守住了白线——也就是从博卡德尔里奥穿过墨西哥一路通往蒂华纳的运毒路线。葛利托是南美洲最令人畏惧的人物之一。在墨西哥的毒品战争里，这些人需要建立声望。他们用凶残与恐惧来扬名立万。葛利托喜欢用强酸，而且从不塞住被害者的嘴巴——他喜欢听他们尖叫。强酸炸弹是他的惯用手法。"

"我不喜欢这些事，肯尼迪。"

"贩毒集团跟哈兰与辛顿有很大笔的金钱往来。我猜他们是来协助事务所解决一些小麻烦的。"

"越来越有趣了。"我说。

"艾迪，我完全不知道贩毒集团会直接参与这件事。所有媒体都在报道这个新闻，他们应该离得远远的才对。"

"想用刀攻击大卫却被波波坏了好事的那家伙，他是墨西哥人。还有戴尔的线人法鲁克不也是被强酸杀死的吗？"

肯尼迪望着地面，说："有点牵强，不过说得通。这家伙在保护事务所。"

他的手机振动起来，他接听，告诉对方做好准备。

"我们准备好了。斐拉和温斯坦开车经过了，是他没错，不过他让某个人蹲在副驾驶座，很可能是个枪手。我的属下在街上100米外的停车场，他要跑的时候，他们会拦住他。你待在这里。"肯尼迪说。

他举起克拉克，推开大门，冲向左侧，挺着枪大吼，要葛利托下车。

我听到引擎发动的声音，然后是枪声。不同的两组枪声。肯尼迪的克拉克发出尖锐的枪响，另外还有一把猎枪低沉地回应。我从大门边窥探。肯尼迪紧贴在他的车后，葛利托则将车开出来准备从肯尼迪的车旁开过去。我看到葛利托的副驾车窗玻璃下降,他想停下来,顺路解决掉肯尼迪。

我拉开我的信箱,取出一组指虎,然后冲向街道。葛利托的深色轿车与肯尼迪的车齐平。我看到葛利托手里有一把锯短枪管的猎枪,从副驾驶座伸出来,那把猎枪架在某个躲在前座的人头顶。我用尽全力扔出指虎。我离车子只有6米,要击中目标很容易。指虎打到挡风玻璃弹开,留下长长的裂痕。

葛利托踩油门,车子加速从肯尼迪旁边经过,而我已经迈开双腿跑上台阶,躲回大门后。我跑进楼房,用力关上门;还没关紧,它就啪的一声往后弹,打在我的额头上,把我撞倒在地。门后镶嵌的钢板挡住猎枪子弹的位置凹陷变形了。我拉开大门,看到肯尼迪站在马路中央,朝加速离开的车尾开火,子弹击爆车后窗,但轿车只是开得更快,冲向斐拉驾驶的SUV车。他们刚才在几家餐厅共享的停车场等待,现在横在狭窄的单行道上。轿车开上人行道,准备从他们旁边冲过去。

我迈开步子赶上肯尼迪,一起沿着街道狂奔。

"他跑不掉的。"肯尼迪说。

轿车从左边的SUV车和右边的黑色护栏之间切过时,时速肯定有80公里,把联邦调查局车子的前保险杠都撞掉了。轿车右侧火花四溅,副驾车门脱框砸在人行道上。

SUV车倒车准备追捕猎物,肯尼迪和我赶上它,跳进后座。肯尼迪大吼:"上上上!"

斐拉踩油门,我前面的温斯坦举着枪探出副驾车窗。

轿车几乎已开到第八大道的交叉口了。他没有减速,反而继续加速,我看到葛利托倾向右侧,斜向副驾驶座。

就在他开进十字路口前,一具人体从副驾驶座那侧摔出来。它撞到路边停着的车辆再往回弹,朝SUV车滚过来。西46街的这一段很窄，两边都停着车，要继续追逐的唯一方式就是碾过从葛利托车上丢出来的那个人。

斐拉猛踩刹车，我的头撞上前座。我们跳下车，目送葛利托扬长而去。斐拉用对讲机联络，但我们都知道那是白费工夫。我们追丢了他。

马路上的人停了下来。肯尼迪站在那人旁边，我走过去。从人体瘫软滚过马路的状态可以判断，那人已经死透了。

肯尼迪站在乱七八糟的尸体旁。绿色铺棉外套，浅沙色头发，我跟联邦探员一起盯着这死人。是吉尔，哈兰与辛顿的安保主管。

他的衣服被扯破了，大概是因为从移动的车辆中掉出来。但那不是他的死因。他的右手没有皮肤，我能看到一块块白色的骨头和肌腱，却没有肉。他的喉咙没了，大部分的下颚也没了。

肯尼迪说话时，仍然气喘吁吁。

"他被刑讯，然后被迫喝下腐蚀他手的强酸。我们可以确定一件事——不论葛利托想知道什么，吉尔都告诉他了。"

他转头看着温斯坦说："向总部汇报，我们也需要拆弹小组去处理办公室。我晚点回来，我得载艾迪一程。"

00:67

肯尼迪把车停在大卫的公寓大楼外。他已联络过戴尔，告诉他葛利托和吉尔的事，省略了他在帮我的部分，只说我在桌子底下发现炸弹时，他刚好来找我。根据戴尔所言，罗沙贩毒集团是事务所目前最大的客户。账户里那80亿，有将近60亿属于贩毒集团。他们想确保那笔钱安全无虞,所以出手警告辛顿如果钱不见了他会有什么下场。这没有动摇戴尔的计划,他只是提醒肯尼迪当心一点。

我们跨下肯尼迪的车,进入大卫的世界。

中央公园 11 号的大厅,像是百万富翁春梦中的场景。大理石地板、古董家具,接待柜台左边有个镶着橡木板的私人图书室,各种奇花异草散发着同样异乎寻常的香气,背景音乐是古典乐——肖邦。接待员一周赚得的小费,大概比我的年薪还高。她个子高挑,金发,温煦的脸庞拥有像加了蜂蜜的牛奶一样的肤色。她的指甲艳红得不可思议,与她脸上的红唇搭配成套,它们就像停在黄金海岸沙滩上的两辆法拉利。

接待柜台左侧的电梯由四名安保警卫看守。他们长得很像,貌似我在早前的监控画面中见过他们。每个人都重达 100 到 110 公斤,而且体脂率很低。他们晒得很黑,肩膀像两个篮球,没有脖子。头发剃得很短,浅蓝色的制服熨得很平整,腰间佩有克拉克、对讲机和手机。我猜他们原本是警察或是军人,他们看起来全都像是可以手叉着腰,以护卫石像之姿站上一整天。

我不理会右侧警卫投向我的目光,把注意力转回接待员身上。

"嗨,我是跟联邦调查局特别探员比尔·肯尼迪一起来的。我们需要看一下犯罪现场。"

"现在调查未免太晚了,我们接到警方的指示,不让任何人靠近那一层楼。肯尼迪探员,你有证件和搜查令吗?"接待员问。

肯尼迪还来不及回应,我就截住了话头。我不想露出马脚,让接待员发现我们其实跟警方不是一伙儿的。

"我们不认为我们需要搜查令,女士。那间公寓仍然是犯罪现场。"

她考虑了足足一秒,然后缓慢摇头。此时,电梯里走出一个西班牙裔男子,他穿着灰西装以及与安保警卫相同的浅蓝色衬衫。他走到柜台里面，接待员告诉他现在的状况。

"两位先生，我们可以看一下证件吗？"穿西装的男人问。

肯尼迪亮出证件，我把两手插进口袋。

"我叫艾力克斯·马德拉诺，是这里的安保主管。"男人边说边仔细看肯尼迪的警徽和证件。

"你是柴尔德先生的律师吗？"他问我。

他的问法让我觉得，假如我敢骗他，他马上就会识破。

"没错，我代表柴尔德先生。"我说。

"我会亲自带二位上楼。柴尔德先生在这里备受景仰，只要我们能帮上忙，请尽管开口。"

肌肉和须后水组成的铜墙铁壁分开来，肯尼迪和我跟着马德拉诺走向电梯。他从腰间的钥匙圈上挑出一块抛光的塑料片，在控制面板上的感应器前挥了一下，控制面板瞬间亮了起来，马德拉诺把电梯叫来。门开了，我们踏入有柠檬香的电梯里。四面墙都镶着镜子，地板上铺着瓷砖，天花板是晶亮的橡木板。马德拉诺再次在感应器前刷了一下卡，接着选择楼层。

"如果有自己的感应卡，是不是能够去任何一层楼？"我问。

"的确。我们是良好的社区，鼓励敦亲睦邻，所以会举办不同楼层间的聚会、社交活动。当然，三十五楼还有健身房，它的楼上是水疗池，地下室有酒窖。"

电梯里播放着跟大厅一样的交响乐，我猜整栋楼都在播放着。

我们抵达大卫的公寓所在的楼层，电梯发出悦耳的音效，我查看了一下监控摄像头，它藏在电梯东北角的顶端。

电梯门打开。

音乐持续着。

我们发现自己站在长方形的平台上，它比电梯井稍宽，大约有 15

米宽。东北角的那扇门是格什鲍姆家，西北角的门则通往大卫的公寓，电梯右侧还有一扇门，无疑是通往楼梯。两间公寓的门边各有一张古董桌，桌上的银盒里有手帕、一盆新鲜水果，以及一瓶名牌护手霜。一座雨伞架插着几把雨伞，伞面上有"中央公园11号"的标志，两张桌子旁还各有一面镶着漂亮桃花心木框的全身镜。我感觉这里的住户在离开他们的楼层之前，会把握机会再一次检视自己的外观，然后才公开亮相。

马德拉诺走向西北角的门，那扇门被蓝白相间的警方犯罪现场封锁带挡住。他再次从长裤口袋取出钥匙圈。

"这是柴尔德先生的公寓。"他说，同时在五六十把钥匙中寻找正确的一把。肯尼迪从外套口袋掏出一把橡胶手套，递给我和马德拉诺各一双。肯尼迪和马德拉诺都毫无困难地戴上了手套，我则觉得拿着档案的同时做这件事很有难度。

最后马德拉诺找到对的钥匙，插进锁孔，把门打开。这间公寓完全符合我对曼哈顿精英的想象。开放式空间，白色和米色的家具与偏灰色调的厚地毯搭配得宜。这搞不好是迪奥的设计，克莉丝汀一看就会知道。客厅区是超大的开放空间，几张6米长的沙发像蛇一样摆在房间中央。室内弥漫着一股陈腐、不太好闻的金属味，那气味萦绕不去，像在提醒着这些墙壁之间曾发生过暴力的死亡事件。即使风从破掉的窗户灌进公寓，也驱不散那股气味。我在客厅区的一端看到白色地砖的起点，便朝着它延伸的方向走。凶案现场在厨房，有一块地砖破了，现在地上有一块凹陷，破碎的地砖积在凹陷处，沾满巧克力般的暗红色污渍。枪击产生的血液喷溅痕迹由污渍中心向外扩散。血似乎会在特定物体表面逗留——永远无法完全清除干净。

在破掉的地砖下方大约40厘米处，我清清楚楚地看到了一滴血。

犯罪现场解除封锁前，没有人可以做清洁工作。正常来说，警方会封锁现场几天或者几周,这取决于他们的调查进度。当犯罪事件发生在被告的家里时,警方通常会封锁现场更长时间,这样一来被告就不能用这个地址申请保释,进而提高保释的难度,因为被告不但要付钱给保释代理人,而且如果亲戚不愿或不能收留他们,他们还得花钱找地方住。

大多数时候,这一招很管用,被告会直接放弃申请保释。

我蹲下来仔细看那小小的血滴。这滴血看起来直径大约两三毫米,颜色很深,形状完整。就我看来,自从离开克莱拉的身体后,它没有被人踩过、抹开过,或以别的什么方式扰动过。

我往后站,不疾不徐地检视整个现场,确保厨房里其他地方没有血迹。确实没有。尸体所处位置前方约两米外的窗户玻璃上,有个被子弹射穿爆裂开的大洞,风从那个洞吹进来。在撞击之下,安全玻璃炸开来,细小的碎片由阳台往陈尸的位置飞散。碎片在延伸到有血迹的破地砖前就停止了,大部分玻璃落在阳台上。我穿过玻璃上的破洞站到阳台上。我很庆幸自己穿着大衣。我把领子合拢。大雨已止息,但阳台仍因为淋了雨而相当湿滑。我上下查看,认为任何人都不可能爬进这间公寓,或是从上方垂降到阳台。楼上的阳台太高了,砖墙表面还因糊了灰泥而非常平滑,不管是手或脚都没有着力点。在我下方,中央公园周围点缀的路灯在树木掩映下透出微光。我们离得好近,我都能闻到青草味了。街道这一侧与公园之间隔着两车道马路,我却感觉伸出手就能摸到公园内屹立的橡树的树叶。阳台俯瞰着一块僻静的草坪,它比小联盟的球场面积略小一点,一排高树篱把它和公园里的步道隔开来。草坪右侧角落有一棵橡树,树干周围散布着一堆空啤酒罐。你花了 3000 万买下公园景观房,得到的却是青少年和酒鬼。

肯尼迪和我各花了 5 分钟,分头检查公寓里的每个房间,搜寻血迹。什么也没找到。

我从带来的档案里取出法医报告，翻到尸体示意图。多数法医报告里都会有事先印好的标准女性躯体图，法医会标上枪伤的位置，侧面图上则标记子弹穿入身体的角度。除了头部的枪伤以外，克莱拉的背部也中了两枪。第一颗子弹嵌在她的脊椎里，大概立刻就使她丧失了行动能力。第二个射入伤口离脊椎很近，但这枚子弹穿透她的身体，由胸廓下缘射出。她的胸腔偏左侧标记出射出伤口。

我把图交给肯尼迪。

他再次仔细研究报告，然后望向现场。

"子弹的轨迹微微往下。"他说。

但我完全没在听他说话，我望着挂在厨房墙上的一幅裱了框的建筑平面图。蓝色的底纸上用白色线条描画，左下角有个签名。先不管签名，这张图看起来很眼熟。我翻着检方的档案，直到找到一幅犯罪现场的素描，它标记出被害者尸体在公寓里的位置。

马德拉诺仍在大门边等待。我招手要他过来。

"这是我所想的东西吗？"我问。

"对，这是一幅克劳迪奥的作品。大楼里每一间公寓都有这么一幅。楼主和克劳迪奥是好朋友，1981年大楼翻修时，是他负责设计的。每位住户入住时都会获得一幅裱框蓝图。"

"不，我对设计师不感兴趣，我想问这是公寓的精确平面图吗？"

"是的。住户不得随意改变结构。"

我呼唤肯尼迪，他进入厨房区，站到我们旁边，然后他意识到自己很累，便拉了张高脚椅坐上去。已经凌晨2点了，他看起来筋疲力尽。

"马德拉诺，如果我成功说服肯尼迪找一个探员，在两三小时内带着照相机和一瓶发光氨上来测血迹，你能确保他们可以进来吗？"

"我再有1个小时就该换班了，我……你应该知道纽约市警局严词警告我们不能让任何人上来吧？"

肯尼迪正准备说话，我拉拉他的外套要他安静，我要诱使马德拉诺多说一点。

"我认为这对我的委托人可能真的很有帮助。你说大卫在这栋楼名声很好？"

"是啊，可以这么说。我有一个主管叫柯里，大概一年前，他的6岁小孩得了一种罕见的白血病。保险不给付这种疾病的治疗。大楼管委会让柯里在大厅张贴募捐海报并放置募捐箱，他需要筹出40万的医疗费。一周后，他募到25 000美金。这栋楼的住户很有钱，而且颇为慷慨。当时柴尔德先生去外地出差了一阵子，当他回来看到海报时，他联络管委会，与柯里碰面——问他需要多少钱，还有那孩子需要什么样的治疗。柯里说治疗可以延长他孩子的寿命——大概五年。不过也就这样而已。"

马德拉诺换了个站姿，抹抹嘴巴。

"嗯，柴尔德先生上网研究了一下，找到一位专家。接下来一转眼工夫，他已经把柯里全家送去日内瓦，付了超过100万美金进行实验性治疗。六个星期前，柯里的孩子已宣告痊愈了。"

肯尼迪和我互看一眼。

"我想说的是，这么做能帮到他吗？"

"我认为应该可以。"我说。

"只要这事不传出去。"他说。

我微笑，转头看向肯尼迪。"好，这是你的属下要找的东西。我们走之前先偷瞄一眼就好。"我说，并取下墙上那幅裱框的蓝图。

00:68

我们的调查尚未给出我正在寻找的答案,但我有信心,联邦调查局的鉴识人员会让我的假设显得可信。此时我就只有一个假设而已,不过它说得通。

"你知道要让鉴识组的人找什么吗?"我问。

"知道,包在我身上。"肯尼迪说。

"太好了。我需要你再帮个忙。"

"你好像对于要我帮忙乐此不疲。"肯尼迪说,不过他没有紧咬不放。我知道我逼他逼得有点紧,但我想这是他欠我的。他的眼袋好像越来越大、越来越黑了,但他的态度颇为警醒。他开始怀疑柴尔德是否真的有罪,想搞清楚再查下去会有什么结果。

"纽约市警局里有没有人能帮你个大忙,而且不会跑去向瑞德通风报信?"

"我是认识一个人,不过为什么要从纽约市警局找人?"他问。

我把档案中的一页递给肯尼迪。

"我需要这辆车的追踪记录。联邦调查局无法登录那个系统,对吧?"

"对,我们不能。不过这么一想,我不知道我认识的那个人能不能登录那个系统,但我可以试试。"他说。

"这很重要,我开始拼凑出真相了。我全靠你了。再有7个多小时预审就要开始,而我们还有最后一个东西要检查。"

"什么东西?"

"处理犯罪现场警察的监控画面。"

"去我的办公室吧,你们可以在那里看。"马德拉诺说。

我们离开大卫的公寓。肯尼迪按了按钮叫电梯来，然后站在后方，等着马德拉诺锁门。我看着装在电梯组上方的监控摄像头，然后稍微后退，停住。

"你在做什么？"肯尼迪问。

"监控画面拍到大卫最后一次离开公寓后，稍微迟疑了一下。他本来要走了，又在这里停顿，然后转回身面向门。"

我审视着那扇门，但马德拉诺庞大的身躯挡住我的视线，我看不出什么名堂。我蹲下来检查地毯，心想也许大卫弄掉什么东西，它滚到桌子底下了，但我什么也没看见。

"你在找什么吗？"马德拉诺问。

"不算是。大卫刚走出公寓的时候，曾经停下来转身。今天我在看视频时看到的。我以为他可能掉了什么东西，或是……我不知道。"

"如果他掉了东西，应该会被清洁员捡到。我们可以看视频确认。"马德拉诺说。

"视频中看不到，被大卫挡住了。"我说，指着摄像头。

"嗯，我们可以看另外那个摄像头。"马德拉诺说。

"哪里的摄像头？"

"对准楼梯间的隐藏式摄像头。"马德拉诺说，指着西侧墙面上的通风口。

00:69

马德拉诺的办公室位于大楼地下室，看起来更像电视台的主控室，一面墙上有15个平面荧幕，各自显示大楼安保系统的实时画面。这个房间再往里走是警卫们的更衣室，荧幕后方则有六张桌子，每张桌子上都有计算机和电话。

"所以，当大卫的邻居格什鲍姆先生打紧急求救电话，那通电话是接到这个房间里的某个人，对吧？"

"对。"马德拉诺说。

"安保系统记录了通话的日期和时间？"

"对，还有处理警方警报的安保人员。"马德拉诺说。

"你的意思是？"肯尼迪问。

"当有住户拨打紧急求救电话给我们，我们的系统会向911发送消息，告诉他们我们接到电话。除非5分钟内，我们的接线员联络911，跟他们说一切正常，否则纽约市警局会派巡逻车来确认状况。这算是一种自动保险机制。我们这栋大楼里有二十位左右曼哈顿的大富豪，如果有一伙人想抢劫我们，他们会做的第一件事就是让安保控制室瘫痪。所以如果某个住户或是工作人员设法拨打紧急求救电话，即使我们可能失去能力，911那边还是会知道有紧急状况发生。只要我们不阻止他们，警察就会赶过来。"

"这些我并不知道。我这里只有一笔记录，说发现尸体时警卫通知了911。肯尼迪，你能帮我弄到那条消息的记录吗？"

"我会尽力而为。"

"我能不能看看纽约市警局取证的那台监视器的完整视频？我想确定视频没被剪辑过。"我说。

马德拉诺遣开坐在荧幕前的警卫，开始从硬盘放出视频。不久后，我们正前方的荧幕就变成空白，接着画面出现，几名警卫在敲格什鲍姆家的门，然后开门进去。

"等一下，我倒下画面。"马德拉诺说。

"不，没关系，就接着放吧。"我说。

一名警卫从柴尔德的公寓里走出来，打了通电话。有几分钟时间什么事也没发生，因此马德拉诺拉动时间轴，直到第一组警察抵达。马德拉诺出现在画面中，他让那两个警察进入柴尔德的公寓。他快进画面，我们看着马德拉诺以快动作在走廊上来回踱步，直到警探抵达，后面跟着一组穿白色连体服来处理证物的犯罪现场调查人员。我仔细看着每个人的动作，并要求马德拉诺放慢速度，让我能看清楚每个警察。有几段时间荧幕上一个人也没有，因此马德拉诺可以继续快进画面，真实时间的 1 分钟只花不到 3 秒就在荧幕上播完。马德拉诺快进了 20 分钟后，我叫住他："停。"

马德拉诺立刻按下暂停。当下我就知道，早上在法庭里我有好牌可以打了。

"我在看什么？"肯尼迪问。

"我不确定，"我说，"但我要查清楚。我需要看全天的监控画面。可以复制一份给我吗？"

安保主管摩挲着下巴，"我想没什么不可以吧，警方也拿走了一份一整天的视频。哦，你也要复制一份通风口摄像头的画面吗？"

"先让我瞧一瞧。"我说。

"警方怎么会没有拿通风口摄像头的视频呢？"肯尼迪问。

马德拉诺清了清喉咙，看着鞋子，然后抬起头回应肯尼迪。

"听着，这栋楼里住了很多有钱有名的人。我们监视一切，但在很多方面来说，我们视而不见，懂我的意思吧？狗仔队一直想收买这栋楼里的某个人，好让他们知道什么时候有妓女、毒贩，或另一个名人造访某间公寓。我们领取优渥薪水来保持沉默，眼睛不乱看。一年前，通风口里还没有摄像头。我们有个不成文的规定，公认楼梯不必受到监视，结果后来发生了盗窃案，我们逮到了那个家伙，为了取折中，我们在每层楼装了隐藏式摄像头。警方没有要求看这个点位的视频,我们也没主动拿给他们看。只有这个摄像头会拍到通往楼梯的门。这是平衡措施,很多住户不想活在监控之下,这跟他们的生活方式有关。所以,我们必须努力让他们既有安全感又能低调。"

在选单中翻动并且输入日期和时间来搜寻后,视频出现在控制面板上方的荧幕中。那是以侧面视角拍摄的。我们看到大卫和克莱拉进入公寓。马德拉诺快拉,直到我们再度看到大卫,他拎着背包,戴着兜帽。马德拉诺放慢速度,回退,播放。大卫没弄掉任何东西,我能清楚地看到他的双手。他转身背对门,朝着电梯走,离开了画面。

"停。"肯尼迪喊道,"你有没有看到?"他问。

"没有。"我说。

马德拉诺回退,重播。

"就在那里。"肯尼迪说。

"什么?"我问。

"你可以放大吗?"肯尼迪问。

"当然可以,哪里?"马德拉诺问。

联邦探员指着走廊上的镜子。马德拉诺用键盘两侧的两个大型旋钮来聚焦在镜子上头。特写画面现在有点模糊了,不过大多了。

"再放一次。"肯尼迪说。

视频播放,我看到时忍不住倒抽了一口气。

"见鬼了。"马德拉诺说。

我们三人沉默了一会儿,眼睛定定地盯着马德拉诺暂停在荧幕上的画面。

"你确定警方没看过这段视频?"我问。

"确定,他们从主摄像头上已经取得他们想要的所有东西了。"马德拉诺说。

"那你要把这个交给地方检察官吗?"肯尼迪问向我。

我考虑了一下,摇摇头。我不希望预先提醒瑞德有这项证据。它无法证明大卫是清白的,但如果操作得当,可能为他搏得一线生机。

"不,这个最好在法庭上曝光。尽人皆知、乱七八糟。"我说。

00:70

大卫·柴尔德一定听到我试着把本田停在蜥蜴家车道上的声音了。他站在敞开的大门前,两手插在口袋里,右腿颤抖。

"我洗清罪名了吗?"他问。

"还没有。"我从狭窄的驾驶座爬出来。

我们隔着两罐能量饮料和半壶咖啡对坐,我告诉他在机场发生的所有事。难怪大卫没去睡觉,这饮料的味道像汽油和柳橙汁的混合物。我没告诉他葛利托的事,他不需要更多压力。

"认罪协商的条件是二十年徒刑——或是与他们打官司,冒险被判终身监禁。地方检察官现在有弹道报告了,它能证明在你车上找到的枪,与击发子弹射杀克莱拉的是同一把。我读了弹道专家皮伯斯博士的报告,内容相当可靠。唯一引人注目的点是皮伯斯在凶器上找不到序号,但那不会对我们有利。"

他试着说话。我能看到惊慌在他腹部累积,让每条肌腱都绷紧,把每条血管都拉长,扼住他的呼吸。他颓然垂下头。

接着,他再次让我相当意外。

"至少你太太没有危险了,我是指法律方面。这整件事起码有这么一个好的结果。根据先前地方检察官在法庭上的表现,我已经看出来了。我很清楚。他绝对不会跟我谈条件的,我就是知道。"他说,双手握拳砸在桌面上。

他长叹一声,舒展手指。然后他的身体似乎放松了,就像看着某人松开一个压紧的弹簧一样。

"我很庆幸你的家人平安无事。"他说。他是真心的。

"事务所对克莉丝汀的威胁有如芒刺在背,在这场官司落幕以前,威胁都不会消失。你有方法能伤害事务所,在这种威胁永久铲除之前,他们都不会停下来。你唯一的机会就是明天打赢官司,并且祈祷项目小组在事务所找上你之前先拿下他们。"

"但你的太太已经脱离危险了,她安全了,你可以直接走开。去陪你的家人吧,我……我能体谅。"

即使面临终身监禁的可能,大卫还是在为其他人着想。

"不。"

"为什么?"他问。

"因为你需要帮忙,因为我已经够让你失望了。我认为你该叫地方检察官下地狱。这不是好的法律建议,但说实话,我也不算什么高明的律师。"

"是吗,那你擅长哪方面?"大卫问。

"诈骗,设局,行骗。我几乎已经搞懂你是怎么被陷害的,但要证明又是另一回事。我们是有一项有潜力的新证据,不过我得运用得宜。"

我告诉他我看到的通风口那里的隐藏式摄像头拍到的视频内容。

"我……我……不记得了。"

"我不认为从你的角度能看到它。你一定是莫名感应到了,因为你转过身,停下动作。"

"当时我不知道那是什么。克莱拉在试着帮助我调整那方面的性格,强迫症。我猜有的时候确实有效。"

"我们现在需要的是其余的故事。除非我们能解释布局，否则这件事不会成功。"

我去过一趟大卫的公寓后，开始建立一套理论——关于他是怎么被陷害的。但仍然有太多不确定之处以及没有答案的疑问。我没掌握到全貌，还没有。我也不觉得告诉他我认为一切是怎么发展的有任何意义。首先，整件事太复杂、太冒险——能成功算是奇迹。目前为止，我们找到一个对方的失误，我肯定还有别的。

"你跟朗希默见过面了吗？"他问。

我给大卫看我用手机拍的照片。

"他看起来对你很不爽。"大卫说。

"是啊，事有蹊跷。他有女朋友吗？"

"我不知道，大概有吧。"

"我无法排除他的嫌疑，但目前我还摸不透他扮演什么角色。"

我的脑袋突然掠过一阵剧痛，让我看不见东西。我已经超过24小时没睡觉了，而且看来今晚我也不会获得有质量的睡眠。我闭起一眼，忍住疼痛，坐直身体，把蜥蜴咖啡杯里残余的咖啡喝完，那个杯子上写着"蜥蜴都是裸体办事"。时间已近凌晨3点，天空正准备由烟黑色转为预示早晨的颜色。

"他是唯一有钱又有权势做这件事的人。"大卫说。

"可是为什么？商业战是一回事，谋杀又是截然不同的事。你认为他真有这么冷血吗？他会为了陷害你而杀死一个无辜的女孩？"

大卫摩挲下巴，然后又觉得这是个馊主意，迅速抽了三张湿纸巾开始清洁手指。

我试着拨打克莉丝汀的手机，这大概是第二十次，还是没回应。我告诉自己她们没事，她们是飞往荒野，飞往什么都没有的地方，所以没有信号也是可能发生的。

"那明天会怎么样？"大卫问。

我把档案收好，站起身，准备去蜥蜴的沙发上，至少试着睡一下。

"我们要战斗。目前我们的筹码还不足以胜利，希望肯尼迪会挺身而出。事实上，我确信他会的。我把他留在你的公寓大楼了——他在过滤视频，试着厘清几件事。他也在试着找到某些能帮助我们的信息。那不容易取得，不过他会办到。"

"所以他是有决心的类型。"

"我不会这么形容，他比较像是顽固的浑蛋。"

柴尔德上下打量我，摇摇头。

"我知道你会尽力而为，但怎么看这场听证会都对我不利。陷害我的人会确保这一点。"

我把档案放在茶几上，重新坐下来，揉了揉太阳穴。

"大卫，总是会有机会的。"我说。

"因为我说的是实话？"

"不，因为你的律师是我，而我不认为你杀了任何人。我确定这是事实，但仅有真相是不够的。这件事与真相无关，任何审判都与真相无关，而是关于什么能证明、什么不能证明。这是一场游戏，明天我们志在必得。"

大卫站起来伸出手，对他来说是很勇敢的动作。我跟他握手。

我在蜥蜴的沙发上躺好，却睡不着。我把这一天下来发生的所有事回想一遍——梳理克莱拉谋杀案的布局可能以哪些不同方式铺展。我打给肯尼迪。

"你还醒着吗？"我问。

"我醒着。我在等别人向我汇报。我想我可以弄到你需要的所有东西。"

"好极了。介意我跟你说一件事吗？"

"说吧。"

"车祸，大卫的车是被刻意撞上的。无论是谁策划的这场车祸，都知道安全气囊的残留物质很容易被误判成枪击残留物质。"

"有道理。"肯尼迪说。

"那你可以查一下吗？"

"查什么？"

我叹气。"我先前得直接向大学购买网络上的论文，也许陷害大卫的人也是从同一个来源取得的信息。"

"好，我会查一查。你还让我查另一个人有没有涉入谋杀案，他叫什么来着？"

我告诉肯尼迪我对伯纳德·朗希默所知的一切。

"我从没听过这号人物，不过……"他停顿。

"什么？"

"你说朗希默把儿童色情照片传到对他不友善的博主的计算机里，借此除掉他们？"

"是啊，他很变态。"我说。

"这也许没什么，也许有什么。我看过去年戴尔和那个线人法鲁克面谈的视频，他们多半都在谈事务所、谈它的历史、本·哈兰被杰瑞·辛顿带坏了什么的。不过在某个时间点，戴尔向法鲁克提出他作证的交换条件。法鲁克说除非他能获得豁免权，否则他要抗辩到底。"

"意思是……"

"意思是法鲁克声称他从没看过那些非法照片，他说他是被陷害的。"

"帮我查一下朗希默，看看你还能挖出什么。"我说。

肯尼迪把呵欠憋回去，说："还有什么吗？"

"你早上7点可不可以打电话叫我起床？"

第三部

封面故事

00:71

枪击前 16 小时

凌晨 4 点 05 分,我被电话吵醒。

我才睡了不到 1 个小时。我把上半身从沙发上撑起来,双腿甩向地板,打翻了一杯水;千钧一发之际,我抓住了我的手机,才没让它掉到地上的那摊液体中。

"喂?我是艾迪·弗林。"

来电者已经挂断了。是克莉丝汀。我回拨——语音信箱。

接下来的半个钟头,我一直按重拨——都没有接通。我知道她应该已经到了弗吉尼亚州,在一个人烟稀少的区域,离最近的城镇有 80 公里。我骂自己没有跟她们一起去,想象她们抱在一起的模样。克莉丝汀和卡梅尔会为艾米装出勇敢的表情——那能让克莉丝汀保持警醒与专注。

我又睡不着了,脑袋里奔窜着各种可能性。屋子很安静,万籁俱寂。我面前放着一杯冷咖啡和大卫的档案。我放下手机,打开文件,重新读一遍。

没过几个钟头,我们上路了。

"荷莉,如果这件事结束后我们都还活着,我希望你替我做一件事。"我说。

"什么事?"

"我要你把这辆车开去废五金回收场,把它压扁。"

我坐在本田副驾驶座,感觉双腿被挤压到快要截肢。

我通过后视镜看到蜥蜴的厢型车紧跟在后。我们先开车乱绕了1个小时,然后才大胆地开向法院,以确保没有人跟踪。荷莉找到一座立体停车场,开到最上层。蜥蜴也跟过来。

我们下了车,搭电梯到一楼。戴起兜帽的大卫颇为低调,那松垮的兜帽把他的脸藏得很好;他把西装穿在宽松的衣服里面。

"所以我们要怎么进到法院?"荷莉问。

"我说过了,有个朋友要载我们一程。"我说。

昨夜把整座城市泡湿的大雨总算罢手了。金属灰的天空隐然要透出阳光,像是火柴慢慢烧透火硝纸。

我们离法院六个街区远时,我走进一间便利商店。蜥蜴叫大卫和荷莉跟着我,他们才进入这狭小的店面。店面的一半是熟食区,店主雷尼·齐格勒在门边堆放了报纸、巧克力棒、用铝箔纸包好的早餐三明治以及杂志。过去三十年来,雷尼都负责送报纸给本地的法院。五年前预算删减,取消了雷尼的订单,直到一位新的高等法院法官——哈利·福特上任。哈利对加了很多墨西哥辣椒、热腾腾的纽约客牛排三明治情有独钟,尤其是在孤军奋战了一夜之后。哈利上任没多久,送早报的业务就恢复了——价格翻倍,内含一份免费三明治。

"今天早晨真是烂啊,对吧,艾迪?哈利法官还好吧?他不是为了上星期那件事才派你来的吧?我已经告诉他了,他想要三明治热一点,就得用微波炉。"他说。

"跟那个无关。老实告诉你吧,我需要搭便车去法院。"

"有人打断你的腿了吗?从这里过去才⋯⋯"

我张开嘴巴,雷尼的句子戛然而止。他看看脚边每份报纸头版照片上的大卫,再看看我身后拉开兜帽的年轻人。

雷尼的厢型车停在店铺后门外,蜥蜴和我帮忙把货物装上车。我们搬完以后,大卫和荷莉跳上车,坐在整沓的报纸上。我坐在轮拱处,蜥蜴则和雷尼坐前座。报纸的油墨味、三明治的肉味,混杂着车上残留的汽油与机油味。

没有人交谈。大卫摩擦双手,然后又抠着指甲。

"不会有事的,大卫。"荷莉说。

大卫勉强勾起嘴角回应她的安慰。案件内容在我的脑子里兜转,我努力理出个头绪。雷尼跟蜥蜴聊不太起来;蜥蜴忙着扫视车流与人行道——提防任何可能潜在的威胁。为了缓和尴尬的静默,雷尼打开收音机。时间刚过 8 点,整点新闻以大卫的案件揭开序幕。大卫不想听,但他也不想冒犯雷尼,所以他用兜帽盖住耳朵,并且把耳机插进多媒体播放器。

"播报另一则新闻,港警已确认昨天由东河捞起的男尸身份。死者是本·哈兰,现年 68 岁……"

"嘿,雷尼,开大声一点。"我说,冰冷的感觉由我的脊椎往四处蔓延。

"……是曼哈顿声望卓著的律师事务所哈兰与辛顿的合伙人。据信,死者可能于周末在河湾驾驶帆船时发生意外。船只尚未寻获,死者 23 岁的女儿莎曼珊·哈兰依旧下落不明。"

蜥蜴在座位上回身来看着我,等着看我作何反应。

荷莉告诉大卫我们刚才从广播听到什么。

"这是什么意思?现在是什么状况?"他问。

我摇摇头,试着找出合理的解释。

"嗯,正当哈兰与辛顿将要因美国史上最大规模的洗钱案而垮台,我不认为本·哈兰是出了意外。不是葛利托就是杰瑞·辛顿把他做掉了。哈兰是两名合伙人中赋予事务所正统性的人。当然，他是拿了杰瑞洗过的钱，但这事是杰瑞策划的，他在利用哈兰。现在一切都将摊在阳光下，杰瑞害怕了。他在消灭证人、清除障碍，准备等钱一入账就卷款逃跑。游戏已进入尾声，这种非法活动不可能永远持续下去。不久之后，大家都会被逮捕。杰瑞现在被逼急了，事务所要垮了，他们想躲起来。在他们逃亡之前，会更加铁了心要除掉你。我们一定要撤销你的告诉，让你能去避风头。你在这座城市待得越久，就越危险。"

00:72

地下室的电梯把我们带到市立法院大楼的 12 号法庭。我刚刚从公告栏得知，大卫的案子被排在那里举行。

这间法庭不大，顶多容纳一百个人。当我们到那里时，里面已经座无虚席，被电视台记者、报社记者，或博主占满。他们原本都在聊天，直到我们走进去。感觉就像我踩到某种静音键，因为人群发出的噪声立刻就停了，并且随着我带领大卫走向被告席，旋风般的提问也吹了过来。我们事先已讨论过，他不该发表任何谈话。

荷莉和蜥蜴跟过来，坐在我们身后保留给被告律师的座位。我把案件档案放在桌上，审视整个法庭，大卫则在适应环境。检方的桌子是空的，瑞德想要来个戏剧化的入场。书记官派蒂坐在高高在上的法官席前方。除了派蒂、法庭警卫，以及纽约半数的媒体，法庭内没有别人。

至少我这么以为。

库奇从派蒂的桌子底下冒出来，站起身，拉了拉裤腰，然后回头指着派蒂桌子底下的计算机，悄声吩咐着什么。派蒂点点头。

库奇从口袋拿出一张纸条，取出眼镜盒里的眼镜戴上，开始念纸条上的字；而派蒂则在计算机上打字。

派蒂微笑，朝库奇点头。他对她眨眨眼睛，一手按在她肩膀上，然后凑到她耳边说了句悄悄话。她笑了。他看到我在被告席，便绕过书记官的长椅，经过检方席，坐到我右边。

"都安排好了？"我问。

他竖起大拇指。

"大卫，我要向你介绍库奇，他是你的辩护律师团队的最新成员。"

大卫站起身，诚恳地与库奇握手。与此同时，大卫忍不住打量他的新律师。库奇的领带宽到不可能是 1974 年后制造的，衬衫领子微微发黄，西装倒是挺合身，应该是近十年买的。

"谢谢你帮我。"大卫说。

"我很荣幸。"库奇说。

"艾迪，可以跟你讲两句话吗？"库奇问。

"好啊。"我说。

我们晃到证人席，那里不会被人听见。

"你今天赢不了预审的。"库奇说。

"我并不指望能赢。我是有准备一些弹药，但它可能是把双刃剑……"我停止说话。库奇在摇头，他指的并不是证据。

"你知道我们的新法官是谁了，对吧？"我说。

他点点头。

"不会是罗林斯吧。"我问。

他的脸皱起来，再次点头，脸上带着歉意。我执业的第一年，全心关注的一件事，就是摸清每个法官的脾性。有的法官对特定类型的犯罪判得特别重；有的法官不能接受自我防卫的案子；有的法官遇到毁损罪就特别亢奋，也有特别兴趣缺缺的；有的法官完全听不进辩护律师说出来的任何一个字。

其中最糟的就是罗林斯法官，他刚当上法官不久，而且还不曾让一个被告用低于五位数的保释金交保过。他上任这两个月以来，没有驳回过一件检方的案子，不幸被他审理案件的被告有九成被判了最重的刑罚。

他正在建立令人畏惧的名声，消息在辩护律师之间传得很快。这几周下来的结果，正是这位新法官所期望的。认罪协议是家常便饭。没有人对告诉提出异议。每一个被告都认罪，而法官手头的案子已经看起来很少了。上星期他每天下午都很早就下班回家，因为他已达成当天的目标案件数量。

我得想出办法来应付罗林斯，如果我办不到，这案子还没开始就已经结束了。

"我马上回来。库奇，如果法官出现，就来叫我。"我说。

我解开外套扣子，从内侧口袋取出手机，边拨号边往法庭外走。

她们几小时前就应该落地了。大卫曾试着联络直升机包机公司，他们应该在克莉丝汀、艾米和卡梅尔下飞机时去接她们的，但办公室一直没人接电话。我抬起头，扫视走廊。没有人往我这里看。我一拳捶向墙壁，压低音量不断骂脏话。我有一种下坠的感觉，五脏六腑都冲向喉咙，还有股巨大的冲动想要攀住什么东西，以遏止世界继续翻转。我一手撑着门稳住身体，吸气，吐气。大卫需要我有个清醒的脑袋。

我告诉自己她们没事。我唯一能做的就是祈祷她们在路上遇到什么障碍——没有信号，或是她们把手机弄丢了？想到这里，我的喉咙紧缩，我用力闭上眼睛想要把这些念头驱走。

有人在轻点我的肩膀。

我有点吃惊地转头。

雷斯特·戴尔把一部手机递向我,面无表情地说:"有人打电话找你。你有大麻烦了。"

00:73

我看出戴尔的眼角有一丝诡谲的笑意。

我接听电话。

"艾迪。"克莉丝汀说。感觉好像我被连上电网一整夜,而听到她的声音就像拔掉插头、切断电路,让我身上每一条肌肉都放松了。

安心的感觉足足维持了两秒。

"老天,这是怎么回事?我被逮捕了。"克莉丝汀说。

"什么?"

"他们从雷莫的小机场就开始跟着我们。几小时前,两个联邦探员把我们抓起来。直升机将我们载到格雷斯岬,他们一定在监控它。他们在路上等我们,差点把我们逼得开出高速公路。真是烂透了。我以为我们已经谈好条件了。"

"等一下,你们还好吗?艾米没事吧?"

"她被吓坏了,我也是。他们抓我时,把她留在卡梅尔身边。我现在在运囚车上,正在前往某个地方,我不知道是哪里,这里没办法从窗户看到外面,但我想我们是去——"

通话中断了。我转身背对戴尔,把手机换到左手,然后说:"等我一下,别挂断,克莉丝汀,告诉我……"

我以脚跟为轴心转身，肘击戴尔的脸，顺势转了一圈，紧接着用右直拳把他打倒在地。他还来不及反应，我已经扑到他身上，用膝盖牢牢压住他的肩膀。我弯下腰去，手指用力抠住他的脸。他挺起身子乱踢，但被我压制住。

"你这个王八蛋。你叫人去抓我太太。我女儿在车上，她有可能被害死。我们谈好——"

戴尔的膝盖用力撞向我的背。他扣住我的手腕，一腿跨上我的肩膀，然后用力推。我扭过身试着抓住戴尔的脚踝，两手迅速往后方抓去。

不过比起抓住他的脚踝，我有更好的主意。

我让他把我推开，对于一个年龄几乎是我两倍的人而言，戴尔的速度让我惊讶，他在瞬间便翻身压在我身上。

他快速朝我的肾脏狠击两拳，然后我听到警卫暴喝一声，戴尔的重量便离开我的胸膛。

"雷斯特·戴尔，联邦项目小组指挥官。"他拿出警徽，把证件伸出去给警卫看。我抬起头，看到大汤米。

"这个人袭击了正在执行勤务的联邦执法人员，你看到了，马上逮捕他。"戴尔上气不接下气地说。

我伸展一下背部，慢慢站起身，看着大汤米的肚子。他的头比我高出好几十厘米。我头晕目眩，于是半坐半跌回地上。我坐在那儿，双腿伸直，呼吸很用力。我抬起头，感觉到一股火辣辣的刺痛，看到汤米朝我点了一下头。

"我什么都没看见。"汤米说完便走开了。

戴尔眼见他离去，骂了一句脏话，然后坐到12号法庭外的长椅上。

"你想怎样？"我说。

他笑了，摸摸嘴唇，往地上啐出一点血。法庭的门开了，有个记者把头伸出来。我带着凶狠的表情挥手打发他。他又把门关上。

"你老婆的豁免条件是她在审判时作证指控杰瑞·辛顿和本·哈兰。你可能还没听说，本·哈兰已经死了。今天早上在东河被发现的。他买了豁免的门票。辛顿在清理门户。今天早晨纽约市警局找辛顿问过话了。据我们所知，在哈兰的船离岸的时间，那家伙有不在场证明。不幸的是，辛顿只是我们奖品的一半。那笔钱今天下午4点会进入曼哈顿的一个账户，而且是本·哈兰名下的账户。我不知道辛顿要怎么拿到钱，但除非我们压着他把钱提出来，或转到他名下，否则我们拿他毫无办法。也许他根本就没打算动那笔钱，也许他在别处藏的钱已经够多了。我想这就是为什么最终的账户总是本·哈兰名下的账户吧，这是一种自动保险机制。如果事情出了错，辛顿可以干掉哈兰，把所有洗钱的罪名都推到死人身上。我们真的没有任何证据能把那些钱跟杰瑞·辛顿扯上关系。所以我们别无选择，只能从本·哈兰陷害的员工身上下手。而你老婆就是其中一人。"

他咳了几声，又吐出一点口水，定了定神，然后倾身上前。

"豁免协定已经随着本·哈兰死去了，但我要给克莉丝汀最后一次机会，一切都取决于你，艾迪。大卫·柴尔德骗了你，他涉入的程度比你以为的更深。他设计那套算法不是为了防堵网络攻击——而是为了躲避联邦调查局和财政部的耳目。这不是完美的证据，不过也许足以让我们将他定罪。帮我弄到认罪协商，让他作证是杰瑞·辛顿命令他设计程序来洗钱。作为交换，他会因谋杀被判十年，运气好的话，也许五年就能出来了。这是你现在唯一的选择，也是克莉丝汀唯一的选择。你应该让这小子认罪才对，而不是帮他脱罪。你搞我，我就搞你。"

"我给你的手机呢？你不能从吉尔的手机查出什么东西，证明是杰瑞·辛顿派人暗杀克莉丝汀吗？"

"你把手机交给我的 1 小时后,就有人从远端销毁了所有资料。我们甚至不确定那是怎么办到的。联邦调查局的科技人员都摸不着脑袋。"

我想到朗希默。既然他能在 1 分钟之内追踪到我的手机,自然也能清除手机的存储卡。

"有人在陷害大卫并帮助事务所。我越想越觉得这家伙有问题。我不知道他跟事务所有什么瓜葛,不过他是整件事的核心人物。他的名字是伯纳德·朗希默。"

"伯纳德·朗希默是什么人?听着,艾迪,别胡说八道了。大卫杀了他女朋友,杰瑞·辛顿主导事务所的洗钱勾当——就这么简单。别走岔路了,这是你最后的机会。"

归根结底,就是要二选一。

大卫还是克莉丝汀?

我无法两个都救。如果我不接受这个交换条件,最有可能的结果是大卫和克莉丝汀都得在监狱度过余生。这交换条件是合理的,我所要做的只是说服我的委托人认罪。

我慢吞吞地站起来,抚平西装,调整一下领带。

"我不接受。我回来执业的时候就跟自己说,我会做正确的事。大卫·柴尔德没有杀那女孩,而我会证明给大家看。"

"你什么时候开始在乎事情的正确与否了?你是个辩护律师。我不在乎要不要起诉你老婆,或是其他职员——我要的是合伙人。我现在逮不了本·哈兰,所以我需要杰瑞·辛顿,整个任务才算成功。"

戴尔的手机响了。

他接听,然后挂掉。

"杰瑞·辛顿刚进电梯,不能让他看到我们在一起。想想你在做什么,想想你老婆。"

视线模糊了,我抹了一下眼睛,清清喉咙。

"这用不着你来说,戴尔。"

"别忘了让她知道你的选择。我的人把卡梅尔和艾米留在原处,她们现在置身事外。克莉丝汀则正往这里来。最多 1 个小时,运囚车就会把她送进看守所。如果到时候我们还没拿到认罪同意书,她将被控以洗钱、共谋、欺诈等本·哈兰落水之后躲掉的所有罪名。别再胡搞瞎搞了,给我弄到认罪同意书。做好你该死的工作,好好照顾你老婆。"说着,他便起身走回法庭内。

大汤米站在离我大约 6 米远的地方,他确定戴尔离开后才转身走掉。现在走廊上空无一人。

我从外套口袋拿出戴尔藏在脚踝处的武器,检查后确认第一发子弹已经上膛,然后把这把鲁格 LCP 塞在裤子后口袋,跟着他走进法庭。

00:74

杰瑞·辛顿高大的身躯堵住门口。我背对着仍然空着的法官席,站在中央过道上,手插在口袋里,等他。

辛顿在同样一批律师助手的簇拥下,大步朝我走来。他的脸因为有一层汗水而发亮。他看起来就像穿着千元西装的角斗士。

他在旁听席就座前说:"希望我很快就能见到克莉丝汀,我相信我们有很多可以讨论的事情。"

他坐下来,交叉起手臂。我转身走回被告席,血液在我耳内奔腾轰鸣。我真想扭断辛顿的脖子。

然而我只是坐下来,把案件档案打开。

"大卫，戴尔向我提出条件。他说你被哈兰与辛顿雇用时，是为了特定目的而设计算法，也就是以安保程序之名行洗钱之实。我知道事实不是如此。"

"我不知道事务所的钱来源有问题，整个设计都是基于那些钱是合法的前提来进行的。如果他们送进来的钱是黑钱，那么保护那些钱的算法确实也会把它们洗干净。但我真的不知道。我向你发誓。我不会作证说我写了一个洗钱程序——那不是我的本意。"

"戴尔说如果你承认谋杀罪，并且作证事务所要求你设计数码洗钱方法，就给你判十年。我必须告诉你，我们今天是有几招可以用，但检方的本钱很雄厚，而我们又遇上很糟糕的法官。"

我略过了克莉丝汀的部分，我不希望蒙蔽这孩子的判断力。整体说来，这条件很划算。

"我没杀任何人，我也从来没有为了犯罪而设计任何东西。我不干。"

如果原本我还存有疑虑，那么现在它们都烟消云散了。有罪之人是不会白白放过这大好交易的，他们会用双手牢牢抓住。有时候，即使这是错的，清白的人也会接受条件。接受审判并冒险被判十五年，还是认罪关三年，司法游戏不适合无罪之人。我发现自己很崇拜大卫，无论如何，这孩子都很勇敢。

戴尔要让害死苏菲的凶手伏法，这我毫不怀疑。有过那种创伤的人再也不会跟原本一样了。他们要不就是像只刺猬，要不就是像戴尔一样，不希望任何人遭受同样的痛苦。他不能让另一个被害者躺在泥土中，而凶手却逍遥法外。此外，戴尔知道柴尔德绝不会承认在设计算法时有犯罪意图——也许是因为那是事实。戴尔不在乎——就他所知，柴尔德就是个杀人犯，而且是他为事务所提供了洗钱的工具。他想利用柴尔德，为了达到目的，他得掌控大卫的人生。认罪协商能赋予戴尔他所需要的所有掌控权,借此把大卫当作对付事务所的武器。为了拿到他要的武器,他把我太太的命置于险境。

我得好好打这场仗,一件一件来。先帮大卫洗清罪名,再想办法搞垮事务所,才能拯救克莉丝汀。

"我相信你,大卫。"我说。

法庭后侧的门开了,距离我们大约30米。我听到另一组人马走进来。

"我感觉原力受到扰动。"库奇说。

一群助理检察官拖着证物箱与资料夹进入法庭,瑞德走在他们后头。瑞德看起来很坚定。这次他手里没有手机,他已经玩够媒体游戏了。他需要一项对他有利的判决,然后他才会把胜利散布在所有频道、报纸、日志和杂志上。

"我不认为他会欣赏你的《星球大战》玩笑。"我说。

"很好。"库奇说。

库奇站起来,朝地方检察官伸出手。

"我们应该没见过面。我是麦克斯·库奇隆,叫我库奇就好。"

"迈克尔·瑞德。"他说,与库奇握手。

"哦,我知道你是谁,只是你没戴头盔,我就没认出来。"

00:75

罗林斯法官从办公室走出来,整理了一下法官袍,然后就座,法庭内变得一片寂静。没有人宣布开庭。罗林斯告诉书记官,他进来的时候不要喊肃静,因为"我本人代表的权威自会创造静默"。这故事流传得很快,有一票比较资深的辩护律师故意在罗林斯进入法庭时继续大声交谈,就只是为了气他。

不过他并不需要有人气他,就已经比平常更不爽了。

"现在开始进行'柴尔德公诉案'。"他一边说,一边审视法庭,享受大批媒体的关注。

他望向检方席,点点头。"瑞德地方检察官,很荣幸在我的法庭上见到你。"

"我一向乐于站在正义的一方。"瑞德说。

我听到有些记者发出反胃的声音,接着紧张而含糊的笑声传遍整个法庭。罗林斯彻底忽视这些杂音,把注意力转向我。

他年近五十,不过看起来更老一点。在我看来,他也快弃守他的腰围了。尽管有那么多赘肉,他并没有显得慈眉善目——在他浅褐色的头发底下,是张愤怒的脸孔。他的肤色像泡得很淡的茶,嘴唇肥厚而干裂。罗林斯原本是税务律师,后来申请法官职位。在他成为法官之前,他跟刑事法庭最接近的时候,是他开车上班经过刑事法院大楼的那一刻。

"这位是……嗯……"他把登记事项表举在面前,仿佛它有毒。

"我姓弗林。"我说,谨慎地先起立才对他说话。

"弗林?我以为登记的律师是哈兰与辛顿。"

"我是登记的律师,而且次席律师也有变动。现在出席的是库奇隆先生。"我说。

库奇站起来,面带微笑鞠躬。

我从罗林斯不悦的表情看得出来,他在法庭上跟库奇打过交道。

"嗯,在我们开始之前,我要问被告是否愿意放弃听证会。这些势必都只是形式,弗林先生。你的委托人一定了解,若不是有充分的证据,他也不会被警方逮捕和控告。"

"我们不认同,所以我们才会在这里,法官大人。这就是为什么我们会有预审听证会,是为了让被告能质疑薄弱而不充分的证据……"

"我知道刑事诉讼的程序,弗林先生,你不用给我上课。"他说。他的脸色已经变得像被阳光晒熟的水果。

"检方将传唤他们的第一位证人。"

瑞德拿起一沓薄薄的文件,由检方席站起来,把文件交给书记官。

"法官大人,我能不能做个简短的开场陈词,说明证据及协助庭上?"

"当然可以,瑞德先生。"

"谢谢您,法官大人。我将简短而彻底地展示,到目前为止,我们为此桩谋杀案所保存的相关证据。检方坚定地相信,这些证据在鉴识方面能以间接方式有力地证明被告大卫·柴尔德先生有罪。"

瑞德话讲得很慢,眼睛一直盯着法官的笔,看着它在法官的笔记本上滑行。罗林斯尽可能记下每个字。瑞德知道他的习惯,所以刻意调整说话速度,确保法官一字不漏地记下来。这同时表示记者以及他的任何一个助理都能逐字记下他的演说。他的双脚分得很开,两手轻轻合起,说话时就能自然地搭配手势。瑞德是位经验丰富的诉讼律师,他完全知道怎么在法庭上展现自己的自信与权威。

"法官大人,我们将传唤数名证人,以证明此案有再充足不过的合理根据。此案的被害者遭到杀害时,大卫·柴尔德是唯一跟她在一起的人。现场没有别人,除了被告之外,不可能还有别人犯下这项罪行。此项证据将由两名证人作证。格什鲍姆先生,他听到枪声;还有大楼安保人员理查·弗瑞斯特先生,他发现了尸体。

"犯罪现场调查员鲁迪·诺伯将说明死因,并揭示加诸被害者身上的暴力行为,只能形容为激情犯罪。这是情杀。

"然后,关于被告落网这方面,伍卓先生将作证他发生一起车祸,肇事责任在他，事发时他的车撞上被告价值百万的布加迪威龙。伍卓先生在超跑中看到武器，于是报警；而菲尔·琼斯警官由被告车辆的脚踏垫上，查获他所看见的武器——一把小型手枪。

"法官大人，我们不久前收到弹道证据，证明在被告车上找到的武器确实就是本案凶器。我们的弹道专家皮伯斯先生将作证，由被害者身上取出的子弹刻痕，符合案发后几分钟被告持有的武器。我们保留权利，提交这份专家报告而不传唤皮伯斯先生。"

地方检察官从波特之耻中学到了教训，这项证据将直接送到法官面前，不给我交互诘问皮伯斯的机会。罗林斯将对这项证据照单全收——大卫车上的枪是凶器，而我一个字都不能质疑。皮伯斯的报告内容有一点让我耿耿于怀——即使用了冶金复原技术，他还是无法在凶器上找到序号。基本上，美国每一把枪上都有制造商的序号——就算用锉刀把序号刮掉，专家还是能把武器泡在一种强酸里，让他们能用显微技术追踪枪被刻上序号时留下的印记。皮伯斯说即使他们尝试这个方法，还是找不回任何序号。

"最后，"瑞德继续说，"摩根警探将针对被告公寓的监控画面做证，那些画面将不留一丝疑虑地证实被告就是凶手。"

"除非还有别的事，检方在此传唤第一位——"

罗林斯把注意力转向我，脸上带着疑惑。

"弗林先生，我要再次请你考虑，基于检方的开场陈词，你的委托人是否希望放弃这场听证会。法庭的时间很宝贵，我的时间也很宝贵。"

大卫的腿在桌底上下抖动，焦虑像是咖啡因在他体内奔窜。我望向库奇，他在读早报，完全没听进地方检察官说的任何一个字。瑞德看起来像个胜利者。我突然很在意自己穿着跟昨天一样的西装和衬衫。我还是没刮胡子，神经衰弱，我老婆即将被控联邦罪名，而且我穿着这身衣服睡觉。

这些事同时在我脑海中乱窜时，我说："法官大人，我们要进行这场听证会。"

罗林斯法官叹口气，摇摇头。旁听席响起喃喃的耳语声，罗林斯让骚动过去，没有多加评论。他似乎对我太不爽了，根本没注意到。

"我不太能接受，弗林先生，这个案子势必要由陪审团定夺。"罗林斯说。

我有两个选择：不要理这个浑蛋，执意继续听证会，或是向罗林斯传达一个讯息，冒险让大卫更屈于劣势。稳妥的选择是，不管他怎么说，让第一个证人出场。

我这个人最爱冒险了，如果此招奏效，我就有了对付罗林斯的手段。

"法官大人，我可以上前吗？"

"不行。我不认为有任何私下谈话的必要。这是公开听证会，如果你有话要说，就直接说出来。"

我早就料到他不会让我私下谈话，他对我能说的任何内容都不感兴趣。那好吧，我心想。

"好的，法官大人。辩方想提出申请，请您回避此案。"

现在轮到瑞德诧异地笑。

罗林斯把笔放在桌上，交叉起手臂，似乎把屁股稍稍抬离座位。

"律师，你要我回避，有什么根据？"

"因为偏见，法官大人。我的委托人无法从您手里得到公正参与听证会的机会。您听了瑞德先生的说法，并且由您的发言可以明显看出，您对此案已有定见。您的立场偏向检方。"

"立刻到我的办公室来。"罗林斯说。

我起身时，感觉手机振动。我等罗林斯转过身去，才检查手机。是肯尼迪发的短信。

> 我有一些有趣的发现。我很快就到。

00:76

"我这辈子还没受过这么大的羞辱。"罗林斯边说边在他的桌子后头来回踱步,"我应该判你藐视法庭。"他说。

瑞德摇摇头。"法官大人,我能理解您一定很不悦,不过这么做会不会稍嫌过头了?那也可能助长弗林先生的说法。"

我把双手从口袋里抽出来,审视着瑞德。他盯上我了,我必须再小心一些,他是个危险的对手。

罗林斯用食指轻敲桌面,努力控制住脾气,他脖子上鼓起的血管撑开衣领。

"你竟敢在我的法庭上提出这样的指控。这是尊重问题,弗林……"罗林斯不再用正式的称呼叫我,"你要立刻在公开法庭上收回这无礼的指控,并且向我个人道歉。如果你这么做,我会考虑不向律师公会投诉。你明白吗?"

"完全明白。您建议由哪位法官来替代您?"

"你说什么?"

"嗯,显然,如果您向律师公会投诉我,在他们宣告结果之前,您不能继续主持我委托人的案子了,您必须回避。所以,谁是您的替代人选?"

他及时管住自己的嘴巴。我看得出,罗林斯在想,他低估我了。他不是第一个,还差得远呢。

"我不敢相信,你胆大妄为到敢站在这里——"

"法官大人,恕我直言,您在公开法庭上两度要求我逼迫我的委托人放弃预审。您甚至说这案子应该交由陪审团定夺,而您根本还没听到任何证词。您只听了地方检察官的开场陈词。在我眼里,您已经决定这个案子要偏向检方的立场了。"

"我当然还没决定。"

"不过您能理解我的印象从何而来。"

他走到桌子后方的椅子旁,小心翼翼地坐下来。他多出来的那层下巴在领子上抖动,手指交错搁在肚子上。他考虑着自己的处境,怒气逐渐消退了——取而代之的是疑虑。

"我的话完全是顺口说出来的,弗林先生,仅此而已。我只是在考虑是不是能加快这场审判的进度。你的委托人有权接受快速的审判。"

我没有回答,只是低着头,牢牢盯住法官。他只跟我对视了一秒,就闪开目光。

"说真的,你没有理由说我偏颇。"罗林斯摊开掌心,手指张开。他是在问我,不是在告诉我。自从他冷静下来后,他就在脑中重复播放自己提出放弃预审的要求——怀疑自己是不是越线了。

我不发一语,由他去烦恼。

罗林斯望着瑞德,鼓励他帮个忙。瑞德不想蹚这浑水,以免显得他是在挺他的好伙伴——法官。他故意翻看证据档案,借此回避法官的目光。

"弗林先生,我并没有对你的委托人怀有负面的偏见,你可以接受这一点吗?"

我双手叉腰,点点头说:"法官大人,既然您这么说,那我就愿意相信,但我也不能懈怠对委托人的义务。法官大人,这一次我就不坚持要您回避了,不过我保留再次提出的权利,如果有必要的话。我相信不会有这个必要。"

法官站起来,点点头,挥手要我们回到法庭。我们走出办公室时,瑞德趁着背对法官的机会咬着牙摇摇头。他知道罗林斯为他带来的优势这下没了。

我扳回了一城。罗林斯身为新科法官，并不想做出关于回避的裁决，他怕我会因为他决定不回避而提出上诉。一个初出茅庐的法官最不乐见的就是让资深法官来检视他的表现，而他才刚上任5分钟而已。因此，现在的罗林斯会确保我没有机会再提出他有偏见的说法——方法是给我多留一点余地，对辩方再友善一点。而瑞德也猜到我的心机。我忍不住想要挑衅瑞德。

"要搞偏见这一套，不是只有你会。"我说。

他只能勉强用假笑回应。

瑞德和我回到法庭，罗林斯跟在后头，人群发出的噪声静了下来。我在辩方席就位，瑞德回到讲台前。

"法官大人，我们现在传唤检方的第一位证人，格什鲍姆先生。"

库奇对我比大拇指。

好戏登场了。

```
00:77
```

枪击前9小时

李欧波德·麦斯米伦·格什鲍姆先生宣誓之后，用纯正的布鲁克林口音，向书记官报上他的全名。他的嗓音从胸腔内刺耳地传出，像是涂了太多润滑油的旧引擎咻咻作响。他解开花呢外套的扣子坐下来。我猜他将近60岁。他那头灰白夹杂的假发看起来好像已有超过二十年的历史,红棕色的小胡子则让那不贴合的假发显得更加荒谬。他似乎并不在意。银行里有 3000 万,有过四次离婚记录,旁听席还坐着未来的"前"格什鲍姆太太——曾荣为《花花公子》当月玩伴女郎的浅金发美女,她来此是为了给丈夫精神上的支持——拥有这些的格什鲍姆有本钱在外表上稍微偷懒一点。

我能听到瑞德翻动档案的声音、格什鲍姆双脚焦虑地轻点地板的细微声响、空调的嗡鸣,以及我手中把玩笔发出的嗖嗖声。这是暂时的宁静,瑞德即将用检方的说法填满听证会的空白页面。

"格什鲍姆先生,你的职业是什么?"瑞德问。

格什鲍姆对此早有准备,只见他转过身,全神贯注地看着法官,然后回答问题:"我是知名电影导演。"

法官瞪大眼睛,平素垮着的脸露出一抹微笑。

"我看过你拍的电影吗?"罗林斯法官问。

"很有可能,法官大人。"格什鲍姆在椅子上稍微坐直了一点,"两三年前,我执导了一部电影,片名是《小溪童子军》。"

罗林斯把笔放下,靠向椅背。

"嗯,格什鲍姆先生,我得说那是我最喜欢的电影之一,了不起的美国故事。哎呀,哎呀。你可以继续了,瑞德先生。"

瑞德借由这令人作呕的一招,让格什鲍姆变得算是刀枪不入。如果我对法官最爱的导演下手太重,我会死得很惨。

库奇倾身过来,悄声提出建议:"对格什鲍姆手下留情。罗林斯是重度电影迷,他爱死这家伙了。"

"别担心,我会把他变成我们的人。"我说。

库奇那一对粗野而有特色的眉毛往上挑,都快碰到他的头顶了。当检方有个法官或陪审团喜欢的证人,你若攻击他们势必会损害自己的案子。遇到这种情况,你只有一个选择——翻转他们。法官喜欢、相信对方的证词是吧，那好，你只要使那证词对你有利，而不是对检方有利就行了。诀窍就在悄悄翻转证人，不让检察官或法官察觉。

"谢谢您，法官大人。"瑞德说，"现在我要讨论3月14日傍晚的事件。格什鲍姆先生，那天晚上你在哪里？"

"我在我位于中央公园西大道的公寓里，在看样片。"

"你的公寓在几楼？"

"二十五楼，在中央公园11号的塔楼。塔楼每一层楼只有两户公寓，较低楼层每层楼则有三户。"

"样片是什么？"

"哦，抱歉。样片是前一天拍摄完整理出来的影片。我们前一天在小巷子里拍一场枪战，我正在边看影片边做笔记，要给剪辑师看。"

"有人跟你一起待在公寓吗？"

"没有，只有我一个人。"

"你是什么时候开始看样片的？"

"大约7点半，吃完晚餐就开始看了。"

"那天晚上有发生什么异常的事吗？"

"是的。将近8点的时候，我听到一连串响亮的砰砰声。听起来像枪声。一开始我不确定我听到的是什么，我们拍的影片里有一些武器的音效。不过后来我把电视音量调小，仍听到一连串爆裂声。声音很大，而且速度很快。"

"你听到几声？"

"我不确定，声音太快了。也许5声？也许更多。"

"你听到这些声音后做了什么？"

"嗯，我还是不确定那是什么声音。公寓的隔音效果蛮好的，所以我不认为那声音来自街上。我心想那只可能是从楼下传上来的，便打开阳台的门，走出去查看。"

"你看到什么？"

"我把身体探出阳台，本以为会看到一辆车逆火冒烟，或是有人在公园放烟火。当时已经快到圣派翠克节了，有人提早开始庆祝也不是什么稀奇的事。你也知道，爱尔兰人就是那样……"

"你有看到你说的东西吗？"

"没有，先生。我仔细看了一下。这时候突然就发生了爆炸，玻璃喷得到处都是。是从隔壁公寓的窗户飞出来的。我只看了一眼就跑回屋里。"

"请继续说。"

"嗯，我被吓得够呛，不知道发生了什么事。我以为有人拿来福枪扫射大楼，或是隔壁公寓有人开枪。我抓起手机就直奔紧急避难室。"

"我试着打911，但屋子里面没有信号。我不想走出那个房间，担心万一有状况会赶不回来关门，所以我用了避难室的电话，直接打给楼下的安保人员，告诉他们发生了什么事。"

"你有把自己锁在紧急避难室里吗？"

"没有，我有轻微的幽闭恐惧症，除非真的别无选择，我才会关上那扇门。"

"下一个问题非常重要，格什鲍姆先生。在你看到窗户爆开，到你打给安保人员，这中间隔了多长时间？"

他就像所有善良诚实的证人一样，花了点工夫思考。

"我马上就打给安保人员了。我是说，我很害怕。所以大概是，嗯，10秒之内吧，我就拿起电话了。"

瑞德用华丽的手势从档案中取出一份文件连同复印件走向法官。

"法官大人，进行到这里，我们想要引用检方证据TM1。之后摩根警探会正式认证这项证据。若辩方允许，现在或许是引用它的恰当时机。"

"我们不反对。"我说。

罗林斯点头同意,接过文件复印件,并要求书记官登录。

"格什鲍姆先生,这是你们大楼的安保记录。它数字化记录住户拨打紧急电话的时间。如你所见,记录显示3月14日晚上8点02分,你的公寓拨出一通紧急电话。正确吗?"

"是的。"

"你会在这页底部看到,安保人员理查·弗瑞斯特到达你公寓门口时,曾用对讲机联络安保中心。记录中那是晚上8点06分的事。这符合你的记忆吗?"

"我想是的。"

"安保小组是如何进入你的公寓的?"

"我可以用紧急避难室里的控制面板开门让他们进来。当我从我家门外的监视器看到他们时,我马上就开门了。"

"接下来呢?"

"我告诉他们发生了什么事,其中一个警卫走到阳台上。然后我猜他们就发现她了。"

"除了你公寓的前门,还有别的路可以离开吗?"

"没有。"

"就你所知,柴尔德先生的公寓是否也是类似的格局?"

"我相信是的。我租下公寓时就知道,我不能更改建筑结构。我想柴尔德先生也受到同样的租约约束。所有住户应该都受到相同的条件规范。所以,对,前门是唯一的出口。"

"有没有可能借由你的阳台离开柴尔德先生的公寓呢?"

瑞德在把所有未交代清楚的疑点都一网打尽——毫无悬念地证明在凶杀案发生的时间点,柴尔德人就在犯罪现场。

"除非沿着建筑外墙往下爬,像蜘蛛人之类的。"

"你说你进到紧急避难室之后,没有把门关上,因为你有轻微的幽闭恐惧症。那你还能看见你的阳台吗?"

"是的。"

"所以,在听到枪声和安保小组抵达前的时间段里,你有没有看到有人离开柴尔德先生的公寓,进到你的阳台?"

"没有。我一直在留意阳台,担心有人跳过隔墙,试图跑进我的公寓。如果有的话,我就得把紧急避难室的门关上了。除非真的必要,我不想把门关上。我在密闭空间会很不舒服,自从我在松林制片厂一条隧道里连拍了六个星期的夜戏之后就这样了。"

"我问完了。"瑞德说完回座。

我站起来,扣上西装外套的扣子,对格什鲍姆露出微笑。

我其实只有一个问题,一个简单的问题。我要把一颗雪球往山坡上丢,期许这个问题能够沿着坡道滚下去,并且越滚越大,滚到底部时,它能像大铁球粉碎小木屋一样,击垮瑞德的论据。

我清了清喉咙,正准备开口,法庭后侧的门突然砰地打开。两个联邦探员一左一右把我老婆夹在中间。

即使隔得这么远,我仍能看见她的泪水、颤抖的双手,以及纤细手腕上灿亮的银色手铐。

00:78

法庭后侧有排固定在墙上的座位,保留给法警、执法人员和保释代理人。其中一名探员用大衣盖住克莉丝汀的手腕,引导她坐到那里。他们就是要我看见手铐,之后便可以维持低调。

我在人群中看见戴尔那张有胡子的笑脸。他眨眨眼睛。

压力。戴尔最爱利用压力了。他会运用所有优势来迫使交易完成。我看到辛顿从旁听席站起来走出法庭，他经过克莉丝汀时朝她点了点头。

我感觉有根冰冷的尖刺抵住我的背，寒意往上蔓延到脖子，几乎就像我腰间的手枪在呼唤我。我的眼睛发热，考虑着是否要快速拔出武器，抓住克莉丝汀，然后拔腿逃跑。如果我们能离开法院，就能躲起来。但那不是克莉丝汀或艾米能过的生活。

"弗林先生？"

罗林斯在叫我。我转头面对证人——背对我的妻子，背对她发红而充满哀恳的眼睛。这时我脊椎里冰冷的刺痛感融化了。

要救她只有一种方法。她的命运和大卫·柴尔德的命运息息相关，就像我和她的关系一样密不可分。我不信任戴尔，我由惨痛的方式学会信任我自己的直觉。当下我并不能说出个道理，但我就是知道如此。为这孩子脱罪——我只要做到这件事，克莉丝汀的困境自然就能解决。

"抱歉，法官大人。"

不出我所料，罗林斯翻了个白眼。我相信他仍然认为这场听证会是浪费时间。

"格什鲍姆先生，你听到枪声，便走到阳台上查看，接着你看到隔壁公寓的玻璃爆开。所以，子弹穿透柴尔德先生的阳台窗户后，你就再没听到枪声了？"

他垂下目光，眨了眨眼睛，开始摇头。

"没有，有的话我一定会听到。窗户爆开后就没枪声了。"

"我问完了。"我说，瞟向瑞德。他的笔尖在纸页上停住，然后望向助理们，两手一摊，好像在说：就这样？

我心头一喜，瑞德没有看出端倪，如果案件的其余过程也照我期望的进行,格什鲍姆将成为对被告有利的主要证人。

"检方要进行再次直接讯问吗?"罗林斯问。

瑞德摇摇头。

"传唤下一位证人吧。双方律师,我们要加快进度。"罗林斯说。

"检方传唤理查·弗瑞斯特。"

瑞德说话时不忘狐疑地打量我,他开始怀疑他是不是漏掉什么了。

走道上传来脚步声,我根本没听到门打开。是肯尼迪来了,他手里抱着一沓文件,差点跟下一位证人撞个满怀,因为他一心想让我看看他发现了什么。

四张纸,四份文件,各复印成五份,分别要给我、法官、检方、证人,以及要归档作为证据原件。

我读着文件的同时,安保人员弗瑞斯特开始宣誓。

"这是什么?"大卫问。

"雪球,"我说,"吓死人的大雪球。"

00:79

肯尼迪告诉我,他有一个在项目小组里的联邦调查局好哥们打电话告诉他克莉丝汀的事。

"我很抱歉,艾迪,这样不对。我哥们告诉我卡梅尔和艾米都很好,她们还在格雷斯岬。至少艾米是安全的。"他说。

"她还太小,不该经历这一切。在她受到那么多惊吓后,又眼看着母亲被带走……"我咬紧牙关,没再说下去。不论还会发生什么事,戴尔都要为我妻女受的折磨付出代价。

瑞德花了 5 分钟左右，引导安保人员说明大部分的证据。他们提到格什鲍姆最初的紧急求救电话、回应时间、进入格什鲍姆的公寓，以及爬过两座阳台间的狭窄空隙。他是个优秀的证人，回应清楚明白，而我从几项提问中得知，弗瑞斯特以前是警察。马德拉诺告诉过我，弗瑞斯特是因为一个有虐待症的警佐而离开警界的。他不太能适应那一类的权力制度，不过倒是在中央公园 11 号的安保小组找到自在的环境和更好的薪水。弗瑞斯特高而精瘦，衣领硬挺，西装外套胸前搭配红手帕，是个让人感到精确、诚实的证人。

"你进到柴尔德先生的阳台后，看到了什么？"瑞德问。

"我先看到阳台地板上的玻璃。接着拔出武器，蹲低身体，朝室内窥探。就是这时候，我看到一个年轻的金发女性尸体，面朝下趴在厨房地上。我看得出她的头部受到重创，而她极可能已经身亡。"

"接下来你怎么做的？"

"我越过阳台进入室内，尽量避免踩到玻璃，然后我用对讲机通知主管，要他进入柴尔德先生的公寓，说明我们遇上一具尸体，而犯人可能还在现场。"

"在你通报之前，你的主管并没有进入公寓？"

"没有。一般来说，未经允许，我们不能进入住户的住处，除非我们有证据显示他们或其他人的安全受到威胁。我们不是警察。那栋楼住着许多很有影响力的人，他们比大部分人更注重隐私。"

"请接着说。"瑞德说。

"我的主管报了警，告知警方我们即将进入公寓进行紧急搜索。接线员准许他这么做，于是他带着应变小组走前门进入公寓。我们仔细搜索公寓，没有发现别的人。结束搜索后不久，纽约市警终于抵达。然后我们清理现场，我向摩根警探提供证词。"

"谢谢你。"瑞德说，拾起他放在讲台上的文件。

"弗林先生,你有问题要问弗瑞斯特先生吗?"罗林斯问。

"是的,法官大人。弗瑞斯特先生,你进入公寓并发现尸体,然后你说你用对讲机请求支援,于是你的小组搜索整间公寓。正确吗?"

"正确。"

"描述一下搜索公寓的情形。"

"我们搜查了厨房、客厅、视听室、楼下浴室,啊——接着我们进行了卧室、浴室和书房的部分。"

"还有哪里吗?"

"没有了,嗯——也没有别的地方可以搜了。除了被害者之外,公寓里没有人。"

我父亲温热的气息拂在我耳边。人们相信眼睛能看到的东西。

下一个问题很冒险。我并不确定他的答案,这让我说话时感觉嘴巴很干。

"你们没有搜紧急避难室?"

警告标志浮现在他面前,就跟交通信号灯一样大,闪着红色表示危险。他思索着答案。

"当安保小组抵达时,他们已经得知柴尔德先生离开公寓了——所以没有必要搜索紧急避难室。他是唯一能够进入紧急避难室的人,而他已经离开了。"

这回答够好了,该往下一题移动了。

"弗瑞斯特先生,你曾担任警职,所以你应该受过枪支方面的训练,有一些相关经验?"

"是的。"

"根据你受的训练和经验,使用手枪瞄准并射完整个弹匣,重新装弹,再射完整个弹匣,这过程要花多长时间?"

他把腮帮子鼓出来,然后说:"我不确定,也许半分钟左右?"

"半分钟。你能做得再快一点吗?有没有可能在15或20秒内完成?"

"15秒真的非常快,也许20秒可以。"

"20秒,好。我看到你戴着手表,弗瑞斯特先生。"

他有一点诧异,眯起眼睛,扁了扁嘴。"是的,这是我太太送的结婚周年礼物。"

"你的手机在身上吗?"

"是的,我关机了。"

"在法官大人的许可下,我希望你暂时开机。"

"法官大人,我反对,这与案件有何关联?"瑞德说。

"我会很快,法官大人。这与案件确实有关,我马上就要说到重点了。"

"再快一点,弗林先生。"罗林斯说。

我们等着弗瑞斯特打开手机。这段暂停让我对接下来几个问题产生疑虑,但我相信冒这个险很值得。

"在我们等待手机开机的同时,弗瑞斯特先生,你能告诉我现在几点吗?"

瑞德对着法官抬起双手。罗林斯点点头,看着我。我用力瞪他,下巴绷得紧紧的,接着微微摇头,目光在罗林斯和瑞德之间跃动,好像我在等着法官声援瑞德,然后我就可以跳出来声称他立场偏颇。

"瑞德先生,我们暂且相信弗林先生吧。"

"谢谢您,法官大人。弗瑞斯特先生,你的手表显示的时间是?"

"11点02分。"

"你可以替我说出你后方墙上的钟显示的时间吗?"

他扭过身去,盯着看了一下,然后说:"11点05分。"

"而你的手机显示的时间呢?"

他按了个钮,叹口气,说:"10点59分。"

"所以光是在这个空间里,三个不同的装置就显示了三个不同的时间。弗瑞斯特先生,中央公园11号安保记录使用的系统,跟安保监控是不同的系统,对不对?"

"是的,它们靠两种不同的软件运作,用的系统也不同。"

"弗瑞斯特先生,在这起谋杀案发生后,你并没有确认过安保监控系统的时间码与安保记录的时间码是同步的,对吗?"

他噘起嘴巴,在椅子上挺起身子。

"对,我没有。"

我从肯尼迪给我的那沓文件中拿起第一份,把复印件发给罗林斯法官、瑞德,以及证人。

"弗瑞斯特先生,这是案发当晚911紧急报案电话记录的复印件。我想你知道当有住户拨打紧急电话时,有一条短信会自动传送给911,并记录这通电话。"

"我知道。"他说。

"你可以念出这份文件上显示911是几点几分收到消息的吗?"

他的眼中仿佛有火光,他念道:"20点04分。"

"谢谢你。"我说。

我坐下来,瑞德立刻站起来。

我突然意识到对大卫不利的证据是多么有分量,而辩护的论据只像一层薄冰。我必须小心地、缓慢地踩过这层薄冰,否则大卫、克莉丝汀、我,都会掉进冰冷而黑暗的深渊。

瑞德即将在冰上敲出一道巨大的裂缝。

"弗瑞斯特先生,如果时间戳记存在差异,被告有没有可能在谋杀发生前已经离开公寓了?"

罗林斯法官热切地点头——他也在想同一件事。

证人摇头。

"不，谋杀不可能是在被告离开公寓之后才发生的。公寓的入口和出口只有一个——前门。监控摄像头拍到的视频画面显示，柴尔德先生和被害者进入公寓，之后柴尔德先生离开。我亲自和格什鲍姆先生谈过，没有人经由阳台进入他的公寓，而且案发现场在二十五楼。我搜索公寓时，里头空无一人。我之所以说不可能，是因为被害者受的伤不可能是自己造成的，而且除了被告之外没有任何人离开公寓。能够杀害克莱拉·瑞斯的人只有一个，就是大卫·柴尔德。"

00:80

我身体里的每根末梢神经、每条肌肉、每一滴血液都要我回头去看克莉丝汀，但我知道，如果我这么做，我将冒着全盘皆输的风险。战场在这场审判中。

我要自己保持专注。

我悄声对大卫说："别担心，我们很好。"我们一点都不好。

大卫把恐惧吞下去，轻拍我的手臂。他仍然对我有信心。

至少有人对我有信心。

"诺伯警官。"瑞德说。

这个消瘦的男人戴着眼镜，穿牛仔裤、红蓝格纹衬衫，配上完全不搭的白色领带。他大步上前坐进证人席，脚上穿着牛仔靴，令人难以理解的是，这靴子让整套服装变得合理。

鲁迪·诺伯警官宣誓后，开始用领带末端擦眼镜。地方检察官最初的几个问题确立了诺伯是个经验丰富的犯罪现场调查员，他检验了被害者以及犯罪现场,并且用照片记录下调查结果。

"诺伯警官,根据你对犯罪现场的详细检验,以及法医的发现,你对谋杀发生的过程会做出什么样的结论?"瑞德问。

"根据被害者身上的伤口,以及嵌在被害者头骨中与地板瓷砖下混凝土里头的子弹,被害者应该是在脸部朝地趴着的情况下,头部遭受枪击。这一点让我推断她最初是被人由背后射击。被害者的腰部有两处子弹射入的伤口,其中一枚子弹卡在被害者的脊椎里,另一枚是完全穿透伤。那是——"

"抱歉,我可以打个岔吗?什么是完全穿透伤?"罗林斯问。税务律师没什么处理枪伤被害者的经验。

"这个词是形容一枚子弹进入被害者身体后,又穿透身体离开。"

"我懂了,请继续。"罗林斯说。

"根据这项证据,我相信这穿透被害者背部的第二枚子弹,不但在胸部留下很大的穿出伤口,而且也继续飞出去射穿窗户。"

"你怎么做出它就是击碎窗户的子弹这项结论?"

"我们在犯罪现场发现一个空弹匣,在被告车上找到的凶器里有另一个空弹匣。这种武器每个弹匣能装 7 发子弹,厨房地板上找到 14 个弹壳,在被害者及被害者头部下方的地板中,总计找到 13 枚子弹。有 1 发子弹不知去向。合理的推断是这发子弹穿透被害者、打破玻璃,之后便无法寻获。"

"阳台窗户外面有什么?"

"窗户俯瞰中央公园。我们搜索了公园的部分区域,但无法找出击发的子弹。"

"在法医的报告中,她认为卡在被害者脊椎里的子弹可能立即杀死被害者,或至少使她丧失行动能力。根据你的专业,你认为在被害者已经遭受近乎致命的伤害后,头部又受到射击,有什么合理的原因?"

"激动。在我看来,那些头部射击是过度杀戮。那不是专业杀手会做的事——这是愤怒驱使的杀人案。"

"你为何如此肯定?"

"凶手重新装弹,然后把整个弹匣射光。"

"关于在谋杀案中出现这种程度的暴力行为,有没有任何官方统计资料?"

"有。统计数据显示,当谋杀发生在住宅,而且被害者死后还遭受高程度的伤害,那么有 94.89% 的可能,被害者是被配偶或伴侣杀害的。"

在此之后,瑞德坐下。轮到我问证人话了。

我默默地站着,等待正在做笔记的罗林斯抬起头听我提问。过了足足 10 秒,法官才把注意力转到我身上,感觉像过了 10 分钟。诺伯趁这段时间喝了口水,然后调整领带、检查眼镜。我则有时间东想西想,担心各种事。在罗林斯法官用倨傲的眼神看我之前,库奇站起来,一手按在我肩上,悄声说:"甩掉杂念,艾迪。"

我的脑袋变清晰了,缓缓开口。

"警官,我想你应该检测过凶器寻找指纹吧?"

"是的,我没有找到任何指纹。"

"对,我读了你的报告,你说凶器上只找到菲利普·琼斯警官的指纹,也就是他从被告的车里取出凶器的,对吗?"

"对。"

"不过你在报告中还提出另一项观察。你说取出空弹匣的时候,发现了少量的土?"

"是的,一点点泥土。这只是一项观察。我检验武器时必须记录所有的发现。"

该换下一题了,该是翻转格什鲍姆的时候了。

"诺伯警官,你刚才在法庭中听到格什鲍姆先生的证词了,对吗?"

"是的,我听了格什鲍姆先生的证词。"

"那么你为什么要说格什鲍姆先生说谎呢?"

罗林斯法官脸一沉,往回翻看他的笔记。

"弗林先生,证人有说格什鲍姆先生说谎吗?我的笔记里不是这么写的。"罗林斯说。

"法官大人,他的证词有表达出这样的意思。请容我进一步说明。"

"好吧,不过我的笔记记得很仔细。弗林先生,麻烦你说得明确一点。"

我点点头,吸气,吐气,再次开口。

"诺伯警官,格什鲍姆先生说他听到枪声后,走到阳台查看底下的街道,然后他看到被告的公寓窗户爆开。他说在窗户爆开之后,就没再听到任何枪声了。你接受这是格什鲍姆先生的证词内容吗?"

"我接受这些都是他说的话,而且我没有说他说谎。"诺伯说,他两手一摊,脸上带着不屑的笑容。

"但你就是在撒谎啊,诺伯警官。你说被害者最先中的两枪在腰部——一枪穿出身体,一枪让她丧失行动能力,甚至可能让她死亡,然后她才头部中弹。是这样吗?"

"是的。"

"可是根据你的证词,你说穿透被害者并击碎窗户的那发子弹,很可能是被害者站在窗前时射中她的第一枪或第二枪——接下来被害者趴在地上时,后脑勺才被近距离射击。但窗户爆开之后,格什鲍姆先生就没听到任何枪声了。"

"我不能代表格什鲍姆先生发言,我只能评估证据。"

"证据,是的。凶器有一个可能装着满满 7 发子弹的弹匣,再加上已经上膛的1发子弹,是不是这样?"

"是有可能。但我们在公寓里并没有找到第十五个弹壳。"

"你们也没有找到穿透玻璃的那枚子弹?"

"对,还没有。"

"所以凶手有可能捡起这枚子弹的弹壳,把它丢出窗外?"我问。

"我不能说这完全不可能。"

"你的意思是,'是的,弗林先生,这是有可能的。'"我说。

我听到罗林斯法官在吸牙齿,发出令人不舒服、湿答答的声音。他摇摇头,记下诺伯的回答。诺伯的反应就像刚被罚留校察看的三年级学童。

"是的。弗林先生。这……是……有可能的。"

"我只剩几个问题要问了。我要你解释你为什么认为穿透被害者的子弹也射破了窗户。难道不可能是被害者趴在地上时,凶手朝她的腰部开枪吗?"

我花了太长的时间,瑞德站起来了。他嗅出空气里的血腥味,急着想要控制伤害。

"法官大人,这是预审听证会,不是纽伦堡大审。弗林先生在不必要地拖长时间。"

"法官大人,我很快就要收尾了。想必为了维护司法正义,以及我的委托人接受公正听证会的权利,我应该可以被允许多使用一点时间。"

"动作快一点。"罗林斯说。

"谢谢您,法官大人。"我把注意力切回诺伯身上。他面露微笑,趁这段时间想出了一个答案,而我祈祷他想到的是对的答案,是我在等待的答案。

"这发子弹穿透被害者的身体时,她不可能趴在地上,原因有两个。第一，那样我们应该会在被害者身体底下发现大量的血液和组织。第二，那样我们应该会在地板里找到子弹，或是发现子弹打在瓷砖上的弹射痕迹。"

血液涌入我的脸颊。瑞德看到了，整张脸都垮了下来。我根本还没开口，他已经知道我为他的证人设了一个陷阱，而诺伯刚才直接踩下去。

"法官大人，"我说，"我有一项反驳证据，想要在此提出来。"

00:81

法官阅读我刚才递给他的文件，人群则窃窃私语，像是午夜的湖水泛出轻柔的涟漪。在人群的骚动之外，我还听见大卫焦虑地上下摆动膝盖、鞋跟规律地拍击地面的声响。荷莉伸出手按在他肩上，使那声音停止。

法官把文件捏在食指和拇指之间，好像它有毒似的，叹口气将报告交还给我。"好吧，别忘了也给瑞德先生一份。"

库奇把一份复印件丢向瑞德，它飞过空中，准确地落在检方的桌子上。

"下次用手交给他，库奇隆先生。"罗林斯法官说。

我等了大约15秒让瑞德略读报告。当他捏紧纸张的手抽搐了一下，不小心撕破页角时，我知道他已经读完了。我把复印件递给证人。

"这份报告是一位联邦调查局外勤探员所写。他的名字是希欧·费伦兹。报告中详细说明针对大卫·柴尔德公寓中紧急避难室地板的检验结果。报告最后，你能看到两张用白纸打印出来的照片。"

"我看到了。"诺伯抿紧嘴唇说。

"第一张照片的注解是:紧急避难室地板用发光氨处理后的情形。发光氨是什么?"我向诺伯问道。

罗林斯法官扬起一眉——我感觉在他有限的经验里,犯罪现场的分析并不常出现。

"发光氨是一种化学药剂,喷洒在物体表面再用荧光灯照射,可显示血迹。"诺伯解释。

"谢谢你。你没有搜查紧急避难室,对吗?"

"我并不知道有一间紧急避难室。"

我举起那幅克劳迪奥的建筑平面图,它清清楚楚地标示出紧急避难室,这是我从大卫公寓墙上取下来的。

"这幅图就挂在墙上,你没注意到吗?"

"没有,我们不会去注意挂在墙上的东西。不管怎么说,紧急避难室是供住户使用的。我们由大楼的安保人员那里得知,住户柴尔德先生已经离开大楼了。"

"我们回到联邦调查局的报告上,它指出在柴尔德先生公寓的紧急避难室地板上,发现了大量新鲜血迹,我们可以从照片中的紫色区块看出来,是吗?"

"是的。"

"除此之外,第二张照片近距离拍摄出混凝土地板上有个凹痕,位置差不多就在血迹的中心点,而根据联邦调查局的报告,这凹痕符合子弹打到地板再弹开的痕迹,是吗?"

"是的。"

"费伦兹探员在地板受损的区域发现的染血纤维,与被害者当天穿的上衣类似?"

"根据这份报告,的确如此。我并没有机会——"

"先等一下,"罗林斯法官说,"弗林先生,这一切代表什么?"

"这代表被害者是在紧急避难室遭受背部枪击的。她很可能在那里死亡。这代表在她死亡后过了若干时间,尸体被拖到厨房,然后脑后被射了12枪。诺伯先生,我说的对不对?"

他用力抿着嘴巴,嘴唇噘向鼻子。

"看起来可能性很高。"诺伯说。

"如果是这样的话,考量到其他的射击都很精准,那么凶手是刻意朝窗户开枪的?"我问。

"有可能。"

"也许是为了吸引格什鲍姆先生的注意力,诱使他通知安保人员?"我问。

"反对,法官大人,这纯属臆测。"瑞德说。

隔了一秒,罗林斯法官说:"反对有效。"

我不以为忤。这想法已经进入罗林斯脑海了。最后一个问题。

"你提出的结论是,被害者头部中弹多次,是因为攻击她的人情绪极为愤怒。其实还有另一种解释:这样的伤害手段会不会是刻意想要毁掉被害者的脸,使警方无法借由她的五官或牙医记录来确认她的身份?"

"我无法排除这种可能。"诺伯说,在椅子上换姿势。

我花了点时间评估,思考我做得够不够。法官看起来完全被搞糊涂了。我决定见好就收。我想我还是把最有力的武器留给最后一个证人:安迪·摩根警探。

"我问完了。"我说。瑞德不想再继续问这个证人。

诺伯离开证人席时差点摔倒。他一秒都不想多待。

"各位,我建议我们短暂地休息一下。瑞德先生,你的下一个证人是谁?你可以在休庭期间先替他们做好准备。"

"法官大人，我们要传唤与被告发生车祸的车辆司机，约翰·伍卓先生。"

不，你别想，我心想。

我站起来，寻找克莉丝汀。当经过蜥蜴时，我把他的手机藏在掌心。

00:82

我的肠胃在沸腾。

我一边扫视法庭，一边朝着门走。很快，我加快脚步，转走为跑，头部左右摆动，目光搜寻我的妻子。

没有。

她不见了，跟她在一起的探员也是。克莉丝汀被带走了。我用力推开门。走廊几乎是空的，只有两个人。我右边的是派瑞·雷克，或以地方检察官的记录来看他叫约翰·伍卓；左边则是戴尔。我提醒自己我有任务在身。

派瑞·雷克靠在墙上，用拇指滑手机。他看到我朝他走去，讶异地张大嘴。

"艾迪……我……不知道这事跟你有关。抱歉，老兄。"

"伍卓先生，拿着这个。这部手机上有一些照片。手机响的时候你务必要接。"我说，把蜥蜴为了做这件事而交给我的手机递给他。我没再多说什么，转身走向戴尔。

戴尔跷着二郎腿靠墙坐在长椅上，他本来望着手机，现在抬起头说："艾迪，这是你自己的错。我告诉过你该怎么做了，你为什么就是不听呢？"

"她在哪里？如果她被逮捕了，她有权利打一通电话以及请律师。"

"那只适用于她被拘押在警局或是联邦看守所的情况下。你自己是律师——应该很清楚才对。"

"你们必须尽快处理她，你们现在是违法监禁她。"

"你想告我吗？最好想清楚。"他说完站起身，示意我跟着他。他走向俯瞰广场的大窗户，停在离窗户几十厘米处，用手势要我往外看。

我感觉手机震动，拿出来查看，发现克莉丝汀的号码发来一条短信。

第三扇窗户，靠近楼梯间那个。往街上看。

我冲到窗边，感觉心脏从十层楼急速坠落。

在十层楼底下的人行道上，克莉丝汀正抬头盯着我。这是转瞬即逝的一刻，我在瞬间有了可怕的顿悟，感觉像被榔头狠敲。事务所的一名安保人员推着她坐进一辆黑色礼宾车。我用力敲玻璃，不顾走廊上的路人侧目及发出惊呼，咬牙切齿地看到杰瑞·辛顿手里拿着手机，那大概是克莉丝汀的手机。他随着她坐上车。他们加速驶进车流，从我的视线里消失。

"你别想再打我，我已经受够跟你瞎胡闹了。你敢轻举妄动，我就把你给宰了。这是你的错。你只需要替我弄到认罪同意书，但你就是做不到，不是吗？"戴尔说。

"你做了什么？"我边说边摇头。

"我什么也没做。我们放她走，有人把她接走。跟我无关。"

我的耳朵因血液而嗡鸣，双手也在颤抖。我幻想我的双手——圈住戴尔的喉咙、用力掐紧他的脖子，感觉他的气管塌陷，看着他眼睛的微血管爆裂。

他看了看表。

"如果柴尔德的算法是正确的，4小时后钱会落入曼哈顿中区的一个银行账户。要是到时候我还没拿到认罪同意书，我就不保证她能安全了。现下事务所想知道克莉丝汀对这些事了解多少，又告诉了什么人。他们会把她带回办公室。他们要知道联邦调查局掌握了哪些对他们不利的证据。他们已经知道有某种协议在进行了，毕竟有个联邦探员当庭交给你一些文件。那还真是愚蠢。"

他说得对。我没想到如果事务所在看的话，会给他们什么观感。愚蠢的一步。我转过头，听到派瑞接起我递给他的手机，才没过几秒，他就跪倒在地。我能体会他的感受。

"你认为她能坚持多久？1小时？5分钟？5秒钟？我猜在钱进入哈兰的账户前，他们不会使出杀手？我们会盯着点，确保她不会被伤得太严重。"

"我要给你最后一个机会，艾迪。我不要传唤大卫·柴尔德，我要他受到协议的约束，受到我的掌控。地方检察官提出什么样的条件都没差，你们接受就对了。如果他按照我的意思作证，我还是可以替他减少个几年刑期。"

"你的意思是你要他说谎。你要他假装自己杀了他女朋友，还要作伪证说他设计制造了一个让事务所能洗钱的系统？"

"你现在才想通吗？我还以为你很聪明。"

"他绝对不会承认犯下他没做的谋杀案，至于那套系统，他是出于善意而建的。如果事务所拿它来做非法用途，是他们有问题。这是谎话，而且会毁了他。"

"他早就已经毁了。即使他被宣告无罪，大众也绝对不会相信他是无辜的，这种屎会永远黏在他身上。但克莉丝汀不必受这种罪，只要大卫认罪，我们就会保障她的安全。一切取决于你。不用担心大卫·柴尔德，就像我说的，屎是会黏着人不放的，而他已经陷得太深，你救不了他。"

戴尔用肩膀顶开我，从我身边走过，回到法庭内。我转身，看到派瑞以他瘸腿的最快速度朝我走来。他把手机还给我，用口形说"抱歉"，然后拖着脚进电梯，匆忙到差点跌倒。

走廊仿佛缩小了。我吞了吞口水，试着抑制反胃感，拼命找回镇定。

蜥蜴走出法庭来到我身边。我不得不靠在他的肩膀上，大口深呼吸。我们找了个角落，好让别人听不见我们的对话。

"看来你的老朋友派瑞并不想跟伯特与恩尼见面。他说他得离开一阵子，去托皮卡看他阿姨。"

"戴尔让克莉丝汀溜出法庭，结果事务所在等她。这全是为了向我施压，要我放弃大卫的案子，逼他认罪。派瑞有告诉你是谁雇用他撞大卫的车吗？"

"他认得手机里照片上的人，说是第三张照片的人。"

"他确定吗？"

"百分之百确定。你要让大卫认罪吗？"他问。

"我不信任戴尔。他乐于让克莉丝汀冒生命危险，我可不确定他愿意救她。"

蜥蜴找出手机中的第三张照片，是我偷拍的朗希默。

"该死，大卫是对的。"我说。

"你说你需要蜥蜴。"蜥蜴说。

"克莉丝汀在事务所手里，我想他们带她去莱特纳大楼了。你还记得我们第一次见面时，你的厢型车后头有个钢盒，里面放了些玩具吗？"

"它还在。"他说。

"我需要你这么做……"

蜥蜴点点头便出发了，快步冲下楼梯。在这整个见鬼的事件中，他大概是我唯一彻底信任的人。后方传来沉重的脚步声，肯尼迪轻拍我肩膀。

"是朗希默，他付钱让派瑞驾车撞大卫的车。我刚刚确认过了，就是他设计出整件事，而我在法庭上没办法使用这项证据。你得把他抓起来。"我说。

"我们会的，但我们还没有掌握全部的信息。这个改变了状况。"他把手机举向前，屏幕上有个影像。

"你要我去查是谁看过了那份关于枪击残迹与安全气囊的法文报告。我打去大学，他们说在线购买那篇文章的人只有你一个，昨天买的，他们那里有记录。除此之外，那份报告从来没在任何期刊上发表过。只有在另外一个场合上能看到报告的一部分，那就是去年的国际刑警组织会议。我拿到了出席者名单，没有什么特别引人注意的线索，所以我打到国际刑警组织，索要参加那场演讲的会议代表通行证资料。总共有14名代表出席，而我们要找的是这一个：莎拉·卡兰。"

我再看看肯尼迪手机里的影像，这次我看出关联了。

"你是在开玩笑吧？"我说。

他摇摇头。

"艾迪，这到底代表什么鬼？"

当下我还不知道。

"你查到这个莎拉·卡兰的背景资料了？"

"我的主管要用电子邮件寄给我。我告诉他项目小组发生了哪些状况，他跟我一样气个半死。他不希望这件事在我们面前炸掉。"

我告诉他克莉丝汀的事——他听了忍不住畏缩。

"我听说项目小组正在前往莱特纳大楼,他们要疏散员工,逮捕辛顿和事务所的安保人员。她不会有事的。我会嘱咐斐拉和温斯坦,确保她受到照顾。"他说。

00:83

"法官大人,我们似乎遇到一点困难,无法确认下一位证人伍卓先生人在哪里。"瑞德说,"他的证词是关于车祸以及在被告车上看到凶器。我们无法进行这部分的证词,不过我们这里确实有在车上发现凶器并执行逮捕的警察。检方传唤巡逻警察菲利普·琼斯。"

一名身穿制服的警察走上前,他体格健壮,年纪四十出头,深色头发,脸颊有一层隐隐可见的胡茬,虽然他今天早上才刮过胡子。

"警官,据我了解,你最近离开警队了。"瑞德说。

"不算是。我逮捕被告的那天,原本是我担任警职的最后一天,不过由于这个案子发展成重大案件,我同意多待一个月,协助进行起诉。"

瑞德感谢他的付出,然后快速问出开场问题:担任警职的时间、有哪些经历、如何出现在车祸现场。快问换来快答,瑞德迫不及待想切入重点。

"警官,在车祸现场,你站在被告车辆副驾车门旁的时候,看到了什么?"

"一把手枪,就放在脚踏垫上。"

"你确定那是一把枪吗?"

"我看得很清楚。我打开车门,拿走武器,然后向嫌犯问话。他说他没有枪,也从没见过这把枪。"

"谢谢你,警官。请留在证人席,弗林先生可能有一两个问题。虽然我无法想象会是什么问题。"瑞德说。

"你确定这会有用吗?"大卫说。

"我必须试一试。"我告诉他,边拍拍他的肩膀边站起来。他越来越适应肢体接触了——很可能是因为,尽管他没有意识到,但他现在颇为需要这类接触。

"警官,你真的很快就赶到了车祸现场吗?是怎么办到的?"我问。

"并没有那么快吧。我接到派遣中心的呼叫时,离现场大概有两个街区的距离,所以我就回应了。"

"你接到呼叫时是在什么地方?"

他在回答前先吸了口气,然后微微摇头。

"我不是很确定,就在附近。"

"你说你离车祸现场大约两个街区远,表示你一定有点概念吧?"

"我想我在西63街附近。"

"你确定吗?"

"对啦,对啦,我确定。"他说。

我把派遣中心的记录递给证人,这是肯尼迪帮我弄来的。我给了法官和瑞德各一份复印件。

"你的帽子里还有兔子吗?"瑞德问。

"只剩几只。"我说。

"这是凶案当晚派遣中心的录音档逐字稿。撞上被告车辆的皮卡车司机伍卓先生通报他的位置在西66街与中央公园西大道交叉口。你可以念出你回应派遣中心的内容吗?"

他清了清喉咙,然后自信地,甚至冷漠地念道:"'20C正前往处理。我在西 63 街，即将转入中央公园西大道。'我隶属二十分局，然后我的车是 C 车，这是我的呼叫代码。看吧，我说对了，我记得没错，我是在西 63 街。"他说时带着微笑。

"所以你接到呼叫时，人在西 63 街。我假设你当时是在巡逻？"

"没错，我在移动。"

法官摇摇头。我得明明白白解释给他听。

"你说你在移动的意思是，接到呼叫之前，你正开着车在那一区巡逻，是吗？"

琼斯微微迟疑了一下，然后说："是的，我那天下午开始，一直都在巡逻。"

"而你回应呼叫后，立刻就前往车祸现场了？"我问。

"是的。我开到西 63 街尽头后，左转到中央公园西大道上，车祸现场就在前方三个街区外。"

罗林斯法官点点头，快速浏览他的笔记。到目前为止，琼斯警官都很坦率。

"警官，那天在 20C 巡逻车上只有你一位巡逻警察吗？"

"是的，我的年资很深。我不是警佐，但我当警察已经够久了，可以一个人出外勤。"

"你报考警佐升等考几次均未通过？"

"这有何相关？"瑞德问。

"法官大人，请给我一点铺陈的空间。"我说。

"我允许。"罗林斯说。

琼斯咳了一声，说："8 次。"

"据我了解，你已有了新工作，你要离开警队？"

"是的，我即将去伊拉克一家私人安保承包公司负责安保工作。那里比曼哈顿危险一点，不过薪水是我当警察时的三倍。"

"真好。你是什么时候找到这份新工作的？"

"我在两三个月前获得公司的确认。"

"你的签约奖金是多少钱？"

"我必须回答这个问题吗？"

"法官大人，这是我在这个主题上的最后一个问题了。"

罗林斯法官点头，琼斯摇摇头。他双手合十，用力按压，指尖都发白了。

"20万美金。"琼斯说。

我不动声色，不过我看到罗林斯法官鼓起腮帮子。

"你在那天之前从没见过被告吗？"

"没有。我听说过他，不过没有见过本人。"

"所以你跟他没有任何过节？"

"没有。我是执法人员，我们不会跟人有过节。而且如我所说，我从未见过他。"

"你没有理由对这些问题撒谎，对吧？"

"完全没有理由。"他说，摇摇头，噘起嘴巴。

"又不是说你想升迁，你都要接受另一个薪水更好的工作了，不是吗？"

"是啊。"他边说边交叉起手臂。

"那你为什么要说谎呢？"

罗林斯法官迅速转头看我，然后又转去看证人。

"我没有对任何事撒谎，律师。"

我拿起肯尼迪弄来的最后一份文件，把复印件发给法官和瑞德，然后也给了琼斯一份。他有点勉强地接过去，扫视了一下，然后垂下头。

"警官，这是谋杀当晚你巡逻车上的全球卫星定位系统记录。纽约市警局的每一部车辆都装有追踪器,是吗?"

"对,我们有追踪器,可是……"

"这是那天晚上你的巡逻车在纽约市警局留下的移动记录。请花一点时间仔细看一遍,然后告诉我追踪器显示你是几点几分出现在西63街的。"

他没有读报告。他摇摇头,呆呆地盯着纸页。他已经知道了。瑞德和罗林斯迅速扫描,寻找相符的记录。

"也许我可以协助你,警官。报告证实你的巡逻车在那天根本没有开进过西63街。"

"也许卫星失灵了。"琼斯说。

"不,并没有。我们往回看,记录显示你的巡逻车在西66街与中央公园西大道交叉口停了23分钟,那时你在处理车祸、找到枪,并逮捕柴尔德先生。在那之前,你的巡逻车沿着中央公园西大道开到车祸现场。事实上,你前往车祸现场时还经过了西63街的路口。"

琼斯点点头,但没有回答,他环顾四周寻求救助,但没人伸出援手。

"所以你刚才作证说你在西63街尽头左转到中央公园西大道上,这是个谎言咯?"

"不,我是弄错了。"

"记录显示,在你开到车祸现场之前,你的巡逻车在中央公园11号外头停了33分钟,所以你对派遣中心撒谎了?"

"我是犯了个错,我……"

"你当警察的年资很深,这是你自己说的。你现在是要在这个法庭上说,你无法分辨中央公园西大道和西63街吗?"

"不是,我只是弄错了。"他说。

"弄错,不是说谎?"

"不是,我是弄错了。"

"所以克莱拉·瑞斯遇害的同一刻,你就停在她那栋建筑的对街,只是个巧合咯?"

"是的。"

"你回应派遣中心的呼叫去处理车祸,后来演变成逮捕被告及查获凶器,也是巧合?"

"对。"

"今天早上诺伯警官提出证词时,你在法庭内吗?"

"是的,我在。"

"你听到他的证词,说他取出凶器中的弹匣时,在里面找到了沙土或泥土?"

"他是这么说的。"

"你也听到他作证说,凶手有可能是故意朝柴尔德先生的公寓窗户开枪,动机或许是要惊动邻居格什鲍姆先生?"

"我有听到。"

"打破窗户可能还有另一个理由。柴尔德先生的公寓在该栋建筑的二十五楼。以那样的高度来说,不需要力气很大的人,也能把凶器丢到对街的中央公园里面,对不对?"

沉默。证人动也不动,根本放弃回答这个问题。他眼睛发直,仿佛穿过我看向后方。在大卫那栋大楼的门口,就连五年级学童都能把球丢进公园。而从大卫位于二十五楼的公寓阳台,吐一口痰都能飞进公园。

"你的巡逻车在公园旁边停了很久。你在大楼对面的公园里等待,眼睛盯着被告的阳台。公园里的那个区域相当隐秘,你躲在树篱后面。一切都经过精心策划,因此你确切地知道在几点几分的时候,那把枪会从阳台丢进公园。你一直等到武器从公寓丢出来,然后你从草地上捡起枪，擦掉泥土，再把它塞进外套……"

"简直是狗屁——"

"在法庭内请注意用语。"罗林斯法官瞪着琼斯说。我好像在罗林斯脸上看到一丝光芒，在他眼里有小小的火光——他开始怀疑了。我得助长火势。

"你回到车上后，拔出你踝部枪套的备用枪，把它锁在置物箱里，然后将凶器插进你的枪套，对不对？"

"这是……谎言。"

"警官，你搜查了被告身上、他的包包，以及整辆车，是不是？"

"的确如此，我搜了。"

"而你没有找到手套？"

"我没有找到手套。"

"尽管没有手套，或是可以仔细清理凶器的工具，手枪上却没有发现被告的指纹？"

"我想是没有。"

"琼斯警官，手枪上只有你的指纹？"

"我捡起枪的时候应该是戴着手套的。"

"你指的是你在中央公园里从泥土上把枪捡起来的时候？"

刹那的迟疑，然后他说："不是。"

"你没能把凶器上的所有泥土都清干净，不是吗？我猜你的时间不太充裕。街上不会有人看到头上有把枪飞过，但你得赶紧把它从草地上捡起来。"

他没有回答。

"伍卓先生不在这里，他没办法作证他看见了什么。这里只有你。当你弯下腰去看大卫的座位踏垫时，你从踝部枪套取出凶器，然后举起来让道路监控拍到？"

"才没有。"

"西 63 街和中央公园 11 号只相隔两个街区。你不认为派遣中心会注意到,也没人有理由怀疑你所在的位置,至少你是这么想的。你谎报了你所在的位置,是因为你不想跟凶案现场扯上关系,以免有人把事情联系在一起,对不对?"

"我是对派遣中心撒谎了,我当时在开小差。在我把枪从你的委托人车里拿出来之前,我跟它一点关系也没有。我说的是实话。"

"所以说,你刚才在宣誓之后撒谎做了伪证,但你现在说的是实话,是吗?"

"是啊。"

"所以你是个诚实的骗子?"

他站起来,指着我大吼:"你真是满嘴屁话。"

法官没有责备他——他已经听够了。

"再问最后一个问题就好,"我说,"20 万元是栽赃凶器的行情价吗?"

琼斯用手背抹抹嘴巴。他还想说更多话,他整个人都被激怒了,但他似乎努力在踩刹车,努力阻止自己扩大损害。所有目光都集中在他身上。他靠向椅背,望着法官,说:"根据不自证己罪的原则,我拒绝回答。"

我坐下来。瑞德没有看琼斯,只是伸手指着门。他要琼斯滚出去,连个眼神都没给他。

00:84

枪击前 2 小时

"艾迪,我觉得法官已经开始思考我们的论据了。"大卫说。

"光是思考还不够,他得相信才行。"

"检方传唤安迪·摩根警探。"

一个穿着褪色棕色西装的金发警察把口香糖吐到手里,挂掉手机,然后将口香糖和手机放进同一个口袋。无论那通电话的内容是什么,都让他显得忧心忡忡。从他涨红的脸庞看来,我猜他也在担心我会问他什么。他已经看到两个警察败下阵来,现在轮到他上场了。他宣誓,用手指梳过头发,我注意到他前方的头发有一块变白了,几乎就像他褪色的西装一样明显。我感觉手机在振动,拿出来查看短信。蜥蜴给我发了条新的短信。

联邦调查局的人刚出现。你要蜥蜴出手吗?

我在桌子底下打字回应。

不要。他们会把克莉丝汀带到别的地方。盯着,她身边没人时再跟我说。

地方检察官带领摩根讲了一遍他参与的部分:派遣中心转达,巡警已确认大卫公寓里的尸体可能是凶杀案被害者,他抵达大楼,搜查柴尔德的公寓,记下致命伤,联络犯罪现场调查员,一直到从监控画面中寻找证据。

"然后我去大楼的安保办公室,与他们的安保主管马德拉诺先生谈话。他能够找出相关的监控视频,我取得一份副本。"

"这张光盘是你指的视频吗?证据 TM2?"瑞德问。

"是的。"摩根说。

"如果庭上允许,现在是观看视频的恰当时机。"

"好吧。"罗林斯说。

他把光盘交给摩根,摩根起身把光盘放进 DVD 播放器,播放器上方是 70 英寸(约 178 厘米)的电视荧幕,就在法官左边。

摩根把遥控器交给地方检察官,并回到座位上。

瑞德一边播放和暂停视频,一边要求摩根指出大卫和克莱拉——他们一起走进公寓,17 分钟后,大卫独自离开;再过 4 分钟,由弗瑞斯特率领的安保小组来到格什鲍姆门口。

"由这段视频可以得出什么结论?"瑞德问。

"看起来它是无可争辩的证据,证明被告及死者一同进入公寓,只有其中一人活着离开。搜查公寓后,并没有发现第三人的存在。这些都是事实。唯一可能开枪杀害被害者的人就是被告。"

"谢谢你。"瑞德说。

我从荧幕底部冒出的数字显示器看得出来,这张收录大卫公寓外走廊监控视频的光盘后面还有长达 8 小时的画面。马德拉诺大概直接把 24 小时的完整影像刻成一张光盘。我可以用瑞德自己提出的证据反将他一军。

"要交互诘问吗?"罗林斯法官问。

我站起来,开始提出一连串平庸的问题,这是为了让摩根说话,让他敞开心房、放松戒备。警察很习惯在预审听证会上被交互诘问很长时间,最后根本没什么突破性发展。只是在做钓鱼式搜证而已。

我抛出钓线。

"警探，你是在什么时间接到派遣中心的通知，说中央公园 11 号疑似发生凶杀案？"

他取得许可后查询他的笔记，然后才回答："我的记录是晚上 8 点 27 分。"

"你又是在什么时间抵达犯罪现场的？"

"晚上 8 点 38 分。"他叹口气说道，不知道还得在椅子上回答多久这些愚蠢的问题。

"你抵达现场后，首先做了什么事？"

"我清场，确认所有人员都离开公寓，然后打开凶杀案记录。"

"打开什么？"法官问。

"记录，法官大人。我们会记下人员进出犯罪现场的活动、重要进展、安排面谈时程、记录决策。这是我们调查凶杀案的流程。它是记录我们调查内容的标准，也是证物监管链的起点。"

罗林斯做笔记。

我从瑞德那里拿走遥控器，快转到摩根抵达时的画面。

"所以，根据监控显示的时间，晚上 8 点 51 分时，公寓里就只有你和你的搭档艾尔金警探两人？"

他查阅记录，看着监控的静止画面。

"对。"

"你进入公寓后做了什么？"

"我在公寓内到处看了一遍，确认都清空了。之后我检视尸体。我一开始先看伤口，确认被害者后脑勺被射击多次，腰部则中了两枪。"

"接下来你做了什么？"

"我观察到被害者臀部的口袋微微鼓起，心想那可能是钱包或皮夹，所以我把它从被害人身上拿出来并进行查看。"

"结果那是什么东西呢？"

"一只粉红色的真皮皮夹。皮夹里有一张借书证、一张驾照、一张支票账户的提款卡，以及大约85美金现金。"

"那些证件上的姓名是？"

"克莱拉·瑞斯。"

"被害者的驾照是在哪一天由汽车管理局核发的？"

这个问题之愚蠢令他把头往后仰，诧异地瞪大眼睛。

"驾照在这里，法官大人。我可以查看它吗？"

瑞德朝法官伸出双手，提出恳求："法官大人，现在完全是钓鱼式搜证了。您应该立刻制止。"

"弗林先生，我倾向于同意地方检察官。我已经给了你一些铺陈时间，但我看不出这与案情有何关联。"罗林斯说。

"这与案情有高度关联，我只需要用三个问题就能展示关联。如果问完三个问题后您还看不出关联，我会换下一个主题。"

罗林斯考虑了一下，叹口气。瑞德放下双手，啪地打在大腿上，并尽他所能摆出不爽的表情。

"好吧，三球之后你就出局了，弗林先生。"罗林斯法官说。

我等待摩根从另一位警官那里拿来证据袋，然后取出装在透明证物袋里的驾照。他让驾照在袋子里翻了一面，眯眼细瞧塑胶卡。

"核发日期是去年8月30日。"

"谢谢你。"我说，看到罗林斯在笔记上做了个记号。他在计算我问的问题——我还剩两次机会。

"被害者的支票账户是在几月几号开户的？"

他从身旁的包包拿出一本笔记本翻开，一页一页地翻，翻页前还舔一下拇指，故意把我交互诘问的时间拖长。过了半分钟左右，他在笔记本中找到那一页。

"8月30日？"他说。这次他不是在宣布答案，而是在质疑他的笔记。

"借书证核发的日期呢？"

他又得找出借书证了，他在一个证物袋里找到，检查日期，然后望着我。

他的眉毛挤在额头中间，"去年8月30日。"

"法官大人，我想要再多一点时间。"我说。

罗林斯法官被勾起了好奇心。

"我给你一点发挥的空间，弗林先生，请节制使用。"他说。

"摩根警探，在这个案子中，被害者应该没有遗失皮夹——或类似的事吧？"

"这我不能确定。"摩根说。

"她的银行账户、驾照、借书证都是去年同一天申办的，并不是说这些账户或证件本来就存在，只是换新的，对吧？"

"对。"

"克莱拉·瑞斯的证件全都是去年办的，就在她认识大卫·柴尔德前几周，对吗？"

"我想是这样没错。"他说。

"所以，你能够根据这项证据来确认被害者的身份吗？"

"不光是因为这些。法医检视过被害者后，她被翻过身来，而我在她身上找到一部手机。手机里安装了推特和瑞乐等社交媒体应用程序，两者都登入克莱拉·瑞斯的账号。之后我们在手机里找到一张数码照片，那两个账户都张贴了这张照片。照片中是克莱拉·瑞斯，她的右手腕有一个新的紫色雏菊刺青。而现场发现的尸体在同样的位置也有一个新鲜的刺青。根据这些，我们相当确定她的身份，再加上驾照和提款卡，我们便确认了被害者的身份。此外，安保警卫根据她进入大楼时的监控画面,指证她就是克莱拉·瑞斯。"

他清了清喉咙,坐直身体。他要进攻了。

"我们无法正式确认尸体的身份,因为多亏你的委托人,克莱拉·瑞斯已经没有脸了。"

我听到瑞德猛吸了一口气。他遮住眼睛,从双唇间吐出一个大大的"喔"字——好像他刚才目睹拳王舒格·雷·伦纳德出其不意地出拳,把一个芭蕾舞者送进医院。

罗林斯似乎畏缩了一下,不过他好歹有足够的知识,"摩根警探,我看得出你是热情且投入的警员,不过请把罪咎方面的事放到一边。你是陈述事实的证人,不是来这里提出见解的。"

"法官大人,我很抱歉。"

我换了个题目,让瑞德认为我被打中要害了。在接下来的10分钟,我带摩根讲了一遍法医、诺伯和他底下的三名犯罪现场调查员抵达的情况,以及两名急救护理人员把尸体送到停尸间的过程。每提到有新的人抵达时,我都要求他查阅凶杀案记录,确认每个人抵达的时间,并用监控画面做对照。

"你是在犯罪现场完成记录的?"

"对。"

"确切来说是哪里?"

"我想我是站在客厅区域完成记录的。"

"根据凶杀案记录,诺伯警官和他的团队是什么时候离开现场的?"

"嗯,晚上11点15分。"

我找到相关的视频段落,播放诺伯警官和另外三个穿白色连体工作服的人离开公寓的片段,只不过视频显示的时间是晚上11点16分。然而,记录和监控的时间差并不是有趣的部分。

"急救护理人员呢？"

他翻了一页记录，说："晚上 11 点 09 分。"

我们看到急救护理人员带着尸体离开，尸体装在有拉链的黑色尸袋里，放在担架上。根据走廊的监控，他们离开的时间大致符合记录。

"法医呢？"

"晚上 10 点 45 分。"

我播放高个子法医离开的画面。

"除了你和你的搭档外，晚上 11 点 15 分时，诺伯警官和他的团队是最后离开的人吗？"

他好整以暇地查看笔记。

"对。"

"你和你的搭档又是几点离开的呢？"

"我们在晚上 11 点 27 分一起离开。我们离开之前，我跟大楼的安保主管谈过话，确保他明白那间公寓必须保持封锁。"

我们看到摩根和他个子较矮、较年轻的搭档与马德拉诺交谈。门前横过蓝色的犯罪现场封锁胶带。监控画面显示他们在晚上 11 点 28 分离开了。

"所以，晚上 11 点 30 分的时候，你的每一个工作人员都离开了，公寓空无一人？"

"对。"摩根说，忍着不打呵欠。

我把视频快拉到晚上 11 点 51 分。画面是公寓外的监控拍摄的。

"既然如此，你能不能告诉我，晚上 11 点 51 分走出公寓的这个人是谁？"

那个人很瘦，穿着白色生化防护衣，手里拿着一个包包。那人走出公寓，弯腰从犯罪现场封锁胶带底下钻过，关上门，并走向楼梯。

他查阅记录。

"我不确定。我已经关闭现场,要等隔天才会继续调查。那可能是某个犯罪现场调查员吧。"他说,仍然不感兴趣,深信我只是在故弄玄虚。

"可是我们刚刚看到诺伯警官跟另外三个犯罪现场调查员一起抵达,也看着他们在你和你搭档关闭现场之前就离开了。你自己也记下了他们离开的时间。"

他摇摇头,盯着荧幕。

"咱们换个方式说好了。你在晚上 11 点 27 分离开现场时,是否让所有人都离开了?"

他快速翻阅笔记,说:"我相信是。"

"由我们刚才看的视频,看起来你确实让所有人都离开了。"

他点点头。

"你的意思是'是'吗?"我问。

"是。"

"我们看到进入公寓的犯罪现场调查员,没有人像这个穿生化防护衣的人一样,这么矮,这么瘦,你不觉得吗?"

摩根检视记录,又回头看着荧幕——我把画面暂停了。

"我不确定我能认出那个警官。"

"你同意我们似乎没看见在凶案发生后,这个警官有进入公寓?"

摩根脸颊流下一滴豆大的汗珠。

"可能是在人堆里漏看了。"他说。

"在我们刚才播放的视频中,我们没看见这个人进入公寓,对吗?"

"对。"

罗林斯法官把笔一丢。

"弗林先生,你这些论述有重点吗?你现在是要提出,因为这个警官没被登记到,你的委托人的宪法权利受到损害了吗?"

"不是,法官大人。"

"那么你一直强调这位警官的行动,意义何在?"

大卫动也不动地坐着,两手交叠搁在面前,眼睛望着我。库奇悄声鼓励他。

"法官大人,您在监控画面上看到的这个人,并不是真正的警官。这个人不是急救护理人员,不是犯罪现场技术人员,不是法医办公室的人。监控画面并没有拍到这个人在凶案发生后进入公寓。"

"那这个人到底是谁?"罗林斯问。

我在开口前先站稳脚跟,挺直背脊,让我的话轻柔而有自信地飘向法官。

"法官大人,辩方相信这个人就是真凶。这个人杀害了克莱拉·瑞斯。"

00:85

我从包里拿出另一张光盘,放进播放器。我说明辩方是从中央公园11号那里取得这段视频的,如果需要,安保主管马德拉诺可以作证它是真实的。我快进到凶案前一天刚过下午2点时,镜头对着电梯。电梯里有很多人,其中一个是克莱拉·瑞斯,她非常平静,一点幽闭恐惧症的迹象都没有。

我忍不住瞥向大卫。他看到克莱拉在拥挤的电梯里镇定自若的样子,知道她说有幽闭恐惧症是骗他的。我看着克莱拉搬着一箱私人物品走出电梯,另外还有一个女人帮她搬着一个纸箱进入大卫的公寓,那女人跟克莱拉的发色、发型、发长都一样，体型和肤色也相仿。

"这是克莱拉·瑞斯搬进被告公寓的画面，另外有一位女性在帮她。"

另外那个女人搬着最后一个纸箱进入公寓时，我按下暂停，并快进到20分钟后，看到克莱拉·瑞斯一个人离开公寓。

"另外那位女性还在公寓里吗？"

"是的，根据这视频，的确如此。"摩根说。

"你看过这段视频吗？"

"没有往回看这么长时间。据我们了解，在被告和被害者当天晚上抵达前，公寓是空的。大楼安保人员搜过公寓，纽约市警局的警察搜过公寓，我自己也搜过公寓。除了被害者的尸体，那里一个人也没有。我们不需要往回看那么久以前的视频。在凶案发生前不久，被害者和被告才一起进入公寓。后来被告离开，他是最后一个见到她活着的人。他把她的尸体留在空无一人的公寓里——那里没有别人，所以我们不需要去看前一天的视频。"

人们相信眼睛看到的东西。

我按下快进，每一秒跳过监控10分钟的画面。如果那个楼层1个小时都没有人经过，灯光就会暗下来，这是一种节约能源的机制。所以我们很容易看到是不是有人走出电梯，因为灯会变亮。我在晚上7点30分时停止快进，这时候大卫和克莱拉一起回到公寓。晚上9点15分时我再次暂停，这时候格什鲍姆回到他的公寓。在那之后就没有动静，直到早上9点左右，克莱拉和大卫才离开公寓，在那稍早之前格什鲍姆已经先出门了。接着就是到了傍晚。格什鲍姆走出电梯时，我按暂停，回退，然后播放视频直到他进入公寓，再按快进，直到大卫和克莱拉走出电梯，最后一次进入公寓。

"摩根警探，根据这段视频，我们在前一天看到进入公寓的女性还在里面。"

他吸了一大口气,然后借由缓慢而愤怒的叹气吐出来。

"对。"

罗林斯法官身体向前倾,专注地盯着画面,好像我刚变了个魔术给他看,而他努力想破解。我退出光盘,放入另一张。

"法官大人,这段视频是联邦调查局昨晚从中央公园 11 号取得的。您看到的镜头来自放在墙壁通风口里的隐藏摄像头。这个摄像头照向楼梯。"

视频放出大卫和克莱拉进入公寓的画面,我快进到晚上 8 点整,这时公寓门打开了。

"第一件要注意的事是时钟。根据这个摄像头的时间戳记,被告离开公寓的时间比格什鲍姆通知安保人员的时间足足早了 2 分钟。在此声明,这个时钟是跟安保记录的时钟同步的。摩根警探,我要播放视频了,请你仔细看。"

我按下播放。整个法庭鸦雀无声。我能听到光盘在播放器里旋转,罗林斯身体前倾使椅子嘎吱作响,瑞德的笔轻点嘴唇,以及许多摄影机发出的微弱电子隆隆声。大约有两百个人都沉默地盯着荧幕看。

除了一个人之外。

戴尔在法庭后方望着我。

荧幕中的大卫迟疑了一下,回头看向门,然后停下来,转身时戴上耳机,往电梯走,脱离镜头范围。

"你看到了吗?"我问。

"看到什么?我不确定你指的是什么。"摩根说。

"我们再看一次,这次我可以用慢速播放。"

我再放了一次。这次我听到新闻摄影师倒抽一口气,其中一个助理检察官举起双手,然后想起自己在什么场合,又叉起双臂。不过他难掩惊讶的表情。

"我还是不确定你指的是什么。"摩根说。

"我也是。"罗林斯法官说,不过他的语气不带怒意——只有好奇。我提点他们两个。

"警探、法官大人,不要看被告,看他后面,看镜子里。"

光盘再次播放,仍然用慢速播。这次他们不可能再错过了。

大卫把门带上,走了几步,然后停下来,我原本猜想他是不是在抗拒想转身确认门有没有锁好的冲动。不过不是这样——他停下来是因为感觉有异。就在他转身前,走廊小桌子旁的全身镜照出那扇门。那一秒之间,门把动了,往下压,再抬起来。门的另一侧有人在确认门是不是上了锁。

趁所有人都盯着荧幕,我花了点时间望向瑞德。他迎向我的视线——他知道游戏结束了。

"警探,门把是不会自己动的。那间公寓里有人活得好好的。"

摩根无法回答。他只是带着歉意看着瑞德,抬起双手露出掌心:抱歉,我们漏了这一个。

"摩根警探,我们由这段监控画面得知,大卫·柴尔德是在晚上8点整离开公寓的,比格什鲍姆先生听到枪声、通知安保人员足足早了2分钟?"

"如果这段视频的时间戳记和911记录是准确的话,那么是的。"

"2分钟足以让犯人把尸体从紧急避难室拖到厨房——现在我们已经从残留的血迹知道她是在紧急避难室中枪的——先是朝她的背部,然后朝她头部开枪?"

摩根咬着牙说:"是的。"

"接着犯人还有多余的时间,在安保人员进入公寓之前——足足4分钟时间——射穿玻璃,把枪丢进公园,再进入紧急避难室。"

"这是一种假设。"

我还有最后一次掷骰子的机会,最后一项证据可以丢进这锅大杂烩。

"警探,作为调查人员,你聘请了一位独立专家来检验从被告脸上、衣服上和手上采得的样本,寻找枪击残留物质,是吗?"

他望着瑞德,生怕自己说出不该说的话。

"是。"

"检验结果都包含在这份波特博士所写的报告里?"我说着,举起那份文件。

"是的。"

"检方在这场听证会上并不打算诉诸这份报告,是吗?"我问。

他的嘴巴开合的动作,活像一条突然从鱼缸跳进壁炉里的鱼。瑞德站起来对法官说话。

"法官大人,我们没有要诉诸这份报告。"

"法官大人,我想把这份报告列入证据,连同这篇学术论文一起。"

"我要确定一下:你想诉诸检方的报告?"罗林斯问。

我把复印件交给书记官,书记官在文件上盖章,然后递给法官。

"摩根警探,检方先前打算诉诸这份波特博士所提出的证据报告,报告的结论是被告身上发现大量枪击残迹,是不是?"

"原本是,但现在我们不打算诉诸这份报告了。"

"为什么?"罗林斯法官问。

"因为波特博士承认那些物质很可能不是枪击残留物质,而是被告车辆安全气囊启动爆炸后,喷射到被告身上的残留物质。"

我几乎堵到他了,只差临门一脚。

"一开始,波特博士深信那些物质是枪击残留物质,是吗?"我问。

"他在报告里是这么说的,直到你反驳他,后来他就改变心意了。"

摩根说。

"警探，如果有人想要让自己看起来像沾满枪击残迹，那么经历一场触发安全气囊的车祸，或许足以骗过像波特博士这样的专家？"

"或许吧。"

"我们要还波特博士一个公道，他并没有读过辩方发现的那篇'比较安全气囊与枪击残留物质'的科学研究，对不对？"

"对，他没读过。"

"假设有人具备这项知识，刻意制造一场车祸，就可以让车辆驾驶员看起来像沾满枪击残迹？"

"我不知道。"

肯尼迪给了我他从国际刑警组织会议取得的安全通行证复印件，他收到电子邮件寄来的副本了。我把复印件发出去，看到瑞德脸色发白。摩根和法官则还没看出关联。

"这份安全证件是从国际刑警组织会议取得，该篇论文就在那场会议上发表。这张证件归其中一名出席代表所有。你认得照片里的人吗？"我问。

"我不觉得我认得。"摩根说，不过听起来毫无说服力。

"让我帮帮你，请看第十四号证据。"

罗林斯在卷宗里找出我说的证据，摩根也是。

"这张证件的所有人是莎拉·卡兰。比较一下证件上的照片和14号证据，也就是克莱拉·瑞斯的瑞乐账号头像。这显然就是在视频中陪同被告进入公寓的女人，也毫无疑义就是莎拉·卡兰证件照片里的年轻女人，不是吗？"

静默。法官回答了我问摩根的问题。

"是同一个女人。克莱拉·瑞斯和莎拉·卡兰是同一个人。"罗林斯说。

没有哪个经验丰富的警探会在证人席上反驳法官。

"看起来是如此,法官大人。"摩根说。

"警探,支票账户、借书证、驾照全都是在去年同一天申办核发的,会不会是有人在为假身份创造历史资料?"

"这我无从判断。"他说。

"那是当然,毕竟你隶属纽约市警局嘛,警局从未替卧底警员创造过假身份,不是吗?"

就连罗林斯法官听了都忍不住微笑。

"是有这个可能。"他说。

"你没找到与公寓里那具尸体 DNA 或指纹资料相符的人,对吧?"

"对。"

"而被害者的脸被毁坏了,所以你无法确认尸体的身份?"

他点点头。

罗林斯打岔,问道:"弗林先生,这代表什么?"

就是这一刻了,这是我的良机。我深吸一口气,放下文件,一手按在大卫肩上。他在椅子上前后摇晃,摇着头,眼中噙满泪水。我稳住他。

"法官大人,辩方相信莎拉·卡兰使用假身份,借此诬陷大卫·柴尔德犯下谋杀案。她自己的谋杀案。"

"什么?"罗林斯说。

我换了一张光盘,找出那段视频——穿着生化防护衣离开公寓、钻出犯罪现场封锁胶带的神秘人士。

"法官大人,视频中的人就是在那间公寓里行凶的人。同一个人也出席了巴黎举行的国际刑警组织会议,以莎拉·卡兰的名义听了演讲,知道安全气囊触发后的残留物质与枪击残迹十分相似;同一个人在三个月后开始使用克莱拉·瑞斯的假身份;同一个人又在三周后结识亿万富翁大卫·柴尔德并与之交往。我们看到同一个人在凶案前一天，与外貌相似的年轻女性进入公寓，然后独自离开公寓。我们还不知道真正的被害者是谁，但我相信克莱拉·瑞斯——或该说莎拉·卡兰——还活着，因为她具备鲜为人知的专业知识，懂得如何制造令人信服的枪击残迹伪阳性结果，我也相信是她安排了那场车祸，好让被告身上沾满假证据。真正的被害者是在紧急避难室被枪杀的。那个房间有隔音功能，可以轻易把一个人藏在里面。真正的被害者被枪伤毁容，为的是不让人识破她的身份。通风口里的摄像头时间戳记与大楼的安保记录相符，这表示有人开枪时被告并不在公寓里。而且我们知道柴尔德先生离开公寓后，屋子里还有人活着走动——因为门把动了，我们都看见了。她就在荧幕中，走出犯罪现场。这是一桩极为缜密但终究失败的计谋，目的是诬陷柴尔德先生犯下谋杀案。"

"动机是什么？"罗林斯问。

"法官大人，柴尔德先生是本市最富有的人之一。"我言尽于此，让罗林斯自己去填补想象空间。就让他相信这个谎言吧。大卫是被人设计了没错，但这案子跟勒索一点关系也没有。莎拉·卡兰的证件标记她为公务员，那范围太广了，不过图书馆管理员跑去参加国际刑警组织演讲的可能性很低。

摩根刚才一直盯着天花板，试图消化这一切。法官直接对他说话时，他迅速由沉思状态惊醒。

"警探，我不需要再听更多了。瑞德先生，我想警探是你最后一位证人了？"

地方检察官站着，准备发动救援任务。现在他才意识到罗林斯打算否决他。事实证明，移动门把的视频是最后一根稻草。

"是的，法官大人。这实在太荒谬了。被告可能精心策划了这套说辞，任何人都料想得到……"

"瑞德先生，你说这话有证据吗？"罗林斯问。

"没有，法官大人，现在没有，可是……"

"那么我建议你去仔细调查吧。弗林先生似乎展示了大量证据，都是警方忽略甚至漏掉的。我也很不欣赏琼斯警官试图公然在这个法庭上误导我。有鉴于视频毋庸置疑地证明在柴尔德先生离开后，公寓里还有人在走动，并且考虑到911与安保记录的时间标示并不一致，再加上格什鲍姆的证词未受到挑战，我的看法是，就眼前来说，没有足够的证据表明枪击发生时被告人在公寓里。没有足够的证据继续以当前的罪名起诉被告，因此，我采信辩方的说辞。瑞德先生，如果你对这项控诉仍有把握，你还是可以召集大陪审团。我没有被你说服——此案驳回。"

罗林斯法官起身，把椅子往后推，合上笔记本，离开法庭，但这些声音都被群众的哗然声给淹没了。原本预期这会是一场名人谋杀审判，能搜集到供应两三个月的新闻材料，现在却转变为充满阴谋的名人谋杀疑案，记者们知道这案子将在全国阴魂不散好几年——或者更精确来说，媒体臆测真凶身份的报道将如阴魂般纠缠着大众。

我几乎没听见大卫的哭声。荷莉紧紧拥着他。他的肩膀上下抽动，充满获释、自由、逃过一劫的狂喜，以及失落感。他又重新失去她一次，而他和克莱拉共度的那段生活只是谎言。克莱拉·瑞斯根本不存在。等着他的未来生活很可怕、充满不确定，不过至少他还能有所作为。

"大卫，不要为克莱拉哀悼。谋杀案当晚，她告诉你她在电梯里表现异常是因为她有幽闭恐惧症，但你也看到前一天的视频了，她根本没有幽闭恐惧症。她在设计你：装作你吓到她了，让你有杀人动机。"

他点点头，挺起身子。

我听到瑞德从背后走过来。

"准备好进行第三回合。"瑞德说。

"我不认为。"我说。

"相信我。我们已经让一支大陪审团待命了。再过 20 分钟,我就会带同样的证人讲一遍证词。真可惜我们没时间等这场听证会的逐字稿出来,你交互诘问的内容一个字都不会传到大陪审团耳里。我会拿到我的起诉书。你甚至没有理由在场——你不能提问或是发言。你就把场子留给我吧,我一定会打给你,让你知道都发生了什么事。"

"据我所知,大陪审团不会给你起诉书。不过有件事你说对了——我不会出席听证会。但他会。"我指着库奇说。

"只可惜他也不能交互诘问任何证人。"瑞德说。

"他不需要。"我回答,这时候库奇走向法官席,从书记官那里取回一张只读光盘,然后加入我和瑞德的对话。

"这位库奇隆先生,"我说,替瑞德娓娓说明,"深受听力受损之苦。他戴了助听器。他的助听器接收到的实时讯息都录在数码装置上,让库奇隆先生随时可以重播。他是不能向你的证人提问或发言——这部分你说对了——不过他可以播放录音档。这是受到法庭认证的。"

我把光盘丢向瑞德的脸,他反应很快,一把接住。

"我刚才当着摄影机的面,在公开法庭内把光盘交给你了。库奇隆先生会告诉我你有没有播放。要是我听说你没播,我会用检察官的不当行为及滥用公职的罪名起诉你。你在这种情况下要拿到起诉书,我只能祝你好运了。"

"该死。"瑞德说。他转向随行团队说:"延后一个月再召集大陪审团。"我朝法庭外走,库奇、荷莉和大卫都跟着我。我听到瑞德在后面叫嚣:"这事还没完。"

我查看手机,蜥蜴传了一条短信:

联邦调查局清空了大楼。两个探员在里面陪克莉丝汀。她没事。

我拼尽全力才维持镇定,继续走路,没因松了一口气而瘫软在地。不过这件事还没结束。

记者组成的坚实人墙似乎并不打算因我靠近而退让。闪光灯把人照得都快瞎了,快速球般的提问淹没在排山倒海的杂音中,恳求的手、塞过来的麦克风和录音笔全都融为一大团饥渴的沸腾物质。人堆后方发生某种状况:记者分开来,两个穿西装的男人从人堆后方硬挤向前,其中一人举着手铐。我见过这两个人——他们都穿着深色西装,都三十几岁,体格健壮,而且步伐带有一股权威感。就是他们两个把克莉丝汀带进法庭的。其中一人是拉丁裔,另外那人是个混球。混球戴着飞行员墨镜,看起来一副扬扬得意的样子。我几乎伸出手迎向手铐,但他们从我身旁经过,拉丁裔把手铐铐在大卫手上。手铐在大卫手腕上卡紧所发出的每一个咔嗒声,都使杂音和闪光灯变得更加疯狂。大卫摇着头,身体往后倾,他的世界在他眼前崩解,像是被吸进土壤的腐朽地板里。

"嘿,那是我的委托人,法官刚才放他走了。你在搞什么鬼?"

"我姓多明圭兹,我是美国财政部探员。我要逮捕他。"

"为了什么?"

"重窃罪。"他回答,接着开始宣读大卫的权利。

"什么?胡说八道!"我说。

我后方传来说明的声音,是戴尔在对我耳语。

"都说让你别被这家伙骗了。你搞砸了。他骗你,艾迪。你的客户刚偷走了79亿美金。"

00:86

我们坐在黑色 SUV 车后座疾驰穿过曼哈顿，我在脑中浏览每一项证据、杰瑞·辛顿耍的每一个花招，以及过去 48 小时内别人告诉我的每一件事。大卫咬着嘴唇，既生气又害怕。我发现自己很难把目光从他的脸上移开。我脑中有个念头一遍又一遍地大声播放。

我被骗了。

由于曾经做过骗子，这念头给我带来莫大的耻辱。尽管很邪恶，尽管有人丧命，我还是不禁要佩服这计谋之高明。这或许是我遇过最厉害的骗局。

而且是用在我身上。

SUV 车放慢速度，在车道上左右飘移。圣派翠克节的夜晚庆祝活动正蓄势待发。几百个穿着白色和绿色服装的人散布在人行道上。爱尔兰纪念品摊贩、热狗推车和咖啡小贩，沿着游行参观者的人龙奋力前进，争取最后一刻的交易。游行车队半小时前已经通过了，以这种路况来说，我们至少得花半小时才能抵达莱特纳大楼。纽约市警局在重新开放道路，SUV 车加快了速度。整座城市正在准备迎接天空节，这是圣派翠克节的烟火表演，起初是从都柏林开始的，后来在各大城市间轮换，去年轮到巴黎，而现在纽约也想在这传统上盖上自己的章。

八人座的 SUV 车上，我坐在大卫旁边。他看起来很麻木，不停摇头，喃喃自语。我要他安静。财政部的探员坐在我们后方的座椅上。肯尼迪坐前座，旁边是负责开车的戴尔。

"真是乱七八糟。"戴尔说。

"你的行动已经完全失控了，"肯尼迪说，"我在这里是要确保你在这疯狂的任务中不会伤到平民。"

戴尔狠狠地瞪了他一眼，说："我跟你保证，在你搞了这么一手之后，我绝对会找你的上级长官谈谈。在这个项目小组中，你应该当我的副手才对。你应该把心思放在事务所上，而不是柴尔德的案子上。"

"我们要去哪里？"我问第三遍。我坚持陪大卫走后续流程，但我知道他绝对不会被带到警局或联邦调查局的地盘。我知道我们要去哪儿——我只是要得到证实。

戴尔在我问第五遍时才满足我的心愿。

"你的委托人给我们的算法追踪程序让我们的科技人员能够追踪钱流，就像你所说的。但是 14 分钟前，那程序当掉了。在它彻底失效之前，它回报说所有资金——将近 80 亿——并没有如计划进入本·哈兰的账户。它反而转进哈兰与辛顿一个客户的账户，那个账户的名字是'大卫·柴尔德'。钱进入那个账户后 43 秒就消失了。我们现在要去哈兰与辛顿，跟已经执行逮捕的其他团队成员会合。你的委托人必须登录他们的账户系统，告诉我们他把钱藏在哪里。"

"我没有拿那笔该死的钱！"大卫叫道。他已经濒临另一次恐慌症发作了。我轻声安抚他，并用力握住他的手臂。疼痛抑制他激动的情绪，让他集中注意力。

我悄声对他说："大卫，告诉我你没做这件事。"

他看起来好像快溺毙了，眼神发直，只是摇头。

这张脸的主人是第二次被诬陷的人吗？还是偷走全世界的人呢？我难以分辨。我让自己太松懈了。

我相信自己的直觉。我力挺大卫。我相当确定他不是杀人犯。那他会偷 80 亿美金吗？我毫无头绪。我是以他的律师身份待在他身边的，而我们正要去克莉丝汀被拘押的大楼。此时此刻，我只关心怎么把老婆救出来。

"等着瞧会怎么样吧。"我说。

他把头埋进手里,我知道我不会再从大卫口中问出任何事了。

我发短信给蜥蜴。

> 我在路上了。在我说好之前什么也别做。

"柴尔德,你是唯一可以登录那个算法的人。昨天晚上你登录哈兰与辛顿数据库、追踪算法的时候,你更改了程序代码——这代表你要不就是偷了那笔钱,要不至少知道钱在哪里。在你告诉我们你到底做了什么,以及我们该怎么找到钱之前,我们不会离开那栋大楼。"戴尔说。

我看着大卫,他向后靠,两手在裤子上擦拭,然后呼出两口带有哀鸣的气。

我们花了1小时才到事务所,下车的时候,最后一抹天光正消逝在远方克莱斯勒大楼的后面。莱特纳大楼外没有人在等我们。接待柜台里没有人,电梯旁也没有人站岗。

"他们应该封锁这个地方才对。"戴尔边说边从口袋拿出手机。在等电梯的时候,我好像闻到一股熟悉的气味。

腐败的烟味。

电梯门打开,财政部探员出去后呈扇形散开来。我隔着玻璃隔板看到克莉丝汀和两个男人一起坐在会议室。戴尔带头走进大会议室,房间中央的桌子占了很大的空间。

斐拉和温斯坦正坐在会议桌边喝咖啡,克莉丝汀在他们旁边,双手上铐搁在身前。我奔向她,但斐拉挡住我的去路。

"你不能接近她,她现在受到联邦管束。"斐拉说。

"如果你不让开,你就等着进医院吧。"我说。

一只手按在我肩上,是肯尼迪。

"艾迪,冷静一点,这样没有好处。"克莉丝汀说。她脸上有肮脏的泪痕,看起来疲惫而挫败,已经顺从地准备因为事务所而去坐牢。我耸肩甩开肯尼迪的手,朝克莉丝汀走去。斐拉想要拔枪,却又停了一下,他意识到自己的惯用手臂仍然痛得要命,所以他把枪换到左手。我从他旁边挤过去,拥抱克莉丝汀。

"斐拉,让他去吧。"肯尼迪说。

她把双手搁在我肚子上,我把她拥入怀中。我能感觉她在发抖。我亲吻她的头和嘴巴,紧紧搂住她,并悄声说:"你出去以后就一直走,不管发生什么事都不要回来。艾米没事,她跟卡梅尔在一起。"

她什么也没说,但我感觉她双腿一软。我牢牢抱住她。她全靠对艾米的担忧才撑到现在,在知道我们的女儿安全无虞后,身体就准备好投降了。

戴尔对斐拉和温斯坦发话:"你们两个,谢夫勒到哪儿去了?他应该在楼下守着大门啊。"

"我可不知道。"温斯坦说。

"员工都清空了?"戴尔问。

"一个不剩。杰瑞·辛顿在隔壁的办公室。突击行动是派顿探员带队,人也是他逮捕的。除此之外,整栋大楼都没有人了。"温斯坦说。

"很好。我们会需要辛顿。"

温斯坦用对讲机呼叫派顿探员,要他带杰瑞·辛顿到会议室。

戴尔拽着大卫的手铐让他往前,然后把他推进板岩会议桌尽头的椅子里。桌上放着一台打开的笔记本电脑,戴尔抓起笔记本电脑放在大卫面前,吩咐多明圭兹解开手铐。

"替我把钱找出来。"戴尔说。

戴尔从外套口袋拿出一个 U 盘,插在笔记本电脑上。

"这是你那追踪算法的程序。这是你唯一的机会,不要敬酒不吃吃罚酒。我只会问一遍——你把钱送到哪里去了。"

我背靠着会议室的窗户,肯尼迪的眼神和我交会了一秒。克莉丝汀往我身体紧靠。

"我没拿那笔钱,它应该会落入本·哈兰名下的新账户里——追踪结果就是如此。我亲自确认过了。如果有人改变了最后的目的地账户,也不会是我。来,让我示范给你看。我来跑追踪程序。"

他的手指在柔软的键盘上快速移动。没有人说话,我听见的唯一声响来自克莉丝汀,她呼吸的时候胸腔微微颤抖,像是受惊的小鸟。

"这是什么鬼?"大卫说。肯尼迪越过大卫的肩膀看。

"我的天哪,这是病毒。"大卫惊呼,"它在吃掉资料,它在销毁所有东西——包括这里以及银行的资料。我被挡在外面,我什么也不能做。"他说。

"你在系统里放入了病毒?"戴尔说。

大卫张大嘴,两手摊开,浑身发抖,吓得半死。他把荧幕转过来,画面模糊而静止——充满扭曲的影像。

大卫拔下插在笔记本电脑上的 U 盘,举在戴尔面前说:"病毒是从这个 U 盘来的,我一开启它,它就上传病毒。"

"放屁!你从头到尾都在耍我们。"戴尔边说边从大卫手上抢过 U 盘,"这是证据。刚才是你最后的机会,你完了,柴尔德。"

大卫站起来,愤怒使他挺直身体。

"我什么也没做!"

"该死!"戴尔说,用力盖上笔记本电脑的上盖。"肯尼迪、斐拉、温斯坦,把怀特小姐和柴尔德都收押,起诉他们两人。怀特的罪名一项都别少——洗钱、诈骗，整套罪名。指控柴尔德犯下重窃罪，以及你们能想到的任何《反勒索及受贿组织法》上的罪名。他要不就是帮杰瑞·辛顿藏钱，要不就是偷了这些钱准备自己独占。不管是哪一种，他都要在联邦拘留所从实招来。带走他们。艾迪，你留在这里，我需要知道大卫对你说了哪些算法的事。我不确定你是不是从头到尾都在耍诈。如果我发现你知道什么内情，你就等着跟你的客户当狱友吧。"

"去吧，"我对克莉丝汀说，"我会去找你，把你弄出来。"

"这是错的。"肯尼迪说。但戴尔听不进去。肯尼迪、斐拉和温斯坦有点勉强地带着克莉丝汀和大卫走向电梯，大卫还在抗议，说他是清白的。肯尼迪带克莉丝汀进电梯时动作轻柔，我很感谢。她垂首并摇摇头，抹掉新的泪水，不让任何人看到她这副模样。我看到肯尼迪下颚的肌肉不断抽动。他的目光牢牢锁定大卫。电梯门开了，将他们吞噬。

00:87

多明圭兹走楼梯离开了，他要去驻守接待柜台，保障大楼的安全。他的搭档调整了一下墨镜，然后拿起咖啡壶，给自己倒了杯咖啡，拉了张椅子坐在会议桌边。戴尔转身捶了会议室的玻璃隔板一拳。我猜想那个穿着蓝色T恤的大块头秃顶男人是派顿探员，他押着杰瑞·辛顿进入会议室。杰瑞的手腕用束线捆住。派顿探员站在他身后，一手按着杰瑞的脖子，强迫他低下头。

"大楼里没有别人了？"戴尔问。

辛顿听到戴尔的声音，猛然抬起头，与戴尔四目相交。

"清得光溜溜的，戴尔先生。"派顿探员说。

"他在这里做什么？"辛顿看着我说。他没穿西装外套，束线阻碍了他手腕的血液循环，他的手红通通的——跟他的脸一样。

"你的前共同律师或许可以帮我解决一些问题。"戴尔说。

"我们何不私下谈谈？"辛顿问。戴尔摇头。

"在我们厘清状况之前不行。艾迪，辛顿说钱不在他手上，他一直在等钱进入他合伙人的账户。他杀了合伙人，是因为知道钱最后会进入哈兰名下的账户。根据他们的合伙契约，当其中一名合伙人失踪时，另一名合伙人有权以律师身份管理他们的财务与合伙事务。我猜这位杰瑞先生准备把80亿美金整碗端走，布置成本·哈兰带着钱开游艇消失的假象。但杰瑞没料到本·哈兰的尸体会在昨天被冲上岸，这可就麻烦了。钱必须再次移动，进入另一个无法追踪到他身上的账户。所以柴尔德和辛顿其中一人拿了那笔钱，或者他们合作。不论是哪种情况，我们都要待在这里，直到有人告诉我钱在哪里。"

辛顿确实很聪明。他可以杀死合伙人，把整件事赖在合伙人头上，并且带着钱远走高飞。哈兰的尸体被发现时，他改变计划了吗？大卫先前谈到算法，给我的感觉是它无法修改，但那全取决于大卫有没有告诉我实话。

派顿粗暴地踢向辛顿的腿弯处，让他跪倒在地。

戴墨镜的财政部探员憋住笑意，说："你听到戴尔先生的话了，开始招供吧。"

"我们单独谈。"辛顿用眼神恳求戴尔，又被派顿探员踢了一脚。

此时我的手机响了，是肯尼迪。

"戴尔，等一下，让我接这通电话。"我接听。"嘿。"

"艾迪，我是肯尼迪。仔细听我说。大卫和克莉丝汀很安全，你不安全。接下来的5秒，无论你正在做什么，都不要因为我告诉你的事而有特殊反应。"

00:88

"库奇，我在听。"我说。

"很好。"肯尼迪说。

我的心怦怦跳。我闭上眼睛，深呼吸。

戴尔摇头，他不敢相信我胆子这么大，敢接电话来打断他。"这家伙有没有搞错？"戴尔问，手往我的方向一挥。

"我刚接到联邦调查局副局长的电话。先前我要求查询假扮成克莱拉·瑞斯的女人莎拉·卡兰的情报，刚才最高层给了我答复。莎拉·卡兰是苏菲·布兰克的化名——她是中情局探员。按照记录，她去年在大开曼岛殉职，起因是她的车队遭到武装攻击，攻击目标是车队护送的一名正在进行调查的证人。"

"库奇，你知道这代表什么吗？"我问。

"派顿，辛顿有没有带武器？"戴尔问。

派顿从腰间拔出一把克拉克交给戴尔。戴飞行员墨镜的财政部探员正大口喝着咖啡。

"死掉的女人是不会参加枪击残迹的会议的。戴尔骗了我们。整件事都是苏菲和戴尔布的局，他们要偷走那笔钱，并栽赃大卫杀人及窃取 80 亿美金。"

我所能做的只是轻咬嘴唇。戴尔和他女友陷害大卫犯下谋杀罪，他们要他认罪，然后进入监狱等死。而且他一定会死在里面，因为他们不但诬陷他杀人，还诬陷他偷钱。真是巧计。

戴尔检查派顿给他的武器。把弹匣退出来，再卡回去。

"地方检察官掌握了多少证据？"我问。

"我们查到的还不多，但足以逮人了。我们马上就要上去，全面战术突袭。你再坚持2分钟。"

"等地方检察官回复你之后再打给我。"说完，我把手机放在桌上。

戴尔叉开双腿，转身，若无其事地射击派顿探员的脸。财政部探员丢下咖啡杯、把腿从桌上移开，戴尔一枪射穿他的墨镜。戴尔放低手枪，指着辛顿。我在桌子另一侧，就他所知，我没有武器，构不成威胁。

我有两个选择。我可以拍手，也可以自己采取行动。这状况太复杂，不能依靠别人。

我弯下腰，半秒后，戴尔的备用武器已经在我手里，枪口越过桌子指着戴尔的头。这把枪塞在我背后一整天，摸起来还很热。

"不许动！"我先发制人地瞄准戴尔了。

我的手在发抖，背部全是汗。我试着握牢这把鲁格枪，滑套上的准星在我手里颤动，这时我在这把枪上看到某样东西。或者应该说，我看到它没有某样东西——戴尔的鲁格枪上没有序号，就跟凶器一样。要拿到没有序号的枪只有一种方法，就是跟制造商说你要没有序号的枪。美国政府可以办到这件事，如果他们不想要可以追踪到政府身上的武器。在中情局的黑色行动中就会使用这种武器。

戴尔看着我手里的枪。

"那是我的家伙，我要拿回来。"

没人移动。

"戴尔，你这该死的双面人！"辛顿说。

中情局探员揍了辛顿的脸一拳让他闭嘴。

"手举起来，戴尔！"我说。

他退后一步，枪仍指着辛顿，脸慢慢转向我。

"艾迪，你开枪杀过人吗？这没有看起来容易哦。你知道，你不必杀人也可以走出去。总是可以谈条件的，对吧？但我需要了解你知道多少，还有要花多少代价才能让你安静。我打算送两颗子弹到杰瑞脑袋里。是这样的，杰瑞·辛顿刚才杀了两名财政部探员。而我要离开这里，去见一位特别的朋友。那位朋友可以汇给你5000万美金，你明天就会收到了。同一位朋友也会在杰瑞的各个账户留下一些小额金钱——譬如说七八千万好了。大卫·柴尔德、你、我，和你太太也都能分一杯羹。我们会清清白白又很有钱。所以告诉我你知道多少，值不值5000万？"

"不……"辛顿说。

我说话时眼睛盯着戴尔的手。我需要时间，肯尼迪就快来了。

"我比5000万值更多钱，戴尔。你说过大开曼岛就像黑钱界的巴拿马运河，我猜你经手了每一笔交易，光靠捞油水就赚得饱饱的。但那种生意风险很高，你自己也这么说过。越少人涉入越好。我猜辛顿想到用科技来洗钱的点子，就把你连同其他钱骡给解雇了。这下你可不爽了。我猜伯纳德·朗希默是中情局的工具人——你的工具人。他就是你特别的朋友。你要他陷害法鲁克，好让你对法鲁克施压，得到你需要用来假装追查事务所的信息。法鲁克告诉你算法的事，就是这项科技取代了你，所以你渴望报复大卫，跟渴望报复事务所的动机一样强烈。"

戴尔点点头，歪嘴一笑。

"莎拉，或苏菲，或不管她是谁，创造了克莱拉·瑞斯这个身份来接近大卫。她捏造了克莱拉之死，谋杀某个可怜的女孩，毁掉她的脸，让警方无法辨认尸体。然后克莱拉便躲在紧急避难室，直到公寓里没人，再穿着生化防护衣走出公寓。朗希默安排那场车祸来帮你们陷害大卫。你利用我，利用克莉丝汀，利用大卫。他被逮捕使事务所天下大乱，促使他们启动算法。他们不希望大卫和联邦调查局谈话。你需要让事务所惊慌失措并按下洗钱键，这样你就能等着在钱落定时整个捞走，还诬赖大卫偷了 80 亿美金。

"如果你想从大卫身上得到信息，大可以把他抓起来恐吓一番，你要知道什么他都会招供。但是你需要的是替死鬼。你需要大卫承认谋杀。那是你把我拖下水的唯一原因。屎很黏人，不是吗？这话是你自己说的。大卫承认杀害女友之后，没人会相信他没偷钱。你不光是诬赖他杀人，更要他为你的盗窃顶罪。从头到尾都是为了钱。陷害大卫的计谋精巧而高明——绝对值 80 亿美金。我知道的就这些，应该比 5000 万值更多钱吧。"我说。

"你这狗娘养的！"辛顿大叫。

戴尔把注意力转向辛顿。"你付钱让我洗钱，但柴尔德带着算法出现后，你就不需要我了。我不喜欢被付钱买我服务的犯罪组织炒鱿鱼，这为其他犯罪组织设立了坏榜样。这是史上最伟大的盗窃案，你看不出来吗？我追得你像野兔一样逃窜，而你很快就下手杀了老合伙人。我得说，这让我乐在其中，我们这下都比较好办事了。你现在有什么感觉？我要全部，杰瑞。"

我手里的枪在抖，我从没对人开过枪，但现在似乎是开先例的好时机。

"艾迪，我要扣扳机了。杰瑞已经没戏唱了。不要开枪。在我动手之前，我需要知道，我们一言为定了吗？1 亿美金听起来公平吗？"

"戴尔，既然那是黑钱，何必还要煞费苦心布局？"我说。我需要争取时间。我不打算放弃大卫或任何人，而且我知道一逮到机会，戴尔就会杀了我。我就知道我不该拔枪的，我应该拍手才对。快呀，肯尼迪，你在哪里？

"哦,我不担心警察,我担心的是拥有那笔钱很大一部分的那些组织。贩毒集团已经派了人来了解状况,我能活命的唯一方式就是让他们去找别的人——例如大卫·柴尔德。"

电梯发出叮的一声,电梯门打开了。我感谢上帝让肯尼迪及时赶到。戴尔慢慢转过身去,同时把枪掩住。我看到来人不是肯尼迪,肠子紧缩起来。站在6米外电梯门口的,是我做梦也想不到的两个人。

其中一人身穿一身黑衣,是有《呐喊》刺青的男人——葛利托。他一手拿枪,另一手掐着苏菲·布兰克的喉咙。她的头发剪短染黑了,瘀青几乎把她的脸分成两半。不过是她没错。莎拉、克莱拉、苏菲,她究竟还知不知道自己到底是谁?现在这大概都不重要了,她知道自己死定了。

"我们一直在盯着你。"葛利托用浓重的拉美口音说,"朗希默死了,没人会来救你。我在朗希默的公寓里找到这个小婊子。把枪丢了,带我去找钱,我就让她死个痛快。这是我能提供最优惠的方案了,你很清楚,浑蛋。"

这个贩毒集团的杀手为我开了一扇小窗户,我就只需要这片刻的干扰。我松手让鲁格枪落在脚边,双手高举过头,然后拍手。我周围的窗户往内炸开,撒了我一身碎片。玻璃隔板破裂的巨响后是连续不断的枪声。葛利托把他的人质丢在地上,开始射击。电梯旁的门被大力推开——肯尼迪压低身体走进来,温斯坦和斐拉跟在后面。

我蹲下来,靠在板岩桌面上,用双手握住桌子边缘,然后把整张桌子翻倒侧立。这张桌子重得要命,我在抬桌子时拉伤了背部肌肉。我松手放开这该死的东西,它撞到我的太阳穴。我躲到桌子后头。整栋大楼的灯光都熄灭了,这是联邦调查局战术突袭的标准程序。

耳聋。

我能感觉武器的震动。让血液和牙齿都粉碎的枪声在我耳边怒吼。

目盲。

枪口闪烁的火光让内脏像在跳舞。游行活动的烟火让曼哈顿的黑色天空绽放着磷花。屋内，震耳欲聋的芭蕾舞被浓浓的黑暗给打断，它似乎在跟枪口的闪光对抗。黑暗想要这个地方，而且奋力争取。我不确定正在大开杀戒的是黑暗还是人类。

我趴在地上，看着电视炸开喷出的火花点燃地毯。

然后是寂静。

紧随寂静而来的是气味——热金属烧灼、撕裂肌肉、骨头，及生命的酸味。破碎的窗户让曼哈顿的微风吹送进来——几乎像是徒劳无功地试图吹散那股气味。

我的身体动弹不得，我的四肢像是背叛了我、瘫痪了我，让我不能站起来挨子弹。我想到克莉丝汀和艾米，于是我莫名地可以动了。

我还是看不到什么东西。地毯燃烧制造出的浓烟刺痛了我的眼睛。我趴跪在地上，找不到那把鲁格枪。我前方有一把克拉克。我拿起枪站起身。

00:89

我以为所有人都死了。

哈兰与辛顿律师事务所的办公室看起来像战场。我嘴里尝到血味，大概是因为桌子压在我身上。金属味掺杂着在地板上到处乱滚的空弹壳所散发的焦酸味。一轮肥大的满月照亮一缕缕幽魅的烟丝，它们似乎是从地板浮出来的，又在我刚瞥见时消散无踪。我的左耳感觉像灌满了水，但我知道这只是枪击声所导致的暂时性失聪。我的右手握着一把公家配发的克拉克19。我绕过桌子，借着闷烧地毯的火光，看到辛顿在地上爬行，试图拿到一把枪。我想都没想就用克拉克对他开了一枪。子弹射中他大腿，他翻身仰躺。他那带血的粗糙呼吸声停了。他的胸部已经有很多弹孔。我感到安慰，我没有杀他——他早就死了。

现在克拉克19空了。辛顿的腿跨在他身边那具尸体的肚子上，在那奇妙的一瞬间，我醒悟到会议室地上的所有尸体似乎都在朝彼此延伸。我没有看任何一个人，我不忍心看到他们死去的脸。我看到财政部的探员——派顿和墨镜男，他们是戴尔计谋的被害者。我四处搜寻肯尼迪，却没看到他。

肾上腺素威胁要挤扁我的胸腔，我的呼吸短促而粗重，每一下都必须奋力突破这股紧缩感。冷风从我后方的破窗灌进来，开始吹干我脖子后头的汗。不久之前隔开接待区和会议室的玻璃隔板，现在布满龟裂纹路、化作厚厚的碎块落在地板上。

墙上的数码时钟显示8点整的时候，我看见那个杀手。

我看不清对方的脸甚至身体，那个杀手躲在会议室的漆黑角落里。在时代广场上空炸开的烟火，将绿色、白色、金色的光以奇特的角度送进室内，在片刻间照亮一把小手枪，它被一只貌似虚幻、戴着手套的手给握住。那只手握着的是一把鲁格LCP。虽然我看不见对方的脸，这把枪却告诉我许多事。这把鲁格枪里装着六发9毫米子弹。它的体积小到能塞进掌心，重量比一块上好的牛排还轻。脑中蹦出三种可能。

三名枪手人选。

这是戴尔的枪，也许他找到它了。

我没看见葛利托的尸体，他可能捡起这把枪，或者枪是他带来的。

第三种可能：戴尔的情人。

别想说服任何一人放下手枪。

想想这两天来我在法庭上的表现，三个人都有充分的理由杀我。

我对于那人可能是谁有个想法，不过在这当下似乎并不重要。

鲁格枪管对准我的胸膛。

我闭上眼睛，心里异常平静。事情不该如此发展的，这最后一口呼吸不知怎么感觉就是不对劲。我好像被耍了。即使如此，我的肺里还是灌饱了枪支击发后久不散去的烟硝和金属味。

我没听到枪声，只有闷闷的一声咚，那不可能是枪声。我紧闭双眼，所以没看到枪口火光一闪——我感觉到子弹钻入我的皮肉。从我接受协议、承诺说服大卫认罪以换取克莉丝汀的豁免那一刻起，这致命的一枪便无可避免。

我的裤子感觉又湿又热，我猜那是我的血。

直到这时我才听到枪声，声音像长鞭抽了一下。

我立刻就知道这声音不一样——这不是子弹射出枪口、气体推进力脱离内膛那种震耳欲聋的"砰"——不一样。这是子弹冲破音障的声音。我知道我不会听到枪声，因为枪手离得太远了。他在对街的大楼里，躲在"出租"招牌后面，手持M2狙击步枪，这是他最心爱的玩具之一。他一直从柯宾大楼看着克莉丝汀，如果有人想把她带走，他会轻扣扳机轰掉他们的头。

我睁开眼睛。那把鲁格枪已经不在了，戴着手套的手也是。那只手被蜥蜴的子弹干净利落地轰掉，只剩血淋淋的骨头断肢。这时我听到惨叫声。是女人的声音，不过那声音低沉而痛苦。她走上前，进入月光下，苏菲·布兰克用另一只手举起克拉克。

我以为所有人都死了。

我错了。

快速的四枪击来，她的身躯倒在地上。

我转身，看到肯尼迪从沙发后面探出身体。

我胸部的痛楚由类似割伤的烧灼感增强为像是肋骨间插着一把冰

钻。我逼自己低头看。我胸部没有枪伤,反倒是插着鲁格枪的滑套。蜥蜴的狙击步枪射出的空尖艇尾子弹把手枪打得四分五裂,我猜这碎块大概有 15 厘米长,而它大部分都插进我的胸口。

我不记得倒下,但我记得肯尼迪大喊我的名字。接着温斯坦出现在肯尼迪身旁,他的头被烟火的强光给框住。

"艾迪,保持清醒。我们逮到他们了,我们逮到他们所有人了。我们从你的电话听得明明白白。"肯尼迪说。

我跟肯尼迪讲完电话没有挂断,我只是把手机放在会议桌上,让戴尔高谈阔论。

"你太太很安全,大卫也是。没事了。急救人员已经在路上了……"

我的头不肯保持直立,它一直倒向我左边。每次它倒下来,我都看到戴尔的尸体,他的头顶不见了。蜥蜴会先除掉戴尔。我看到他旁边是葛利托的尸体,失去生命的眼睛盯着我。

我听到肯尼迪大吼呼唤急救人员。

我败下阵来,眼前不再有光。

节录自《纽约时报》
3 月 18 日星期三

昨天晚间,曼哈顿商业区中心发生一起血腥枪击事件,纽约市警局二十分局公布了事件中的部分死者名单。雷斯特·威廉·戴尔(51 岁)和苏菲·布兰克(31 岁)是与财政部合作的执法人员。伊莱·派顿(28 岁)、乔·弗伦德(29 岁),和桑尼·斐拉是联邦调查局探员。杰瑞·辛顿是哈兰与辛顿的知名合伙人,这是美国最具声望的律师事务所之一。两天前,他的合伙人本·哈兰才在驾船过程中意外身亡。警方的消息来源指出这两起事件没有关联。有一名死者据信与罗沙贩毒集团有关，该名死者的姓名不明。最后，刑事辩护律师艾迪·弗林（37岁）亦丧生。地检署尚未确定克莱拉·瑞斯谋杀案的大陪审团听证会日期。未有官方声明发布说明这起暴力事件发生的原因。

00:90

枪击后6周

"变成死人的感觉如何？"肯尼迪说。

这位联邦调查局探员虽然已有时间休息、从苦难中复原，看起来却仍像一摊烂泥。

"我感觉比你看起来要好太多了。你到底有没有睡觉？"我问。

"没怎么睡，自从斐拉的葬礼以后就是如此。我在现场有看到你，但如果我们交谈，对局里交代不过去，你懂吧？"

我点头。

"听着，我知道《纽约时报》昭告天下说你死了以后，你的事业就一落千丈，不过当时我们别无选择。我们必须让风头过去。国务院、财政部和司法部都气炸了，竟然有变节的中情局探员设立联合项目小组，借此进行美国本土史上最大规模的盗窃案。中情局说他们要自己进行调查。"

"我相信他们的调查会很彻底，他们必须完全搞清楚来龙去脉，才能确保所有事永远被掩盖。"

肯尼迪微笑说："你可能是对的。我想这一切都不会公开——太难堪了。风波会平息的。在那之前，我想你和你的家人暂时避避风头也好，反正所有人都以为你已入土为安。贩毒集团不会去找死人的。"

"你找到钱了吗？"

他摇头。"大卫无意间上传的病毒把整个系统都清空了。我们相信制作病毒以及把钱转进大卫账户、再凭空消失的人，就是伯纳德·朗希默……"

他提到朗希默时脸色一沉。

"你找到他了没？"我问。

"找到大部分。"肯尼迪说，"看来戴尔的搭档苏菲一直躲在朗希默的公寓里。葛利托找上他们，逼朗希默和苏菲开口。那场面并不好看。"

"所以你认为贩毒集团知道抢他们钱的人是戴尔？"

"我们是这么认为，不过我们要确保这事发生。我们可不希望他们找钱的过程中搞得腥风血雨。我们向媒体掩盖这件事的同时，还泄露消息给贩毒集团里的线人，说戴尔是个叛徒，我们把钱找回来了。这样一来就不会有人去找大卫或克莉丝汀讨债。贩毒集团对他们的人被枪杀很火大，不过葛利托已经向他的老板汇报，说事务所已经起内讧了，杰瑞·辛顿杀了本·哈兰和他女儿。"

"他女儿？"

"我们上星期已证实大卫公寓里那具尸体的身份就是莎曼珊·哈兰，跟她老爸的尸体比对 DNA 相符。我们也拿到毒物学报告，原来她被下了强效镇静剂。我们猜想凶案前一天，苏菲带她到大卫的公寓，给她下药，然后把她藏进有隔音效果的紧急避难室。隔天大卫离开公寓后，她就朝莎曼珊背后开枪，然后把她拖到厨房，再朝她后脑勺连续射击。莎曼珊今年才 23 岁。她老爸那种浑蛋从来没想过，他们做的肮脏事可能会害了自己的孩子。"

我望向街道。

"抱歉,我不是指……"

"没关系。"我说。

"我想你最好先低调一阵子,等你想再执业,我们会让《纽约时报》刊登更正启事。要是贩毒集团发现你活下来了,他们会基于原则而杀了你。但他们对刚正不阿的律师记忆很短暂。有时候杀死一个普通人要比除掉出来混的还要难。"

"我了解。"我说。

"你的记忆还没有改善吗?"他说。

"什么意思?"

"柯宾大楼三十八楼玻璃上被割了个狙击孔,戴尔和苏菲·布兰克身上都有符合大口径步枪子弹的弹孔。你都没有想到什么吗?"

"我已经告诉过你了,我什么都不知道。"

我把我的蓝莓松饼吃掉,喝干最后一点咖啡,在桌上留了40美金买单加上小费。

"大卫有付你预审的费用吗?"肯尼迪问。

"付得可太多了。"我说。我的财务困境算是解决了,至少暂时如此。

泰德小馆外头传来喇叭声,我和肯尼迪握手。

"我的车来了。"我说。

"哦,我差点忘了。"肯尼迪递给我一个大牛皮纸信封。我查看内容,再度跟肯尼迪握手,然后把信封收进包里,跟另外两个尺寸相仿的信封放在一起。

这时已是4月底,花瓣从人行道的水洼上漂过。我打开SUV车后座的门并爬上车。

"这跟那辆本田相比真是好大的进步啊。"我说,咬牙撑着身体爬上很高的车体。我胸口的伤仍然会在我料想不到时痛得要命。它会愈合的,不过医生告诉我会有很丑的疤。

荷莉开进车流,从后视镜看我。"我知道,"她说,"你可以说我们的关系有发展。大卫想给我弄一辆法拉利,但我告诉他那太招摇了。这样很好。"大卫从副驾驶座倾向她,悄声说了什么。她拍拍他的膝盖,两人一齐轻声笑起来。大卫在圣派翠克节翌日获释后,是荷莉收留了他。他们共同经历那衰事连连的两天后,不知怎的发现了彼此的好。我很欣慰。

"你准备好了吗?"大卫问。

他问的对象不是我,而是坐在我旁边的另一个乘客。他没有回答,只是盯着窗外。

大卫和我在路上小聊了一下。荷莉兴冲冲地告诉我,他们计划去外地度过浪漫周末——这是他们的第一次。另外那个乘客从头到尾不发一语。1小时后,我们已深入纽约州北部,随着逐渐接近目的地,我们都沉默下来。荷莉和大卫热烈相爱,我乐见此景,却不禁心痛。克莉丝汀和艾米现在住在克莉丝汀的父母家,我出院以后曾和她们短暂地见过一面,我们说好约在公园。

我看着艾米荡秋千。克莉丝汀和我坐在她父母家附近小公园的草地上,就这样待了一阵子。我刻意不听克莉丝汀说话,只是专注地望着女儿。我不想听她说的事。她说我有种特质,会把危险带入生活,只要我继续当律师,就会莫名地吸引坏人。不论我是不是想做正确的事,都会导致坏的结果。

克莉丝汀和艾米会搬到汉普顿和她父母住。艾米会转学。我一个月可以见艾米一次,去他们家见她。就这样,暂时如此,直到克莉丝汀确定她们很安全。我再次隔绝她的嗓音,直直盯着艾米。

"那你觉得怎么样?"克莉丝汀问。

"你说什么？"我说。

"你刚才没有真的在听对不对？我说你觉得我们六个月之后再试试看怎么样？"

"你是指我们？"

"对，我是指我们。"

秋千的嘎吱声再次把我的目光引向艾米。她长高了，每当秋千荡到低点时，她的脚都拖在地上。去年我带她来过同一座公园，当时她的脚还碰不到地呢。我想起在离此不到两公里外，我在委托人家里找到血迹斑斑的17岁少女；我想起大卫在法院的会谈室里拼命呼吸，哀求我帮助他；我想起克莉丝汀在哈兰与辛顿的模样，在我救出她以前。

"我不能，我太爱你们两个了。"我说。

"这是什么意思？"

"我周遭总有坏事发生。也许是我让它们发生的，我不知道，克莉丝汀。我不能冒险让你或艾米出任何事。我不想跟你们分隔两地，我想看着我的小女儿长大。但她得有机会长大，并且能跟你在一起，才是更重要的事。发生在我身上的事，发生在我们身上的事，我都改变不了。我能做的只是确保不要再造成更大的伤害。"

"艾迪，这不是永久的。等事情平静下来，我想再试试看。问题出在你的职业，而不是你。我想你可以考虑慢慢减少难缠的案子，甚至可以试着开发别的事业。而且，嗐，我也不是圣人啊，事务所的事不是你的错。"

"你说错了。戴尔告诉我你不是目标，我才是目标。他们想利用我来对付大卫。你对他们而言是个操纵我的工具，仅此而已。我不能让你或艾米暴露在那种风险底下。就眼前来说，我是个死人。这个假象不会维持很久。我可以在这里度过周末，但我还是必须再回去。"

"为什么？"

"因为我就是必须回去。我不能解释，但我需要这个，我需要工作。我能帮助别人，这是大卫提醒我的。"

"还有别的律师……"

"我知道，但他们可能大多都像把汉娜·塔布罗斯基救出来之前的我。如果我不做了，谁会救出下一个女孩？"

她慢慢靠近我，把头搁在我肩膀上。

我将独自生活。为了我的家人着想。我不禁思考我算是什么样的人，我的家人没有我——这个律师、诈骗大师——反而过得更好。

荷莉左转，沿着窄窄的碎石路开向一座大宅，宅邸四周都是开阔的草坪。

我们在屋外停车。有几个男人在外头等候，他们都穿着白色医院制服。我下车，绕了半圈去打开另一侧的后车门。角度很低的朝阳照进车内。这个地方没在网络上打广告，在任何地方都没打过广告。全美国大概有一百位医生知道它的存在。据我所知，这大宅甚至没有名字。摇滚乐手、电影明星、超级富豪都来这里戒毒。

波波跨下 SUV 车时忍不住啜泣。他在发抖，嘴唇裂了，流着血。我叫他别再咬嘴唇了。大卫和荷莉凑过来。

"你在这里住到康复为止，直到你戒掉毒瘾。"大卫说，"你戒毒成功后来找我，我保证让你在瑞乐有一份工作。"

"我不知道该说什么好。"波波说。

"你什么也不必说。你救了我的命，如果我能做什么事来救你的命，我都会做。"大卫说。

我知道波波能办到。他获得一次扭转人生的机会，可以变成另一个版本的自己，更好、更强大、更纯粹的版本。他有机会找回自己的真貌。

我希望有一天我也能有同样的机会。

我们挥手向波波道别,然后回到 SUV 车上。

"好了,该办正事了。"我说,"你们可以让我在霍根路下车。"

00:91

"死人站起来走路啦。"我关上瑞德位于霍根路 1 号的办公室门时,他说。

我坐下来,欣赏他铺在面前的一堆报纸头版。大部分标题都在臆测他对大卫·柴尔德案会采取的下一步行动是什么,以及大陪审团什么时候能听取证词。这位地方检察官看起来很累,他眼皮低垂,领子没有扣上。

"所以,你的委托人下星期准备好面对大陪审团了吗?"他问。

我打开包,拿出三个信封,放在报纸上面。

"欸,可以给我点喝的吗?"我说。

他把冷笑转换成似笑非笑,按下他桌上电话的一个钮。

"米莉安,麻烦准备两杯咖啡。哦,抱歉,取消。给我一杯咖啡,然后看看你能不能替弗林先生凑出一杯威士忌,他看起来很需要。"

"我不喝酒了,"我说,"你是知道的。"

"米莉安?"瑞德朝对讲机说,"米莉安,你在吗?"

"也许她去拿你的干洗衣物了。"我说。

他靠向皮椅椅背,说:"我们要控告你的委托人为谋杀共犯。不是最理想,不过……"

我能看到他的目光聚焦在我后头的某个东西上,停止滔滔不绝。米莉安用塑胶托盘端着两杯咖啡走进他办公室。她把一杯咖啡放在我面前，另一杯摆在旁边。她拉了张椅子坐下，第二杯咖啡是给她自己的。

"要加糖和奶精吗？"她问我。

"谢谢。"我说。

瑞德瞪着我们两人。

"不会有大陪审团。"我说，同时拿起第一个信封抛向瑞德。他把信封打开，开始读共计两页的文件，正准备发表什么话，就被我打断了。

"司法部、国务院和财政部希望大卫·柴尔德的案子默默消失，这对他们来说太麻烦了。我不能告诉你原因，但我相信你已经知道有这回事。高层的某人大概已经跟你进行过同样的对话。我暂时替你省下读这个的时间吧，这是你的办公室将在今天下午发布的新闻稿，它证实在你们详细的调查后，认定大卫·柴尔德与克莱拉·瑞斯相关的所有谋杀罪名皆不成立。这件事还没公布，但克莱拉根本不存在。大卫·柴尔德公寓中死去的女孩是莎曼珊·哈兰，刺青相符，等等。这里有一份给大卫·柴尔德的公开道歉信，我要你在镜头前念出来。你可以注意到，这份新闻稿是司法部拟的。他们向你传达了清楚的信息，要你把这案子推掉——你若是搞砸了，就是跟美国政府作对。"

"你太天真了，以为我会迫于压力——"

"你向无辜的被告施压，要他们对没有犯下的罪行认罪。你每一天都在做这件事，拿着认罪同意书在他们面前晃。认罪判五年，或是抗辩而冒险被判二十年。这下你尝到压力的滋味了吧。打开这个……"我把第二个信封递给他。

这个信封很鼓，他把里头的东西一股脑倒到桌上。他看到干洗店收据的照片，还有命令米莉安把案情最重大的案件交给资浅助理检察官，以减少她负责案件的电子邮件。此外还有各种视频截图：米莉安替他端咖啡、打扫他的办公室、用吸尘器清地毯、洗咖啡杯。在照片和电子邮件之间还有几个迷你卡带，里头录下瑞德最劲爆的性别歧视言论。

"你跟米莉安角逐地方检察官职位时，曾在访谈中表示你如何敬佩她的律师才华，如果你竞选成功，而她同意留下来担任资深检察官，你又会感到多么荣幸。然而这里有山一般的证据，证明你是如何糟蹋她。而且你这么做是因为她是女性。这些录音带特别棒，我最喜欢的是三个星期前你跟米莉安的对话，你对她说在法庭上打官司时，女律师永远都会被男律师打败，因为男人更值得信任。好样的。我看光凭这一句，陪审团就会罚你10万块了。"

米莉安对他嫣然一笑。

"米莉安，这太过分了。就算我对你很糟糕，那也只是因为你是我的对手，即使你是男人我也照样会这么做。"瑞德说。

"好个有力的辩解。"我说，"法官大人，我骚扰苏利文小姐不是因为她是女性，我贬低她纯粹是我人品差，换作男人我也会做一样的事。"

我听到米莉安发出啧啧声。

"你也会在这堆东西里找到两份你该读一读的文件。第一份是我为我的委托人草拟的性骚扰诉状复印件，如果你现在不签同意书，我今天下午就会送出去。"

"什么同意书？"瑞德问。

我在他桌上找到同意书递给他。

"重点是你明天早上做的第一件事就是请辞。你可以说是私人因素，你会全力支持米莉安·苏利文，指派她为代理地方检察官，直到举行新的选举。如果你拒绝为大卫召开记者会，或是拒绝签这份同意书，我会为米莉安递出诉状，她会胜诉，而你的职业生涯就结束了。

照我们的方法,你还可以不必背负败诉走出这个地方。"

他的目光在照片和同意书之间跳跃。一滴汗落在桌上,他抹抹额头,扯扯领带,虽然它本来就是松的。

"我会力争到底。你以为你赢了,但你错了。我不是被吓大的。"

我转向米莉安说:"你说对了,他真的很笨。"

"我就说这样还不够。"米莉安说。

"是你料中的,就让你来享受这份荣耀吧。"我说。

米莉安从外套口袋里拿出两张纸,不发一语地递给瑞德。第一张纸是助理检察官比利·怀特的宣誓书。他陈述瑞德曾要求他联络私家侦探,针对纽约每一位法官取得极度敏感的个人与财务方面的机密信息。在案子开始时,瑞德早已握有他用来踢掉诺克斯法官的私人股票信息,而他直到诺克斯看似将做出有利于辩方的判决时才祭出这法宝。光是这个就足以发动针对检察官不当行为所进行的国家调查,更何况他是用非法手段取得这些信息,并且为每个法官建档的事实,可以在瞬间终结他的职业生涯,更有可能会让他吃牢饭。第二张纸很明显地标示为电子邮件草稿。收件者是联邦调查局和现任州长。这封电子邮件的唯一附件就是比利·怀特的宣誓书。这封电子邮件草稿等同于拉开手枪的击锤,然后把枪口抵在瑞德的太阳穴上。

"你不能身兼重罪犯和地方检察官。或许当州长还可以吧?"我说。

"你知道吗?你是个浑蛋。"他说,"我不可能在今天之内召开记者会,那要花上……"

"媒体已经在简报室了,"米莉安说,"我擅自把他们找来。你要我寄出那封电子邮件吗?"

他摇头。我没管他,只是等着。

他一眼看到最后一个信封,尚未拆封地放在我面前。

"那里面是什么?"

"B选项。"我说。

他伸出颤抖的手。我把信封给他,喝光咖啡,然后站起来,扣好外套扣子,对米莉安说:"欢迎你回来。"

她微笑以对。

瑞德撕开信封时,我把他的办公室门带上。静默。然后我听到米莉安严厉的嗓音。我离开开放式办公室前,在咖啡贩卖机旁等了一下。我刚才先出来,是因为这份胜利属于米莉安。她走出瑞德的办公室,与我对到眼神,咧嘴一笑,兴奋地竖起大拇指。签好的同意书和新闻稿都在她手里。我在第三个信封里给了当初瑞德给大卫·柴尔德的同一个选项——信封是空的。

我走进电梯,与接待柜台的赫伯·戈德曼挥手道别,按了一楼的按钮。瑞德来到赫伯的桌子旁,带着极度耻辱的目光送我离开。他的皮肤在灯光下发亮,恐惧和憎恨化作大颗汗珠在舞动。他用力拍赫伯的桌子,朝我骂脏话。

我什么也没说。

赫伯用热切的眼神看着我们两人,然后暗自窃笑。赫伯仿佛知道他很快又要替另一个新的地方检察官效力了。

电梯门开始关上。在门关上之前,我听到赫伯对着地方检察官的背影提出最后的建议。

"瑞德先生,您知道那句话怎么说的,"赫伯说,"别妄想骗到骗子。"

图书在版编目（CIP）数据

骗局 /（英）史蒂夫·卡瓦纳著；闻若婷译. -- 天津：百花文艺出版社, 2024.6
ISBN 978-7-5306-8817-5

Ⅰ.①骗… Ⅱ.①史… ②闻… Ⅲ.①推理小说—英国—现代 Ⅳ.① I561.45

中国国家版本馆 CIP 数据核字 (2024) 第 070641 号

THE PLEA
Copyright © Steve Cavanagh 2016
This edition arranged with THE MEARNS PARTNERSHIP c/o Rogers,Coleridge & White Ltd.
Through BIG APPLE AGENCY, INC., LABUAN, MALAYSIA
Simplified Chinese edition copyright:
2024 Jiangsu Kuwei Culture Development Co., Ltd.
All rights reserved.

著作权合同登记号：图字 02-2024-054

骗局
PIANJU

[英]史蒂夫·卡瓦纳　著；闻若婷　译

出 版 人：薛印胜
责任编辑：宋春悦
出版发行：百花文艺出版社
地　　址：天津市和平区西康路35号　　邮编：300051
电话传真：+86-22-23332651（发行部）
　　　　　+86-22-23332656（总编室）
　　　　　+86-22-23332478（邮购部）
网　址：http://www.baihuawenyi.com
印　刷：天津鑫旭阳印刷有限公司
开　本：880毫米×1230毫米　1/32
字　数：293千字
印　张：11.75
版　次：2024年6月第1版
印　次：2024年6月第1次印刷
定　价：48.00元

如有印装质量问题，请与天津鑫旭阳印刷有限公司联系调换
地　址：天津宝坻经济开发区宝中道北侧5号1号楼106室
电　话：（022）22458633 邮编：301800
版权所有 侵权必究